라오상하이의
식인자들

한국 환상 문학 단편선

라오상하이의 식인자들

김유정
김이삭
한켠   전건
이필원   김선민
박부용   이나경

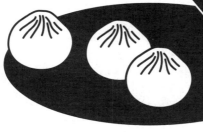

황금가지

차례

용의 만화경

김유정

김유정

겨울날 서울에서 태어났다. 대학에서 심리학을 공부했고 지금은 느릿느릿 글을 쓴다. 영혼의 물고기, 고래뼈요람을 썼다. 하얗고 털이 북실한 고양이와 같이 사는 중. 인스타그램 @psyam76 트위터 @psyam_

"그래서 우리 연구실에 새로운 분이 오시게 됐는데요."

이경안 교수님이 곤란한 표정으로 웃으면서 말을 꺼낼 때부터 알아차려야 했다.

"다 들었죠? 아직 못 들었다고? 아, 이걸 어디서부터 설명해야 하나…… 여튼 일단 들어와서 인사부터 하세요."

그 순간까지도 은진은 아무런 의심도 해 보지 못했다. 그 문이 열리며 은진의 고생문도 함께 열렸다는 것을. 교수님이 손짓해 부른 그림자를 본 원생들은 이내 경악하고 말았다.

머뭇머뭇하더니 거대한 사자탈이 불쑥 나타난 것이다. 방심하고 있던 은진도 눈을 크게 떴다. 사자탈? '우리의 문화를 찾아서' 같은 TV 프로그램에 가끔 나오는 사자 탈춤의 그것? 부리부리한 눈에 익살맞은 표정을 한 붉고 거대한 사자탈이, 그리고 그걸 뒤집어쓴 몸뚱어리가 더듬대며 들어오다가 그만 쾅

하고 문틀 윗부분에 부딪히고 말았다.

사자탈의 임자는 그 충격에 뒤로 천천히 머리부터 넘어가다 말고, 정신이 돌아온 듯 탈을 두 손으로 꽉 잡았다. 그리고 눈이 휘둥그레진 동료 원생들을 향해 타이밍 늦은 자기소개를 했다.

"안녕하십니까. 김용입니다."

그리고 쑥스럽게 한마디를 덧붙였다.

"용입니다."

사연인즉 이러했다. 어느 날 총장님께 불려간 이 교수님은 얼토당토않은 이야기를 들었다.

"올해도 4월에 우리 학교 창립제를 했죠?"

"네, 103주년이었답니다."

"제가 여기서 이 교수님 의견을 좀 들어보고 싶어서요. 창립 즈음 말입니다. 즉 백여 년 전에 등록한 원생이 아직도 학적이 남아있다면 어떻게 하시겠습니까? 심지어 최근에 와서 다시 등원을 원한다면요?"

에어컨 바람보다 더 차갑고 더 썰렁한 기운이 쓸고 지나갔다. 총장은 그대로 굳은 이 교수의 얼굴을 보며 본인도 두통이 온다는 듯 이마를 짚었다. 그러니까…… 초대 총장이 예외 입교로 받아들인 인사가 있는데, 이분이 좀 특별한 양반이시다. 시간 감각이 일반적인 사람들과 달라서 그게 좀……. 아, 시간 감각이 달라서 백 년 후에 등교를 하신답니까? 두 번만 달랐다면 오백 살까지 사시겠습니다.

"용입니다."

그 부분부터 이경안 교수는 상식과 이해를 포기하기로 했다. 총장님, 조크가 고차원이시로군요. 그런데 사실이 그러하니 이 건에서는 총장도 피해자인 셈이었다.

그분, 그 용은 무슨 연고인지 개교 초반부터 대학원 과정에 적을 두고는 종종 수업에 참여한 기록이 남아있다고 한다. 황당무계한 사연을 들으며 이 교수는 테이블 위를 흘끔거렸다. 손 닿으면 바스러질 것 같은 묵은 종이 다발이 잔뜩 쌓여있는 게 신경 쓰였는데 그 기록인지 뭔지인가 보다.

그런데 이 양반이 말이지, 역시 인간하고는 살아가는 호흡 자체가 달라서 말입니다. 한동안 나오다가 사라지고, 한참 안 나타나다가 불쑥 돌아오는데 자기가 그렇게 오래 없었다는 것도 잘 모른다는 모양입디다. 돌아오면 자꾸 뭔가가 바뀌고 바뀌고 하니 본인…… 아니 본룡이라 해야 하나, 여튼 스스로도 재미가 없었던 모양인지 한참을 떠나있다 갑자기 나타나서, 이렇게 저도 놀라고 이 교수님도 놀라고.

"그래서 교수님, 본론을 말씀해 주세요."

불길한 예감을 느끼며 은진이 자꾸 늘어지는 이 교수님의 설명을 잘랐다.

"지금 저한테 저분을 떠맡기시려는 거죠?"

"아니, 무슨 그런 섭섭한 소릴 해. 난 그냥 이번 학기 은진이가 우리 연구실 방장이니까 새로 오신 분 좀 잘 가르쳐 드리고,

소외감 안 들게끔……."

말을 하다 말고 이 교수는 주섬주섬 상의를 챙기더니 상큼하게 인사를 날리며 뒷걸음질 쳤다.

"그럼 뒤를 잘 부탁해, 은진!"

저도 '용'은 처음이란 말입니다. 은진은 소리 없이 절규했다. 아니, 실제로 존재한다는 기본 전제부터 과감히 생략한 채 곧바로 실물을 연구실로 들이시면 어떻게 해요. 그리고 제비뽑기로 방장이 됐다는 이유만으로 용보기를 시키시면…… 제 논문은 봐 주지도 않으시면서. 그러나 푸념을 들어줄 교수님은 재빠르게도 사라지고 난 후였다. 충격으로 한참 자리에 주저앉아 있던 은진은 멍한 채로 일어나 주섬주섬 옷자락을 털었다. 안돼, 정신 차리자. 울면 논문을 쓸 수가 없어.

문제의 장본룡은 뭘 하고 계실지 조금 겁내면서 돌아보니, 다행히도 장 선배가 남는 자리에 컴퓨터를 세팅해서 내드린 모양이다. 파티션 저쪽 구석 자리에 너무나 존재감이 강한 사자탈의 부숭부숭 하얀 갈기가 보였다. 컴퓨터를 다룰 줄 아나? 그간 인간계에 적응 못 해서 드문드문 나오다 한동안 잠수 타셨다면서?

그러나 언뜻 보이는 모니터에 구글이 떠 있고 제법 능숙한 키보드와 마우스 소리가 들려서 은진은 안심했다. 일단 인터넷 접속만 할 줄 알면 됐다. 인터넷으로 밥도 고기도 술도 시켜 먹을 수 있는 세상 아니겠나. 신경 안 써도 되겠지. 오랜만에 대학원에 나오고 싶으셨다니 할 일이 있는 모양이겠거니. 그러니까 방해하지 말고 나는 내 일을 하는 거다. 은진은 난 아무것도 모른다 모른다 하고 자기최면을 걸며, 발등에 떨어진 급한 자기 불이나 끄기로 했다. 아무 일도 없던 것처럼 내 논문을 쓰자…….

그런데 뭘 검색하시는 걸까?

늘 호기심이 문제다. 한번 궁금해지니 은진은 뒤통수가 근질거려서 참을 수가 없었다. 애초에 우리 전공에는 무슨 관심이 있어서 오셨담. 혹시 엄청난 재야의 고수 연구가일지도? 용이하는 연구라잖아.

잠깐 확인만 하자고 마음먹은 은진은 살짝 고개를 돌려서 그 용 되시는 분의 모니터를 힐끔거렸다. 곧바로 큰 좌절이 은진을 뒤덮었다.

김용 씨는 의자 위에 둥글게 쭈그리고 앉아 구글 화면으로 게임을 하고 계셨다. 그것도 팩맨을…….* 미꾸라지처럼 도망친 이 교수님을 또다시 원망하면서 은진은 하늘을 보고 한 번, 땅을 보고 한 번씩 크게 한숨을 내쉬었다. 결국 이렇게 코가 꿰인 것을 직감하며.

은진은 억지로 웃으며 '김용 씨'에게 다가가 물었다.

"뭘 도와드릴까요?"

오후 내내 은진은 김용 씨에게 랩 서버 계정을 만들어주고

---

* 구글 검색에서 pac-man이라고 쳐 보시라.

(놀랍지도 않게 아이디도 명쾌통쾌하게 kimyong으로 때웠다. 인간사회에 내미는 명함 같은 용도인 이름을 '김용 씨' 따위로 지을 때부터 예정된 일이었지만.) 어드민 권한을 부여하고, 시스템 접속법, SPSS, RISS 사용법부터 가르쳐주었다.

"혹시라도 이해 안 되는 부분 있으시면 말씀해 주세요."

백 년이나 대학원에 적을 뒀으니 기본적으로 돌아가는 시스템 정도는 알 거라 믿고 싶었다. 그나저나 은진은 이렇게 편하게 말을 해도 괜찮은지 조금 신경이 쓰였다. 사자탈 뒤집어쓴 모습이나 문틀에 어리벙벙하게 머리부터 부딪친 첫인상 때문에 얼결에 자신이 선배처럼 굴고 있지만 사실 이 사람, 사람이 아니잖아?

이 교수님 밑에서 이리 뛰고 저리 뛰다 보니 별일을 다 보고 상식의 끈을 살짝 놓은 석박사 통합과정 7년 차긴 하지만 뒤늦게 이성이 이거 큰일 아니냐고 빨간 불을 켜고 있다. 백 년 전부터 여기 있었다면 대체 나이는 얼마나 되고 어디서 왔고 어떻게 지내는 거지? 애초에 용이라는 것부터가 대체 뭔데? 심사 뒤틀리면 홍수를 불러오고 제물을 바치라며 마을을 뒤엎는 것 아닌가? 은진의 머릿속에 초토화된 학교가 그려졌다. 거대하게 하늘을 뒤덮는 뱀장어 같은 그림자가 논문 초고를 물고는 '방장— 나부랭이가— 내— 실험—설계를— 파토냈다'하고 포효하는 광경이. 자연스럽게 말투가 겸손해졌다.

"그런데 저…… 뭐라 불러드려야 할까요? 김용 선배님? ……어르신? 아니면 혹시 선호하시는 호칭이라도……."

사자탈이 천천히 이쪽으로 향한다. 은진은 조금 오싹한 기분이 들었다. 탈이 흔들리자 두 손으로 잡는 동작이라거나 의자에 쪼그려 앉는 자세는 자연스러워서 위화감이 없었는데, 지금 고개를 돌리는 모습은 꼭 둥실 하고 허공에서 탈만 돌리는 것처럼 이상했다. 저 안에 든 건 역시 사람이 아니다. 은진은 피부로 실감했다.

안은 텅 비어 있을지도 모른다. 더 나쁜 경우는 우리가 감히 상상할 수 없고 상식조차 뒤집어버릴 만큼 무서운 존재가 우리를 흉내 낼 뿐인…… 은진이 도망칠까 생각할 때 사자탈은 고개를 갸웃거렸다.

"아니, 그보다 말이야."

긴 소매 밖으로 평범한 목장갑을 낀 손가락이 은진을 살짝 찌르는 바람에 은진은 펄쩍 뛸 뻔했다.

"나야말로 뭐라고 불러야 하나?"

'네?' 하고 되묻다 말고 은진은 아직 자기소개도 안 했다는 걸 깨달았다.

"앗, 맞다, 제 이름. 구은진이라고 합니다. 이경안 교수님 밑에서 미래창조인공지능융합과학 파트 공부하는 7년 차예요. 저기 저쪽이 제 자리고요, 부족하지만 앞으로 필요한 일 있을 때 찾아주세요."

여기까진 입력된 사회성 버튼으로 술술 말이 나왔지만 다음 답이 막혔다. 뭐라고 불러달라 해야 하지?

"구은진 선배?" 사자탈이 더더욱 갸우뚱 기울어지고 은진은 더더욱 당황했다.

"아뇨아뇨아뇨, 김용 씨가 더 선배잖아요! 전 그냥, 이름이면 됩니다. 편하게 말씀 놓으시고요!"

"그럼 나도 김용 씨면 돼."

그제야 흡족한 듯 사자탈이 뒤로 물러나 등받이에 푹 파묻히더니 의자를 타고 두어 바퀴 빙글빙글 돌며 혼자 불러본다.

"은진 씨…… 은진 씨."

일단 학교가 쑥대밭 될 위기는 물러갔다. 나중에 정문 현판 근처에 '구은진, 용으로부터 학교를 구한 공을 기리며'라고 새긴 기념비 하나 세워주면 좋겠다. 턱도 없는 공상으로 도피하여 피식거리며 은진은 다시 인사차 말했다.

"네, 그럼 뭐 도와드릴 일은?"

"이 컴퓨터는 어디에 디스켓을 넣지?"

구시대의 단어가 은진의 고막을 쳤다. 표정이 얼어붙은 채 은진은 귀를 의심했다. 다음으로 김용 씨 손에 들린 물건을, 앙증맞은 3.5인치도 아니고, 역사 속의 유물로 알던 5.25인치 플로피 디스켓을 확인하고는 눈도 의심했다. 상대를 보아가며 굽실대는 원생의 본능이 용 말고 교수님을 욕하라 명령하고 있었다. 은진은 괴롭게 디스켓을 받아들었다. 용케도 사회성을 잃지 않고 이를 꽉 문 채 대답하며.

"방법을 찾아볼게요…… 네, 찾아야겠죠. 그럼요."

이틀째에도 사자탈은 연구실에 들어오다 문에 쿵 부딪혔다.

그 후로 그분은 아무래도 이 탈은 신체비례상 그리고 공간구조상 비효율적이라고, 즉 머리가 너무 크다고 판단한 모양이었다. 사흘째 은진은 연구실 구석 자리에 얌전히 모니터 앞에 앉아있는 변신가면영웅의 모습에 흠칫했다. 은진이야 사촌 조카가 좋아하는 시리즈라 히어로를 종류별로 알긴 했지만, 설마 본인…… 본룡도 알고서 선택한 건 아니겠지? 아니, 묻지 말자.

"김용 씨, 오늘 스타일 멋진데요? 포즈 취하면 '정의의 차크라' 나갑니까?"

장 선배가 넉살 좋게 인사하는데, 그만하라고 입 틀어막고 싶었다. 상대를 보고 농담하라고요. 진짜 눈에서 빔 나오면 어쩌려고. 다행히도 무난한 일상 잡담으로 넘어가며 장 선배가 김용 씨의 화면을 들여다보았다.

"오늘은 뭐 하십니까? 오, 테트리스네요. 고전이 명작이죠."

"전에 하던 연구는 디스켓에 들어있어서……."

"디스켓이요?"

은진은 벌떡 일어났다. 이틀간 바쁘단 핑계로 잘 회피하고 있었는데, 저 가면히어로가 내 평화를 끝장내시네.

"장 선배, 잠깐 다녀올게요. 교수님이 찾으시면 내 기념비나 잘 세워달라고 하시고요."

기념비가 뭔 소리냐는 장 선배의 물음을 뒤로 한 채, 은진은 연신 '학교 쑥대밭, 학교 쑥대밭' 하고 중얼거리며 연구실을 뛰쳐나갔다. 온갖 공학 연구실을 한 바퀴 돌고, 인문학부 건물을 돌고, 마침내 학교 반대쪽 끝인 상경학부 건물 인쇄실에서야 제대로 된 대답을 건질 수 있었다. 인쇄실 사장님은 까맣고 반듯한 디스켓을 들어보고는 혀 차는 소리를 냈다.

"허 참, 그래도 십 년 전까진 교수님들 서랍에서 많이 발굴되던 유품인데. 간만에 보긴 하네요."

"무사히 **빼낼** 수 있을까요?"

"창고에 넣어둔 고물 컴을 다시 연결하면? 뭐 안 되면 디스켓 드라이버만 사다가 달 수 있으니 너무 걱정 마요. 다 되면 연락 줄게요."

갑자기 은진은 불길한 예감을 느꼈다. 잠깐만, 용 씨가 한 말로는 저 안에 용 씨가 하던 연구가 담겨 있다는데. 5.25인치 디스켓 하나 용량이 어느 정도지? 한 300메가 되려나?

1.2메가였다.

폰으로 검색해 본 은진은 눈앞이 깜깜해지는 걸 느꼈다. 누가 농담이라고 말해 줘. 이미지 한 장도 안 들어가게 생겼는데 대체 뭘 담은 거야. 날씨도 엄청나게 좋은데, 이대로 아무 일도 없었던 듯 나가서 기차 타고 떠나서 코스모스 길 따라 자전거라도 달리면 안 될까. 안 되겠지……. 은진은 봐 주는 이 없는 자신의 작고 연약한 논문을 떠올리며 애써 현실로 돌아왔다.

"뭐야, 도서관에서 또 전화 왔어?"

직원들과 대화하던 사장님의 목소리가 높아졌다. 은진은 무슨 일인가 흘끔 돌아보았다.

"아니, 우린 모르는 일이래도 자꾸 그러네. 우리야 학생들이 빌려온 책 복사만 하지 뭘 안다고."

"여기서만 생기는 문제도 아니래요. 도서관 안에서도 학생들이 책 보다가 종종 클레임 건다더라고요."

"그럼 안에서 알아볼 것이지. 페이지 몇 장이 싹싹 비어버리는 걸 우리가 뭔 재주로 했다 그래."

흥미진진한 사연이 있을 듯한 이야기였지만, 아침부터 한나절이나 뛰어다닌 은진은 배가 고팠다. 금강산도 식후경이고 용굴에 들어가도 배 속이 든든해야 산다.

연구실 자리에 털썩 앉으며 은진은 김용 씨에게 보고를 했다.

"갖고 계시던 디스켓은 요즘 읽을 수 있는 드라이버가 거의 멸종해서요, 자료만 뽑아줄 수 있는 곳에 맡겼어요. 며칠만 더 기다려주세요."

"멸종."

은진이 사용한 단어가 마음에 들었는지, 그 반대인지 용 씨가 반복했다.

"그런 물건들도 멸종하는 건가."

"쓰는 사람이 점점 줄어들고, 아무도 찾지 않고, 아무도 만들지 않게 되면요."

말하다 말고 은진은 멋적은 표정을 지었다.

"생물과는 좀 다른 의미지만 마찬가지긴 하네요. 번성했다가 더 이상 유지할 힘이 남지 않아 사라진다는 점이."

스스로 단어를 선택해 놓고도 겉껍질을 들추고 그 의미를 곱씹어보자 이상한 기분이 들었다. 분명히 그것 아니면 안 되는 시절이 있었을 텐데 환경이 변하며 낙오되고 버려지는 것들. 수년 만에 다시 세상에 나타난 용이 간직하고 있던 디스켓. 세상에서 떨어져 있던 덕택에 남은 생존자 같은 거라 생각하니 은진은 조금 몸을 부르르 떨었다.

"혹시, 그 디스켓 자체가 필요하신 건가요? 이 근처 최후의 하나일지도 모르잖아요. 이따 전화해서 디스켓도 버리지 말고 꼭 챙겨달라고 부탁을……."

"필요 없는데?"

용 씨가 너무 상쾌하게 잘랐다. 네……? 지금껏 들고 있던 걸 보면 동고동락한 무슨 사연이라도 있는 것 아닌가요? 비록 1.2메가짜리지만. 용 씨는 정말 얄미울 정도로 미련 한 톨 느껴지지 않는 목소리로 말했다.

"중요한 것은 내용물이니까, 항상. 어떤 모양이든 어디에 있든."

그러면서 옆자리 장 선배 책상에 놓인 반짝반짝 빛나는 12테라짜리 외장하드를 탐나는 듯이 바라본다. 알았습니다, 교수님께 말씀드려서 하나 장만해 드릴게요. 그러고 보니 저분 학비는 어떻게 되는지 모르겠다. 용이니까 고대에서부터 보물 같은 걸 모아왔나. 알고 보면 한강이 내려다보이는 펜트하우스에서 비싼 전통주를 마시며 '영생도 부귀영화도 지치는구나'라고 읊조리며 잠드는 생활을 하실지도 모르겠다.

신경 끄고 내 연구나 잘하자 또다시 다짐하며, 은진은 편의

점 봉투에서 삼각김밥과 빵과 군것질거리를 꺼냈다.

"방금 인쇄실에서 들은 얘기인데요. 요즘 도서관에 무슨 일 있어요? 책장이 빈다던가 그런 소릴 하시던데."

"나도 들었어. 멀쩡하던 페이지가 몇 장씩 백지가 되어버린 대. 대출된 책 몇몇이 그렇게 돼서 돌아왔는데 도서관 내에서 자체 조사해 보니 나간 적 없는 책도 몇 권이나 속에 페이지가 사라졌다더라."

은진과 친한 동기인 민아가 대답하자 장 선배도 돌아앉아 끼어들었다.

"페이지가 백지가 된다고? 무슨 규칙 같은 게 있나?"

"아뇨, 제가 듣기론 그냥 무작위라네요. 전문서든 소설이든 가리지 않고, 없어지는 페이지도 완전 랜덤이래요. 찢겨나간 것도 아니고 지우개로 싹 지운 듯이 통째로 백지가 돼서는."

"대출 안 된 책도 그렇다면 도서관 내에서 벌어졌단 소리 아냐. 누가 그렇게 소리소문없이 책을 훼손할 수 있나? 아무한테 도 안 들키고?"

"아으엄여, 영오 애아건 오옹 마앙에." 우물거리던 삼각김밥을 꿀꺽 삼키고 은진은 "아무렴요, 용도 대학원 오는 마당에." 라고 또박또박 반복했다. 그리고 빵을 꺼내려 책상 위를 더듬는데 빈 봉지만 잡혔다.

"빵 어디 갔지? 여기 단팥빵 못 보셨……?"하고 고개를 돌리자 언제 왔는지 해맑은 액션영웅가면이 바싹 다가앉아 있었다. 세 사람이 펄쩍 뛰듯 놀라자 용 씨가 손을 들어 올렸다.

"미안. 맛있어 보여서 나도 모르게 그만."

"대, 대체 언제 집어 드신 거예요? 옆에 온 줄도 몰랐는데?"

원론적으로 놀라는 은진에 비해 민아가 좀더 구체적이고 누구나 궁금해했으나 차마 궁금한 티를 못 내던 의문점을 정중앙 스트라이크로 던졌다.

"어떻게 드셨어요? 가면 벗고? 가면 밑은 어떻게 생겼는데요? 몸은 인간형인데 얼굴도 그런가요? 섭식도 인간방식으로? 그래서, 그래서 어떻게 드셨어요?"

가면 너머로 애타게 도와달라는 듯한 눈빛이 은진에게 쏟아졌으나 은진은 묵묵히 고개를 저었다. 그러고는 편의점 봉투를 뒤져 남아있던 초코소라빵과 음료를 꺼냈다.

"자, 빵이라면 여기 더 있으니 부디 후학들을 위해 재현해 주십시오."

"사양하겠습니다."

"자! 여기 제가 당 충전 하려고 남겨둔 비장의 신제품도 있습니다. 따끈따끈한 신상, 편의점마다 품절대란 난 논란의 문제작, 흑당캐러멜민트라떼도 덤으로 드리겠습니다!"

비장한 은진의 아우라에 용 님도 밀렸다. 잔뜩 긴장되어 모여든 관심의 시선 속에 김용 씨가 쭈뼛대며 손을 뻗었다. 마치 큰 야생동물이라도 조련하듯 은진은 눈을 부릅뜨고는 손바닥 위에 올린 초코소라빵에 집중했다. 마침내 용 님의 장갑 낀 손가락, 사실 저 속은 텅 빈 게 아닐까 의심할 만큼 헐렁한 목장갑 손가락이 빵을 집어 들었다.

그 손이 빵을 들고 가면 앞으로 가까이 가져간다. 일동 숨을 죽였다. 역사적인 사건, 용이 빵 먹는 모습을 인간 앞에 공개하는 경천동지의 순간이 눈앞에……!

빵이 사라졌다. 싱겁고 허무하게. 잔뜩 몸을 앞으로 내밀고 눈도 깜짝 못 하던 세 사람은 서로를 마주 보았다. 말 그대로 가면 앞에서 빵이 그냥 슥 사라진 것이다. 관중 세 사람은 아우성치기 시작했다.

"반칙, 반칙입니다!"

"시간 조작이죠? 그렇죠? 시간을 왜곡하는 작은 중력장이 있어서 빵을 먹기 직전과 직후를 편집해서 우리 의식에 내보낸 거예요!"

"이 사람들 누가 미창융(미래창조융합과학) 연구자들 아니랄까 봐 망상도 프로급으로 하고 있어. 시간 조작은 아니라도 뭔가 트릭이 있죠? 뭘 어떻게 하신 거예요? 마술입니까? 천계의 문이라도 연 건가요? 이계 소환?"

"누구더러 망상이라더니 자긴 한술 더 뜨네."

격렬한 반응 앞에 난처한 듯 용 씨는 뒷머리를 긁적였다.

"그건…… 외형을 인간 비슷하게 꾸며 만들긴 했지만 나는 원래 에너지체니까."

에너지체요? 방금 에너지체라고 했어요? 에너지체라나 봐요. 인간 셋은 아직도 불신이 남은 눈으로 서로 쑥덕거렸다.

"그렇지 않을까 싶긴 했지. 전설 속의 용들이 일종의 관념체, 에너지, 정보로 이루어진 존재라는 가설은 있었잖아요."

"그래도 난 진짜 육신을 갖고 신진대사를 하는 용도 있을 거라 믿었단 말이야. 판타지 소설처럼 폴리모프 마법도 쓰고, 응?"

"진실이란 늘 가혹한 거죠, 장 선배. 포기해요."

인간들이야 동요하건 말건, 빵을 분해해 본체로 흡수하는 기술인지 마술인지를 보여준 김용 씨는 기분이 좋은 듯 자기 의자에 책상다리를 하고 앉아 의자를 빙글빙글 돌리고 있었다. 은진이 준 흑당캐러멜민트라떼가 유쾌하게 허공에 떠 있는데, 놀랍게도 용 님의 입맛에 맞았는지 투명한 컵 속 내용물이 음미하듯 조금씩 줄어드는 게 보였다. 이제 다 놀았으니 일이나 하자고 자리로 돌아가던 세 사람은 그 모습을 잠시 쳐다봤다.

"어르신은 어르신인데……."

"그렇죠, 애어르신 같죠."

그 표현이 꽤 정확해서 은진이 웃음을 터뜨리는데 장 선배가 혼잣말처럼 중얼거리는 소리가 귓전을 파고들었다.

"음식 섭취 메커니즘은 이제 알겠다 치는데. 수면 패턴은 어떤지 모르겠네. 일단 충분히 영양 공급하고 수면을 취하긴 하는 거야?"

웃다 말고 굳어버린 은진은 뻣뻣하게 자리에 앉았다. 아무것도 못 들었다, 난 아무것도 모른다. 난 연구실에서 모르는 것만 도와드리면 된다. 백 년 넘은 에너지체인 용 님이 어디 잘 곳이라도 있는지 신경 안 쓴다.

안 쓴다고 했는데. 말이 씨가 된다고 결국 은진은 며칠 후 퇴근길에 노숙하는 김용 씨를 발견하고 말았다.

"얘는 대체 언제부터 한번 내려오랬는데. 너 마지막으로 집에 온 게 언제였는지 알기나 해?"

"내가 요즘 그럴 정신이 어디 있다고요. 주말도 없이 계속 연구실 붙박이라니까."

"월말에 시간 좀 난다 하지 않았어? 하루종일 방구석에서 잠만 자고 뒹굴댈 생각 말고 집에 와. 아빠한테도 말해둘 테니."

어머니와 통화를 하며 걷던 은진은 머릿속으로 수 없는 발표와 스터디와 연구과제 일정으로 빽빽한 달력을 넘겨보며 대답했다.

"알았어요. 마지막 주쯤 하루나 이틀 빼서 갈게. 응, 저녁 먹었어요. 나중에 또 통화해."

전화를 끊고 나니 이제 제법 쌀쌀해진 바람이 카디건 속을 파고들었다. 조금 더 지나면 단풍이 절정으로 흐드러지다간 순식간에 다 져 버리겠지. 집에 갈 시간도 못 내고 연구실에 매인 원생에게는 계절이야 어떻게 변해도 별 상관없지만. 은진은 어깨를 움츠리며 걸음을 재촉했다. 큰 은행나무로 둘러싸인 산책길을 지나는데 어떤 장면이 눈길을 붙들었다.

때 이른 낙엽이 벤치 위에 떨어져 내리고 있다. 그리고 소복이 쌓인 낙엽 밑에 누운 무언가를, 은진은 보고 말았다. 비죽 튀어나온 크고 둥근 귀 한 쌍……. 오늘 연구실에서 본 저작권 강한 어딘가의 마스코트 탈과 똑같은. 은진은 생전 처음 경보

선수 못지않은 빠른 걸음으로 휘익 벤치를 지나쳐 갔다. 그리고 잠시 후 똑같은 속도로 다시 그 자리로 돌아왔다. 은진은 그쥐 마스코트의 양 귀를 붙들고 소리쳤다.

"아니, 왜 하고 많은 중에 이런 데서 주무세요! 저 심장 떨어지는 꼴 보려고? 일어나세요, 빨리빨리!"

김용 씨는 낙엽을 덕지덕지 붙인 채 부스스 일어나긴 했지만 졸린 듯 멍해 보였다.

"어, 은진 씨……? 그럼 지금은 20**년…… 좌표구성 MF4-256……. 어, 그게 어디더라."

"잠꼬대도 너무 스케일 있으시네. 자, 일어나세요. 요즘 밤에 얼마나 추운지 알아요? 어디 따뜻한 데 들어가서 주무세요."

"그러려고 했는데…… 너무 갑자기 졸려와서……."

"대체 언제 주무셨길래 길 가다 벤치에 드러누울 지경이 된 건데요?"

느릿느릿 김용 씨가 장갑 낀 손가락을 꼽았다. 둘, 셋, 다른 쪽 손, 일곱, 여덟, 다 꼽은 손가락을 다시 펴는데도 끝이 안 나는 걸 본 은진이 기겁했다. 용은 한 달에 한 번 몰아서 자나?

"알았으니까 일단 가요! 근처 피시방이나 찜질방에라도 모실 테니 다음은 알아서……."

엄청나게 큰 쥐 마스코트 머리가 안 떨어지게 조심하며 영차 하고 부축해 일으키는데 하나도 무겁지 않았다. 은진은 약간 눈을 찌푸렸다. 머리만 살짝 묵직할 뿐 그 외에는 둥실 뜨는 느낌. 지나던 학생들이 이쪽을 보고 말하는 소리가 들렸다.

"저거 뭐야? 그건가? 요즘 학교 안에 돌아다닌다던 인형 탈."

"진짜 있었어? 이상한 사람 아니냐고 소문났던데. 조심해야 겠다."

그 심정 충분히 이해합니다. 그냥 평범하게 100년 위 학번인 용종 용속 용과에 속하신 분이지만 바깥에서 보기엔 그냥 수상한 인형 탈이겠죠. 이런 상황이면 사람 많은 피시방 같은 곳에 모셔가긴 힘들 것이다. 은진은 급한 마음에 일단 김용 씨를 업었다. 그리고 도보 15분 거리인 본인 자취방으로 씩씩하게 걸어갔다.

"불편하겠지만 참으세요. 저도 내일 일찍 발표가 있는 몸이라 침대에서 편히 자야 하거든요."

며칠째 어질러져 있는 원룸 바닥을 대충 걷어내고 은진은 친구들 놀러 올 때 내주던 침낭을 꺼냈다. 그리고 대충 김용 씨를 침낭 안에 수납해서 지퍼를 올려주었다. 거대한 마스코트 탈이 움찔거렸다.

"여긴 어디야? 공간좌표가……."

"아, 그런 거 일일이 확인하실 필요 없고요. 제 원룸이에요. 좀 좁고 지저분하지만 저도 살다 살다 용 님을 재워드릴 줄 몰랐으니 따뜻하게 주무시는 거로 만족하세요."

"좁아? 많이 좁긴 하네. 이렇게 하면 은진 씨가 좀 편할까?"

여전히 잠에 취한 투로 묻더니, 침낭 안에 가득 찼던 몸과 탈이 줄어들기 시작했다. 당황한 은진이 텅 빈 것 같은 침낭을 열어보니, 손가락 크기만 한 희미한 빛 덩어리가 날았다. 빛 덩어리는 은진의 책상 위를 빙빙 돌다가 필통 안으로 쏙 들어갔다. 그 안에서 빛은 잠시 뒤척거리듯 반딧불처럼 깜박거린 후 은은하게 가라앉았다. 육신이라 할 만한 게 없다더니, 이럴 때는 편리하구나 싶다. 은진은 더 생각하고 싶지 않아 일단 최대한 긍정적으로 받아들인 후 불을 껐다.

"안녕히 주무세요."

그날 밤 은진은 좋은 꿈을 꿨다. 숲과 강으로 둘러싸인 적막하고 푸르른 광경 속에 은진은 단 혼자 서 있었다.

어린 시절 할머니 댁 마당 풍경과 닮은 곳이었다. 그 꿈에서 은진은 검은 흙을 만지며 놀고, 무지개를 따라 강가를 뛰고, 흐르는 수면 위에서 부서졌다 모여드는 달빛을 눈으로 마셨다. 마음에 잔잔한 기쁨이 차올랐다.

물에 맨발을 담그고 발장구치며 시원하고 투명한 물방울을 바라보는데 뒤에 누가 서 있는 것을 느꼈다. 눈으로는 그 모습을 잘 볼 수 없으며 머리로 이해하는 것조차 넘어선 존재였다. 그러나 크고, 이질적이며, 지고할 정도로 온통 금색으로 둘러싸인 누군가가 그곳에 있다. 아름다운 존재가 은진을 향해 미소 비슷한 것을 지었다. 역시 귀로는 들을 수 없는 소리가 전해졌다.

[걱정을 끼쳤구나]

그 존재의 형체도 목소리도 낯설지만 동시에 너무도 그립고 안락하게 느껴져서, 은진은 위안이라도 찾듯 그 옷자락에 얼굴을 파묻는 자신을 상상했다. 그 마음을 느낀 듯이 목소리 아닌 목소리가 더 다정해졌다. 착각일 것이다. 처음부터 그 존재에게 인간의 감정이란 거리가 멀었으니까. 그럼에도 은진은 자신이 가 닿을 수 없는 곳에서 전해오는 관심과 아픔 없는 온기를 느꼈다.

[그러지 않아도 된단다. 나는 인간의 육신이 아니니 혹시나 보일 곤궁함에 불편해하거나 측은해하지 말아라, 소저여. 나는 괜찮다]

조금 울고 싶은 기분도 들었다. 이렇게 누군가가 우리를 지켜보고 있었구나, 헤아릴 수 없는 시간을 넘어 계속, 계속해서. 그러나 없는 옷자락을 찾아 파묻히는 대신 은진은 고개를 쳐들고 말했다.

"그럼 걱정 끼치지 않게 잘 드시고 잘 주무세요. 그리고 소저가 뭐예요. 아무리 인간들이 애처럼 보이셔도 그렇지. 랩실에서는 선배라고요. 게다가 대체 언젯적 말이야."

존재는 또다시 웃는 듯하더니 눈부신 금색 너울 속으로 물러났다.

[내 미욱하였구나. 명심하겠다]

눈을 떴을 때는 부연 아침이었다. 침대에서 은진이 부스스 몸을 일으키니 김용 씨는 그새 갔는지 침낭도 필통 속도 비어 있었다. 그리고 뜬금없이 밥상 위에 조금 탄 계란후라이가 덜렁 올라와 있었다. 신세 진 게 부끄러워서 나름 보답한 듯하다. 그런데 왜 하필 계란후라이람. 생각해보니 냉장고에 계란밖에 없긴 했다.

기왕 은혜 갚은 용이 되려면 없는 마법이라도 부려서 스테이크 정도는 해 줄 것이지. 투덜거리면서도 은진은 세수도 안 한 채 계란후라이를 뜯어먹었다. 놀랍게도 평범한 계란후라이 맛이었다.

"나 도서관에서 재미있는 것 찾았어."

수업 준비해야 한다며 사라졌던 민아가 학교 로고가 인쇄된 CD 한 장을 높이 쳐들고는 나타났다.

"너 교수님한테 연보 백 년사 정리 받았다며? 농땡이 부릴 여유 있어?" 은진이 핀잔을 줘도 아랑곳없이 "잘 봐, 귀한 거니까." 하고는 CD를 자기 컴퓨터에 넣고 열었다.

"짠, 우리 학교 설립연도부터 30년 어치 학생 명부와 연감입니다."

정식으로 '대학' 인가를 받은 것은 해방 이후였고 그 이전에는 일제강점기의 규제 탓에 전문학교로 유지되었다 한다. CD에 담긴 파일을 열자 단출한 3층짜리 본관의 흑백 사진과 설립 이념, 초대 총장이 띄우는 편지 등이 펼쳐졌다. 민아는 빠른 클릭으로 페이지를 뒤로 넘겨 단체 사진을 가져왔다.

"초대 총장과 설립 관계자들이야. 딱 봐도 알겠지?"

해상도가 낮은 종이 원본을 그대로 스캔한 탓에 여기저기 얼룩지고 흐려져서 세심하게 얼굴이 구분되는 사진이 아니었지만 장 선배와 은진을 비롯한 연구원들은 모두 가볍게 웃음을 터뜨렸다. 정면을 보고 선 열댓 명의 인물 중 어색한 하회탈이 있었던 것이다. 장 선배가 고개를 뒤로 돌려, 자기 자리에서 지뢰 찾기에 열중한 김용 씨를 보았다. 오늘은 큼지막한 호박머리였다.

"야아, 저 어르신 역시 창립멤버셨구나. 그때부터 한결같으시네."

"학적부도 재미있어요."

민아가 계속 클릭해서 넘겼다. 설립연도 문학부 명부에 선명하게 '김용'이란 이름이 적혀 있었다. 모니터 앞에 옹기종기 모여있던 모두가 동시에 "문학부?"하고 소리쳤다.

"어르신 처음엔 문학도셨어? 시 낭송도 하고 습작 같은 것도 했을까?"

"상상하기 싫으니까 그쯤 해 두고요. 신기해서 계속 찾아봤는데 말이죠."

학적부에 그 이름은 띄엄띄엄 등장했다. 처음엔 문학부더니 몇 년 후에는 법학부, 한참 자취를 감춘 후 십여 년 후에 다시 등장했을 때는 생물학부였다.

"안 돌아다니신 곳이 없네. 60년대엔 의학부, 교육, 70년대엔 화학, 교육, 식품영양학과에 그다음은 철학, 생명공학 등등. 끝도 없어."

"은근 이 학교 붙박이셨네."

"설마 계속 탈을 쓰고 다닌 건 아니겠지?"

"그렇진 않아. 탈을 쓰면 너무 눈에 띄어서."

어느새 불쑥 나타난 호박 머리에 일동은 이미 익숙해졌다는 듯 놀라지도 않고 한숨만 쉬었다.

"그럼 어떻게 하고 다니셨는데요."

"얼굴을 만들었어. 평범해서, 나타나도 사라져도 시선 끌지 않고 금방 잊히는, 그 시간 그 장소에만 있는 '김용'을."

"네? 그럼 지금은 왜 안 그래요? 지금은 캠퍼스에 소문 다 났다고요. 맨날 바뀌는 이상한 코스튬 플레이어가 어슬렁댄다고."

은진이 어이없어하자 김용 씨는 충격받은 듯 호박 머리를 양옆에서 감쌌다.

"이상한 코스튬……."

"이 어르신, 설마 스스로는 귀엽고 무해한 행세라고 생각하셨나."

"그건 상관없고요. 어떤 얼굴이었나요? 사람으로 변신했다는 거잖아요. 궁금해요, 어떤 모습이었어요? 네?"

민아가 눈을 반짝이며 묻자 김용 씨는 고개를 좌우로 갸웃거렸다.

"사진, 사진 없어요? 평범하게 어울렸으면 학우들하고 찍은 사진 한 장이라도 남아있지 않아요?"

"나한테는 남은 게 없지."

민아를 비롯해 원생들은 모두 실망한 표정을 지었다. 그나저나 민아 너 지금 이렇게 여유 부릴 때가 아닌데. 은진이 속으로 생각하는 동안, 김용 씨가 왠지 순순하게 말했다.

"궁금하면 가져올 순 있어."

"가져온다고요? 어디서요? 있는 곳을 알아요?"

"몰라. 그냥 사진을 찍은 그 시점에서 빌려오는 거야."

알고 있으면서도 자꾸 잊는다. 잊는다기보다는 상상이 미처 가 닿지를 않는다. 상식과 법칙, 좁은 시공간을 뛰어넘어 이렇게 널리, 오래 있어 온 힘과 에너지체란 것에 대해. 인간 세상에서나 통용되는 '김용'이란 이름과 이상한 탈로만 사람의 인식 범위 안에 간신히 담기는 제한 없는 존재가 여기 있다.

"나는 여러 시대, 여러 세상에 나뉘어 있고 그 모든 나를 보고 있어. 동시에 또 따로. 나와 내가 서로 대화하고 연결되며 또한 조각조각 단절되어서."

그렇게 중얼거리며 김용 씨는 소매 안으로 손을 넣고 뒤적거렸다. 설마 했는데, 목장갑 때문에 둔해 보이는 손놀림 끝에 사진 한 장이 딸려 나왔을 때는 은진도 펄쩍 뛸 뻔했다.

"70년대 말, 화공학과 시절이네."

장 선배와 민아가 먼저 허겁지겁 사진을 받아들고 코를 박듯이 들여다보았다.

"와, 진짜 옷이랑 머리가 다들 70년대 스타일이잖아. 그런데 이게 뭡니까!"

사진이 손에서 손으로 돌아서 은진에게도 왔다. 그들에게도 낯익은 공대 뒤 운동장에서 대여섯 명이 웃으며 카메라를 향하고 있었다. 그중에서 뒤로 좀 물러나 있는 인물의 얼굴이 거뭇하게 흐려져 있다. 막 뽑은 것처럼 생생한 사진에 너무 부자연스러운 얼룩이었다.

"얼굴 보여준다면서요. 거짓말쟁이!"

"거짓말은 안 했어. 시공을 거쳐 오면서 간섭이 생긴 모양이지."

태연하게 대꾸하는 김용 씨를 보며 민아가 일부러 큰 소리로 중얼거렸다.

"저기 어디 용 씨 은근히 속도 좁고 심술궂단 말이야."

호박 머리가 다 들었다는 듯이 말했다.

"오민아 씨, 다음 학기 논문심사 본심 때 하루 전날 지도교수님이 입원하더라."

"으아아, 그런 미래 알려주지 마세요! 내 논문! 천기누설 그런 벌 없어요? 알려주려면 로또나 알려줄 것이지, 애어르신 너무해요!"

민아가 절규하며 달려나가고 연구실은 꽁꽁 얼어붙은 듯한 적막에 잠겼다. 민아, 강해져서 돌아오거라. 은진은 속으로 묵념했다. 사실 은진이야말로 이 못된 용 담당 따위 때려치우고 싶지만, 그랬다가 쑥대밭 엔딩이 나며 이 학교 역사가 103년으로 막을 내릴지 누가 알겠는가.

모두 머쓱하게 다시 할 일을 찾아 돌아가는 동안 은진은 얄밉다는 눈길로 용 씨를 쳐다봤다.

"동기들하고 사진도 찍고, 정말 평범하게 어울리며 잘 지내신 모양이네요."

교수님 말로는 수업에 나와도 적응을 잘 못 해서 드문드문 나오다 말고, 사람 사이에 붙어있는 재미를 찾지도 못한다더니. 은진이 소심하게 빈정대는 소리를 알아들은 듯 김용 씨가 천천히 목소리를 냈다.

"평범하게 어울리진 못했다."

호박 머리가 높은 의자 등받이 건너로 푸욱 꺼지는 게 보였다. 의자에서 미끄러져 반쯤 누운 모양새로.

"사람 모습으로 위장했는데 사람 아닌 이질감이 느껴지면 더 이상하겠지? 몇 번을 다시 시도해도 행태 수정을 해도 보통 사람들 머릿속엔 어딘가 입출력 에러 같은 게 남는 거야. 그래서 이젠 최소한만 갖추고, 아예 다른 존재인 채로 있으려고. 처음부터 다르면 다른 게 당연하니까."

더 설명하려다가 적당한 말을 찾지 못하겠는지 손만 휘휘 젓는다. 아무리 지나도 김용 씨에겐 익숙하지 않을 것이다. 사람의 말로 사람을 이해시키는 것이. 그래서 어린아이 같은 말도 쓰고 지나치게 심술부리기도 하는 것이다. 은진은 고개를 끄덕였다.

"알겠어요."

사실은 알 리 없지만 서로를 안심시키려는 우호조약서 같은 말. 문득 묘한 기분이 들었다.

지금 이곳에 있을 수밖에 없는 자신은 김용 씨를 보고 있지만, 김용 씨는 아니겠지. 내 눈에 보이지 않을 뿐이지 이 공간에 겹쳐있는 무수한 지난 시간의 학우들과 함께 있으면서 사진을 찍고 있거나, 미래의 민아를 아는 것처럼 혼자 앞으로 가 있기도 하겠지. 한장 한장이 모두 현실인 수백 수천 장으로 이루어진 책을 덮은 것처럼, 그런 존재라는 건 대체.

"······어떤 느낌이죠. 어떻게 보이는 거죠."

자신도 모르게 은진의 입 밖으로 질문이 스며 나왔다. 그러나 그 질문은 제대로 김용 씨에게 가 닿지 않았다. 뛰어나갔던 민아가 도로 뛰어들어오며 소리쳤다.

"총장님 차가 왔어! VIP라도 오시나 봐. 요 앞에서 운전 기사님 얘기 들어보니 우리 랩실에 볼일이 있으신가 본데?"

"총장님이?"

창문을 열고 내려다보니 티끌 하나 없는 검은 세단이 늦가을 햇빛을 반사하며 건물 계단 앞에 서 있었다. 그러나 뒷자리에서 내린 것은 총장이 아니라 멋들어진 정장 차림에 자세가 꼿꼿한 초로의 여성이었다. 사학을 일군 일가라며 초대 총장을 소개할 때 그 증손주이자 현 총장의 누님, 재단 이사로 매스컴에도 자주 등장하는 인물이었다. 은정화 이사, 겨우 이름을 떠올렸을 때 이미 이사는 2층까지 올라와 랩실 문을 노크도 없이 열었다.

"이경안 교수 연구실 맞지? 김용 씨 있나?"

군더더기 하나 없는 포효 같은 또렷한 음성에, 안전한 연구실 안에서만 사육되어 온 초식 원생들은 굳어버렸다. 그러나 이사님은 한번 휘둘러보더니 파티션과 각종 장비와 컴퓨터와 다중 모니터 암이 복잡하게 얽힌 틈에서 용케 호박 머리를 발견해 냈다. 잠깐 동안 은진의 머릿속에 온갖 생각이 다 들었다.

김용 씨, 등록금 몇십 년 미납한 채 계속 전과해가며 살던 게 드디어 들켰구나. 미납금이 20년 어치만 해도 얼마지, 용도 학자금대출 받을 수 있나. 이사님이 직접 왕림하실 정도면 보통 사안이 아닐 텐데 우리 연구실 괜찮을까?

이사님은 꼿꼿한 자세로 걸어가 등받이 의자 속에 푹 박혀 있던 호박 머리 괴인을 끌어냈다. 경악한 연구실 멤버들 눈앞에서, 거침없는 두 손이 김용의 장갑을 덥석 쥐었다.

"영감님! 아니, 세상에. 대체 몇 년 만에 모습을 드러내셨으면 그렇다 먼저 말씀을 하셔야지!"

은 이사는 매우 열렬하게 잡은 손을 흔들어댔다.

"지난번에는 저도 불초 아우도 해외에 있던 중이라 뵙지를 못했죠. 이번에는 여기서 수학하기로 마음먹으신 겁니까? 하고 계신 공부는 좀 어떠십니까. 도움이 되시려는지? 안 그래도 이 연구실은 저희도 가능성을 보고 미흡하나마 투자를 아끼지 않을 작정이었습니다. 그런데 용 영감께서 둥지를 트시긴 여기가 좀…… 좀 많이 누추하군요."

호박 머리조차 얼떨떨할 정도로 힘차게 할 말을 쏟아붓던 은 이사는 표정을 싹 바꾸었다. 꿰뚫어 보는 시선으로 미심쩍게 주변을 둘러보다가, 뒤에 선 이경안 교수를 향했다.

"교수님, 일전에 말씀드렸다시피 재단에서는 힘닿는 한 서포트 준비가 되어있습니다. 남은 건 아시겠죠? 교수님 역량입니다. 영감님께 필요한 모든 것을 제공해 드리고 최고 수준으로 연구실 환경을 맞춰 주세요. 그리고 영감님은."

또다시 표정을 바꾸어 이사는 한숨을 푹 내쉬었다. 나무라는 강한 어조로 호박 머리를 향해 퍼부었다.

"영감님이 제일 문제인 거 아십니까? 제가 무슨 소리를 들었게요? 설마 학교 안에서 노숙하고 계신 건 아니겠죠? 오는 길에도 학교 벤치나 체육관이나 문 닫힌 학관 안에서 쓰러져 자는 인형 탈 괴담을 얼마나 들었는지. 아니, 총장에게 영감님 나타나셨다고 듣자마자 총무 통해서 열쇠 전달해 드렸을 텐데? 육신으로 생활하시기에 하나 불편함 없게 모시기로 했잖습니까. 이러시는 건 아니죠."

역시 있었을지도 모른다, 펜트하우스. 그런데 아무 데서나 그렇게 방전되어 주무시고 폐나 끼치고 참 잘 하십니다. 어이없는 헛웃음이 나오는 동시에 은진은 혼내라, 더 혼내주세요 하고 고소해 하며 마음속으로 이사님을 응원했다. 은 이사의 다음 타깃이 자신이 될 줄도 모르고서. 짧고도 헛된 즐거움이었다.

"그쪽 학생인가? 영감님 멘토라고? 사수라고 하나?"

"……그냥 제비뽑기로 된 평범한 방장입니다."

은진이 대답했다. 그렇게 매처럼 날카로운 눈으로 바라보니 '자네 연구 실적이 형편없군. 우리 학교의 수치야.'라며 내쫓으실 것 같다고 생각하며. 그러나 왠지 은 이사는 수고가 많다는 듯 딱하다는 표정을 짓더니 은진의 어깨를 두드려 줄 뿐이었다.

"잘 부탁하네."

아뇨, 차라리 잔소리를 해 주세요. 앞으로 고생길이 삼천리라는 측은한 말투 말고요. 흐느적거리는 은진을 도망 못 치게 잡아두려는 듯 소맷자락을 붙든 채 이사님은 다시 김용 씨를 향했다.

"살짝 인사만 드리려 했는데 괜히 방해만 한 것 아닌가 모르겠네요. 당부드린 대로 영감님, 필요한 것은 언제든 요청해 주세요. 프로젝트 산하 협력기관으로서 그 숙원에 힘껏 지원해 드리겠습니다. 그리고 멘토 씨는 잠깐 같이 내려가지."

"왜죠? 전 그저 보잘것없는 방장……."

"영감님이랑 같이 드시라고 간식 좀 챙겨왔어. 보약이랑 피로회복제랑 강장식 조금하고."

이분 혹시 그런 것 아닌가. 용 님 열성 팬클럽? 그동안 계속 얼떨떨한 상태로 한마디 할 새도 없던 김용 씨가 몸을 일으켰다. 그리고 배웅이라도 하듯 은 이사 쪽으로 돌아서더니 무겁게 입을 열었다. 간단한 한마디, 그러나 의외로 깊게 울리는.

"고맙네, 정화."

크게 기뻐할 줄 알았던 은 이사는 의외로 표정 하나 바뀌지 않았다. 그저 입 끝을 조금 당겨 웃는 듯 마는 듯한 미소를 차렸다 지우고는, 은진을 끌고 연구실 밖으로 나왔다.

바깥에서 훅 불어 드는 바람에 은 이사 목에 걸린 스카프가 거미줄처럼 스산하게 나부꼈다. 은진이 그 바람을 타듯 물었다.

"저, 이사님. 김용 씨와 아는 사이신가요?"

"아마도."

대답은 애매하고도 해묵은 감정으로 복잡했다. 은 이사는 기억이라는 믿을 수 없는 신기루에 속지 않으려는 듯 눈을 반쯤 찌푸렸다.

"나중에 학적부를 보고서야 알았네. 79년 화공학과…… 그때 그 이름이 있더군. 나는 1년이나 저 이와 동기 간이었더라고. 그런데 왠지 생각이 잘 나지를 않아. 그때도 아마 유명했을 거야. 지금이랑 마찬가지로 정체를 숨길 생각이 없었으니까 전설에나 나오던 용 님이 우리하고 같이 수업도 듣는다고 떠들썩했던 기억 정도는 나네. 하지만 언제 파고들었는지 언제 또 떠나갔는지, 우린 또 어떻게 그날들을 잊었는지 생각이 안 나는군."

김용 씨는 실패했던 거구나. 조금 전 들은 이야기를 떠올리며 은진은 깨달았다. 사람과 비슷해지려 애쓸수록 사람과 다르다는 사실만 들통나게 된다. 김용 씨는 은 이사가 들이닥칠 걸 알고 그 얘기를 들려준 걸까. 은진은 문득 주머니에 손을 넣었다. 좀 전부터 바스락거리던 사진을 꺼내서 은 이사에게 내밀었다.

"혹시 이 사진 알고 계실까요?"

목에 걸었던 안경을 코끝에 걸치고 유심히 사진을 들여다보던 이사가 낮게 웃음을 터뜨렸다.

"이게 뭐람. 언제 이런 걸 찍었지? 여기, 보이니? 맨 오른쪽이 나란다. 세상에…… 이제 생각난다. 망할 용, 이렇게 사이좋은 척 사진까지 찍어놓고는 도망쳤다 그거지?"

순식간에 호칭이 영감님에서 망할 용으로 변했습니다만. 그

심정 온몸으로 공감하며 은진은 고개를 크게 끄덕거렸다.

"어떤 얼굴이었는지는 기억 못 하시겠네요."

"아무 의미 없지. 마음만 먹으면 무엇으로든 변했을 텐데. 방금 본 얼굴인데도 돌아서면 기억이 안 나고 그랬지. 언제라도 도망칠 준비가 된 것처럼 자길 숨겼어. 이 사진을 보니 더더욱…… 모르겠네. 막연하게 그 시절이 그리웠지만 제대로 생각나는 것도 없으니 뭐가 남았나 싶다."

'다른 존재'와 함께 지낸다는 대가인 걸까. 그렇게 몇 번이나 실패하면서도 그 용은 계속해서 인간 곁에서 맴돌고, 몇 번이나 다시 자신을 수정해서 나타나고. 언젠가는 나도 이사님처럼 김용 씨를 막연하게 '그랬던 것 같다'며 회상하게 될까. 자신도 모르게 굳은 표정이 된 은진을 보자 이사는 빙긋 웃으며 또 어깨를 두드려 주었다.

"쓸데없는 옛날이야기는 그만두고. 어서 간식 들고 들어가거라."

"그런데 프로젝트라고 아까 하신 건 무슨 말씀인가요? 김용 씨가 무슨 프로젝트에 참가라도……?"

"직접 영감에게 들어. 그리고 이 사진은 기념으로 내가 가져간다."

그리고 은진의 두 팔에 묵직한 보따리를 남긴 채 검은 세단의 문이 탁 닫히고 은정화 이사는 왔을 때처럼 호쾌하게 사라져갔다. 은진은 깊은 잠에서 깨어난 듯 몸을 부르르 흔들었다.

같이 사진을 찍어도 기억도 남지 않고 심지어 사진에 모습

도 남지 않는다. 그러고 보니 김용 씨 모습이 어땠더라. 목소리
는 어떤 투였지?

은진은 순간적으로 오늘 하루를 되짚었으나 호박 머리 외에
는 아무것도 생각나지 않았다. 성별은 어차피 무관했다 쳐도
몸집이 자기보다 컸는지 작았는지, 목소리가 단단했는지 여렸
는지 그조차 까마득히 기억이 없었다. 겨우 호박 머리 하나만
벗으면 모르는 사람들 새로 녹아들어 찾아낼 수 없으리라. 가
슴 밑바닥이 찬물에 잠긴 듯한 기분이 들었다. 그렇게 그 존재
는 마음만 먹으면 자기 자신을 주워 모아 아무것도 남기지 않
고 또 수십 년이 지날 때까지 사라져서…….

은진은 숨도 쉬지 않고 계단을 뛰어올랐다. 연구실 문을 힘
껏 열었다. 아무 일 없던 듯이 지뢰찾기에 몰두해 있던 김용 씨
는, 은진이 든 간식 보따리를 쳐다보지도 않고 말했다.

"난 쑥떡이 좋아. 거기 그거 맛있더라."

평소와 다름없이 은진이 원하던 풍경. 은진은 가슴 속에서부
터 뱉듯이 깊이 안도의 한숨을 내쉬었다. 그리고 성큼성큼 걸
어가서, 한창 지뢰 클리어를 향해 가던 김용 씨의 컴퓨터 전원
코드를 뽁 뽑아버렸다.

꿈을 꾸었다. 요즘은 꿈을 자주 꾼다. 그때처럼 검은 흙과 무
지개와 소용돌이치며 반짝거리는 물살, 스미듯 퍼지는 단풍,
얼어붙은 베일 같은 안개를 본다. 은진은 문득 자신의 시선이
그 풍경을 위에서 내려다보고 있다는 걸 깨달았다. 공중에 떠

있다. 왜인지 아주 자연스럽게.

은진은 자신 옆에 함께 떠 있는 존재를 느끼고 있었다. 달이나 어떠한 근원처럼 차갑지도 따뜻하지도 않은 빛을 발하는 존재.

"이게 당신이 보는 풍경인가요."

[아주 일부일 뿐이지]

들리는 게 아닌 몸 전체와 공기로 전해지는 대답이 왔다. 마치 하늘에 잠겨 반쯤 녹아가는 듯한 기분이었다. 이대로 그 존재가 꿀꺽 삼키면 자신은 흔적도 없이 사라지겠지, 하늘의 위장 속에서. 그 또한 종말이라기엔 부드럽고 평화로운 끝일 듯 싶다.

[정신 차려. 곧 일어날 시간이다]

은진을 깨우려는 듯 가볍게 하늘이 흔들렸다. 하늘이 흔들리다니, 은진은 의아하게 눈을 크게 떴다. 그 앞에서 시야가 살짝 일렁이며 투명한 어떤 것이 드러난다. 지금껏 은진이 무심하게 보던 것은 하늘의 모든 색을 투과하여 은은하게 되비추는, 바로 비늘이었다. 하나하나가 은진의 손바닥보다 훨씬 큰데, 잘 갈아놓은 돌의 심장인 듯 심해의 깊은 눈인 듯 푸르고, 곤충의 날개보다 얇으며 날카로운 우윳빛 광택이 흘렀다. 그런 수많은 비늘로 감싸인 것이 구름과 산에 가려 시작도 끝도 알 수 없을 정도로 하늘 끝까지 뻗어 있었다.

세상을 휘감은 거대하고 고요한 몸뚱이를 하늘에 누인 채로, 은진 곁에 떠 있던 한 조각의 존재가 반복했다.

[일어나라]

은진은 눈을 번쩍 떴다. 이제는 내 꿈에서도 막 쫓아내시네. 아직도 눈앞에 옥색 자색 청색을 머금고 투명하게 울리던 비늘이 선명한데. 손을 뻗어 머리맡에 둔 핸드폰을 확인하자 문자가 한 통 와 있었다.

인쇄실 사장님의 문자였다. 디스켓 복사가 끝났으니 찾으러 오라는.

은진은 손바닥 위에 놓인 USB를 유심히 들여다보았다. 어디서나 흔하게 볼 수 있는 8GB짜리 USB였으나 과연 그 내용물도 흔할 것인지는 모르는 일이었다. 일단 디스켓 안에 든 파일은 다 옮긴다고 옮겼는데, 라고 인쇄실 사장님이 뒷머리를 긁으며 말했다.

"어차피 파일도 달랑 하나뿐이더라고요. 여기서 한번 확인해 보시려우?"

"아뇨, 가져가서 열어보는 게 낫겠어요."

왠지 잘못 건드리면 큰일 날 것 같아 은진은 디스켓과 USB를 최대한 멀찍이 손가락 끝으로만 살짝 집어 들고 나왔다. 이 터무니없이 작은 파일 하나가 상상을 초월할 만큼 크고 동떨어진 그 존재를, 이 학교와 세상과 연결시키는 고리인 것 같았다. 말도 안 되는 공상이겠지. 은진은 머리를 흔들며 도서관에 들어와 전에 빌렸던 책을 반납했다. 이제 필요한 자료만 몇 권 더 빌려서 연구실로 돌아가야겠다.

"이걸 떨어뜨리셨네요."

등 뒤에서 목소리가 입김처럼 낮게 훅 불어왔다. 은진은 그대로 멈춰 섰다. 좀 전까지 근처에 아무도 없었다는 게 기억났다. 휙 돌아보자 긴 코트로 온몸을 감싼 키 큰 인물이 서 있다. 마치 바닥에서 고요하게 솟아 나온 듯 불길한 모습으로. 마스크를 쓴 데다 목소리로 성별도 분간 안 되는 그 인물이 손을 내밀었다.

"당신 물건이죠?"

그자가 내민 검고 납작한 디스켓을 보자 은진은 놀라서 반사적으로 USB부터 찾았다. 분명 가방이랑 주머니에 하나씩 잘 넣어뒀는데 언제 떨어뜨렸지? USB는 다행히 주머니 속에 제대로 있었다. 일단 오른손으로 USB를 꺼내 들고 확인하며 은진은 다른 쪽 손을 뻗었다.

"감사합니다. 대체 언제 흘렸담."

"오랜만에 보는 물건이로군요. 아직도 디스켓을 쓰다니 재미있네요."

마스크와 모자 사이로 겨우 드러난 그자의 눈은 정중한 말투와는 달리 소름 끼치게 밋밋할 뿐이었다. 은진에게 디스켓을 건네는 동안 그자의 손가락이 흐르듯 매끄럽게 움직이더니 USB에 슬쩍 스쳤다. 직접 피부에 닿은 것도 아닌데 은진은 머리털이 곤두서는 듯 소스라쳤다.

"하지만 이게 더 흥미로워요. 자, 어서 내게 보여줘."

안 된다고 은진의 머릿속이 경고등을 켰다. 빨리 디스켓만 받아들고 상대하지 말고 여기서 나가야 해. 그러나 그자의 금속성 도는 눈에 매서운 빛이 노랗게 물드는 것을 본 순간 은진은 이미 늦었다는 걸 깨달았다. 주변 기온이 일시에 내려간 듯 몸이 차갑고 뻣뻣해졌다. 보이지 않는 실에 조종당하듯 은진의 손이 멋대로 움직여 그자의 손바닥 위에 USB를 가만 내려놓았다. 그자가 고갯짓했다.

"그것도 줘야지."

은진은 멍하니 가방을 뒤져, 그 안에 얌전히 들어있던 검은 디스켓마저 꺼내서 건넸다. 그럼 저 작자가 주웠다면서 보여준 건 뭐지? 경악한 은진의 눈앞에서 그자가 손에 든 것을 팔랑 흔들어 보였다. 디스켓으로 보이던 물건이 검은 종이로 변했다.

"네 어리석음을 탓하거라."

고색창연한 악당 같은 투로 한마디 남기고, 그자는 갑자기 머리 위에서부터 여러 갈래로 갈라졌다.

순식간에 사람의 형상을 잃고 길고 가느다란 수많은 그림자로 흩어진 그자가 도서관의 벽과 바닥과 천장을 타고 빠르게 내달려갔다. 바람결처럼 그중 한 갈래 그림자가 은진을 스치며 귓가에 조롱하듯 속삭였다.

[오랜만에 용 돌보미가 된 인간도 구경하고 싶었지. 수고해]

은진은 눈을 질끈 감았다가 다시 떴다. 이상한 그림자 인간은 온데간데없이 사라지고 디스켓도 USB도 마찬가지였다. 음산하고 차디차게 가라앉았던 주변도 다시 햇빛 환한 도서관 풍경으로 돌아와 있었다. 은진 혼자만 잠깐 악몽에 갇혔던 것처럼.

정신이 돌아오자 화내야 할 포인트가 너무나도 많아서 순서를 정할 수도 없을 지경이었다. 은진은 분해서 발을 구르며 사라진 괴인을 향해 고함을 질렀다.

"용 뒤통수를 칠 거면 직접 치라고! 그리고 누가 용 돌보미라는 거야? 가만 안 둬!"

장 선배와 오목을 두던 김용 씨는 연구실 문이 부서져라 쾅 열리자 돌아보지도 않고 말했다.

"구은진 씨 오늘 신문 별자리 운세에 모르는 사람 조심하라고 나왔더라."

"김용 씨가 제일 잘못했어요! 대체 어디에 무슨 원한을 흘리고 다녀서 이상한 걸 불러들이는 건데요?"

오늘은 왠지 입체적으로 상하좌우 어디서 봐도 김용 씨의 머리가 3차원 모자이크 처리되어 보인다. 한참을 씩씩거리다가 물을 벌컥벌컥 마시고 겨우 숨을 돌린 은진이 눈썹을 치켜올렸다.

"어쩐 일이에요? 오목처럼 단순한 놀이를 하시고."

"현재에 집중하는 연습."

"아시겠지만 디스켓도, USB도 털렸어요. 그래도 상관없는 건가요? 별로 중요하지 않은 물건이었어요?"

"그럴 리가. 대체품은 만들 수 있겠지만 무척 번거롭고 시간을 많이 잡아먹겠지. 그러니 중요한 물건이다."

오목 돌을 던지고 일어선 김용 씨는 책상 위에 산더미처럼 쌓인 논문과 자료 복사본을 한 묶음씩 집어 들고 팔락팔락 넘겨보며 말했다.

"자세히 말해 봐. 어떤 자였고 어디로 갔지?"

"마스크와 모자를 썼고 키가 컸어요. 어딘가 차가운 데다가 이상한 눈을 해서 꼭 최면에 걸린 것 같았고요. 인간의 형상을 벗으니 수백 갈래 그림자가 되어 흩어져 갔어요."

"잘 봤네. 구은진 씨 의외로 본질을 보는 안목이 있단 말이야."

도서관으로 괴인을 잡으러 안 달려가고 왜 논문 복사물만 뒤적거리고 있지? 김용 씨는 두툼한 종이철을 빠르게 훑어본 후 던져두고 또 새로운 묶음을 꺼내 들었다. 몇 장을 집어서 허공에 대고 탈탈 털더니 또 던지고 다음을 들여다보았다. 빽빽한 영어 원문과 그래프, 사진을 손가락으로 훑다가 갑자기 김용 씨는 종잇장을 구기듯이 꽉 움켜쥐며 높이 쳐들었다.

"숨어있지 말고 나와!"

김용 씨의 손을 따라 검게 일렁이는 반투명한 그림자가 주욱 길게 늘어졌다. 그림자가 빠져나오며 빼곡하게 차 있던 글씨가 사라지고 종이는 백지로 변했다. 문득 은진은 도서관 책들의 일부가 지워진 듯 사라진다는 소문을 떠올렸다.

"소문 속 책 먹는 괴물이 이 범인이었어요?"

"책을 먹어? 비슷하긴 해. 이놈은 지식정보체를 흡수하며 진화하는 종이거든."

은진은 문득 평소와 다를 게 없어 보이는 연구실이 춥고 낯설게 느껴졌다. 감정 없이 번득이는 수십 수백의 눈이 빈틈없이 에워싸고 있는 듯했다. 장 선배와 몇몇 원생들이 흥미진진하게 지켜보는 와중에 문이 열리고 민아가 들어서다가 어이쿠 하고 물러섰다. "오늘도 또 사건사고야? 끝나고 올게요." 문이 다시 닫히자 김용 씨는 손안에서 꿈틀대는 그림자를 움켜쥐고 목소리를 높였다.

"나오지 않으면 이번엔 내가 네 일부를 흡수해 버리겠다."

쉿쉿 하고 종이 찢는 듯한 메마르고 높은 소리와 함께 사방에서 빠르게 물결치듯 여러 그림자들이 몰려들었다. 김용 씨 손에 잡혀있던 놈도 빠져나와 합류하더니 이윽고 그 그림자들은 하나로 뭉쳐 검고 큰 하나의 형상을 이루었다. 과시하듯 우아하게 꿈틀대며 반들거리는 대가리를 치켜드는 그 형상은 거대한 뱀이었다.

"나 뱀 공포증이 있어서 잠시 누웠다 올게."

장 선배가 비틀거리며 의자로 쓰러지는 동안 은진은 꿋꿋하게 소리쳤다.

"이게 뭐예요? 뱀? 구렁이?"

"이무기지. 정확하게 말하면. 이 학교가 세워지고 도서관이 생길 무렵부터 둥지 틀고 자리 잡은 터줏대감이야."

모자이크 머리를 한 김용 씨가 턱에 손을 대는 시늉을 했다.

"나와 같은 시기부터 여기 맴돌고 있었으니 음…… 내 동기라고 할까."

[웃기지 마라. 인간 놀이는 그만 집어치워]

깊은 곳에서 치솟는 음성으로 이무기가 진저리가 난다는 듯 말했다.

[오래 살다 보니 시간도 힘도 남아돌아 무료함에 머리까지 이상해졌나. 과연 큰 존재는 낭비도 남다르시군. 대체 언제까지 이따위 무의미한 소꿉장난을 할 참인가]

"너야말로 무가치한 장난은 그만둬. 가져간 물건은 이리 내라. 네가 가져봐야 아무 소용없는 주제넘은 물건이다."

거리낌 없는 김용 씨의 대꾸에 이무기가 그림자의 힘을 끌어모아 더욱 크고 짙어졌다. 머리를 쳐들고 일순 포효하는데 건물 전체가 경련하듯 부르르 떨었다.

[주제 넘다고? 누가 주제를 결정하나? 그 오만함은 여전하구나]

"너도 알지 않나. 알기 때문에 당장 쓰지 못하고 내 앞에 나타난 거지. 미리 말하자면 네겐 무리다. 네가 아무리 정보와 지식들 사이에서 몸집을 불렸다 해도 저건 삼킬 수 없어. 네 역량을 넘어선다."

잠시 말을 멈췄다가 김용 씨는 드물게도 부드럽게 달래는 어투로 이었다.

"저건 널 완성시켜 줄 여의주가 아니야."

그 부드러운 한마디로 결정타를 찔러 넣은 모양이다. 이무기의 두 눈이 차가운 녹색 불처럼 타올랐다. 건물의 진동이 더 커지고 벽에 가느다란 금이 갔다. 이무기의 몸에서 쏘아져 나간 가느다란 그림자들이 김용 씨의 목에 감겼다. 아랑곳하지 않고 김용 씨는 이무기 쪽으로 더 가까이 다가갔다.

"넌 용이 될 수 없어."

한 번 더 치명타. 참 성격 좋은 애어르신이다. 이무기의 거대한 검은 몸뚱이가 분노로 뒤틀릴 때마다 벽과 천장이 갈라지고 책상이 흔들리며 쌓인 책과 모니터와 잡동사니들이 무너져 내렸다. 독을 품은 이무기가 옻칠이라도 한 듯 검게 번들거리는 송곳니를 드러냈다.

[천년, 천년도 넘게 너와 같은 힘을 바라며 살아왔다. 내가 이것을 삼켜 흡수하든, 역으로 삼켜져서 분해되든 상관없다. 바라고 염원하기에도 지쳤어. 소멸할 땐 하더라도 네 마음에 든 놀이터 정도는 쓸어 버리고 길동무로 데려갈 수 있겠지!]

"누구 친구 아니랄까 봐 참 고집 세네요."

지진을 대비해 침착하게 책상 밑에 들어가 있던 은진이 중얼거렸다.

"친구 아니래도."

하릴없이 김용 씨가 대꾸하는 동안 이무기 앞에 USB가 둥실 떠올랐다. 쩍 벌어진 이무기의 주둥이 속으로 USB가 빨려 들어갔고, 곧 그림자로 이루어진 몸뚱이에서 조금씩 빛이 새어 나오기 시작했다. 실내인데도 역한 바람이 휘몰아쳤다.

"이무기는 용이 될 수 없다니까."

김용 씨가 싱겁게 말했다.

"종의 유사성을 믿는 건 자유지만, 아무리 고쳐도 안 된다고. 정보와 에너지체에서 태어나 그 자체가 되어가는 용과 그 결과물인 지식체로 이루어진 이무기는 인과부터 다르지. 내가 항상 먼저 존재하니까."

끝까지 불에 기름 붓는 소리나 하신다 싶어, 은진은 머리가 아찔해졌다. 이제는 건물뿐만 아니라 이무기의 몸도 뒤틀리듯 떨고 있었다. 이무기의 비늘이 하나하나 거꾸로 서며 말라 죽는 잎처럼 끄트머리가 창백하게 갈라졌다. 녹색이던 두 눈에는 위태롭게 불그스름한 광채가 가득 찼다. 물정 모르는 은진이 보기에도 마치 별이 폭발하듯 내부에서 붕괴하기 일보 직전 같았다. 건물이 한 번 더 흔들리고 옆방에서 비명이 들려왔다. 고통스러워 보이는 이무기 앞에 서서 김용 씨가 말을 걸었다.

"하지만 너와 나 사이의 무언가로는 만들어 줄 수 있어."

김용 씨가 내미는 손을 피하듯 이무기의 부스러져 가는 몸이 움찔거렸다. 자신보다 큰 정보체에 먹혀 이무기는 내면부터 빨려 들어가고 있었다.

"지식과 지식 사이에 그림자로만 존재하길 천년, 앞으로 그보다 더 아득한 시간. 너에게도 실체화 가능한 육신이 있으면 조금 더 버틸 만할지라. 헛된 위안일지라도 한 번쯤은 그렇게 지내보아라. 몰랐던 만큼 실망하고 미워하고 패배하고, 그래도 몸으로 살아보아라. 천년, 또 천년."

이무기의 이마에 마침내 손을 얹은 김용 씨는 잠깐 머뭇거렸다.

"구조 정보를 수정하는 것뿐인데, 좀더 마법 같은 게 낫겠지?"

이무기와 맞닿은 손가락 끝에서 실이 풀리듯 가느다란 금색 빛이 흘러나왔다. 점점 더 퍼져가는 빛줄기는 허공에 이상하고 아름다운 문양을 가득 그리며 썩은 냄새가 나는 공기를 마치 나무가 자라나듯 정화했다. 그 빛에 감싸인 채 이무기는 조금씩 조금씩 크기와 형태가 줄어들었다. 깨끗한 바람이 불어와 문양을 먼지처럼 흩어버리자 그 속에서 새 모습을 얻은 이무기가 눈을 떴다.

은진이 도서관에서 만난 인간의 모습이었다. 마스크와 모자로 얼굴을 가리고 착 감기는 긴 코트로 길쭉한 몸을 감싼. 이무기가 불평을 터뜨렸다.

"겨우 이거냐? 용도 별 볼 일 없군. 이 정도 분신은 나도 얼마든 만든다!"

"그래 봤자 눈속임 허깨비, 종이 인형 같은 것이라 오래 유지할 수 없잖나. 내가 만들어준 건 완전히 네가 다룰 수 있는 몸, 너 자신을 재배열 한 형태다. 먹고 마시고 인간이나 사물과 제대로 상호작용할 수도 있지. 맞으면 아프겠지만 최소한 병은 안 걸릴 거다. 외관이 마음에 안 들면 알아서 갈아 끼워."

단순명쾌한 김용 씨의 대꾸에 미심쩍어하면서도 순순히 시험해보듯 이무기는 몸을 작게 웅크렸다. 중간과정은 전혀 알 수 없었지만 은진은 그자가 어린아이로 변한 것을 보았다. 다음은 케케묵은 외국의 초상화에서 빠져나온 듯한 노인. 다시

코트를 입은 인물로 돌아온 이무기는 딱딱하지만 조금은 만족스러운 듯한 몸짓으로 어깨의 먼지를 툭툭 털었다. 퉁명스러운 목소리를 내며 허공에 디스켓과 USB를 띄웠다.

"좋아. 지금은 이걸로 참아주지."

"허세 부리지 마. 인간이 돼 봤자 어차피 할 일도 없지? 너도 여기서 내 일이나 보조해라."

"이 몸이 왜? 너만큼은 아니어도 나 역시 하찮은 마을 한둘쯤 해일로 쓸어버릴 힘이 있다. 작게나마 수호신 정도는 될 수 있는데 왜 이런 누추한 곳에 처박혀서 너와 소꿉놀이를 해야 하지?"

"글쎄."

김용 씨는 표정이 보이지 않는 모자이크 얼굴로 표현하는 대신에 어깨를 으쓱거렸다.

"내 계획에 네 티끌만 한 능력과 지식이 약소하나마 도움이 되니까?"

이무기는 말이 막힌 듯 침묵했다. 또 다른 의미로 치명타를 맞은 모양이라고, 허공에서 돌아가고 있는 디스켓과 USB를 챙기며 은진은 생각했다. 곧 이무기가 물어뜯듯이 힘주어 내뱉었다.

"그래, 네 멍청한 프로젝트 말이지. 어차피 네놈 손바닥이니 잠깐만 같이 놀아주겠다."

"잠깐요, 김용 씨. 멋대로 연구실 멤버를 늘리면 안 되는데요. 이사님과 총장님 허가를 받고 형식만이라도 학적부에 올려야죠."

겨우 정신을 차리고 돌아온 장 선배가 지극히 현실적인 조언을 했다. 정부 지원 연구비란 현실 앞에서 서류는 깨끗해야 한다는 의지가 느껴졌다.

"일단 이름부터 만드는 게 어떨까요."

모든 시선이 일제히 은진에게 향했다. 맙소사, 용 돌보는 것도 모자라 그 친구인지 부하까지 챙겨줘야 해? 일단 나부터 근로장학금 받아야 하는 것 아닌가. 만사 다 귀찮아진 은진은 말려달라는 듯 이무기 쪽을 향했지만, 무표정하면서도 어쩐지 기대하듯 빛나는 눈을 보고 말았다. 은진은 깊고도 깊은 한숨을 쉬었다.

"용 님은 김용 씨인데 뭘 바라요. 성은 이 씨요, 이름은 무기. 앞으로 고생하세요, 이무기 씨."

디스켓에서 업그레이드되어 돌아온 USB를 만지작거리며, 김용 씨는 되물었다.

"이 내용물이 뭐냐고? 그게 궁금해?"

"당연하잖아요. 그 안에 든 게 대체 뭐길래 이무기 씨는 죽을 각오로 덤벼들고 김용 씨도 디스켓 시절부터 계속 갖고 있었냐고요."

"하긴, 은진 씨도 이제 관계자니까 알려주는 게 좋을까."

"아뇨, 관계자 아닙니다. 전혀 말려들고 싶지 않으니 마음대로 엮어 넣지 말아 주십시오."

그러나 삼십 초가량 침묵한 끝에 은진은 폭발하고 말았다.

"아, 못 참겠다. 그래서 그게 뭔데요! 어차피 단단히 얽힌 것 같으니 이제 알려주세요!"

그럼 그렇지 하듯 의기양양해 보이는 김용 씨가 참으로 꼴 보기 싫었다. 그러나 은진을 또 놀리는 대신 김용 씨는 자기 컴퓨터 앞에 앉아 USB를 포트에 꽂았다.

"사실 이 자체로는 별것 아니야. 그저 열쇠일 뿐이지."

"열쇠요? 뭘 여는데요?"

"문의 열쇠라기보다는…… 시동 키라고 해야 하나. '용'을 깨우는."

USB 폴더가 열리고, 들었던 대로 달랑 담긴 하나의 파일이 보였다. 일종의 실행 파일 같았지만 확장자도 연결 프로그램도 은진으로서는 처음 보는 종류였다. 마우스를 파일 위로 가져가며 김용 씨가 한가하게 말했다.

"이 연구동 전 층의 컴퓨터가 통째로 필요한데. 다들 백업 잘했길."

더블 클릭, 기어코 파일이 실행되었다. 머리 위에서 형광등이 멋대로 깜박거렸다.

랩실 안 컴퓨터들이 갑자기 난동이라도 부리듯, 꺼져있던 것은 켜지고, 켜진 채 작업을 수행 중이던 것은 갑자기 셧다운 되더니 리부팅을 시작했다. 이곳뿐 아니라 연구동 안 모든 랩실이 같은 상태이리라. 여기저기서 퍼져가는 처절한 비명 또한. 모든 컴퓨터들이 같은 꿈을 꾸는 것처럼 병렬 네트워크로 연결되어 외부에서 오는 연산을 시작했다. 감았던 눈꺼풀을 뜨 듯 모니터들의 회색 화면에 빠르게 숫자와 문자열이 차르륵 쌓였다 떨어져 갔다.

"지금은 너무 덩치가 커져서 나도 한 번에 볼 수 없어. 장비 도 턱없이 모자라고."

"네? 대체 얼마나 크길래요."

김용 씨 입에서 나온 단위 또한 제타도 아니고 요타바이트 도 아니고 은진이 처음 듣는 것이었다. 아마도 정신이 아득해 질 정도의 단위, 모래알 같은 은진으로서는 볼 수조차 없는 바 다만큼의 크기와 깊이로 축적된 무언가. 수중에 들어온 컴퓨 터들에 시동이 제대로 걸리기를 기다리는 동안 김용 씨는 중 얼거리듯 말을 이었다.

"나는 세상의 에너지체, 기억정보, 세상의 모든 언어와 지식. 시인들은 내가 기억과 기도로 이루어졌다 하고, 학자들은 내 가 데이터만 충분하면 무엇으로든 변용할 수 있는 정보의 총 합이라 한다. 나는 계속 과거와 미래를 넘나들며 필요한 모든 것을 모아왔어."

"왜 괜히 대학에 백 년이나 계셨나 했네요. 이 학부 저 학부 돌아다닌 것도 그냥 취미생활이신 줄 알았는데."

"모든 걸 흡수해야 했어. 인간이 발견하고 만들고 상상하고 구축한 것들과 인간 밖의 커다란 생태계, 세상의 모든 것을. 지 구의 탄생부터 꼼꼼하게……는 좀 무리니까 어설픈 편집본으 로나마."

"만능도서관이라도 되시려고요? 아니, 우선 그 엄청난 양의 정보 값을 종합적으로 저장하고 유지할 수나 있나요? 지상의 어느 장치도 그만한 덩어리를 처리할 수 없을 텐데 대체."

은진은 말하다가 멈췄다. 기분 탓인지 모자이크 마크 너머에서 김용 씨가 미소 지은 것 같아서, 온몸에 차가운 전율이 스쳤다.

"지금 시동 건 것이 바로 그 정보집합체에 접속하는 패스야."

"용……이로군요."

그때 준비가 끝났는지 컴퓨터들이 일제히 높고 날카롭고 단조롭게 삐 하는 알림음을 냈다. 멸종한 새들이 우짖는 소리 같아 은진은 이번에야말로 소름이 돋았다. 김용 씨는 손가락 두 개를 세워 자판을 또박또박 쳤다.

"보여줄게. 그렇게 내가 만들어가고 있는 것의 아주 일부분을."

3D 프로젝터가 영상을 띄웠다. 마구 엉켜서 단단히 뭉친 털실 타래처럼 허공에서 녹색으로 명멸하는 코드 덩어리가 천천히 돌아갔다. 김용 씨는 그것을 이리저리 돌려보며 '이건 아니고, 저것도 아니고' 하더니 그중 코드 하나를 길게 뽑아냈다. 털실 뭉치가 확 풀어지며 은진의 주변을 온통 빛의 그물망으로 뒤덮었다. 은진은 두 눈을 감으며 주먹도 꽉 움켜쥐었다.

부드러운 미풍이 피부를 스치는 감촉이 느껴졌다. 숨을 크게 쉬자 깨끗하고 맑은 공기가 몸속에 가득 찬다. 은진은 조금씩 눈을 떴고, 자신이 익숙한 풍경 속에 들어온 것을 알아차렸다.

꿈에서 보던 무지개와 강, 수풀, 그러나 지난번 꾸었던 때보다 몸이 더 높이 떠 있어서 무지개는 더 둥글었고 강이 휘어져 흐르는 것이 보였으며 수풀은 고른 녹색의 양탄자 같았다.

"이것도 꿈인가요?"

꿈이라기엔 하늘 전체에 퍼져 산란하는 햇빛이나 계속 불어들며 옷자락에 휘감기는 바람이 지나치게 생생했다. 아무리 봐도 감각에 와 닿는 모든 것들이 실제 같은데, 자신은 연구실에서 한 발짝도 나오지 않았다는 현실이 충돌해서 은진은 혼란스러웠다. 다행히도 옆에 함께 떠 있는 김용 씨는 연구실에서 본 모자이크 머리 그대로였다. 터무니없이 훌륭한 모습이었다면 제대로 이성을 유지할 자신이 없었는데.

"아니, 꿈은 아니야. 순수한 현실도 아니지만. 내가 재구성한 패턴이라 하나."

그러니까 어느 환경 속을 잘라내서 만든 다른 환경…… 온실? 테라리움 같은 것? 김용 씨는 스스로도 잘 설명 못 하겠는지 횡설수설하는데 은진은 일단 눈속임이 아닌 이 풍경 자체를 만들어냈다는 점만으로도 기가 막혔다.

"어이없어라. 테라리움 정도가 아니잖아요. 나한테 보여준 꿈은 예고편이었나 봐요?"

"꿈을 보여주는 건 간단해. 단 한 명의 의식 속에 영화를 틀어주는 셈이니까. 하지만 현실을 조작해 하나부터 열까지 만들어내려면 상상도 할 수 없는 에너지와 정보, 장치가 필요하지."

"그리고 그 프로세스를 가능하게 만드는 게 저 존재로군요."

은진은 손가락으로 가리켰다. 비취처럼 맑게 펼쳐진 하늘에 순간순간 번득이는 비늘, 그 무수한 비늘로 몸을 감싸고 허공에 누워서 스스로를 세상의 거대한 연산 기계로 바꾸어 작동시키고 있는 존재를. 문득 은진은 알게 되었다. 김용 씨는 자신의 모습을 보여주고 싶었나 보다.

세상을 복제해 작은 온실 정원을 만들 수도 있는 자가, 깜박이는 촛불처럼 부질없이 스쳐 갈 뿐인 한 인간에게 진짜 자신을 보여주었다. 굳이 대학원 붙박이로 인간 시스템에 서툴게 적응해가며 사람들 사이에 애써 자신을 남겼던 것처럼. 그래서 은진은 눈치채고 말았다―이 용은 사실 인간을 좋아하는구나.

"알았어요. 왜 이런 스케일 큰 짓을 벌이시는지는 모르겠지만 어차피 말해주셔도 무슨 소린지 못 알아들을 테니까. 앞으로도 원하시면 옆에서 계속 도와드릴게요. 이무기 씨만큼 능력은 없어도 간단한 일쯤은 부려 먹어 주세요."

"응, 안 그래도 그럴 거야. 생각보다 오래…… 백 년쯤?"

의미심장한 김용 씨의 농담에 은진은 진저리쳤다. 이것도 고약한 예언인가? 은진도 민아처럼 논문 통과 못 하고 박사과정 십 년쯤 더 하게 된다는?

"높은 곳에 떠 있으니 속이 안 좋네요. 이제 돌아가요. 컴퓨터 뺏겨서 실험 날린 원생들한테 욕먹을 각오는 하시고요."

그러나 정작 떠나자니 은진은 아쉬워졌다. 그들이 나가면 이곳은 닫히고 사라지고 현실에 없는 공간이 된다. 생각을 읽기라도 한 듯 김용 씨도 중얼거렸다.

"내가 만들었지만 나도 참 마음에 든단 말이지."

성냥개비로 집을 쌓은 어린애처럼 뿌듯해하는 목소리였다.

바람이 불자 살얼음처럼 걸려있던 무지개가 산산이 흩어져 지상으로 뿌려졌다. 푸르던 나무와 수풀의 단조로운 색채가 울긋불긋하게 물들어 넘실거렸다. 김용 씨가 손짓을 하자 조금 일찍 불려온 노을이 하늘 위로 쓰러지기 시작했다. 구름의 아래쪽부터 분홍색과 연자주색이 부풀더니, 땅 위의 단풍처럼 강렬한 금빛과 진홍빛이 얼룩덜룩하게 번져나갔다. 하늘의 비늘들은 이리저리 휩쓸리듯 남색부터 오렌지색까지 투명하게 비쳐 보였다. 대지도 창공도 용광로 속에서 서로 뒤엉켜 물어뜯고 녹아가는 것만 같다. 다시 여리고 말갛게 태어나기 위해.

정신을 차리자, 그 땅도 하늘도 모두 아주 작은 공 크기로 줄어들어 있었다. 은진은 그 세상 밖에, 다시 돌아온 연구실에 서서 김용 씨의 두 손 위에 놓인 그 풍경을 눈이 빠져라 들여다보고 있었다. 김용 씨가 손짓하자 그것은 원래의 코드 덩어리 상태가 되었다.

컴퓨터들이 다시 한번 삐익 날카롭게 울다가 일시에 조용해졌다. 이윽고 코드 덩어리마저 눈 녹듯 가만 사라질 때까지 은진은 숨죽여 움직이지 않았다. 조금은 서글프고 또 조금은 섬뜩한 기분 속에서.

총장과 은 이사는 총장실에서 마주 보고 앉아 차를 마시고 있었다. 기울어가는 햇빛에 찻잔 무늬를 유심히 들여다보던 은 이사가 지나가는 말처럼 흘렸다.

"이경안 교수 랩실은 잘 돌아가고 있나?"

"최근에 또 희한한 인물이 원생으로 들어왔더군요."

"'이무기 씨' 말이지? 듣기론 도서관에 숨어 살던 괴물이라는데 나 참, 이 교수 또 흰머리만 늘겠군. 언제 한번 구경 가야겠어."

지나치게 즐거워하는 웃음소리가 퍼졌다. 자신도 학생으로 돌아간 듯 은 이사의 음성과 표정에 활기가 돌았다.

"그 영감님 정말 이상한 인재를 끌어들이는 재주가 있다니까. 알아서 꼬이는 건지, 영감님이 계산해서 주워 모으는 건진 모르겠지만."

"누님 때도 그랬죠?"

"그럼. 사진 보여줬지? 거기 찍힌 사람들 대부분이 각자 필드에서 내로라하는 석학이 됐잖아."

그리고 고스란히 영감님의 지식 탱크가 됐지. 웃다 말고 지친 듯 은 이사는 찻잔을 내려놓고는 의자 등받이에 파묻혀 한숨을 내쉬었다. 좀 전과는 달리 무거운 근심을 느낀 총장이 서둘러 말을 받았다.

"그러니까 괜찮을 겁니다. 우리가 걱정할 일은 없어요."

"아무렴, 그래야지. 그래야 하고말고."

창밖에선 말라붙은 담쟁이덩굴이 소리 없이, 마른 손가락처럼 펄럭이고 있었다. 사각 틀에 잘려 보이는 연푸른 하늘은 계절의 끝에서 스산하다. 은정화 이사는 어깨를 숄로 감싸며 중얼거렸다.

"백 년 후에, 우리는 없겠지."

"삼십 년까진 어찌 되겠지만 백 년은 무리죠."

시종일관 허허 웃는 얼굴인 채로 총장은 고개를 주억거렸다.

"백 년 전 사람들도 이런 심정으로 우리들의 등을 밀어줬을 겁니다. 이젠 우리 차례가 왔어요."

"가기 전에 힘닿는 한 우리 몫을 해야지. 큰 존재 손에 전부 떠맡기고 무기력하게 울면서 빌기나 할 수는 없어. 천지신명 찾아대는 옛이야기가 아니니까."

"아무렴요. 인간은 혼자가 아니지 않습니까."

"그러길 바랄 뿐이지. 기도하고 싶진 않지만 부디 그러하길."

은 이사는 자리에서 일어나 새삼 감탄하듯 창가로 다가가 바깥을 바라보았다. 바람이 심하게 불자 정원에 늘어선 나무들이 일제히 춤추듯 가지를 흔들었다.

"꽤 추워졌지? 어쩜 이렇게 일 년 일 년이 빠른지. 시간이 아주 날아가는 것 같아."

어둑한 실내와 대조되듯 하얗게 번진 창문을 가로질러 낙엽이 몹시 흩날렸다. 붉고 노란 소낙비처럼 후득 후득 쏟아져 내렸다.

그 기분은 대체 무엇이었을까. 은진은 소파에 대자로 드러누운 채 위를 올려다보며 생각에 잠겨있었다. 김용 씨가 만든 공간에 흩날리듯 내리는 석양을 보며 느꼈던 그 애달픈 오싹함은. 막 현관문을 열고 들어서던 어머니가 기겁을 하고 소리쳤다.

"얘, 아직도 안 갔어? 기차 시간 언제야? 내일 중요한 미팅 있어서 오후엔 돌아가야 한다며?"

"갈 거라고요. 집에 내려오라고 맨날 그래서 왔더니 내쫓네. 아, 그런데 정말 뭐였을까. 그 기분. 어쩐지 그립고 마음 아프면서도 두근거렸는데."

"얘가 이상한 혼잣말이 늘었네. 그만 뒹굴거리고 저녁이나 먹고 가라. 중학생 때랑 하는 짓이 똑같은데 이런 애도 대학원을 몇 년이나 다니고 연구자를 한다니, 참."

어머니의 핀잔에 은진은 투덜거리며 자리에서 일어났다. 어머니가 외출복을 갈아입고 손을 씻는 틈틈이 잔소리도 잊지 않으며 집안을 오가는 모습을 한참 멍하니 바라보았다.

기숙사제 고등학교를 가기 전까진 매일 지내던 집이었다. 그러나 최근 바빠서 일 년에 한두 번 올까 말까 하다 보니 어린 시절만 여기 뚝 떼서 보관하는 기분이었다. 지금은 아버지의 바둑책과 원예책으로 가득 찼지만, 한편에 여전히 어린이용 과학잡지가 나란히 꽂힌 은진의 책장과 책상, 벽에 붙인 주기율표 포스터, 태양계 그림. 앞날을 품은 씨앗이 떨어져 아무도 모르게 어린잎을 마구잡이로 틔워내던 시절. 은진은 문득 알 것 같았다.

그 기분은 어린 시절의 호기심과 흡사했다. 그러고 보니 김용 씨가 처음으로 꿈을 보여줬을 때 할머니 집 마당 풍경과 비슷하다고 떠올렸지. 무엇이든 궁금하고 알고 싶어 조급하던 시절이었다. 뒷마루에 누워 깜빡 잠들었다 깨어나면 콧잔등을 때리듯 시커먼 하늘에서 아찔하게 쏟아져 넘치던 별들. 검은 흙을 만지고 강가를 뛰어다니고 무엇보다 막막한 밤하늘을 보며, 그때부터 은진은 알고 싶었다. 세상의 모든 것을 알고 싶어 마음이 아렸다.

"엄마, 할머니 댁 말이야. 아직 그대로야? 왠지 옛날 생각나서 궁금하네."

"말도 마라. 많이 변해서 근처에 아파트촌이 생기고 대형 마트도 있더라. 넌 가 봐도 하나도 못 알아볼걸. 요전에 아빠랑 같이 가서 뒷마당 창고도 치우고 왔는데, 거기도 언제 산 밀리고 건물 설지 모른다더라."

"그런가. 하긴 20년째 그대로라면 더 이상하지. 아쉽네."

"나도 아쉽지만 할 수 없지. 세상은 변하기 마련이니까. 할머니의 할머니가 젊어서 돌아가시기 전에 그렇게 집을 지키려 애쓰셨다던데. 잃어버린 가족이 있었다나. 저기 상자 좀 들여다봐라. 창고에서 쓸만한 물건 대충 챙겨왔는데 기념품이라도 하고 싶으면 갖고."

말은 그렇지만 사실 잡동사니 분류시키려는 것이로군. 은진은 시큰둥하게 상자 속을 뒤적거렸다. 오래된 잡지, 진짜인지 모를 족보 같은 것, 낡은 그릇, 화병, 누군가의 표창장, 먼지 냄새를 맡아가며 뒤지다가 은진은 어떤 것을 발견했다.

작은 물건이 천에 몇 겹으로 꼭꼭 싸여있었다. 열자마자 은진은 그 색과 쨍하도록 맑은 표면에 눈길이 끌렸다. 햇빛 속에서 녹색 깃든 파르스름한 빛깔이 차가운 듯 은은하게 넘실거리는 모습이 무언가를 닮았다. 은진은 손에 든 것을 홀린 듯이 들여다보며 중얼거렸다.

"비늘 같네."

발아래는 너른 강과 둥근 땅, 머리 위에는 하늘을 온통 휘감고 누운 투명한 비늘들. 은진은 불현듯 그곳 또한 그리워졌다.

이무기 씨는 유능하고 머리 회전이 빠른 조수였으나 언제나 화가 나 있었다. 대부분은 김용 씨 때문이었다. 인간의 몸이 제법 마음에 들었는지 이젠 코트 대신 흰 실험 가운을 기다란 몸에 걸치고 세련된 움직임으로 연구동을 당당하게 휩쓸고 다니던 이무기 씨는 그날도 본성을 드러내며 포효했다.

"김용은 또 어디 갔어! 논문 발제에 실험설계 전부 떠맡겨 놓고는 검토해 달라니까 도망을 쳐? 이럴 거면 그 능력하고 권한 전부 내게 이양하라니까."

"어, 이무기 씨. 김용 씨 또 사라졌어요? 좀 전까지 삼각김밥 질려서 싫다고 드러누워 있더니."

자료를 두 팔에 잔뜩 들고 가던 은진과 눈이 마주치자 이무기 씨의 분노는 최고조에 달했다.

"구은진 씨, 용 돌보미로 자네가 너무 오냐오냐 해 주니 저

노룡이 제멋대로 구는 것 아닌가!"

"아이고, 또 시작이시네. 어르신을 둘이나 모시는 저만 새우 등이죠."

"그래서, 마지막으로 본 곳이 어디인가?"

곧이곧대로 실토하면 이무기 씨 성격에 분명 불을 뿜으며 직접 처단하러 갈 것이다. 은진은 고개를 절레절레 저은 후, 팔에 안은 자료를 적당히 옆구리에 낀 후 애매한 방향을 가리켜 보였다.

"글쎄요. 아까 중앙계단으로 내려갔으니 학관 쪽에 가신 게 아닐까요."

이무기 씨는 화를 토하려다 말고 갑자기 은진의 손가락을 빤히 바라보았다. 그 시선은 은진이 오른쪽 중지에 낀 옥가락지에 머물러 있었다. 이무기 씨는 평소답지 않게 혼잣말을 중얼거렸다.

"뭔가 느껴진다 했더니 그 물건이었군."

그 눈빛이 그림자를 빨아들이듯 일순 차갑게 일렁였다. 이무기와 처음 도서관에서 맞닥뜨렸을 때가 생각나 은진은 자신도 모르게 뒷걸음질 칠 뻔했다. 이무기 깊숙한 곳에 잠자던 탐욕이 이글거리며 그 눈빛을 가득 메우는 것이 느껴졌다. 매일 학교에서 아무렇지 않게 대면하니 잊고 있었지만, 이들은 이형의 존재들이다. 잠깐의 호의와 공동의 목표로만 서로를 서로에게서 지킬 수 있는.

그러나 이무기는 가벼운 한숨을 내쉬었다. 삼킬 듯 응시하던 매서운 시선을 거두더니 자신의 이마를 가볍게 툭 쳤다.

"아니다, 한입 요깃거리도 못 되는 것을. 됐으니 빨리 그놈의 늙은 요물이나 찾아라. 늦으면 내가 직접 갈 테니 각오하라 전하고!"

"알았어요, 찾아서 잡아 올게요."

은진은 다시 분위기가 변하기 전에 재빨리 움직였다. 이번에는 이 교수님이 '은진, 어디 도망가!'하고 펄쩍 뛰었으나 좋은 핑계를 얻은 은진은 못 들은 척 줄행랑을 쳤다. 그럼 이무기 씨 뒷감당을 잘 부탁드립니다, 교수님.

연구실에서 멀어지며 겨우 한숨 돌리자 은진은 방금 있었던 일을 곱씹어보았다. 요깃거리? 그 물건? 마음 한편이 찝찝한 채로 일단 은진은 김용 씨가 게으름 부릴 때 자주 숨는 장소를 향했다. 오늘 날씨가 좋으니 아마 운동장 뒤 공터에 있을 것이다.

인적이 드문드문한 후문 쪽 어설픈 모양을 한 정자와 화단이 있는 장소였다. 예상대로 김용 씨는 정자에 드러누워 초여름에는 보라색 등꽃이 소복하게 피지만 지금은 휑하기만 한 지붕을 올려다보고 있었다. 은진은 간식 봉투를 흔들며 다가갔다.

"역시 여기 계셨네요. 이무기 씨가 단단히 화가 나서 아까부터 찾고 있어요."

머리에 손가락으로 뿔난 시늉을 해 보이는 은진을 빤히 보는 오늘의 김용 씨는 뭉크의 절규 가면을 쓰고 있다. 김용 씨가 고개를 절레절레 흔들었다.

"에이, 구렁이 녀석. 그동안 도서관에서 먹어 치운 책만 해도 얼만데, 그걸로 컸으니 이자까지 쳐서 다 토해내야지. 나 괴롭힐 생각 말고 더 고생하라 그래."

"맞아요. 저한테도 용 돌보미로 실격이네 어떻네 매번 잔소리예요. 그러니까 누가 나 용 돌보미 실격 시켜주면 좋겠다."

"그건 안 돼."

단호한 김용 씨의 한마디에 은진은 그럴 줄 알았다며 투덜거렸다.

"어쨌든 들어가긴 해야겠지만, 삼십 분만 쉬었다 가요. 김용 씨는 여기서 뭐 하세요?"

"음, 그냥. 과거를 좀 들여다보고 있었어."

보통 사람이 흔히 하는 회상과는 다르겠지. 김용 씨는 시간의 모든 순간마다 책갈피처럼 편편이 나뉘어 존재하고 있었고, 두꺼운 책장을 파르륵 훑는 것처럼 그렇게 동시에 세상을 볼 수 있을 것이다. 이제 김용 씨가 감각하고 기억하는 방식을 조금이나마 짐작할 수 있게 된 은진은 대수롭지 않게 넘기며 봉투를 뒤적였다.

"계속 들여다보세요. 전 간식이나 먹을 테니까요."

"나도……."

"안 돼요. 어딜 가난한 원생 과자를 넘보세요. 조교 월급도 안 주면서."

뭉크의 절규 표정이 잘 어울리는 장면이네 하고 생각하며 은진은 쿠키를 꺼내 입에 쏙 넣었다. 문득 김용 씨가 은진의 손을 쳐다보며 말을 흘렸다.

"그건……?"

과자를 삼키다가 은진은 사레가 들릴 뻔했다. 콜록대며 은진은 오른손 중지에 낀 옥가락지를 들어 올렸다.

"아니, 왜 이렇게 관심받지? 별거 아닌데. 오랜만에 집에 갔더니 엄마가 주셨어요. 할머니 댁 창고 정리하다가 찾았다고."

은진은 손을 이리저리 뒤집으며 처음 발견했을 때처럼 반지가 반짝이는 모습을 보았다. 세월 속에 생긴 스친 자국이나 흠집이 어쩐지 이 평범한 옥가락지의 푸르스름한 빛깔을 더욱 깊게 만들어주는 것만 같았다. 이걸 달라 했을 때 어머니는 액세서리 싫어하던 네가 어쩐 일이냐며 의아해했다. 어디서부터 뭘 설명해야 할지 몰라 웃고 말았지만. '그냥, 마음에 들어서.'

"여기 뭐 특별한 거라도 있나요? 좀 전에 이무기 씨도 엄청 노려보던데요."

대답 대신 김용 씨는 한참 반지를 쳐다본 후, 작게 웃음을 머금은 목소리로 말했다.

"그게 여기 있었구나."

"어르신이 아는 물건인가요? 말씀드렸듯 그렇게 대단한 반지 아니에요."

"이무기가 관심을 보였다 했지? 이무기는 사연 있는 오래된 물건을 좋아하거든. 그런 물건엔 시간을 들여 응축된 감정이 깃드니까 이무기가 탐낼 만한 정보 조각이지. 용케도 안 삼켰군."

"안 그래도 한 입 거리도 안 된다며 입맛 다시더라고요."

"하긴, 이무기 눈에는 아주 작고 작은 이슬방울 정도겠지. 세상을 떠돌 때 입가를 적시는 숱한 이야기 중 하나. 이건 아직 끊기지 않고 이어져 있구나."

김용 씨의 음성은 잠결인 것도 같고 멀리서 울리는 것도 같았다. 불현듯 현실로 돌아와 은진을 알아본 듯 김용 씨는 반지를 가리켰다.

"그 가락지를 찾는 사람이 있어."

이건 또 무슨 소린가 싶어 은진은 앉은 자리에서 의심하듯 물었다.

"찾다니 누가요? 어디서요? 우리 시골집 창고에 몇십 년 묻혔다 나온 물건인데 이게 뭐길래요?"

질문을 쏟아내려는 은진의 눈앞에서 김용 씨는 손가락을 들어 올리고는 허공 먼 곳을 애매하게 가리켰다. 대기의 숨을 타고 그 손끝이 어디로든 향한다는 듯.

"팔라우. 80여 년 전."

바다를 건너고 시간을 건너서. 범상치 않은 이야기리라 짐작은 했으나, 자신과 전혀 상관없는 먼 옛날 태평양 한가운데의 섬 이름을 듣게 될 줄은 몰랐다. 은진은 잠깐 할 말을 잃었다.

"꿈처럼 아름답고 끔찍한 섬이었다. 해변 앞바다가 피로 새빨갛게 물든 적도 있었지. 그곳에서 지금 네 나이 정도 된 누군가가 나무 밑을 파며 그 가락지를 찾고 있어. 그녀는 네 증조모의 여동생이다."

계속해서 상상도 못 한 이름이 호명되어 은진은 혼란스러웠다.

"제 증조이모 할머니라고요……? 전혀 들어본 적 없는데요."

게다가 팔라우라니. 은진이 무심결에 고개를 쳐들자 오로지 가을 하늘만이 경계 없이 그곳까지 펼쳐진 듯 보였다.

"대체 무슨 일이 일어났나요. 알려주세요."

"지금은 잊혀진 이야기야. 일제강점기 당시였지. 일가족 모두가 강제징용 되어 그 섬에서 노동력으로 동원되었다. 뙤약볕 아래 농장일을 하거나 다리를 짓고 도로를 놨지. 여기저기 옮겨 다니는 고된 강제노동 끝에 가족은 뿔뿔이 흩어지거나 죽었어. 다행히 네 증조모는 무사히 귀환선을 탔지만 여동생은 오갈 데 없이 그곳에 남겨졌지. 자매는 고향에서 가져온 옥가락지를 빼앗기지 않으려고 저고리 안쪽에 꿰매서 파묻었다. 잘 숨긴 줄 알았는데 나중에 혼자 된 여동생이 기억해 둔 장소를 아무리 파도 없었다. 시간 날 때마다 주변을 맴돌며 여기저기 파 보지만 끝내 찾지 못해 낙담하고 있어. 더 이상 고향과 가족을 담은 물건이 남지 않았으니까."

은진은 다시 한번 자기 손가락에서 빛나는 옥반지를 바라보았다. 말간 그 표면에 그림자가 어른거리는 것 같다. 증조할머니는 일찍 돌아가셔서 할아버지조차 자신의 어머니에 대해 거의 생각나는 기억이 없다고 했다. 그런 상황이니 증조할머니의 가족들이라곤 완전히 잊힌 존재였다.

자매가 헤어지며 어쩌다가 반지가 언니의 짐에 섞여서 왔고 그 후 사연을 들려줄 이 없이 집안 깊숙한 구석에 묻힌 모양이다.

"전혀 몰랐어요. 그런 일이 있었다니."

은진은 소금기 묻은 강한 해풍이 뺨을 때리는 듯한 감촉을 느꼈다. 쨍한 열대의 낯선 바다색과 생소한 풀냄새 속에서 내내 혼자 있어야 했던 사람. 고된 일과가 끝나도 바닷바람에 얼굴이 거칠게 틀 때까지 얼마나 젖은 흙을 파고 또 팠을지. 부르트고 갈라진 손으로 가슴 속이 검은 밭고랑처럼 다 들쑤셔질 때까지. 지금은 없는 사람의 이야기가 불쑥 은진의 세상에 연결됐고 은진은 아주 모른 척할 수 없었다.

"가져다주세요. 할 수 있죠?"

은진은 곧바로 가락지를 빼서 김용 씨에게 내밀었다. 김용 씨는 정자에 쪼그리고 앉은 채 잠시 은진을 올려다보았다. 여전히 무슨 생각을 하는지, 어떤 표정을 짓는지 알 수 없는 가면인 채로. 목장갑을 낀 손이 천천히 반지를 받아들었다.

"이 정도는 가져갈 수 있어. 돌려주면 기뻐할 거야."

김용 씨는 반지를 손바닥에 올린 후 두 손을 맞잡아 덮었다. 손가락 틈새에서 눈부시지 않은 엷은 빛이 반짝 퍼지다가 스러지자, 은진은 반지가 이제 여기 없다는 것을 알 수 있었다. 가 닿았다, 그녀에게. 왠지 어쩔 줄 모르는 기분이 되어 우뚝 선 채 은진은 물었다.

"그 후 그분은 어떻게 되었나요? 그곳에는 얼마나 더 남아있었죠?"

"같은 고달픈 처지인 중국인을 만나 결혼했지만 아이는 없었다. 그 섬에서는 20년을 더 살다 세상을 떴지. 가족과는 끝까지 연락이 안 된 채로."

"그렇군요."

이미 결말은 알고 있으면서도 묻지 않을 수 없었다. 침울한 얼굴이 된 은진을 보며 김용 씨는 또다시 어렴풋이 웃는 듯한 목소리로 말했다.

"그리고 눈감기 전에 이걸 부탁했다. 네게 주라고."

굳게 위아래로 덮고 있던 두 손을 김용 씨가 비밀을 보여주듯 살짝 열었다. 은진은 숨죽여 들여다보았다. 비었던 손안에 빛이 모여들면서 띠를 이루고 이윽고 그 형태는 가느다란 옥가락지가 되었다. 김용 씨가 턱을 끄덕였다.

"받아."

전에는 간섭이 일어났다며 과거에서 가져온 사진 속 자기 얼굴을 슬쩍 지우더니, 역시 거짓말이었다. 은진은 웃다 말고 목구멍이 꽉 멘 기분으로 반지를 받아들고 자세히 살폈다.

자신이 끼고 있을 때보다 긁힌 흔적이 더 생기고 낡은 티가 났다. 오래 창고 속에 묻혀있던 게 아니라 누가 계속 끼고 있던 것처럼. 그리고 표면에는 원래 없던 작은 홈이 파여 있었다. 흠집은 아니고, 나뭇잎 모양처럼 보이도록 일부러 판 것 같다. 그녀가 남긴 메시지일까. 그 위를 손가락으로 어루만지니 메아리치는 목소리가 들리는 듯했다. —미래를 부탁해—라고.

얼굴도 모르는 누군가에게 은진은 미래였다. 은진 또한 빠르게 시간 뒤로 밀려나 과거가 될 때까지는. 어쩔 도리 없이 흩어지는 우리는 가끔은 뜻하지 않게, 이렇게 필연적으로 연결되나 보다. 인간이라서.

"기뻐하셨어요?"

"웃더구나."

"갑자기 나타난 수상한 인물이 없어진 가락지를 불쑥 내밀면 놀랐을 텐데. 대체 어떤 모습으로 갔어요? 뭉크 가면 그대로는 아니었겠죠?"

"음, 야자수잎이 크고 질겨서 적당하더라."

재미없는 농담은 치우고, 멀쩡한 모습으로 둔갑해서 그녀 앞에 나타났기만 바랄 뿐이다. 어떤 사람이었나요. 어떤 얼굴이었는지 자신과 닮은 구석이 있는지, 마지막 눈 감을 때는 편안했을지, 묻고 싶은 것들은 많았지만 그냥 속에서만 맴돌게 두었다. '그녀도 나를 평생 궁금해하며 살았겠지.'

"새로운 문이 열린 것 같아요."

"문?"

"그냥 혼잣말이에요."

은진은 손가락에 낀 반지를 하늘에 대고 비춰보았다. 비늘과 닮았다고 여긴 물빛 가락지가 하늘색과 썩 어울렸다. 사실 손에 넣고 싶었던 건 닿을 수 없이 빛나는 비늘이 아니었을지도 모른다. 그녀가 자신을 잊지 말라며 새겨준 이파리 모양의 흠을 보자 기쁘고 신기하면서도 마음 한구석이 조여드는 듯 괴로웠다. 모두 은진의 것이다. 그 누구도 아닌 은진만의 것. 이용 님과 함께 있으면 이런 일이 앞으로도 계속되리라고, 은진은 예감했다.

새로운 문이 계속해서 열리리라. 알고 싶고, 닿고 싶어 하는 만큼.

두렵고 기대되는 감정 속에서 은진은 손에 들었던 쿠키를 겨우 입에 넣었다.

"그런데 어르신. 용케 멀미도 안 나나 봐요. 그렇게 여러 시간대를 동시에 들여다보고 오가면서 안 헷갈리세요?"

"감각기관이 하나뿐인 것도 아닌데. 처리도 그만큼 다양한 통로로 하니까 괜찮아."

"제 연구에 좀 가져다 쓰고 싶은 능력이네요. 저 무사히 박사 논문 쓸 수 있으려나."

"한번 봐 줄까?"

"아뇨, 잘못했습니다. 조금도 알고 싶지 않습니다."

한 눈으로는 지금 여기를 보면서 다른 한 눈으로는 계속해서 과거와 미래를 오가며, 동시에 있고 동시에 없다. 그렇게 여러 겹으로 중첩되어 보이는 현실은 어떤 무늬를 그릴까.

"마치 만화경 같겠네요."

은진은 선심 쓰듯이 김용 씨에게 쿠키 하나를 건네면서 중얼거렸다. "그래." 김용 씨는 순순히 받아들고는 고개를 끄덕였다. 한 눈으로는 지금 여기를, 다른 한 눈으로는 어지러울 정도로 과거와 미래를.

경이롭고 혼란스럽고 괴로우면서도 부서지지 않는, 끝없이 새로운 만화경을 보고 있다. 어둡고도 찬란한 그 무늬들. 단 혼자만의 만화경을 본다. 언제까지나 눈을 뗄 수 없어.

꿈에서 은진은 발아래 펼쳐진 땅을 내려다보았다.

또 잠든 동안 이곳으로 온 모양이다. 그러나 지난번보다 더 높이 올라왔는지 드문드문 흐르는 구름에 가려서 강도 숲도 이제는 모형처럼 비현실적으로 작아지고 하늘도 좀더 희박해 보였다. 주변을 둘러보아도 김용 씨의 모습은 어디에도 없었다. 은진은 큰 소리로 불렀다.

"어디 계세요? 또 다른 시간과 장소 속으로 날아가 있나요?"

[그래도 듣고 있다]

머릿속으로 전달되는 울림이 들려왔다. 그러나 그 소리를 들어도 은진은 어쩐지 안심할 수 없었다. 전과는 다르게 뺨에 와 닿는 바람이 얼어붙듯 차디차고, 공중에 떠 있는 자신도 무게 없이 그저 이리저리 휩쓸리는 것만 같았다. 발아래 대지가 너무도 멀고 낯설게 느껴진다. 또다시 바람이 세차게 불어왔고 얻어맞은 것처럼 둔탁한 아픔까지 느끼며 은진은 목소리를 크게 높였다. 뭐라도 말해야 했다. 김용 씨와 연결되어 있다는 감각을 놓치면 안 된다고 필사적으로 본능이 소리쳤다.

"궁금한 게 있어요. 김용 씨는 과거와 미래에서 뭘 하세요?"

어디에 있는지 감이 멀었다. 금방 답이 돌아오지 않자 은진은 질문을 고쳤다.

"현재 시대에는 세상의 모든 걸 알겠다고 정보를 모은다면서요. 과거에는요?"

[……전쟁을]

조금 사이를 두고 다시 목소리가 전해지자 은진은 귀를 바싹 기울였다.

[어차피 일어날 전쟁의 징조를 알리고 막으려 애쓴다. 수천수만 번을 무의미하게, 그래도 혹시나 가능할지 모를 억만분의 일의 세상을 위해]

"성공하지 못했군요. 그렇게 신묘한 용이 예언해도. 아직 그 억만분의 일의 세상은 온 적이 없어."

[하나의 흐름이니까, 탄생부터 죽음까지. 거침없는 바닷물을 손가락 하나로 막을 수 없듯이. 전쟁은 계속 일어나고 스러지고 또 일어났다. 썰물과 밀물처럼]

죽음? 용이 담은 단어가 신경 쓰였지만 은진은 서둘러 말을 이었다. 어쩐지 주변이 점점 더 어두워지고 몸이 차가워지는 것 같아서 뭐라도 해야 했다.

"그럼 미래에서는요?"

이번에는 더욱 한참 기다린 끝에 대답이 돌아왔다. 이제 너무 추워서 은진은 잔뜩 웅크린 채 옷 위로 팔을 계속 문질렀다.

[내게 보이는 앞날에는 한계가 있다. 그래서 더 먼 미래를 보기 위해, 내 속도보다 빠르고 내 덩치보다 크게 달아나는 하늘의 뚜껑을 향해 날고 있다. 계속해서, 끊임없이]

"하늘의 뚜껑…… 우주 말인가요. 그 끝을 따라잡기 위해 지금 지식을 모으려는 거군요."

[그래. 내 힘만으로는 부족해. 미래는 끊겨선 안 돼. 계속해

서 이어야……]

갑자기 머릿속 목소리가 멀어져 갔다. 은진은 당황해서 반복해 불렀다.

"네? 안 들려요. 김용 씨, 어르신!"

[질문과 응답 시간은 이제 끝]

다시 붙잡은 음성은 좀 전보다 가라앉고 냉정할 정도로 아무 감정이 깃들어 있지 않았다.

[가야 한다. 나는 할 일이 많다]

"잠깐만! 기다려요!"

그러나 목소리는 가차 없이 은진을 혼자 내버려 둔 채 떠나갔다. 아래쪽에서 세찬 돌풍이 몰아쳐 은진을 떠밀었다. 아무 반발도 못 한 채 은진은 내쫓기듯 높이 더 높이 솟구쳐 올랐다. 한껏 뻗은 손가락 사이로 땅이 점점 더 멀어지다 구름에 묻히고, 주변의 하늘이 엷어지다가 새까맣게 변했다. 늘 주변을 감싸 안듯 반짝이며 누워있던 용의 금속적이고 매끈한 비늘조차 보이지 않았다.

추방당한 것처럼 높이 끌어올려진 은진의 눈앞에 둥글고 푸른 구체가 둥실 떠오르듯 서서히 드러난다. 어둠에 잠긴, 지구……. 은진은 벌떡 일어났다.

꿈에서 나오자마자 온몸이 욱신욱신 쑤시며 오한이 들었다. 좁은 자취방에서 완전히 잠이 깬 은진은 떨리는 몸을 쓸었다. 너무 놀랍고 또 어이가 없어서 자기도 모르게 큰소리를 냈다.

"이게 대체 무슨 꿈이야? 어르신, 날 꿈에 버리고 가다니?"

연구실은 평소와 다름없이 분주하게 돌아갔다. 한쪽에서는 민아가 이 교수님 앞에서 새 프로젝트 프로토콜을 시연 중이었고 장 선배는 신입들에게 한가하게 유리 비커 잘 닦는 법이나 스테이플러 심 제거하는 법 따위를 가르쳐주고 있었다. 은진을 발견한 장 선배가 손을 흔들어 인사했다.

"은진 왔어? 잠 못 잤나 봐. 피곤해 보이네."

"꿈자리가 사나워서요. 그나저나 김용 씨는 어디 있어요?"

"애어르신? 아까 이무기 씨한테 잡혀가던데. 오늘은 절대 안 놓칠 거라고 벼르던 걸 보니 제대로 일하지 않을까."

안됐다는 듯 장 선배가 혀를 찼으나 뒤에서 민아가 "자업자득이죠."하고 웃었다. 은진은 잠깐 동기들과 잡담을 하고 메일을 깨작거리고 일정을 체크한 후 커피를 사 오겠다며 자리에서 일어났다.

계단 꺾어지는 부분에서 낯익은 목소리끼리 대화하는 소리가 들렸다.

"중국 쪽 데이터는 봤나? 최근 발표에 이미 적용해 빅데이터 수집 중인 모양이야."

"확인이야 했지만 글쎄. 웹사이트에 인트로하고 DB 구조만 만들어져 있던데. 데이터가 아직 안 나왔거나 정리 중일 게다."

"정보 공개에 얼마나 동의하려는지 모르겠다만. NEC 펀드 받은 네덜란드 그룹보다 규모는 클 테지."

이무기 씨와 김용 씨가 태블릿 PC를 두고 궁리 중이었다. 은진은 난간 너머로 머리를 내밀고 말했다.

"그거 영국 10K 프로젝트에는 포함됐는지 체크해 보셨어요?"

"맞네, 그것도 한번 봐야겠군."

이무기 씨가 고개를 끄덕거리며 생각에 잠겼다. 오늘은 윈도종료 아이콘 모양을 한 머리로 김용 씨는 가만히 은진을 바라보았다. 은진은 가볍게 계단을 뛰어 내려왔다.

"도와드릴까요? 저 이 교수님이 맡기신 일 있는데 도피 중이에요."

"아니야, 간단한 일이야. 모처럼 저게 있으니 잘 써먹어야지."

김용 씨가 아무렇지도 않은 듯 이무기 씨를 '저거'라고 가리키자 이무기 씨는 또 불같이 화를 낼 기세였다.

"여태 게으름 피워서 고생한 게 누군데 헛소리하나. 너야말로 제대로 좀 해!"

김용 씨는 그래그래 하고 대충 대답하며 저쪽으로 걸어갔고 이무기 씨는 태블릿 PC를 든 채 잔소리하며 빠르게 따라붙었다. 그들이 시끄럽게 사라진 방향을 한참 바라보다가 은진은 어깨를 으쓱 추어올렸다.

"하긴, 이무기 씨가 유능한 조수긴 하죠."

그 후로 며칠이 비슷하게 흘러갔다. 언제나 연구실에 의욕 없이 늘어져서 게임이나 별 쓸모없는 인터넷 서핑이나 하고 놀던 김용 씨는 어쩐 일인지 거의 나타나지 않았고 어쩌다 스쳐 가도 이무기 씨하고 바쁘게 뭔가를 하고 있었다. 이 교수님이 흐뭇하게 고개를 끄덕였다.

"뭔진 몰라도 드디어 중요한 뭔가를 하시는 모양이네. 아, 은진. 지금 손 비었으면 나 좀 따라와서 데이터 정렬이나 도와줘."

"그렇죠, 이무기 씨는 베테랑 연구자니까요. 햇병아리인 누구는 데이터 정렬부터 해야죠."

투덜거리며 은진이 복도에 나가자 웬 종이뭉치가 바닥에 수북하게 흩어져 있었다. 연구실에 안 보이던 김용 씨가 산처럼 쌓인 자료와 논문 사이에 책상다리로 쭈그려 앉아서 열심히 노트북을 두드리는 중이었다. 누가 지나가든 말든 시선조차 주지 않은 채 몰두한 모습에, 은진은 말을 걸 수가 없었다. 장난스러워 보이던 동물 탈도 표정을 읽을 수 없게 되면 바로 장벽이 되는구나 하고 은진은 그 곁을 못 본 척 그저 지나갔다.

어느 날 밤, 꿈속에서 은진은 눈을 번쩍 뜨며 소리쳤다.

"일부러 날 피하는 거죠!"

빈틈없이 하늘과 숲과 강으로 차 있던 꿈, 김용 씨와 연결되어 있던 꿈. 그러나 지금은 눈을 떠도 사방이 캄캄하고 춥기만 하다. 천지사방을 구분할 수 없는 검고 텅 빈 공간에 혼자 떠다니며 은진은 김용 씨가 여기 없다는 것을, 이 꿈에서 나갔다는 것을 알았다.

은진은 마구잡이로 고함을 지르고 발길질을 해 대며 욕을 퍼부었다. 속 좁고 쪼잔하고 치사한 대왕지렁이! 목소리는 무의미하게 새까만 허공에서 부서질 뿐이었다. 그러나 생각나는 대로 다 내지르고 나자 일단 속은 조금 시원해진다.

팔다리를 늘어뜨린 채 은진은 단 홀로 차가운 공간에 흘러다녔다. 이번만은 소리가 닿지 않기를 바라듯이, 속으로 깊이 누르듯이 중얼거렸다.

"괜찮아요. 우린 다르니까. 처음부터 '우리'로 묶이지 않았으니까."

언제나 손 닿을 줄 알았던 문, 늘 새로운 곳으로 열릴 줄 알았던 문이 닫히려 하고 있다. 애타게 갈망하는 은진 혼자만 밖에 남겨두고는. 처음에는 몰랐던, 존재한다는 자체도 깨닫지 못했던 그 갈망.

입을 열자 하얗게 입김이 퍼졌다. 흐린 하늘을 떠받친 마른 나뭇가지들은 바람이 불 때마다 부질없이 흔들릴 뿐이었다. 가을이 낙엽을 흩뿌리며 떠난 자리에 어느새 완고한 겨울이 밀려들었다.

은진은 부연 카페 유리창 너머로 거리를 내다보았다. 손바닥에 닿는 온기가 좋아서 커피를 마시지는 않고 컵만 오래도록 감싸고 있었다. 생각이 각설탕처럼 부서져 커피 밑바닥에 녹는다.

이제 어렴풋이 알 것 같았다. 내 미래는 김용 씨의 미래에 연결되지 못하나 보다, 라고.

어차피 순간의 시간을 살다 보면 그 존재와 갈라질 때가 오고 만다. 놀이처럼 잠깐을 함께 했으나 끝을 알고 있는 용은 먼저 툭툭 털고 일어나 나가버린 것이다. 은진은 노트북 위에서 아무 자판이나 한참 눌러 의미 없는 문자를 길게 만들었다. 그러다 하나씩 거슬러 올라가며 다시 지워나갔다.

어제는 모처럼 은진 자신만의 꿈을 꾸었다. 아름다운 남국의 맑은 바다로 둘러싸인 섬을 보는 꿈이었다.

그곳에는 증조모의 여동생이라는 그녀가 있었다. 고된 파인애플 농장 일로 젊어서 허리가 굽은 그녀 앞에 타는 듯한 노을이 내리고 있었다. 멀리 지축을 울리는 대포 소리, 무더위를 찢는 전투기 폭음. 일본인 주민들만 서둘러 태운 배가 떠나가는 바다는 핏빛처럼 석양에 붉었다. 그녀는 다시 가족을 만나기는커녕 전쟁이 끝날 때까지 살아남으리란 기대도 거의 없었다. 김용 씨는 이런 풍경을, 공포와 굶주림의 행군을 수도 없이 알고 있을 것이다. 수많은 용의 눈 중 하나는 늘 폭력이 삶을 압도하는 현장에 와 있을 것이다.

'그 후 그녀는 어떻게 되었나요?'

'그 섬에서 20년을 더 살다 세상을 떴지.'

과거와 미래를 동시에 보는 김용 씨는 또한 그렇게 은진의 앞날도 보고 있을 것이다. 어쩌면 생각보다 빨리 오는 걸까. 은진이라는 작은 세상의 끝. 용에게는 억겁처럼 되풀이되면서도 또 새로운, 작은 존재의 끝.

그래서 백 년만큼 오래 부려 먹는다고 농담했나요. 금방 사라질 나를 위해? 너는 곧 죽어 아무것도 남기지 못한 채 소멸한다고 미처 말할 수 없는 용 나름의 동정이자 배려일지도 모르겠다. 은진은 맥이 탁 풀려 창문에 옆머리를 기댔다.

"솔직하게 말해주지, 차라리. 영문도 모르고 멀어진 채 마지막을 맞다니. 조금도 날 위한 게 아니잖아."

바깥으로 나오자 갑자기 불어 드는 바람에 은진은 고개를 돌렸다. 차분하고 무감한 얼굴을 하고는 눈에 담기는 거리를 바라보았다. 보이지 않게 회색으로 한 겹 얼어붙는 도시. 끝없이 이어지는 건물과 높이 쓸쓸하게 걸린 신호등과 반짝이는 진열창과 어지럽게 오가는 사람들.

은진은 숨을 크게 들이마셨다. 불에 덴 듯 소스라쳐서 돌아보았다.

건널목 신호가 바뀌어 인파가 교차하는 혼잡한 흐름 속에 누군가와 시선이 마주쳤다. 낯선 이가 우두커니 서서 은진을 응시하고 있다. 그러나 투명한 얼음 위로 미끄러지듯 은진은 그 얼굴을 제대로 두 눈으로 잡아낼 수가 없었다. 너무 평범해서, 너무 특별해서. 세상에서 단둘만 남은 듯 사로잡은 시선은 아주 짧은 순간이었다. 밀려오는 사람들을 등지고 건널목 한가운데 서 있던 그 사람이 보일 듯 말 듯 쓱 웃었다.

그러고는 걸어가 버린다. 은진은 직감했다. 저대로 인파 속에 섞여버리면 자신은 저 얼굴을 다시는 찾아낼 수 없다고. 은이사가 했던 말이 머릿속에 빙빙 맴돌았다.

'아무 의미 없지. 마음만 먹으면 무엇으로든 변했을 텐데. 언제라도 도망칠 준비가 된 것처럼 자길 숨겼어.'

생각을 하기 전에, 은진은 달리기 시작했다. 목이 터져라 소리쳐 불렀다.

"기다려요!"

누가 놓칠 줄 알고? 이대로는 절대 놓아주지 않겠다. 분노가 솟구쳐 올랐다. 학부 졸업 후 처음 전력으로 달려봐서 벌써 숨이 턱에 닿고 폐가 터질 듯 욱신거렸다. 은진은 이미 한 덩어리가 된 사람들 속으로 힘껏 팔을 뻗었다.

"김용 씨, 기다리라고요! 이 망할 용아!"

날카로운 브레이크 소리에 정신이 들었을 때는 돌진하는 범퍼가 엄청나게 크게 보였다.

부딪치는 소리와 충격. 온몸으로 퍼지는 통증 속에서 은진은 반사적으로 말이 되는 설명을 찾아 생각을 잇고 있었다. 내 최후가 너무도 빨리 찾아와서 그럴까? 제대로 작별할 틈도 없이? 그게 지금일까?

놀라서 웅성거리는 사람들 모습이 가까워졌다가 멀어졌다. 차디찬 아스팔트 바닥에 누운 채 은진은 인파 사이로 어이없는 꼴을 보고 말았다. 사람들 머리 위로 불쑥 튀어나온 저건 설마 주유소 바람 인형인가? 당황한 손짓처럼 마구 펄럭거리는 공기 팔을 보니 자기 일만 아니면 크게 비웃어주고 싶었다. 그러나 유감스럽게도 자기 일이 맞았고, 피식거리다 은진은 통증으로 얼굴을 찌푸렸다. 이대로 아무것도 이루지 못하고 완성하지도 못하고 사라진다 생각하니 비로소 무서워졌다.

"난 오늘 죽나 보네요."

대답을 듣기도 전에 머릿속이 캄캄해지며 의식이 꺼졌다.

"그럴 리가 없잖아."

가물거리는 의식 속에서 누군가 말하고 있었다. 유쾌한 듯하면서도 어딘가 초조하고 화가 난 기색. 그 음성이 반복했다.

"그럴 리 없다고. 대체 혼자 무슨 생각을 하는 건지."

은진은 무거운 눈꺼풀을 들어 올렸다. 차에 치였을 텐데 온몸에 감각도 무게도 없이 한없이 가볍고 홀가분하기만 했다. 또다시 꿈을 꾸고 있는지 새카만 공간에 둥둥 떠다니는 중이었다. 옆에는 고집스럽게 팔짱을 낀 채 돌아선 바람 인형이 보였다. 은진은 퉁명스럽게 말했다.

"그럼 이건 뭔데요. 아무리 봐도 유체이탈 체험 중인 것 같은데요."

"아니야, 잘 봐."

김용 씨가 머리를 절레절레 내저으며 한숨을 쉬었다. 바람 인형도 저렇게 감정표현이 다양할 수 있구나. 새삼 엉뚱한 부분에 감탄하며 은진은 일단 시키는 대로 주변을 천천히 돌아보았다. 그저 깊고 아득한 어둠 속인 줄 알았는데, 자세히 보니 저편에 작게 반짝이는 점이 있었다. 조금씩 조금씩 커지며 손톱처럼 둥글게 차오르는 그 빛은 은색 달이었다.

놀란 은진의 눈앞에서 한 겹 베일이 벗겨지듯 새카만 공간에 차례로 희부연 별들이 퍼지기 시작했다. 이쪽에서 저쪽까지 시선 닿는 곳마다 물감을 흩뿌린 것처럼 별, 온통 별이다. 은진의 가슴이 순간 터질 듯 두근거렸다. 할머니 집 마당에서 마침내 여기까지 왔다는 생각이 번개처럼 들었다.

그 중심에 푸른 행성이 있다. 잠시 넋을 잃고 그 한없이 푸르스름한 별을 보던 은진이 말했다.

"당연한 소리지만 이렇게 작은 지구를 보는 건 처음이에요."

"그만큼 높이 올라왔으니까."

그렇구나. 예전 본 풍경에서 더욱더, 더 높이 떠오른 거구나. 은진은 담담하게 이었다.

"날 어디로 납치하는 거죠? 옛날 드라마처럼 날 죽은 걸로 위장해서 외계로 끌고 가는 겁니까. 역시 용 따위를 믿는 게 아니었어."

"잠깐 못 본 새 상상력이 진부한 쪽으로만 풍부해졌군. 점수는 C나 D 정도?"

"그게 아니면 왜 날 조금씩 들어 올리더니 우주까지 데리고 오냐고요. 역시 난 죽은 게⋯⋯."

"그만, 그만."

바람 인형은 이번에는 어처구니가 없다는 태도로 머리를 붕붕 내저었다. 조금은 난처해 보이기도 했다.

"그럼 오늘이 아니고 조만간인 모양이군요."

"아니래도. 왜 그렇게 의심이 많아?"

갑자기 날 피했고, 뜬금없이 이상한 변장 대신 인간 모습을 하고, 그 태도가 내 앞에서 모른 척 사라지려 한 게 아니었다고요? 그간 정말 바빴어, 이무기를 최대한 굴려서 프로젝트를 기한 내로 맞춰야 했으니까. 그러다 번화가에 볼일이 있는데 사자탈 같은 걸 쓰고 나갈 수는 없잖아. 은진 씨야말로 차 앞에 뛰어들기에 놀라서 급하게 바람 인형 꼴로 끼어들었다고. 몇 마디 오간 후 은진은 눈썹을 찌푸리며 팔짱을 끼었다.

"앞날을 다 알면서도 놀라기도 하나요?"

"알고 있다고 다 대처할 수 있는 건 아니잖아."

김용 씨의 음성이 약간 누그러졌다. 은진은 그 속에서 부드러운 걱정을 느꼈다.

"꿈에서 널 계속 여기로 끌어올린 이유는 말이다. 조금씩 익숙하게 해 주려 했다."

"어떤 것에요? 유체이탈? 우주 납치?"

"아직도 화가 안 풀렸군."

김용 씨는 공기인형의 뭉툭한 팔로 머리를 긁적이는 시늉을 했다.

"됐어요. 이제 알겠으니까요."

어차피 그들이 서로를 완전히 이해할 날은 결코 오지 않으리라. 그저 은진은 둥둥 떠내려가려는 몸을 추슬러 제대로 자세를 잡고는 주변을 돌아보았다.

가슴 벅차도록 크고, 적막하고, 빛조차 서서히 얼어붙어 부스러질 듯한 공간. 김용 씨의 세계이자 은진이 어려서부터 땅에 발을 딛고 올려다보던 세계. 드디어 아득했던 두 세계가 만났다. 은진은 손가락을 모아 그사이에 작고 느린 팽이처럼 빛나며 돌아가는 지구를 가두어보았다.

그러나 손안에 담긴 지구는 보이는 것만큼 푸르르기만 하지는 않다. 땅을 울리는 폭격, 굉음, 곰팡이처럼 번져가는 기아와 질병. 세상의 붉은 흉터들. 은진도 불그스름하게 찢어져 타오르는 노을을 보았다. 이제는 알 수 있었다. 김용 씨가 자신의 영역에 은진을 초대했다는 것을.

"너라면 충분히 가능하리라 믿었다. 세상은 내 힘만으로는 어찌할 수 없어. 계속, 계속해서 실패만 되풀이했다. 그래서 도움이 필요해."

용은 대체 어떤 미래에서 자신에게 말을 걸고 있는 것일까. 지금 이곳밖에 알 수 없는 은진은 한숨을 내쉬었다. 모든 걸 위에서 내려다보는 존재가 선심 쓰듯 열어주는 문은 필요 없다고 거부할 수도 있다. 그럼에도 불구하고…….

"참 이상하죠. 나는 그 열린 문 안쪽이 너무, 너무도 알고 싶어요. 이대로 죽는다고 생각하니 끔찍하게 절망스러울 정도로."

은진은 눈을 꽉 감았다가 다시 떴다. 열망이 날카로운 맥박처럼 퍼져갔다.

"내가 이렇게나 앞으로 나아가고 싶어 하는 성격인 줄 몰랐어요. 한계가 어디든 부딪쳐 이루고 싶어요, 내 손으로."

"넌 그렇게 될 거다. 아니, 우리는 그렇게……."

"이봐요, 내 인생 스포일러 하지 마세요. 알아서 힘껏 갈 테니까."

은진은 소원이라도 간직하듯 진짜 하려던 말을 속으로 삼켰다. 당신이 자유롭게 날아갈 하늘의 문을 내가 열어주고 싶다고.

그들은 잠시 말없이 물방울처럼 흩어진 별무리와 차갑고 맑은 달과 파랗게 돌아가는 지구를 지켜보았다. 지금만큼은 완전하다 싶을 고요와 평온이 숨을 두어 번 내쉬는 동안 존재했다. 함께 나누는 잠깐의 순간을 흐트러뜨리고 싶지 않은 듯 은진이 가만히 속삭였다.

"하나만 약속해 줘요."

"이미 약속했어."

"아직 듣지도 않았잖아요."

"앞으로 말없이 가버리지 말라고? 그 정도는 몇 번이든 지킬 수 있어."

믿고 싶다. 우리는 서로 이렇게 다른 존재고 지금 이 순간도 계속해서 우주의 가장자리처럼 멀어지고 있지만. 은진은 옆에서 흐느적거리던 바람 인형이 사라지고 김용 씨가 일부나마 본모습을 드러낸 것을 알아차렸다. 그러나 일부러 그쪽을 쳐다보지는 않았다. 옆에 있다는 자체로 지금은 충분하다고 그렇다고 믿기로 했다.

크고도 작으며, 젊고 새롭고 동시에 오래되고 늙은 용. 아름다운 존재가 잔잔하게 웃음소리를 냈다.

"이제 안 가. 지겹도록 오래 볼 거야, 우리는. 아마 백 년만큼. 왜냐하면—"

용은 감았던 눈을 느리게 떴다.

끝없이 펼쳐진 검은 허공 속에 깨끗하게 빛나는 별들. 변함없이 둥글지만 푸른 빛이 많이 퇴색되어 버린 지구. 스크린 너머로 지구는 조금씩 더 멀어지는 중이다. 가볍게 딱 하고 손뼉 치는 소리에 돌아보니 긴 의자에 기대앉은 노부인이 미소 지었다.

"대화하던 중에 또 어딜 간 거예요? 이번에는 어느 시절의 날 보고 있는 거죠?"

용은 그녀를 향해 다가갔다. 자신이 지금은 어떤 형태를 하고 있는지 스스로 의식하지 못했지만 아마도 그녀가 보고 싶어 하고 마음에 들어 하는 모습이리라. 그녀의 발치에 편하게 주저앉으며 용은 대답했다.

"우리가 처음 만났을 무렵."

"아, 그 심술궂고 제멋대로 굴던 지체 높으신 영감 대감님 시절이군요. 새삼 짜증 나고 그립네요."

"지금도 여전히 심술궂다며?"

그녀는 거침없이 웃음을 터뜨렸다. 머리칼은 희게 세고 피부에는 주름이 잡히고 예전보다 몸집이 자그마해졌으나 변함없는 기세가 그 웃음 속에 깃들어 있다. 그녀는 분을 토하듯 중얼거렸다.

"일찍 알았으면 도망칠걸……. 설마 날 죽도록 부려 먹고 키워서 프로젝트의 핵심 장기 말로 써먹을 줄이야."

"본인이 이루고 싶다며? 그 덕택에 우리가 이렇게 날아가고 있잖아. 구은진 수석기술자문위원."

"설마 정말 백 년 채우려고요? 새로운 의학 연명법이 나올 때마다 눌러 앉히듯 써먹지 좀 말아요. 대체 언제 죽게 허락해

줄 건데요."

반은 농담이지만 반은 진담 섞어 그녀가 핀잔했다. 어림도 없지. 용은 터무니없는 소리를 내치듯 손끝을 튕겼다.

"자가진화하는 양자 컴퓨터의 정보전달이론 기초에 참여한 귀중한 박사님이니까 더 오래오래 일해야지. 내 생각보다 훨씬 더 잘 해냈잖아. 마음대로 떠나버린다 해도 쉽게 안 놓아줘. 데이터로 담아 내 안에 언제까지나 저장해 둘 거다."

어이없다는 듯 쳐다보는 그녀의 눈빛은 그럼에도 부드러웠다.

"유치한 억지를 부리다니. 당신도 조금 나이 들었나 보네요."

"그럼. 그럴 수밖에. 지금의 나는 오랫동안 지켜본 땅의 흥망성쇠와 몰락을 몸으로 직접 겪었으니까. 예전보다 훨씬 늙고 지쳤지."

용은 잔잔하게 미소 지으며 은진의 무릎에 기댔다.

"이무기에게는 안된 일이야. 여의주가 있다 해도 결국 이런 결말을 위해서인데."

용은 또 다른 눈으로 우주선 안을 훑었다. 아슬아슬하게 인간의 지혜를 쌓아 올려 계산해 낸 항해도에 의지한 개척선들이 외로이 우주를 날아간다. 선두에 선 지휘선에서는 이무기가 여전히 하얗고 꼿꼿한 자세로 서서 별의 항로를 지켜보고 있고, 그 앞에는 검은 공간만이 까마득하게 펼쳐져 있다.

그들은 첫 번째 탐사자. 몇백만 년 이어질 기나긴 수면을 준비하는 지구에서는 여전히 끝없는 내전과 질병과 궁핍에 생명들이 말라가고 있었다. 남기고 온 이들을 위해 길을 열려면 아주 오래도록 미아처럼 헤매고 실패하는 여정이 되리라. 그럼에도 떠나야만 하는 여정이었고 오래전부터 예견된 여정이었다.

용이 존재하는 이유는 태초부터 단 하나뿐. 그렇게 '김용 씨'는 말했다.

오래된 용의 사체가 흩뿌리는 정보체 입자에서 태어난 새로운 용은 임무를 똑같이 물려받아 그 하나만을 위해 살아간다. 까마득하게 먼 훗날을 위해 오직 홀로 존재하며 땅의 역사를 수집하고 기록하고 자신 안에 새겨야 한다고.

언제나 새로운 세계가 열릴 때 쓰러져 그 지친 몸뚱어리를 땅으로 바꾸는 존재가 용이었다. 용은 변신하고, 그리고 죽어 비옥하게 썩은 자신의 몸 위에 다시 지성을 갖춘 생명을 키운다. 그것이 용의 순환, 묻힐 곳을 찾고 생명을 하나의 종막에서 다음으로 건네기 위한 의식이었다. '이어질 것은 이어진다. 그것이 내 정보체를 이루는 궁극의 명령어.'

용에게 맞닿은 은진의 손가락에서 오래된 옥가락지가 반짝였다. 지구를 떠나며 새긴 두 번째 이파리가 첫 번째 이파리와 나란히 닮아가고 있다. 두려운 미지를 이기기 위한 부적처럼. 은진이 유쾌하게 말했다.

"당신은 늘 우리에게 잘해줬어요. 그러니까 앞으로도 잘 부탁합니다. 아무것도 없는, 아직 태어나지 않은 별에서 다시 우리를 기다려줘요."

은진이 굳이 말하지 않아도 용은 다 알고 있다는 듯 노부인의 손을 가볍게 쥐었다 놓았다. 끝없는 우주는 큰 죽음과 새로올 숱한 탄생을 향해 날아가는 용을 숨죽여 기다리며 빛나고 있다. 용은 오지 않은 그들의 푸른 별을 감싸고 축복하듯 두 팔을 위로 뻗어 올렸다.

　"너희를 모두 내게 담아서 데려갈게. 그곳에서 다시 만나자."

　미래로.

　어둡고 찬란한 만화경 속 무늬로, 미래를 향해.

*대학연구실 자문 : 익명의 모 교수님.

라오상하이의
식인자들

김이삭

김이삭

평범한 시민이자 번역가, 그리고 소설가. 황금가지 제1회 어반 판타지 문학상에서
「라오상하이의 식인자들」로 우수상을 수상하면서 본격적으로 글을 쓰기 시작했
다. 지워진 목소리를 복원하는 서사를 고민하며, 역사와 여성 그리고 괴력난신에
관심이 많다. 서울산업진흥원에서 주최한 '한류문화콘텐츠 씨앗심기' 사업에 선정
되어 첫 장편을 출간했으며 첫 장편인 『한성부, 달 밝은 밤에』는 프랑스에도 수출
되었다. 또한 앤솔러지 『감겨진 눈 아래에』, 『괴이, 도시_월영시』, 『야운하시곡』 등
에 참여해 글을 실었다.
홍콩 영화와 중국 드라마, 대만 가수를 덕질하다 덕업일치를 위해 대학에 진학했
으며 서강대에서 중국문화와 신문방송을, 동 대학원에서는 중국희곡을 전공했다.

강시(僵屍)라는 말을 들어본 적이 있는가? 강시는 달의 자식이었다. 죽어서도 편히 눈을 감지 못한 자의 원기가 목구멍에 모여 달빛의 음기를 흡수할 수 있게 되었을 때, 그때 강시가 생겨났다. 강시는 음기를 먹으며 자라났고, 몇 가지 조건이 충족되었을 때 깨어났다. 그 조건이라는 것은 시독에 감염되거나 묫자리를 잘못 쓰는 것이었다.

번쩍거리고 찌릿찌릿한 전기자극으로 되살아나는 인조양놈과는 다르게 강시는 느리고도 불쾌한 자극을 오랫동안 받아야만 되살아날 수 있었다. 묫자리를 잘못 쓴다 함은, 땅에 음기가 너무 많거나, 물이 고여 있다든지. 뭐 이런 거다. 이럴 경우 강시가 된 조상은 제일 먼저 자신의 후손을 찾아가 해코지를 했다. 자신을 그런 곳에 팽개쳐 두었다는 생각에 괘씸해서 그런 거겠지.

나는 샹시 지역에 강시 이야기가 유독 많이 퍼진 이유가 묘인이 치우를 조상으로 섬겼기 때문이라고 생각한다. 치우가 전사한 병사들의 시신을 주술로 걷게 해 남쪽으로 돌려보낸 이야기는 신화에도 나오니까.

사실, 이거든 저거든 모두 불안한 이야기뿐이었다. 되살아난 강시를 고향으로 돌려보내면 강시는 어떻게 되는 것인가. 강시가 안식을 찾을 수 있을까. 죽음을 반복해야 하는 건 아닐까. 사람들이 말하는 강시 이야기는 결국 사람을 위한 이야기였다. 그 어디에도 강시의 입장이라는 것이 없었다.

심지어 최근에는 강시가 피를 빨아먹는다느니, 강시의 시커멓고 커다란 손톱이 사람의 목을 뚫는다느니 말도 안 되는 이야기까지 생겨나고 있었다. 이건 양놈들의 소설이 원인이었다. 애란의 작가가 썼다는 이 괴기소설은 어찌나 인기가 많은지, 개화 좀 했다는 사람들 중에 이 소설을 모르는 이가 없었다. 제목이 더라쿠라, 아니 드라쿠라 백작이었던가? 나는 사람의 피를 먹는 흡혈귀가 나온다는 말에 사실 읽어보지도 않았다. 피를 빠는 자가 뭐 어쨌다는 것인가. 양놈들에게는 괴기할 수 있어도 나에게는 아니었다.

루쉰이 쓴 『광인일기』에도 나오지 않는가. 식인은 우리의 오랜 전통이었다. 기근이 들었을 때도, 역병이 들었을 때도, 나라에 난이 생겼을 때도, 사람들은 살기 위해 사람들을 먹었다. 죽은 자를 먹을 때도 있었고 산 자를 먹을 때도 있었다. 먹물을 먹는 자들은 식인하는 세상을 만든 원흉이었지만 자식의 살을 먹어야만 하는 어미의 마음을 이해하려 들지 않았다. 루쉰만 해도 모든 식인을 다 싸잡아 욕하지 않는가.

식인 이야기가 나와서 말인데, 원래 식인은 죽은 조상을 먹는 풍습에서 기인한 거였다. 충과 효를 다하기 위해 자신의 살을 저미는 것만 식인에 해당하는 건 아니다 이 말이다. 옛사람들은 죽은 조상의 살을 씹고 그 피를 마시며 조상을 기렸고 살아남은 다른 부족 구성원들과 하나 됨을 느꼈다. 그것은 하나의 종교였고 그들이 삶을 살아가는 방식이었다. 사실 그들은 시신을 땅에 묻어 구더기에게 먹이로 주는 우리의 방식이 더 미개하다고 생각할 것이다.

양놈들이 십자가에 허리를 숙이며 밀떡과 포도주를 받아먹고, "도미누스보비스쿰(너희들은 평안 할지어다)"이라고 외치는 것과 뭐가 다른지, 나는 도대체 모르겠다. 그들은 밀떡이 예수의 살이라 하고 포도주는 그의 피라고 하지 않는가.

각설하고, 강시가 흡혈귀처럼 피를 빤다는 말은 확실히 낭설이다. 나는 사람의 피를 빨아먹지 않는다. 비릿한 냄새를 풍기는 검붉은 피를 생각하면 헛구역질이 나올 것 같다. 나는 랑인(狼人)의 손톱 같은 커다란 손톱도 없다. 손톱을 하도 짧게 잘라 손톱 밑이 따가울 지경이니까.

나는 겉으로 보기에 평범한 인간과 다를 바가 없었다.

이곳 프랑스 조계지에서 눈을 뜬 뒤로, 내가 왜 죽지도 살지도 못하는 존재가 되었는지 하루에도 몇 번씩 고민해보았다. 몇 년에 걸친 고민과 현기증이 날 것 같은 굶주림 끝에 나는 드디어 결론을 내릴 수 있었다.

나를 강시로 만든 것은 지나친 음기가 아닌 지나친 양기 때문이었다. 음양의 양(陽)이 아닌 양(洋), 이 땅에 뿌리를 내린 양놈들의 양기(洋氣)가 나를 되살린 것이다. 양기는 부활의 원동력이었고 내 굶주림의 원천이었다. 강시가 고향으로 돌아가 안식을 취한다는 항간의 이야기는 내 불안감과 불쾌감만 가중시킬 뿐이었다. 나는 또 다른 죽음이 될지도 모르는 귀향을 선택하는 대신, 나에게 생기를 불어넣어 주는 이곳에 정착을 하기로 결심했다.

동방의 파리라는 이곳 상하이는 전 세계 양놈들이 몰려드는 항구였고, 수많은 외지인이 모이는 도시였다. 이곳은 양기에 굶주린 강시가 살 수 있는 가장 좋은 사냥터이자 훌륭한 삶의 터전이었다.

* * *

무더운 날씨가 두 달이나 계속되었다. 신문과 잡지에서는 40도에 육박하는 날씨라고 했다. 어떤 날은 40도가 넘었다고도 했다. 하지만 나는 40'도'라는 게 정확히 뭘 의미하는지 알수 없었다. 확실하게 알 수 있는 것은 밖이 정말 무덥고 습하다는 거였다. 나는 해가 지기 전까지 절대 밖에 나가지 않았다. 낮에는 침대에 걸터앉아 신문과 잡지를 읽으며 더위를 피했고, 해가 지면 그제야 배고픈 몸을 이끌며 밖으로 나섰다.

나는 산책을 좋아했다. 프랑스 오동나무인 플라타너스가 양옆에 심어진 커다란 대로, 나는 이 대로를 걸으면서 커피 하우스와 바에서 흘러나오는 재즈 음악을 즐겼다. 멋들어진 극장에 들어가 은막 위에 투사된 매력적인 이미지도 구경했다. 그중 내가 가장 좋아한 것은 거리 위를 활보하는 금발 벽 안의 양놈들이었다. 그들의 탐스러운 체취가 나를 얼마나 황홀하게 만드는지 사람들은 절대 모를 것이다.

나는 무더위 때문에 며칠간 집 밖을 나서지 못했다. 답답했고 무엇보다 배가 고팠다. 하지만 무슨 방법이 있으랴. 해가 지기 전까지, 날이 시원해지기 전까지는 사놓은 잡지와 신문을 읽고 또 읽으며 시간을 때울 수밖에 없었다.

'6월부터 이렇게 더웠습니다! 햇무리는 마치 용광로 속에서 피어나는 불꽃 같고, 무더위는 동쪽, 중국, 大상하이를 정복하고야 말았습니다!'
— '大상하이의 뜨거운 모습(大上海的熱景)', 1934년 8월 15일

나는 읽고 있던 잡지를 구겨 바닥에 던졌다. 잡지가 지껄이는 소리마저도 더웠다. 침대 옆에서 털털거리며 돌아가는 선풍기에서는 더운 바람이 나왔다. 이렇게 앉아 시간을 때우는 것도 하루 이틀이지. 무더위는 도무지 끝날 기미가 보이지 않았다.

나는 아파트먼트 홀로 통하는 나무문을 쳐다보며 생각했다.

식사를 해야 할 때가 왔다. 오늘 하루만, 딱 오늘 하루만 아파트에서 식사를 해결할까?

'오, 이런, 천진하기는. 토끼는 자기 굴 근처의 풀을 먹지 않는다는 말도 몰라? 그건 너무 위험해.'

프랑스 조계지 순포방이 나서면 귀찮아질 것이다. 그들은 노르망디 아파트먼트 하우스에 사는 사람들을 탐문할 테고, 결과적으로 나의 안식처마저도 들쑤실 것이다. 안 그래도 요즘 발생한 연쇄 실종사건 때문에 순포방이 들썩거리고 있는데 여기에 사망 사건까지 추가할 수는 없었다.

똑똑

나의 고민은 노크 소리에 중단이 되었다. 나는 방문을 두드리는 자가 누구인지 이미 알고 있었다.

"들어와."

문을 열고 들어선 자는 낡은 옷을 입은 청년이었다. 이름은 아쩐, 고향이 항저우라고 했던가?

"선생님. 뭐 필요한 건 없으신가요?"

'있지. 양놈 한 명.' "없어. 끼니는?"

내 질문에 아쩐이 황송해하며 말했다.

"공동식당에서 먹었습니다."

중국인용 공동식당은 측면 계단 옆에 있었다. 그곳은 오가는 사람이 많은 중앙 엘리베이터에서 가장 멀리 떨어진 곳이었다. 중국인용 공동식당과 중국인 남성용 화장실 그리고 가정부용 화장실이 그곳에 있었다.

나는 그곳에 가본 적이 없다. 이곳 노르망디 아파트먼트 하우스[諾曼底公寓]에서 중국인용 공동식당을 이용하지 않는 유일한 중국인은 아마 나뿐일 거다. 아니, 유일한 동양인이라고 해야 하나? 나는 중국인이 아니니까. 정확히 따지면 동양'인'도 아닌가? 동양의 '것'이라고 해야 하나? 어쨌든 노르망디 아파트먼트 하우스에서 검은 머리카락을 지닌 입주자는 나 한 명뿐이었다. 나머지는 모두 고용인이었다. 이곳은 프랑스인을 위한 하우스니까.

"그래. 그럼 집에 가봐. 난 필요한 게 없으니까."

내 말에 아쩐이 인사를 하며 밖으로 나갔다. 아쩐의 경쾌한 발걸음 소리가 아파트먼트 홀에서 울려 퍼졌다. 나는 숨을 들이마시며 그의 냄새를 맡아보았다. 빠오즈 냄새, 생선 비린내, 땀 냄새, 지린내…… 비릿한 밤꽃 향도 났다. 밤꽃 향에는 농익은 여인의 냄새도 배어있었다. 이놈 봐라. 나는 아쩐의 대범한 연애 행각에 피식 웃었다. 공동식당에서 밥만 먹은 건 아니었네. 요즘 젊은 놈들은 참으로 간이 컸다.

들이마시는 숨결에 섞여 들어온 양놈의 냄새가 코끝을 간지럽혔다. 입안에 침이 가득 고였다. 꿀꺽. 같은 층에 있는 양놈이 스무 명이 넘는 듯했다. 아쉽게도 그들은 모두 그림 속의 떡이었다. 나는 같은 층에서 호흡하고 있을 만찬들을 생각하다 입을 쩝쩝거리며 자리에서 일어났다. 이제 곧 해가 질 시간이다. 오늘은 아무리 더워도 사냥을 해야 했다. 나는 테이블 위에 놓인 신사 모자를 머리에 쓴 뒤 문명지팡이를 짚고 방을 나섰다.

문명지팡이의 딱딱거리는 소리가 아파트먼트 홀을 지나 하우스 홀까지 이어졌다. 내 아파트먼트는 침실 두 개와 거실 그리고 화장실로 구성되어 있었다. 고용자 룸까지 갖춘 더 큰 아파트먼트도 있었지만 그건 내 취향이 아니었다. 내가 원했던 곳은 햇살이 들어오지 않는 북향의 룸이었다.

강시들이 햇빛을 싫어한다는 말은 참이었다. 나는 양기(洋氣)만 좋아할 뿐 양기(陽氣)는 싫어했다. 찬란한 햇살과 무더운 열기는 날 더 굶주리게 만들었다. 나는 양기(陽氣)를 피해야만 했지만, 아쉽게도 상하이는 이 두 양기가 혼재된 도시였다.

상하이는 이제 한산한 어촌 마을이 아니었다. 생전 보지 못했던 풍경. 시끄러운 전차와 자동차, 휙 하고 지나가는 쇠 자전거, 가마보다 더 빠르게 움직이는 인력거까지. 저 멀리 사막 너머에 있었을 서역의 문화가 이곳을 지배했다. 상하이에는 더이상 밤이 찾아오지 않았다. 창문에서는 전등 불빛이 새어 나왔고 거리에는 현란한 네온사인이 길을 밝혔다. 이곳은 어둠을 비웃었다. 무슨 방법이 있겠는가. 나는 이곳에 머물러야만 했다. 금세 굶주리겠지만 대신 먹이가 풍부하지 않은가.

그래서 나는 낮은 전원주택이 즐비한 프랑스 조계지를 내 터전으로 삼았다. 공공조계지와 달리 프랑스 조계지는 비교적 한산했고 빛과 소음이 적었다. 뭐, 제2의 고향이기도 했고. 원래 내 무덤이 있던 땅이니까. 나는 프랑스 조계지의 랜드마크인 노르망디 아파트먼트 하우스, 그중에서도 2층 북쪽에 위치한 아파트먼트를 골랐다. 2층을 택한 건 창문 옆에 빼곡히 들어찬 플라타너스 나뭇가지가 햇빛을 가려주기 때문이었다.

그런 이유로 이곳에 살고 있던 양놈은 내 먹이가 되었다. 물론 그가 독신남이기에 가능했던 거지만. 그는 붉은 머리카락을 지닌 프랑스 남성이었다. 노크 소리를 들은 그는 아파트먼트 문을 열어주며 뭐라고 욕을 지껄였다. 무슨 뜻인지 알아듣지는 못했지만 그건 욕이 확실했다. 나는 그에게 순식간에 달려들었고 그는 저항도 하지 못한 채 곧 숨을 거두었다. 나는 남자가 내뱉는 마지막 숨까지 남김없이 들이마셨다.

그 뒤로 다시는 노르망디 아파트먼트 하우스에서 사냥을 하지 않았다. 안식처를 잃을 수는 없으니까. 내가 먹어치운 남자의 시신을 처리하고 그의 고용인들을 해고해 이곳을 내 것으로 만드는 데 여간 어려움을 겪은 게 아니었다.

다행히 이웃들은 내가 이곳에 드나드는 것을 이상하게 여기지 않았다. 이곳에서 중국인은 그런 존재였다. 있으나 마나 한 자들. 아무런 존재감도 없는 자들. 그저 누군가의 고용인일 뿐이었다.

나는 긴 머리카락을 잘랐다. 뻣뻣한 머리카락을 곱슬곱슬하게 만들었고 낡은 비단옷을 벗어 던지고 미국식 갈색 양복을 차려입었다. 문명 지팡이를 딱딱거리며 짚고 모자를 살짝 들어 인사하는 내 모습은 모던보이 그 자체였다.

하지만 이웃들의 시선은 변하지 않았다. 그들에게 나는 그나마 좀 봐줄 만한, 돈이 많은 중국인일 뿐이었다.

"Fu Manch!"

"Motus!"

하우스 홀 중앙에 있는 엘리베이터를 기다리고 있던 아이가 나를 보고 소리를 질렀다. 아이의 엄마로 추정되는 여자가 검지를 아이의 입술에 대며 조용히 하라고 주의를 주었다.

푸 만추. 몇 년 전, 한 영국 작가가 발표한 소설에서 악역으로 등장하는 중국인의 이름이었다. 양놈들 사이에서 선풍적 인기를 끈 소설. 나는 그 소설에 등장하는 푸 만추가 서구인들의 왜곡된 시선이 만들어 낸 악당이라는 것을 알고 있었다. 하지만 기분이 나쁘지는 않았다.

청나라 관료 따위가 악인이 된 게 나랑 무슨 상관인가. 청나라라면 치가 떨렸다. 어디 미개한 오랑캐 따위가 중원인을 지배한단 말인가. 그렇다고 내가 반청복명(反淸復明)을 꾀할 정도로 저항적인 사람인 건 아니었다.

명나라가 망국이 되어버린 뒤, 나는 제도(帝都)인 고향을 떠나 남쪽으로 도망쳤다. 남쪽으로, 남쪽으로. 만주족이 없는 곳, 팔기군이 없는 곳을 찾아 떠났다. 어쩌면 남쪽에 무릉도원이 있을지도 모른다고 생각했다.

하지만 숨을 거두기 전 내게 남은 것은 후회와 외로움뿐이었다. 나는 객사했고 삼백 년이 지난 뒤 프랑스 조계지가 되어버린 이곳에서 다시 눈을 떴다. 이제 만주족도 중원인도 모두 오랑캐가 되어버린 세상이었다.

띵!

엘리베이터가 경쾌한 소리를 내며 도착했다. 2층에서는 엘리베이터를 타고 내려가는 것보다 바로 옆에 있는 계단으로 내려가는 게 더 빨랐다. 그런데도 엘리베이터를 고집하는 이유는 무엇일까. 더 신사적으로 보여서? 나는 문명을 혐오했지만 그 이기를 누리지 않겠다는 건 아니었다. 그건 오기다. 난 오기를 부리다 객사했고, 다시 그 전철을 되밟을 생각이 없었다.

엘리베이터 문이 열리자 안에 있던 프랑스인들의 시선이 모두 나를 향했다. 더러움, 불쾌함, 나는 혐오 어린 그들의 시선을 무시한 채 그대로 엘리베이터에 탑승했다. 이제 곧 노르망디 아파트먼트 하우스에도 '개와 중국인은 엘리베이터 탑승 금지'라는 표지판이 붙게 되겠지. 사람들이 자주 왕래하는 황혼 무렵에 아파트먼트를 나선 내 불찰이었다.

내 뒤를 따라 엘리베이터에 탄 프랑스 아이의 엄마는 마치 사나운 개라도 마주한 것처럼 자신의 아이를 감싸 안았다. 녹색 눈으로 나를 곁눈질했다. 역시 여자의 본능은 날카롭다. 내가 위험하다는 걸 그녀도 본능적으로 알아챈 거겠지. 난 그래서 여자 양놈은 사냥하지 않는다. 그들은 자신에게 닥친 위험을 본능적으로 감지했고 재빠르게 도망가는 데 도가 튼 이들이었다.

띵!

경쾌한 소리와 함께 형형색색의 컬러 글라스로 장식된 엘리베이터 문이 열렸다. 나는 아무렇지도 않게 엘리베이터 밖으로 발걸음을 내디뎠다. 꿉꿉한 날씨에 저절로 미간이 찌푸려졌다.

강시가 물이 고인 못자리에서 깨어나는 이유는 물을 질색하기 때문이다. "이게 뭐야!"라며 무덤에서 벌떡 일어날 게 틀림없다. 물을 좋아했던 삼백 년 전과 달리, 지금 나는 물을 싫어한다. 왜인지는 모르겠다. 그냥 본능적으로 물을 기피했다. 내 생명력의 근원인 양기(洋氣) 또한 물의 기운일 텐데, 민물은 해당이 안 되나 보다. 프랑스 조계지와 다른 지역을 이어주는 다리가 없었더라면 아마 나는 황푸강이 관통하는 상하이를 절대 벗어나지 못했을 것이다.

나는 핏빛을 머금은 노을을 뚫으며 대로를 산책했다. 저 멀리 랜싱 극장이 보였다. 원래는 공연만 할 수 있는 곳이었다. 랜싱 극장은 10년 전쯤 개조되었고, 영화 상영이 가능한 영화관으로 탈바꿈하였다. 오늘은 극장에서 사냥을 해볼까? 조명이 꺼진 극장은 훌륭한 사냥터였다. 특히나 유성영화가 나온 뒤로는.

두 달 전, 「어광곡(漁光曲)」* 이 개봉 했을 때는 너무 기뻐 소리를 지를 뻔했다. 영화가 노래를 부르지 않는가. 심지어 같은 노래가 반복되어 나왔다. 나는 노래가 나올 때마다 혼자 영화를 보러온 양놈들을 먹어 치웠다. 모노클을 쓴 나이 든 중년 신사, 땀 냄새가 나던 해병…… 또 뭘 먹었더라? 어두워서 잘 기억은 나지 않지만 어쨌든 맛이 좋은 양놈들이었다. 그날 나는 포식을 했다.

---

* 1934년에 개봉한 중국 영화, 어부 가족의 비극이 주된 줄거리이다. 극 중에서 주인공이 같은 노래를 여러 번 부르는데 후반으로 갈수록 노래가 주는 비극성이 강화된다.

며칠 뒤, 신문에서 이 일을 대서특필했다. 제목은 "살인자 은막"이었다. 아무런 외상도 없고 독극물도 나오지 않았다며 심장마비로 죽은 게 틀림없다고 했다. 나는 그 기사를 보고 기자들이야말로 최고의 문인이라는 생각을 했다. 그들은 사람들이 영화를 보고 너무 놀라 죽었다는 말도 안 되는 소리를 지껄였다. 희문(戲文)이나 전기(傳奇)에 나올 법한 말이었다. 『알세누, 두팡』 같은 탐정물도 아니고 『칼리가리 박사의 밀실』 같은 공포물도 아닌데 누가 그런 걸 보고 놀라 죽겠는가. 너무 슬퍼 심장마비를 일으킨 거면 모를까. 아, 이것도 말이 안 되기는 마찬가지구나. 중국 어부들의 비극을 보며 양놈들이 진짜 슬퍼할 거라고는 생각하지 않는다.

오늘도 그때처럼 포식할 수 있을까? 나는 랜싱 극장 외부에 붙어 있는 포스터들을 찬찬히 둘러보았다. 양놈들의 영화가 많았다. 포스터에 인쇄된 하얀 피부의 양놈을 보며 침을 꿀꺽 삼켰다. 포스터가 레스토랑 메뉴처럼 보였다.

「어광곡」은 아직도 상영 중이었다. 이걸 다시 볼까? 어차피 내용 따위는 아무 상관도 없지 않은가. 나는 식사를 하러 온 거지 영화를 보러 온 게 아니었다. 어둠과 소음 그리고 양놈. 이 세 가지만 갖춰져 있다면 호텔 레스토랑도 부럽지 않았다.

"봉쥬르, 무슈."

누군가의 인사에 나는 고개를 돌렸다. 녹색 치파오를 차려입은 여자가 날 보고 웃고 있었다. 이렇게 매력적인 여자와 단둘이 이야기를 해 본 것이 언제였더라. 너무 예전이라 기억도 나지 않았다.

"저 말입니까?"

"공연을 보러 오신 건가요?"

공연? 갑자기 웬 공연?

"요즘에는 영화도 공연이라고 표현하나요?"

사람들과의 교류 없이 신문과 잡지로만 세상을 파악하는 나는 아직 모르는 게 많았다. 그중에서도 가장 배우기 어려워한 것은 '말'이었다. 사람들의 억양, 어휘 심지어는 글을 쓰는 방식도 완전히 달라져 있었다. 말하는 방식 그대로 글을 쓰는 세상이라니. 지금 세상은 내가 살았던 시기와는 너무나도 달랐다.

세상은 질주하는 기관차처럼 빠르게 변했다. 문명은 빨랐지만 사람은 느렸다. 변화에 적응하지 못한 자들이 도처에 깔려 있었다. 나로서는 천만다행이었다. 그렇지 않으면 사람들은 금세 내 정체를 알아챘을 것이다. 내가 사람이 아니라는 걸 알게 되면 그들은 날 죽이려 들 것이다.

나는 프랑켄슈타인 박사가 만들어 낸 인조인처럼 사람들에게 쫓기고 싶지는 않았다. 차디찬 북극으로 도망갈 수는 없지 않은가. 죽기 전, 나는 남쪽으로 도망가고 있었는데 죽고 나서는 북쪽으로 도망가야 하다니. 그건 절대 있을 수 없는 일이었다. 그래서 난 항상 배움에 열심이었다.

내가 진지하게 묻자 여자는 웃으며 말했다.

"아니요. 공연과 영화는 다르죠. 아직 영화라는 말이 입에 익지 않아서요."

그렇겠지. 영화는 모던의 상징이니까. 모던 도시 상하이는 너무 빨리 변화했다. 사람들은 그 속도를 따라잡지 못하면서도 짐짓 따라잡은 척하곤 했다.

"영화는 훌륭하죠. 전기가 만들어내는 그림은 사람의 마음을 꾀니까요."

'먹이를 꾀는 데 아주 훌륭한 미끼지.'

내 말에 여자가 다시 웃었다.

"영화를 보러온 모던한 신사가 하실만한 말씀은 아니군요."

여자의 말에 나는 답을 하지 않았다. 그저 다시 포스터를 향해 시선을 옮길 뿐이었다. 양놈이 아닌 자는 먹이가 아니다. 지금 나에게 필요한 건 먹이였다. 대화를 나눌 필요도 없이 그저 나의 욕구를 충족시킬 수 있는 먹이 말이다. 사람과 나누는 대화는 나를 더 허기지게 만들 뿐이었다.

"오늘도 서양 남자를 찾으시나요?"

침묵으로 여자를 외면하던 나에게 여자가 다시 질문을 던졌다. 그것도 생각지도 못한 질문을. 나는 굳은 표정으로 그녀를 쳐다보았다. 이 여자는 나를 알고 있다. 머릿속에 오만가지 생각들이 서로 부딪치고 뒤엉키며 지나갔다.

"왜 그런 말을 하죠?"

"서양 남자를 찾아 거리를 헤매잖아요. 창부처럼."

상냥한 말투로 가시 돋은 말을 했다. 창부라니. 내가 그들을 기쁘게 만드는 게 아니라 그들이 나를 기쁘게 만드는 것이니 창부는 내가 아닌 양놈들에게 더 어울리는 비유였다. 저 여자가 나를 향해 거침없이 드러내는 적의가 매우 불쾌했다. 하지만 난 내색 없이 그저 침묵으로 대응했다. 사람을 대하는 일은 죽기 전에도, 죽고 나서도 늘 어려운 것이었다.

"아닌가요? 동양 남자에게는 관심이 없잖아요."

아까보다 훨씬 더 강한 불쾌감과 불안감이 나를 엄습했다. 남색이라니.

"남자에게는 관심 없습니다."

여자가 눈을 가늘게 뜨며 날 쳐다봤다.

"그런가요. 여자와 함께 있는 걸 한 번도 본 적이 없는데."

"날 오랫동안 지켜봤나 보군요."

"당신은 유명인사잖아요. 노르망디 아파트먼트 하우스에서 사는 유일한 중국인 아닌가요?"

나도 모르는 사이에 내가 유명인사가 되었단 말인가? 이건, 매우 곤란한 일이었다. 죽은 듯이 살아야 하는 내가 사람들의 이목을 끌고 있었다니.

"제가 유명한 줄은 미처 몰랐군요."

"그곳에 있는 중국인들은 모두 당신을 알죠. 당신은 그들을 몰라도 그들은 당신을 알아요."

"당신도 노르망디 아파트먼트 하우스에서 사나요?"

내 말에 여자는 깔깔거리며 웃었다.

"그럴 리가요. 그렇게 비싼 곳에서 제가 무슨 수로 살겠어요. 손님을 만나러 몇 번 가본 것뿐이에요."

여자의 말에 내가 흐음 소리를 내며 그녀를 쳐다보았다. 몸의 굴곡이 그대로 드러나는 치파오와 화려한 화장이 다시금 눈에 들어왔다. 신여성이 아닌 신녀*라 이건가. 여자가 어깨를 으쓱하며 말했다.

"노르망디 아파트먼트 하우스에는 독신 남자가 많죠."

'독신 남자만 손님인 건 아닐 텐데.'

나는 입을 꾹 다문 채 잠시 생각에 잠겼다. 중국인들이 나에게 관심을 가질 거라고는 미처 생각지 못했다. 잘못하다가는 정체가 탄로 날 수도 있겠는걸. 거처를 옮겨야 하나. 애초에 그렇게 좋은 하우스에서 머무는 게 아니었다.

"저와 나누는 대화가 즐겁지 않으신가 보군요."

내 얼굴을 유심히 보던 여자가 손으로 자신의 머리카락을 매만지며 말했다.

"아닙니다…… 미인과 함께하는 시간은 항상 유쾌한 법이죠."

어색하게 내뱉은 내 말에 여자가 눈을 가늘게 뜨며 날 쳐다봤다. 생각보다 날카로운 감각을 지닌 것 같았다. 하긴 매춘도 눈칫밥으로 벌어 먹고사는 직업이니까.

"유쾌한 것치고 매우 불편해 보이시는데요."

"배가 고파서요."

이 말은 거짓말이 아닌 참이었다. 지금 내 마음을 지배하는

---

* 신녀(神女), 1934년에 개봉해 흥행에 성공한 영화 「신녀」의 제목에서 따온 말. 영화 「신녀」는 아들을 키우던 한 여성의 비극을 그린 영화이다. 주인공은 천박한 매춘부와 숭고한 어머니라는 상반된 이미지를 동시에 지닌 여인이었다. 신녀(神女)라는 말은 여신(女神)이라는 말과 비슷하지만 실제로는 성적기교가 뛰어난 여성을 지칭하는 말이었다고 한다.

감정은 불편함과 불안함이었지만 내 몸을 지배하는 감각은 허기짐이었다. 배고픔은 내 몸의 모든 감각을 깨웠고 난 멀리에 있는 양놈의 냄새도 맡을 수 있었다. 이 여자와 대화만 끝낸다면 당장 달려가 배를 채우리라.

하지만 난 여자와의 대화를 끝낼 수 없었다. 나에게 호기심을 보이는, 이 매력적인 여자는 위험했다. 내가 살기 위해서는 반드시 없애야만 했다. 하지만 무슨 수로 중국인 여자를 죽인단 말인가. 이 여자는 나의 먹이가 아니었다. 나는 먹이가 아닌 자는 한 번도 죽인 적이 없었다. 이 여자도 양놈들처럼 쉽게 죽일 수 있을까. 설마 하얀 목덜미를 물어뜯거나 커다란 손으로 여린 목을 움켜쥐어야 하는 건 아니겠지. 내가 양놈을 먹는 것이 식인이라면 이 여자를 죽이는 것은 살인이었다. 살인이라니. 얼마나 무서운 일인가.

"뭐라도 먹으러 가실래요?"

먹을 거? 지금 내가 먹고 싶은 건 저기 100미터 정도 떨어진 곳에서 양담배를 피우고 있는 양놈이야. 베르가못과 시트러스, 사이프러스 향으로 조미료를 친 프랑스인이었다. 처음에는 프랑스인들의 지독한 향수 냄새에 적응할 수가 없었는데 자주 먹다 보니 그 맛에 익숙해져 향수를 뿌리지 않은 양놈들은 밍밍하게 느껴질 정도였다. 코를 자극하는 조미료의 향에 난 연신 입속에 차오르는 침을 삼켜야 했다.

여자가 매혹적인 눈빛으로 날 올려다보더니 살며시 미소 지으며 말했다.

"제가 사는 집 아래에 정말 맛있는 샤오롱빠오를 파는 곳이 있거든요. 식사를 한 뒤에 집에서 같이 이야기를 나눠도 좋고…… 아니면 집에서 오붓한 시간을 나눈 뒤에 같이 식사를 해도 좋고요."

영업인가. 여자는 지금 자신이 팔고 있는 것이 몸이 아니라 목숨이라는 것을 전혀 모르고 있었다. 여자의 집에 가서 여자를 죽이면 내가 잡힐 확률은 얼마나 될까. 양놈들의 죽음과 달리 신녀들의 죽음은 누구의 주목도 끌지 못했다.

나는 요즘 프랑스 조계지에서 자주 피 냄새를 맡았다. 한 달에도 몇 번씩 거리의 여인들이 목숨을 잃었지만, 그녀들의 죽음은 신문 언저리에도 등장하지 못했다. 이천 명이 넘는 프랑스 순포방 사람들은 그녀들의 죽음을 조사하지 않았다. 자연사로 처리했다.

한 번은 사냥을 위한 산책을 하다가 어두운 뒷골목에 쓰러져있는 여자를 본 적이 있다. 하얀 목덜미에 붉은 선이 그어진 시체였다. 진동하는 피 냄새에 난 코를 움켜쥐어야만 했다. 중국인 순경 두세 명이 죽은 여자를 앞에 두고 사람이 많으면 죽는 이가 많은 것이 당연하다는 궤변을 늘어놓았다.

눈앞에 있는 이 여인을 죽여도 나는 순경에게 잡히지 않을 것이다. 애초에 그들은 살인범을 잡을 생각이 없는 자들이니까.

그럼에도 불구하고 내가 주저하는 이유는, 그녀가 인간이기 때문일 것이다. 하지만 나의 고민은 오래가지 않았다.

내가 양놈을 먹어도 프랑스 순포방의 순경들은 나를 잡을 수 없다. 내가 하는 것은 식인이지 살인이 아니기 때문이다. 증거를 찾을 수 없으니 그들은 번거롭고 성가신 존재 그 이상이될 수 없다.

하지만 괴물인 나를 뒤쫓을 성난 민중은 두려운 존재였다. 사람들이 내 정체를 알게 되면 안 된다. 나에게 관심을 가지는 것도 안 된다. 먼저 말을 걸 만큼 내게 호기심을 가지고 있는 이 여자는 제일 위험한 존재였다. 나는 오늘 반드시 살인을 저질러야만 했다.

"그러죠."

내 대답에 여자가 만족 어린 미소를 지었다. 내 안주머니에 들어있는 지갑에 돈이 두둑하게 들어있을 거라고 생각하겠지. 내 지갑에 들어있는 돈은 모두 죽은 양놈들의 몸에서 나온 돈이었다. 보이지 않는 피가 묻은 돈. 양놈의 피가 아닌 중국인의 피가 묻은 돈이었다. 여자의 부드러운 숨결이 이 세상에서 사그라질 때, 노잣돈으로 이 돈을 태워 주리라. 나는 그렇게 결심했다. 여자를 위한 마지막 선물이었다. 죽은 동족들과 함께 황천을 건너면 저승길이 심심하지는 않을 것이다.

* * *

나는 프랑스 조계지와 중국인 거주지역을 잇는 다리 입구에서 잠시 주저했다. 물. 바로 아래에 강물이 흐르고 있었다. 다리 너머에는 스쿠먼(石庫門)*이 쭉 나열된 농탕(弄堂)**이 있었다. 원래는 단층이었지만 증축을 통해 층을 확장한 곳이었다. 플라타너스 나무가 녹음의 선을 그리며 도로를 장식한 프랑스 조계지와 달리 이곳 농탕은 녹음을 찾아볼 수 없었다. 근래에는 서구를 모방해 녹음을 갖춘 농탕도 있다고 하더니, 눈앞에 놓인 농탕은 정말 전형적인 구식 농탕이었다.

중국인 거주지역에 실핏줄처럼 넓게 퍼진 농탕, 그 안에 중국인이 가득하다고 생각하자 현기증이 일 것 같았다. 중국인들은 날 기운 빠지게 만들었다. 왜인지 그들은 음양의 조화를 잃었고 모두 음기만 가득했다.

강한 양기는 날 배고프게 만들었지만 내가 살아있다고 느끼게 해줬다. 반면 음기는 나를 아무것도 욕망하지 못하게 만들었다. 무력, 좌절, 권태, 복종. 음기 속에 녹아든 부정적 감정들은 날 끌어당겼고 무덤 속에서 침전하게 만들었다. 그들과 함께 있으면 난 다시 시체로 돌아가는 느낌이었다.

물을 지나 음기가 가득한 농탕에 들어서야 한다니. 벌써부터 기운이 빠졌다. 지금이라도 여자를 내 아파트먼트로 데려갈까? 아냐. 그럼 내 집에 시체가 생긴다. 시체처리가 얼마나 번거로운 일인지 알기에 난 그 수고스러움을 다시 감수하고 싶지는 않았다.

나는 문명지팡이로 돌다리를 탁탁 두드리며 걸음을 옮겼다.

---

* 중국의 전통가옥 형태인 스허위앤에서 변형된 양식인 스쿠먼은 상하이에서 가장 전형적인 농탕의 건축양식이다.

** 개항 이후에 발전한 상하이의 주거 양식으로 동서문화가 합쳐진 독특한 양식이다. 농탕 안에 있는 가옥은 서로 연결 되어 있었고 도처에 길과 연결된 문이 있었다.

여자는 다리 바로 옆에 있는 골목에서 멈추더니 나를 보고 말했다.

"아직 장사를 시작하지 않았네요. 어때요. 집에 가서 차라도 한잔하시겠어요?"

나는 여자가 서 있는 곳 바로 옆에 있는 농탕을 보았다. 농탕 입구에는 작은 간판이 있었다. 나무로 만든 간판이었다. 샤오롱빠오를 판다던 가게. 가판 형태로 장사를 하는 곳일 텐데 간판까지 있는 걸 보면 정말 맛있는 곳인가 보다. 간판에는 '진미(珍味)'가 해서체로 음각되어 있었다. 적지 않고 조각을 한 간판이라. 색다른 방식이었다.

밤 장사로 샤오롱빠오를 파는 곳은 없기에 난 같이 저녁을 먹자는 여자의 제안이 장사를 위해 댄 핑계라고 생각했다. 여자가 한 말이 다 거짓말인 건 아닌가 보다. 최소한 자기가 사는 집 아래에 샤오롱빠오를 파는 곳이 있다는 말만은 참이었다.

여자 어깨너머로 농탕이 펼쳐져 있었다. 긴 골목길을 따라 늘어선 의자와 작은 평상들이, 그리고 그 위에 앉거나 누운 헐벗은 사람들이 보였다. 누군가는 바닥에 물을 뿌렸고 누군가는 부채질을 하며 더위를 식혔다. 엉덩이를 다 내놓은 어린아이들이 골목 구석구석을 뛰어다니며 소리를 질렀다.

저 중국인들을 보라. 그들은 정맥에 가득 고인 검은 피와 같았다. 모든 영양분을 뺏기고 노폐물만 떠안은 탁한 피였다. 이들은 노곤한 몸을 이끌고 심장을 향해 느릿느릿하게 기어가는 자들이었다.

아니다, 이들은 잠을 자는 자들이었다. 출구도 없는 철로 된 방안에 갇힌 채*, 자신들이 갇힌 것도 모르며 꿈을 꾸고 있는 무지몽매한 자들이었다. 한심한 저들을 보니 화기(火氣)가 울컥 솟아올랐다. 나는 순간 이들의 멱살을 물어뜯고 싶다는 강한 충동을 느꼈다. 이럴 수가, 나는 처음으로 살인 욕구를 느낀 것이다. 필요해서 죽이는 게 아닌, 원해서 죽이는 것, 이것은 살인이었다.

나는 천천히 눈을 감았다가 떴다. 나는 이 욕망이 누구의 욕망인지 알고 있었다. 이것은 내 욕망이 아니었다. 이건 잡지에 글을 실은 문인들의 욕망이었다. 무지몽매한 중국인들을 계몽시키고자 원고지에 검은 피로 글을 쓰는 문인들의 욕망이었다. 무더위로 인해 밖에도 나가지 못한 채 잡지와 신문만 읽어대니 그들의 욕망이 내 마음에 스며든 것이 분명했다. 나는 식인을 하는 자지 살인을 하는 자가 아니었다. 솔직하게 말해서, 나는 눈앞에 있는 여자를 죽이는 것만으로도 충분히 버거웠다.

"그러죠."

나는 빨리 여자를 죽이고 식사를 해야 한다는 조급함과 여자가 내 정체를 알아챌 수도 있다는 불안감, 내가 과연 사람을 죽일 수 있을까라는 초조함 사이에서 흔들리고 있었다. 하지만 내 입에서 나온 대답은 내가 생각해도 놀랄 정도로 침착했다. 여자는 웃으며 나를 안내했다.

---

* 루쉰이 한 비유

붉은 벽돌로 만든 작은 입구를 지나자 좁은 통로가 나왔다. 작은 통로 옆에 있는 방에서는 고수, 배추, 부추 같은 채소 냄새가 났다. 주방인 듯했다. 통로를 지나자 천장이 없는 작은 홀이 나왔는데 홀 한가운데에는 목조계단이 있었다. 황혼의 끝자락에 선 홀이 천천히 어둠에 잠기기 시작했다. 곧 시린 달빛이 어둠 대신 홀을 가득 채울 것이다.

정면에는 반대쪽 큰길과 통하는 또 다른 입구가 있었다. 아마 저 문 말고도 길과 연결된 문이 몇 개 더 있겠지. 농탕은 길과 연결된 입구가 여러 개 있는 개방형 건물이었다. 문만 열면 방이 길이 되었고 길이 홀이 되었다. 길만 지나면 중국이 영국이 되고, 다리만 지나면 프랑스가 중국이 되는 상하이처럼 말이다.

나는 내부구조를 눈여겨보았다. 여자를 죽이고 난 뒤 이곳을 벗어날 때 날 보는 이가 없어야 했다.

나는 제일 먼저 1층 홀 옆에 있는 상점을 보았다. 상업공간으로 쓰이는 1층에는 주로 쌀집이나 채소가게, 포목점 같은 작은 상점이 있었다. 상점은 외부인의 출입이 빈번한 곳이기에 왕래하는 사람이 많았다. 왕래하는 사람이 많다는 것은 목격자가 남을 수도 있다는 말이었다.

나는 눈동자를 좌우로 움직여가며 1층을 살펴보았다. '진미'라는 샤오롱빠오 가게는 계단 우측에 위치했고 계단 좌측에는 간판 없는 방이 하나 있었다. 사람이 사는 게 아닐까라고 잠시 생각했지만, 저곳은 푸줏간인 것 같았다. 고기 누린내가 진동을 했다. 영업이 끝났는지 문은 굳게 닫혀있었다. 다행이었다.

혹시 몰라 깊게 숨을 들이마시며 사람 냄새를 찾아보았다. 1층 푸줏간에 1명, 2층에 1명이 있었다. 안도감이 밀려왔다. 내가 여자를 죽인 뒤 조금만 주의를 기울여 빠져나간다면 날 목격한 사람은 없을 것이다.

이곳이 스쿠먼 농탕이 아닌 스허위앤(四合院)이었다면, 아마 나는 수많은 목격자를 남겼을 것이다. 스허위앤에는 3대, 4대에 달하는 대식구가 모여 살았다. 하지만 지금 상하이에는 스허위앤이 없었다. 모두 농탕에서 살았다. 나는 농탕에 와본 적이 없었지만 이곳에 대해서는 잘 알고 있었다. 문학잡지에 실린 글 중 농탕을 배경으로 한 글이 많았기 때문이었다. 이곳은 아파트먼트 하우스와 같았다. 이곳에 대가족은 없었다. 타인에게 무관심한 도시인뿐이었다.

"여기예요."

여자가 나무계단을 밟고 올라섰다. 계단을 올라가는 여자의 뒤태가 내 두 눈을 자극했다. 나는 시선을 아래로 내렸다. 그리고 여자의 발을 보았다. 나무계단과 맞부딪힌 문명 지팡이는 명쾌한 소리를 만들었고, 여자가 신은 검은 하이힐은 그 소리에 맞춰 또각거리면서 계단 위에서 춤을 추었다. 나는 그녀의 발이 아름답다고 생각했다. 전족을 하지 않은 커다란 발인데도 말이다.

나는 계단이 꺾이는 곳에서 멈춰 섰다. 그곳에는 나무로 된 작은 문이 있었다. 사실 나는 여자의 방이 당연히 팅즈지엔일 거라고 생각했다. 팅즈지엔은 계단 사이에 있는 작은 단칸방을 말했다. 값싼 농탕에서도 가장 저렴한 방, 그곳은 팅즈지엔이었다. 이곳에서 사는 자들은 모두 욕망하는 자들이었다. 돈을 좇아 상하이에 온 외지인들, 그들은 몸을 파는 매춘부이기도 했고 공장에서 일을 하는 신혼부부이기도 했다. 그들 중에는 문인도 있었다. 남쪽으로 도망쳤던 나처럼 문인 또한 상하이로 도망쳐 올 수밖에 없었고, 그들은 누구의 도시도 아닌 이곳 상하이에서 표류했다. 그들은 세 평도 되지 않는 좁은 방에 모여 글을 썼다. 루쉰도, 빠진도, 난다 긴다 하는 상하이 문인들은 모두 팅즈지엔에서 살았다고 했다. 유명해진 지금도 팅즈지엔에서 사는지는 모르겠지만. 어쩌면 예술혼을 꽃피우기 위해 계속 이곳에 머물고 있을지도 모른다. 이곳에서는 창작의 고통보다 더 고달픈, 계절의 고통을 느낄 수 있었다. 비좁은 북향의 방, 이곳은 여름엔 덥고 겨울엔 추웠다.

내 예상과 달리 여자는 계단이 꺾인 곳을 지나치며 위로 올라갔다. 나는 예상치 못한 그녀의 행보에 놀랐지만 별다른 내색 없이 그녀의 뒤를 따랐다. 보통은 건물 주인이 2층에 산다고 했는데. 이곳을 소유한 여자가 왜 매춘을 하는 걸까. 아니지. 어쩌면 그녀의 기둥서방이 주인일지도. 아니면 양놈을 상대로 하는 매춘부라 돈을 많이 버는 걸 수도 있고. 그게 뭐가 중요하겠는가. 도시의 살인자는 희생자에게 관심을 가져서는 안 되는 법이었다. 런던의 살인마 잭이 거리의 여인들에게 관심이 있었다면 결코 그녀들의 배를 가르고 내장을 꺼내는 짓

따위는 하지 못했을 것이다.

계단을 다 올라가자 여자가 나를 왼쪽 문으로 이끌었다. 계단 끝 좌우에는 문이 하나씩 있었는데 고개를 돌려 뒤를 보자 문이 하나 더 있는 게 보였다. 오른쪽에 있는 문은 2층 홀로 통하는 문일 테고, 뒤에 있는 문은 또 다른 방으로 통하는 문일 것이다. 작은 집이라 해도 홀은 항상 있었다. 여자가 나무문을 열고 안으로 들어갔다. 나는 침을 꼴깍 삼킨 뒤 그녀를 뒤따랐다. 이제 살인을 할 시간이었다.

나무로 된 거실 바닥이 삐걱삐걱거렸다. 그 소리가 나를 더 불안하게 만들었다. 손에 땀이 맺힌 것 같았다. 물론 이건 나의 환각일 것이다. 강시인 나는 땀을 흘리지 않으니까.

나는 문명지팡이를 양손으로 쥔 채 엄지손가락으로 지팡이를 만지작거렸다. 향시(鄕試)를 볼 때도 이렇게 긴장하지는 않았는데. 허기진 상태에 긴장까지 하니 후각이 극도로 예민해졌다. 나는 사방에 널린 양놈들의 냄새와 짙은 피 냄새를 맡을 수 있었다. 거리 어딘가에서 또다시 여자가 죽었으리라. 차라리 이 여자를 죽이지. 그럼 나도 홀가분하게 양놈들을 사냥하며 배불리 식사했을 텐데.

이런 내 마음을 알 리가 없는 여자는 풍만한 엉덩이를 좌우로 흔들며 붉은 휘장이 드리워져 있는 침실 입구를 향해 걸어갔다. 하필이면 침실 입구라니. 나는 더 긴장을 하고야 말았다. 붉은 휘장 앞에 선 여자가 고개를 돌려 날 쳐다봤다.

"긴장돼요?"

'어떻게 알았지?'

"아닙니다."

여자가 웃으며 손짓을 했다. 창문 바로 아래에 있는 의자에 앉으라는 손짓. 나는 지팡이를 의자 옆에 세워놓은 뒤 여자가 청하는 대로 의자에 앉았다. 여자는 침실 입구 바로 옆에 있는 탁상에 멈춰 섰다. 달그락거리는 소리와 물이 흐르는 소리가 들렸다. 후각을 마비시킬 정도로 강한 양주 냄새가 내 코를 자극했다. 어찌나 독한지 술에서 오줌 냄새가 나는 것 같았다. 독한 향에 취해 머리가 띵 해졌다.

술을 따른 여자가 유리잔 두 잔을 들고 내게 다가왔다.

"한잔하세요."

나는 그녀가 건네는 술을 거절하지 않았다. 양주를 들이켜자 뜨끈한 무언가가 목구멍에서 식도를 지나 위로 들어가는 것이 느껴졌다. 곧 온몸에 뜨거운 열기가 퍼졌다. 술기운이 돌자 긴장이 풀리기 시작했다.

여자는 건너편에 놓인 의자에 앉았다.

"맛이 어떤가요."

나는 코를 찡긋거렸다. 강시가 된 뒤로 처음 마셔보는 술이었다. 나는 고개를 흔들면서 술기운을 쫓아보았다. 긴장이 풀린 것은 좋았지만 취하는 것은 곤란했다. 난 살인을 해야 했으니까.

"독한 술이군요."

나는 숨을 깊게 들이쉰 뒤 힘겹게 말을 내뱉었다.

"이제 긴장이 풀리시나요?"

"제가 긴장했다는 건 어떻게 아셨죠?"

술에 취해서 그런지 마음속 말이 입 밖으로 튀어나왔다.

"연기에 서투르신 분이네요."

당연한 말이었다. 내가 인간으로 살았던 시간은 스무 해 남 짓이었다. 살아생전 나는 산 자보다 죽은 자와 보내는 시간이 더 많았다. 나는 죽은 공자의 말씀을 익히고 죽은 두보의 시를 외웠다. 강시가 되고 나서도 마찬가지였다. 나는 세상과의 교류를 끊고 잡지나 신문 같은 서책으로 세상을 배웠다. 강시가 된 내가 접한 유일한 사람이라고는 잔심부름을 시키기 위해 고용한 아찐과 끼닛거리였던 양놈들뿐이었다. 사람과 교류하는 것도 버거운 데 사람을 속이는 연기를 잘할 리가 없었다.

"미인과 함께해서 그런가 봅니다."

나는 정신을 집중해 힘겹게 말을 내뱉었다. 내 말에 여자가 소리 내어 웃었다.

"그 와중에 거짓말하다니. 대단하신 분이네요."

"거짓말이라뇨."

"당신이 남색이라는 건 다 알고 있어요."

이 정도 되자 나는 여자가 내가 사냥하는 걸 본 것이 틀림없다고 확신하게 되었다.

"왜 그런 말을 하시죠."

"거리에 있다 보면요. 여러 가지를 보게 되죠. 당신은 항상 서양 남자를 찾아 헤매잖아요. 물론 남색이 이상하다는 건 아니에요. 이상한 건 당신이 그 비싼 노르망디 아파트먼트 하우스에 사는 중국인이라는 거죠. 그렇게 돈이 많으면 남자는 쉽게 찾을 수 있을 텐데. 당신은 항상 거리로 나왔어요. 그것도 동양 남자가 아닌 서양 남자만 찾았죠. 거리에서 서양 남자를 찾는다고 해서 그 사람들이 다 남색이라는 보장도 없잖아요. 뭔가 냄새가 나더군요. 저는요. 당신이 찾아 헤매는 게 과연 서양 남자가 맞을까라는 의문이 들었어요. 자. 말해 봐요. 당신이 찾던 건 뭐였나요?"

여자가 형부(刑部)의 심문관처럼 나를 심문했다. 머리가 멍해졌다. 오감도 둔해졌다. 쥐고 있던 술잔을 내려보았다. 술에 무언가를 탄 게 틀림없었다. 취기만으로는 설명할 수 없는, 알 수 없는 무언가가 내 몸을 지배하고 있었다.

나는 들고 있던 술잔을 던졌다. 손에 힘이 없어 술잔은 앞으로 나아가지 못하고 아래로 떨어졌다. 유리잔이 깨져 산산조각이 났다.

"술에 뭘 탄 거죠?"

여자가 자신이 쥐고 있던 유리잔을 흔들었다. 술이 잔 속에서 출렁거렸다.

"쥐오줌풀."

그게 뭔지는 모르겠지만 결코 좋은 것은 아니리라.

"왜요?"

"지금은 당신이 질문하는 시간이 아냐. 내 말에 대답해야 하는 시간이지."

여자가 싸늘한 목소리로 말했다. 여자의 눈에 오뉴월의 서릿 발 같은 차가움이 깃들어 있었다.

"이게 무슨 짓이죠."

"너무 무서워할 거 없어. 내가 당신을 죽일 생각을 했다면 쥐 오줌풀 뿌리가 아니라 뇌공등(雷公藤) 껍질을 넣었을 테니까."

나는 눈을 질끈 감으며 정신을 차려 보려고 노력했다. 여자 가 나에게 건넨 술은 기껏해야 서너 모금 마실 수 있는 적은 양 이었다. 비싼 양주가 아까워서 그런 게 아니었다. 그녀는 내가 혼절하지 않기를, 정신이 혼미한 채로 깨어있기를 원한 게 틀림 없었다. 난 머리를 의자 뒤에 있는 벽에 기대며 천천히 말했다.

"다시 한번 말하지만. 난 남색이 아니야. 도대체 무슨 말이 하고 싶은 거지?"

"당신이 남색이라는 게 중요한 게 아니야. 내가 알고 싶은 건, 당신이 거리에서 찾던 게 뭐냐는 거지."

"양놈."

눈을 감고 있었기에 여자가 무슨 표정을 지으며 내 대답을 들었을지는 알 수 없었다.

"세상에는 천사 같은 얼굴을 하고서는 사람을 죽이는 자들 이 너무 많아. 믿을 수가 없지. 솔직히 말해서 난 당신이 매우 의심스러워. 내 앞에서 긴장하는 척 연기를 하는 걸 수도 있잖 아?"

내가 무슨 말을 해도 믿지 않을 거면서 왜 자꾸 물어보는 거 야! 나는 짜증이 나기 시작했다. 이 정도 화기라면 술기운을 빌어 저 여자의 목덜미를 물어뜯을 수도 있을 것 같았다. 하지만 난 움직일 수 없었고 그저 자리에 앉아 여자의 말을 들을 수밖에 없었다.

둔감해진 코가 냄새를 맡기 시작했다. 싸구려 향수 냄새를 풍기는 누군가가 황급하게 다가오고 있었다. 곧 계단이 삐걱거리는 소리가 들렸다. 이렇게 가깝게 다가오고 나서야 냄새를 맡을 수 있는 걸 보면, 내 후각은 지금 마비가 된 거나 다름이 없었다.

탕탕!

문을 거세게 두드리는 소리가 들렸다. 여자가 자리에서 일어나 문을 열었다. 문밖에 서 있는 누군가가 여자에게 소곤소곤 말을 하기 시작했다. "강간범", "시체", "공공조계지", "피"라는 단어가 들렸다. 여자도 작은 소리로 뭐라고 답했고, 나무문은 곧이어 끼익 소리를 내며 닫혔다.

여자가 나에게 다가왔다.

"운이 좋네. 당신은 내가 찾던 사람이 아니었어. 당신이 분신술을 할 수 있다면 모를까 동시에 두 장소에 나타날 수는 없는 거잖아? 음. 조금만 기다려줄래? 잠깐 밖에 나가봐야 할 것 같아. 약속한 게 있으니까 내가 돌아와서 저녁 대접을 해 줄게. 곧 가게 문을 열 거야."

'이런 미친 여자를 보았나.'

"나한테 이런 약을 먹여놓고…… 저녁을 대접하겠다니. 개가 웃을 일이군."

"나는 약속을 지키는 사람이야. 당신을 오해한 건 내 잘못이니까. 그건 정말 미안해. 원래는 이런 실수를 안 하는데. 당신이 너무 의심스러운 건 사실이잖아?"

"도대체 날 누구로 의심한 거지?"

여자가 아무런 말도 하지 않았다. 난 천근만근 무거워진 눈꺼풀을 힘겹게 떴다. 손을 무릎에 댄 채 허리를 숙여 나를 쳐다보고 있는 여자의 얼굴이 보였다. 눈꺼풀이 다시 스르륵 내려와 내 눈을 덮었다.

"요즘 거리에서 여인들이 죽어가고 있거든. 벌써 17명째야. 방금 전에도 한 명이 더 죽었지. 뭐 본 거 없어? 당신이라면 본 게 있을 수도 있을 텐데. 솔직히 말해서 당신처럼 거리를 헤매고 다니는 사람은 흔치 않잖아. 틀림없이 당신일 거라고 생각했는데."

있을 리가. 나는 피만 보면 구역질이 나온다고. 나를 살인자로 의심하다니. 이걸 지금 말이라고 하는 건가. 화가 났지만 그와 동시에 안도가 되었다. 여자는 내 정체를 몰랐다. 여자가 나에게 호기심을 가진 이유는 나를 다른 이로 착각했기 때문이었다. 나는 여자를 죽이지 않아도 되었다. 살인은 얼마나 무서운 일인가. 빨리 다른 곳으로 이사를 가버려야지. 평범한 곳으로 이사를 간 뒤 조심히 사냥을 하면 아무도 나에게 의심을 품지 않을 것이다. 그럼 나는 그 누구도 죽일 필요가 없었다.

그나저나 거리에서 죽은 여인의 수가 17명이나 되다니. 상하이는 이제 시카고 같은 범죄 도시가 되어버린 건가. 도대체 언제부터 여자들이 죽기 시작한 거지? 거리에서 마주쳤던 사람들 중에 살인마가 있다는 생각이 들자 꺼림칙한 공포가 스멀스멀 올라왔다.

"언제부터 여자들이 죽은 거야?"

"올해 1월부터야. 왜. 뭐 아는 거 있어?"

올해 1월부터라는 말에 내 뇌리에 누군가가 스쳐 지나갔다. 잉크 냄새와 피 냄새를 같이 풍기던 자. 하지만 그건 그저 냄새일 뿐이었다.

"아니."

여자가 흠하고 소리를 냈다. 내 말을 믿지 않는 것 같았다. 역시, 눈치 하나는 기가 막히게 좋은 여자였다. 저녁 대접은 무슨. 몸을 움직일 수 있게 되면 당장 이곳에서 도망을 가야겠다.

* * *

여자가 방을 나선 지 벌써 한참이 지났다. 나 또한 이곳을 나가고 싶은 맘이 굴뚝같았지만, 아직 감각이 돌아오지 않았다. 걸을 수가 없었다. 나는 의자에 앉아 심호흡을 했다. 배고픔이 극에 달해서인지 어딘가에서 양놈 냄새가 나는 것 같았다. 배가 고프다. 사지를 쓰지 못하는데 몸통은 멀쩡하니 배고픔을 느끼는 것이 아니겠는가. 실제로 내 위장은 움직인 적이 없지만 말이다.

어딘가에서 울부짖는 소리가 들리는 것 같았다. 이 감미로운 목소리, 이 향기. 양놈의 것이 분명했다. 난 손가락을 움직여보았다. 손가락 관절이 기괴하게 움직였다. 피아노 건반 위에 놓인 손가락 같았다. 양놈들이 뚱땅거리며 두드리는 피아노 말이다. 팔꿈치는 비상하는 날개처럼 움직였고, 목 관절은 뚜두두둑 소리를 내면서 좌에서 우로 다시 우에서 좌로 꺾였다. 삶을 다시 움켜쥤을 때가 생각났다. 부활은 탄생과 전혀 달랐다. 탄생이 생기에서 솟아난 삶이라면 부활은 생기를 밀어 넣어야 하는 죽음이었다. 나를 짓누르던 흙을 파헤치고 나오기 위해, 온몸에 생기를 꾸역꾸역 밀어 넣어야 했다. 그때처럼 내 몸을 움직이기 위해 나는 안간힘을 썼다.

나는 손을 뻗어 옆에 놓은 지팡이를 쥐었다. 개처럼 기어 나와야 했던 그때보다는 훨씬 더 사람답게 걸을 수 있을 것이다. 나는 지팡이에 힘을 실어 천천히 앞으로 걸어갔다. 향긋한 양놈 냄새가 날 이끌었다. 체중이 실린 지팡이는 아까보다 훨씬 더 둔탁한 소리를 냈다. 천천히 그러면서도 끈질기게 계단을 내려갔다. 그녀는 언제 돌아올까. 내 주머니 안에는 죽은 양놈의 옷에서 챙겨둔 시계가 있었지만 시간을 확인할 필요는 없었다. 시계가 알려줄 수 있는 것은 오직 숫자뿐이었다. 나는 째깍거리는 시계의 무브먼트 소리를 들으면서 잘 떨어지지 않는 발걸음을 재촉했다.

향긋한 냄새는 주방에서 나왔다. 주방에 놓인 채소가 풍기는 향과 양놈의 향이 어우러져 제법 그럴듯한 음식 냄새를 연출했다. 손을 뻗어 주방을 가린 얇은 천을 살짝 들어 올렸다. 홀을 가득 채운 달빛도 이곳까지 들어오지는 못했다. 칠흑같이 어두운 그곳에서 번득이는 두 눈이 보였다. 양놈이었다.

나는 주위를 두리번거렸다. 아무도 보이지 않았다. 지금은 시각의 거리와 후각의 거리가 비슷했다. 시야를 가로막는 게 하도 많아 그 둘을 비교할 수는 없지만 말이다. 감각이 조금만 더 돌아오면 냄새로 누가 다가오는지 구분할 수 있을 것이다. 건물 안에 있는 이는 처음 이곳을 찾았을 때처럼 아직 2명이었고, 그들은 여전히 움직임이 없었다. 경계만 늦추지 않는다면, 난 이곳에서 식사를 할 수 있을 것이다.

나는 어두운 주방 안으로 들어섰다. 주방 입구를 가리고 있던 천을 내려놓았다. 천으로 된 문을 닫자 주방은 완전한 어둠에 잠겼다. 소리가 새어 나갈 수는 있겠지만, 밖에서 보이는 것은 없을 것이다. 나는 소리가 나지 않도록 지팡이를 내려놓은 뒤 천천히 양놈을 향해 걸어갔다. 양놈이 뭐라고 소리를 지르며 흐느꼈다. 입에 천을 물려놓아 소리가 흘러나오지 않고 새어나왔다. 나는 양놈 앞에 쭈그리고 앉았다. 주인을 기다리는 종놈처럼 말이다.

양놈에게선 피 냄새가 났다. 피 냄새가 나는 양놈을 보면 뭐가 생각나는 줄 아는가? 나는 핏물이 뚝뚝 떨어지는 날고기가 생각났다. 차마 입에 댈 수 없는 역겨운 날고기 말이다. 평소라면 절대 먹지 않았을 먹이였다. 하지만 배가 고프면, 아무리 역겨워도 결국엔 먹기 마련이다. 굶주림이 없었다면 자식을 뜯어먹는 어미도 없었을 것이다. 식인은 굶주림이 원인이었다.

나는 양놈의 입을 막은 천을 움켜쥐었다. 피에 젖었는지 축축했다. 모든 건 속도가 중요했다. 조금이라도 늦으면 양놈의 울부짖음이 인간의 귀에도 들릴 것이다.

나는 손에 힘을 줘 양놈의 입에 물린 천을 끌어 내렸다. 두꺼운 천이라 쉽게 내려오지는 않았지만 먹이를 향한 내 갈망 덕분에 빠르게 내릴 수 있었다. 천이 양놈의 입에서 떨어지자, 양놈이 자신의 들숨을 소리로 내뱉으려 하였다. 물론 양놈의 소리는 밖으로 흘러나오지 않았다. 양놈의 날숨은 모두 내가 들이마시고 있으니까.

나는 천을 내리자마자 재빠르게 그에게 키스를 하였다. 피비린내가 나는 양놈의 까칠한 입술은 내 입술에 막혀 아무런 소리도 내지 못했다. 이놈이 피만 흘리지 않았어도, 나는 혀를 내밀어 입속의 생기를 쪽쪽 빨아먹었을 것이다.

밥을 씹어 먹지 않고 녹여 먹어야 한다면, 식사는 당연히 오래 걸리기 마련이다. 나는 여자가 돌아올까 불안했지만 밥을 급히 먹어 체하고 싶지는 않았다. 내 코는 항상 정확했다. 지금 난 이 근방 어디에서도 그녀의 냄새를 맡을 수 없었다.

느긋하게 식사를 마친 나는 손으로 입술을 문질렀다. 입에서도 피 맛이 느껴지는 것 같았다. 향긋한 맛은 아니었다. 축축한 천을 들어 올려 양놈의 입 사이에 끼워 넣었다. 키스를 하다 죽은 자들은 왜 입을 벌리고 죽을까. 나는 헤 하고 벌린 양놈들의 입이 참으로 볼품없다고 생각했다. 그래서 매번 그들의 턱을 움직여 입을 다물어줬다. 오늘은 평소와 달리 천으로 그 자리를 메꿔놔야겠지만.

배가 불러서인지 온몸에 힘이 돌았다. 더는 지팡이를 짚을 필요가 없었다. 지팡이는 다시 문명지팡이가 되었다. 나는 모자를 고쳐 쓴 뒤 자리에서 일어났다. 감각도 평소대로 돌아온 듯했다. 역시 먹이의 힘은 위대했다. 천을 살짝 들춰 올린 뒤 주방에서 나왔다. 달빛으로 가득 찬 홀이 푸르스름한 빛을 내며 반짝이는 것 같았다. 내 몸을 지배하던 긴장감이 눈 녹듯 사라지고 포만감만 남았다.

갑자기 위에서 우당탕탕 하는 소리가 났다. 2층에 있던 사람이 방에서 뛰어나와 급히 계단을 내려왔다. 놀란 나는 달빛도 닿지 않는 구석으로 숨어들었다.

"늦잠을 자면 깨워줬어야지! 날 그냥 재우면 어떡해!"

앳된 얼굴의 여자가 요란하게 소리를 지르며 등장했다. 그녀는 인기척이 없는 1층을 보고 놀란 듯했다. 물론 그녀보다 더 놀란 건 나였다.

"뭐야. 불도 안 켜놓고. 아무도 없어? 싼니앙즈! 싼니앙즈?"

그녀는 고개를 두리번거리며 싼니앙즈(三娘子)를 찾았다. 내가 기억하기로 일종의 고유명사로서 싼니앙즈라고 불린 여인은 두 명이 있었는데, 한 명은 남편이었던 칸이 죽자 그를 대신해 몽골을 통치한 인물이었고 나머지 한 명은『태평광기』에 등장하는 인물이었다. 우매한 자들은 싼니앙즈를 실존했던 인물이라고 여겼다. 도술을 부려 남자를 당나귀로 뒤바꾼, 그래서 값싸게 팔아먹은 객잔의 여주인이 진짜로 있었다고 믿은 것이다. 허나 나는 아니었다. 삼백 년 전에도, 지금도, 나는 믿지 않는다. 사람을 하룻밤 사이에 당나귀로 바꾸는 도술이라니. 그런 게 있을 리가 없었다. 사람의 모습인 강시가 되는 데에도 삼백 년이 걸렸는데, 사람이 하룻밤 사이에 어찌 털 달린 짐승이 될 수 있단 말인가.

어쨌든 이곳에서 쌴니앙즈라는 호칭이 가장 잘 어울리는 자는 나에게 독을 먹인 그 여자였다. 내가 알고 있는 이곳 여자가 그녀 한 명뿐이지만 말이다.

"아, 진짜! 장사해야 하는 데 다들 어디로 도망간 거야! 고기 손질도 다 못 끝냈는데."

여자는 화를 내며 크게 중얼거렸다. 장사, 고기 손질, 저 여자는 거리의 여인이 아니었다. 샤오롱빠오 가게가 곧 문을 열거라 하더니, 진짜 밤 장사를 하는 가게였군. 나는 어둠 속에 몸을 잔뜩 움츠린 채 그녀가 가게 안으로 들어가기만을 기다렸다. 그런데 여자가 향하는 곳은 가게 진미가 아닌 푸줏간이었다. 하긴 지금 푸줏간에는 사람이 있으니까. 자신을 제외하고 집 안에 남아있는 유일한 사람을 만나러 가는 게 분명했다.

그녀는 굳게 닫힌 나무문을 두 손으로 밀어 문을 열려고 하다가 잠시 고개를 돌려 주방을 바라보았다. 내가 숨은 구석은 주방 근처였다. 설마 날 발견한 건가? 내 우려와 달리 그녀가 향한 곳은 주방이었다. 조금 전 양놈이 울부짖던 곳.

생기가 돌기 시작한 내 두뇌가 재빠르게 회전했다. 그러고 보니 양놈은 왜 주방에 있던 거지? 저 놈도 살인마로 의심을 받았던 건가? 약에 취해 방에 갇힌 나나 손발이 묶여 주방에 갇힌 양놈이나 크게 차이는 없었다. 나는 여자를 죽이고자 내 발로 이곳에 걸어 들어왔지만 양놈은 중국인 거주지역에 들어오지 않으려 했을 것이다. 그래서 양놈을 억지로 데려온 건가. 묶인 손발과 양놈의 몸에 묻어있던 비릿한 피는 아마 그 강제성의 증거일 것이다. 여자가 지척까지 다가왔다. 나는 여자가 날 볼 수 없도록 벽에 바짝 몸을 붙인 채 숨을 죽였다. 달빛에 노출된 여자는 어둠 속에 있는 나를 볼 수 없을 것이다.

여자가 주방을 가린 천을 휙 하고 들어 올렸다. 달빛이 어두운 주방 안을 파고들었다. 달빛은 죽은 양놈의 몸을 비췄을 것이다. 주방 안을 들여다본 여자의 얼굴이 기괴하게 일그러졌다. 시체를 보았으니 놀라는 게 당연했다. 하지만 그녀의 입에서 나온 말은 내가 미처 예상치 못한 말이었다.

"뭐야. 고기를 또 가져왔어? 아씨, 이걸 나 혼자 언제 다해."

안을 들여다본 여자가 거리낌 없이 주방 안으로 들어갔다.

"발골 끝낸 지 얼마나 되었다고 고기를 또 가져와. 날도 더운데 산 고기로 가져오던지. 이거 상하는 건 아니겠지? 어우, 살 포동포동한 것 좀 봐. 돼지비계 안 끓여도 되겠는데?"

여자가 양놈을 건드려보는 건지 툭툭거리는 소리가 들렸다. 나는 두 눈을 휘둥그레 뜨며 내 귀를 의심했다. 내가 기억하기로 주방에 있는 유일한 고기는 양놈이었다. 무엇보다 저 여자는 죽은 양놈을 보고서도 전혀 놀라지 않았다. 식인. 이곳은 식인을 하는 곳이 틀림없었다. 포만감만 남아 있던 내 몸에 순식간에 긴장감이 솟아올라 전신을 감쌌다. 사람을 죽이고 살을 저미는 곳이라니. 참으로 무서운 곳이었다.

주방에서 여자가 나왔다. 그녀의 손에는 새파란 빛을 반사하는 네모반듯한 칼이 쥐어져 있었다. 나는 섬뜩함에 몸서리를 쳤다. 여자는 곧바로 푸줏간으로 갔다. 육중한 나무문이 소리를 내며 열렸다가 다시 탁하고 닫혔다. 얼마 지나지 않아 악기 연주소리가 들렸다. 탁탁 타다탁탁, 탁탁 타다탁탁. 나무에 쇠를 두드리는 경쾌한 소리였다. 지금 다져지고 있는 저 고기는 무슨 고기일까. 푸줏간에서 미동도 하지 않던 사람은 산 자가 맞을까.

나는 어둠에서 빠져나왔다. 저 멀리 쌴니앙즈의 냄새가 나는 것 같았다. 이 식인자들의 소굴에서 어서 빠져나가야 했다. 나는 뒤도 돌아보지 않고 농탕을 나섰다. 진미, 맛있는 음식은 사람고기를 칭하는 것이 틀림없었다. 사람고기로 만든 샤오롱빠오라니!

느릿느릿하게 문명지팡이를 짚고 걷던 모던보이는 이제 없었다. 나는 지팡이를 손에 꼭 쥔 채 서둘러 다리를 건넜다. 턱턱거리는 구두 소리가 돌다리에서 울려 퍼졌다. 돌다리 끝에는 프랑스 땅이 있었다. 양놈들의 땅에 발을 딛자 안도감이 몰려오는 것 같았다. 나는 깊은 숨을 내쉰 뒤 눈앞에 보이는 한 커피 하우스에 들어갔다.

"Bienveue!"

바 안에서 잔을 닦고 있던 양놈이 문이 열리는 소리를 들으며 말했다. 물론 들어오는 내 모습을 보고 곧 미간을 찌푸렸지만. 나는 허리를 꼿꼿이 세우고 옷을 털며 모던보이의 행색을 갖추었다. 커피를 주문한 뒤 가장 안쪽에 있는 자리에 앉았다. 밖에서는 내 모습이 보이지 않지만, 창문 너머로 농탕을 볼 수 있는 곳이었다. 여자가 사는 농탕과 농탕과 이어진 양쪽 길이 모두 한눈에 들어왔다. 나는 놀란 가슴을 가라앉히며 농탕을 주시했다. 돌아온 여자가 내가 없어진 걸 알게 되면 어떻게 행동할까. 그녀는 날 어쩌려고 한 걸까. 정말 나에게 식사를 대접하려고 한 걸까? 사람 고기로 만든 샤오룽빠오를? 그것도 아니면 나를 샤오룽빠오로 만들려고 한 걸까.

녹색 치파오를 입은 아리따운 여자가 시야에 들어왔다. 그녀였다. 그녀는 천천히 걸음을 옮기며 농탕 입구에 앉아있는 중국인들과 인사했다. 매력적인 웃음을 지으면서 말이다. 뱀프, 잇걸, 그녀를 연상시키는 단어들이 뇌리를 스쳐 지나갔다. 여자는 농탕 안으로 들어갔고 한 무리의 여자들이 그 뒤를 따랐다. 그들은 한참 동안 밖으로 나오지 않았다.

나는 차갑게 식은 커피를 휙휙 휘저었다. 그냥 마시면 쓰고 크림을 넣으면 느끼했으며 설탕을 넣으면 너무 달았다. 좀처럼 입에 익지 않는 모던의 맛이었다. 이 맛없는 게 뭐가 그렇게 대단하다고 다들 난리인 건지. 모던한 구색을 갖추기에 가장 적절한 산물이기 때문일까. 나는 티스푼으로 거무튀튀한 커피를 한 술 떠 그 속에 반사된 조명 빛을 바라보았다. 티스푼을 기울이자 모던한 액체가 졸졸졸 소리를 내며 떨어졌다.

창밖으로 시선을 돌리자 모여드는 인파가 보였다. 남녀노소 모인, 검은 머리카락의 중국인들이 길 위에 가득했다. 그들이 바라보는 곳은 진미였다. 사람고기를 파는 샤오롱빠오 가게였다.

나는 둥근 테이블 위에 지폐를 올려놓고 자리에서 일어났다. 커피 하우스 밖을 나서자 가게에서 풍겨져 나온 향긋한 냄새가 다리를 건너 이곳에까지 감돌고 있었다. 나는 커피 하우스 앞에 서서 손님을 기다리던 구두닦이 소년에게 말을 걸었다.

"꼬마야. 심부름 좀 하나 할래?"

꼬마라고 부르기에 너무나 커버린 소년은 양복을 차려입은 나에게 호의적이었다. 돈 냄새를 맡은 게 틀림없었다.

"얼마 주실 건데요?"

그럼 그렇지.

"1위안(圓)을 줄 테니 가서, 저 가게에 가서 샤오롱빠오를 사와. 사 오면 1위안을 더 주마. 어때. 할 수 있지?"

상하이 공장에서 일을 하는 중국인 노동자가 한 달에 버는 돈이 20위안이었다. 1위안은 결코 적은 돈이 아니었다. 1위안이나 주겠다는 내 말에 아이의 눈빛에 의심이 어렸다.

"진짜요? 동전이 아닌 지폐를 주겠다는 거예요? 저기 가서 샤오롱빠오만 사오면?"

나는 고개를 끄덕였다. 주머니에서 지폐를 꺼내 소년에게 건네주자 소년이 부리나케 지폐를 낚아챘다.

"얼마나 사오면 되는 거예요?"

1위안으로는 샤오롱빠오를 몇 개 살 수 있을까. 어차피 난 샤오롱빠오를 먹을 생각이 없었다. 단지, 확인하고 싶을 뿐이었다. 진짜 사람고기로 만든 것인지를. 한 10개 정도면 충분할까.

"10개."

10개라는 말에 소년이 고개를 갸우뚱거리며 날 올려다보았다.

"남은 돈은요?"

1위안으로 돼지고기 5근 정도는 거뜬히 살 수 있으니 샤오롱빠오를 적어도 100개는 살 수 있을 것이다.

"너 가지렴."

소년의 얼굴에 희색이 차올랐다. 소년은 콧노래를 부르며 다리를 건너갔다. 나는 전등 빛이 어둠과 경계를 만들어내는 자리에 서서 강물 너머에 있는 중국인 땅을 지켜보았다. 낡은 옷을 입은 검은 머리카락의 소년은 위화감 없이 인파 속에 섞여 들어갔다. 나는 소년을 찾아낼 수 없었다. 허나 소년이 돌아올 거라는 확신이 있었기에 굳이 소년을 찾지 않았다.

나는 사실 그녀를 찾고 있었다. 그녀가 나를 찾아 다시 밖으로 나올지도 모른다는 생각에, 나는 두려운 마음으로 인파 속 중국인들을 한 명씩 쳐다보았다. 아무리 둘러봐도 그녀는 보이지 않았다. 나는 안도하지 않았다. 실망을 했다. 왜일까. 나는 왜 그녀를 다시 보고 싶어 하는 걸까.

한참 뒤, 누런 종이를 부둥켜안은 소년이 다리를 건너왔다.

소년은 곱게 접은 종이 꾸러미를 건네며 말했다.

"약속한 대로 1위안 더 줘요."

나는 소년이 건네준 종이 꾸러미를 건네받아 그 자리에서 펼쳐보았다. 하얀 김이 모락모락 피어오르는 샤오롱빠오가 안에 담겨 있었다. 얇은 피가 찢어져 뜨거운 육즙이 흘러나온 게 절반이나 되었다. 소년이 내 손에 놓인 샤오롱빠오를 본 뒤 난처한 표정을 지었다.

"종이에 싸와서 터졌나 봐요. 원래는 가게에서 먹는 음식이라……"

나는 고개를 끄덕인 뒤 소년에게 1위안을 더 건네주었다. 소년은 나에게 연신 감사 인사를 했다. 나는 샤오롱빠오에 코를 갖다 대 그 냄새를 맡아보았다. 진한 고기 냄새와 함께 파와 생강, 후추 냄새가 났다. 아쉽게도, 익힌 고기는 냄새로 구분해 낼 수 없었다. 이건 사람고기일까 돼지고기일까. 그렇다고 먹어볼 수는 없었기에 그저 코를 처박고 냄새를 맡을 수밖에 없었다.

"왜 안 드세요? 진짜 맛있는데."

내 모습을 보던 소년이 나에게 물었다. 나는 고개를 들어 소년을 내려다보았다.

"먹어본 적 있어?"

"그럼요. 저 집은 한 달에 딱 네 번만 문을 열어요. 육식하는 날에만요."

매달 2일과 8일 그리고 16일과 23일은 육식을 하는 날이었다. 이런 전통이 언제부터 생긴 건지는 알 수 없지만 내가 살던 시기에는 없던 풍습이었다. 물론 부자들은 이런 풍속과 무관하게 매일 고기를 먹을 수 있었다. 평범한 자들과 가난한 자들이나 날짜를 정해 고기를 먹는 법이니까.

"육식하는 날이면 다들 저 가게로 몰려가요. 진짜 싸게 팔 거든요."

소년은 아차 싶었는지 금세 입을 다물고 눈동자를 굴렸다. 소년의 표정을 보아하니 1위안으로 살 수 있는 샤오롱빠오의 개수가 내가 생각한 것보다 훨씬 더 많은 것 같았다. 나는 웃으며 소년에게 물었다.

"맛있어?"

소년은 고개를 연거푸 끄덕이며 말했다.

"진짜 맛있어요. 상하이에서 제일가는 맛일 걸요."

'그렇겠지. 사람 고기가 제일 맛있다잖아?'

나는 소년의 말에 동의하면서도 차마 샤오롱빠오를 입에 대지는 못하였다. 강시가 된 뒤로 난 한 번도 음식을 먹은 적이 없었다. 삼백 년 넘게 움직인 적이 없던 내 위장이 과연 소화를 시킬 수 있을까? 배설이라는 행위를 할 수 있기는 한 걸까? 내가 삼킨 음식물이 내 위에 고여 썩어가는 것은 아닐까. 나는 김이 모락모락 나는 샤오롱빠오를 보며 곰팡이 포자를 날리는 역겨운 음식쓰레기를 떠올렸다. 원래 있지도 않았던 입맛이 싹 사라지는 느낌이었다.

다리 너머로 여자가 보였다. 화장기 없이 나타난 그녀는 어두운 갈색 치파오를 입고 있었다. 아까와는 전혀 다른 분위기였다. 둘 중 어떤 게 그녀의 진짜 모습일까. 나는 사람과 이야기를 나누는 여자가 사실은 나를 찾고 있는 게 아닐까 생각했다. 하지만 그녀는 주위를 둘러보지도 어딘가를 곁눈질하지도 않았다. 나는 그녀에게 있어서 도망간 돼지만도 못한 존재였다. 실망감과 함께 뱃속 무언가가 꿈틀거리며 움직이는 것 같았다.

"너 저 여자 아니?"

내 질문에 소년은 내가 바라보는 곳으로 시선을 옮겼다.

"누구요?"

"저기, 저 갈색 치파오 입은 여자."

"쌴니앙즈요? 저기 주인이잖아요."

주인. 저 여자는 도대체 정체가 뭘까. 남자를 사냥하는 신녀, 사람고기로 샤오롱빠오를 만드는 식인자, 순포방도 나서지 않는 거리의 죽음을 위해 살인마를 쫓아다니는 탐정. 호기심에 사로잡힌 건 그녀가 아닌 나였다. 나는 한참 동안 그 자리에 서서 그녀를 쳐다보았다. 농탕에 가득한 중국인들이 모두 집으로 돌아갈 때까지, 열려있던 대문이 굳게 닫힐 때까지, 2층 창문에서 새어 나오는 불빛이 멸할 때까지, 달이 지고 해가 떠오를 때까지.

* * *

무더운 8월이 지나고 무더운 9월이 되었다. 나는 해가 지면 농탕이 보이는 다리 옆 커피 하우스에 들어가 그녀를 기다렸다. 벌써 일주일째였다. 나는 더 이상 산책을 하지 않았다. 노르망디 아파트먼트 하우스에서는 매일 양놈이 한 명씩 죽어나갔다. 모두 혼자 사는 독신 남자였다. 순포방이 발칵 뒤집혔지만, 양놈들의 죽음이 타살이라는 증거를 찾지는 못했다. 그들은 양놈이 죽어나갈 때마다 그 이웃을 방문해 의례적인 탐문조사만 했다. 그게 다였다.

양놈들은 이웃의 죽음에 관심이 없었다. 그들은 하우스 내에 시체가 있다는 점에 기분 나빠했다. 간혹 이웃의 죽음에 눈물짓는 양놈도 있었지만 그들은 나를 발견하자마자 눈물 어린 눈으로 날 노려봤다. 마치 그 원흉이 나라는 걸 알고 있는 것처럼. 평소와 다를 바 없는 시선이기에 난 그다지 신경을 쓰지 않았다. 노르망디 아파트먼트 하우스에서 사냥을 해도, 나에게 달라지는 건 없었다. 단지 달라진 게 있다면 엘리베이터 앞에 붙어 있는 표지판이었다. '중국인은 탑승 금지'*. 나는 프랑스인들이 키우는 푸들만도 못한 존재였던 것이다.

나는 앞에 놓인 뜨거운 커피를 티스푼으로 휘휘 저었다. 마시지도 않을 커피를 오늘도 주문한 셈이었다. 내일은 9월 2일, 육식하는 날이었다. 이르면 오늘, 늦어도 내일은 사냥을 위해 여자가 농탕을 나설 것이다. 나는 자리에 앉아 여자가 나오기만을 기다렸다. 막상 여자가 나타나면 어떡하지? 난 뭘 해야

---

* 영국 조계지에 있는 공원에는 '개와 중국인은 출입 금지'라는 표지판이 실제로 붙어 있었다.

하는 것일까. 나 자신도 알 수 없는 질문을 스스로에게 던지며 창문 너머로 시선을 고정했다.

여자들이 농탕에서 나왔다. 족히 열 명은 되어 보였다. 울긋불긋한 치파오를 차려입은 여자들이었다. 아쉽게도 난 그 여자들 사이에서 싼니앙즈를 구분해지 못했다. 당황한 나는 테이블에 커피값을 올려놓고 황급히 커피 하우스를 나섰다. 다리 너머를 보았지만, 여자들이 보이지 않았다. 나는 숨을 들이마시며 그녀의 체취를 찾아보았다. 그 어디에서도 그녀의 체취를 찾을 수 없었다. 내가 알 수 있는 건 싸구려 향수 냄새를 풍기는 여자들이 북쪽과 동북쪽으로 흩어졌다는 거였다. 프랑스 조계지와 공공조계지가 있는 방향이었다.

나는 피 냄새를 맡았다. 본능이 그곳으로 날 이끌었다. 내가 간 곳은 영국 조계지에 속하는 공공조계지 중구(中區)에 있는 뒷골목이었다. 공공조계지에는 은행이나 호텔 같은 상업 시설이 많았다. 밤낮이 따로 없는 호텔과 다르게 은행은 낮을 위한 곳이었다. 밤에 은행을 찾는 이는 없었다. 아마 그곳을 찾는 이가 있다면, 후미진 장소가 필요했기 때문일 것이다. 하얀 벽돌과 붉은 벽돌로 쌓아 올린 은행은 높은 높이만큼 거대한 그늘을 만들어 냈고, 가로등마저 없는 뒷골목은 암흑 그 자체였다. 나는 비릿한 피 냄새를 풍기는 암흑 속으로 걸음을 내디뎠다. 그곳에는 피비린내를 풍기는 여자 한 명과 연한 잉크 냄새를 풍기는 남자 한 명이 있었다. 이렇게 짙은 피 냄새는 달거리 냄새가 아니었다. 피를 흘리고 있는 여자는 지금 자신을 해친 살인마와 함께 있는 것이다.

"흐윽……"

여자가 힘겨운 숨을 내뱉고 있었다. 아직 목숨이 끊어지지는 않았다. 나는 조급해졌다. 쌘니앙즈는 자신이 하는 일이 얼마나 위험한 일인지 알고 있는 걸까. 살인마를 뒤쫓다니. 칼이나 권총도 숨길 수 없는, 몸에 딱 붙는 치파오를 입고서 말이다. 발은 점점 빠르게 움직였고 결국에는 냅다 달리고 있었다.

난 쓰러져있는 여자와 여자의 피 묻은 옷을 찢으려 하는 남자를 발견했다. 살인마의 살인은 점점 더 잔인해졌다. 벌써 스무 명이 넘는 여자가 희생되었고, 살인마는 여자를 고문하기 시작했다. 고문이라는 것은 죄를 짓지 않은 자가 죄를 지은 자에게 행하는 형벌인데, 어찌 죄를 지은 자가 죄를 짓지 않은 자에게 가할 수 있단 말인가.

남자는 갑작스러운 나의 등장에 매우 놀란 듯했다. 그는 조각을 할 때나 쓸 것 같은 작고 예리한 칼을 들고 있었다. 남자는 작은 칼을 나에게 겨누며 위협적으로 소리쳤다.

"누구야!"

넓은 바짓단에 허리 위까지 올라온 허릿단, 하얀 와이셔츠에 가죽 멜빵을 멘 양복 차림. 그는 짙은 밤색 모자를 비스듬하게 눌러쓰고 동그란 금테 안경을 코에 걸친 멋들어진 모던 신사였다. 나는 격분해 남자에게 뛰어갔다. 오른손으로 남자를 밀쳐내자 남자가 그대로 튕겨져 나갔다. 살과 뼈가 벽에 부딪히는 둔탁한 소리가 들렸다. 바닥으로 툭 떨어진 남자가 신음을 힘겹게 토해냈다. 살짝 밀치기만 할 걸 그랬나. 내가 힘 조절에 실패한 모양이었다.

나는 바닥에 누워있는 여자의 고개를 돌려 얼굴을 확인했다. 그녀는 썬니앙즈가 아니었다. 여자의 생소한 얼굴을 보자 안도감이 밀려왔다. 그제야 여자 몸에 나 있는 상처들이 눈에 들어왔다. 얇고 길게 베인 자상이 많았다. 급소를 모두 피한 걸 보니 살인마는 여자를 쉽게 죽일 생각이 없던 것 같았다. 내가 오지 않았더라면, 여자는 어둠 속에서 오랫동안 난도질을 당했을 것이다. 나는 얇은 겉옷을 벗어 여자에게 덮어주었다.

나는 남자에게 다가갔다. 어찌 된 게 바닥에 쓰러져 피를 흘리고 있는 여자보다 내뱉는 신음 소리가 더 컸다. 남자는 그 와중에도 작은 칼을 꼭 움켜쥐고 있었다. 새파란 달빛을 반사하는 양놈의 칼이었다. 작고도 날카로운 그 날이 펜촉과 닮은 것 같았다. 나는 남자를 내려다보며 물어보았다.

"너냐?"

땅에 얼굴을 처박고 있던 남자가 고개를 돌려 날 쩨려보았다.

"너 누구야."

"거리의 여자들을 죽인 게 너냐고."

남자의 입에서 웃음소리가 새어 나왔다. 남자는 손으로 바닥을 짚으면서 몸을 일으키려 했다.

"하. 그런 천박한 계집년들 따위. 망할 것들."

나는 남자가 자리에서 일어날 때까지 인내심 있게 기다려주었다. 무슨 소리를 지껄여댈지 궁금하기도 했다. 하지만 남자는 엎어지고 다시 또 엎어졌다. 강시는 내가 아닌 이놈이었다.* 아무리 기다려도 남자가 일어서지 못하자 나는 나지막하게 욕을 내뱉었다.

"푸 만추만도 못한 새끼."

그러고는 남자가 도망가지 못하게 왼쪽 발로 남자의 오른쪽 무릎을 밟았다. 남자의 비명 소리가 뒷골목에 울려 퍼졌다. 나뭇가지 위에 앉아 잠을 자던 새들이 비명 소리에 놀라 푸드득하며 날아갔다. 나는 다친 여자에게 가고자 뒤로 돌았다가 다시 남자가 누운 방향으로 몸을 돌렸다. 그냥 두고 가면 위험하니까. 나는 오른쪽 발로 남자의 오른손을 밟았다. 양놈의 칼을 움켜쥔 손이었다. 손가락뼈가 우드득 소리를 내며 부서졌다. 남자는 비명을 지를 기운도 남아 있지 않은 모양이었다. 나는 짧고도 낮은 남자의 신음 소리를 들으며 만족스럽게 웃었다.

나는 바닥에 누운 여자를 들어 안았다. 급하게 이곳으로 달려오는 싸구려 향수 냄새들을 맡을 수 있었다. 비명 소리가 생각보다 멀리까지 울려 퍼졌나 보다. 싼니앙즈도 오고 있을까. 그녀는 지금 어디에 있을까. 나는 천천히 골목길 입구를 향해 걸어갔다. 어느새 다가온 여자들이 골목길 입구에 모여 안쪽을 들여다보고 있었다. 소리의 방향만 가늠할 수 있을 뿐 정확히 어디에서 들린 소리인지는 알 수 없었을 텐데, 아마 자기들끼리 구역을 나누어 영업 겸 사냥을 하고 있었을 것이다. 입구

---

* 가장 오래된 자전인 『설문해자』에는 강시의 강(僵)이 넘어질 분(偾)과 같은 뜻이라고 적혀있다.

에 모인 여자들은 발을 동동 구르며 어쩔 줄 몰라 했다. 얼굴에는 두려운 기색이 가득했다. 어두운 곳에서는 밝은 곳을 볼 수 있지만, 밝은 곳에서는 어두운 곳을 볼 수 없었다. 아마 저들은 살인마가 있을지도 모르는 어두운 뒷골목에 들어설 용기가 없었을 것이다.

또각또각거리며 급하게 뛰어오는 소리. 희미한 가로등 불빛 아래로 쌘니앙즈가 나타났다. 그녀는 일말의 주저함도 없이 어두운 뒷골목 안으로, 내가 있는 어둠 안으로 들어왔다. 이글거리며 타오르는 그녀의 눈빛이 뒷골목의 어둠을 몰아내는 것 같았다. 쌘니앙즈는 신녀가 아닌 여신이었다.

"살인마는 저쪽 끝에 있어. 많이 다쳐서 위험하진 않을 거야. 여자도 목숨은 건졌어."

쌘니앙즈는 놀랐는지 잠시 멈칫하였다. 그녀는 내 목소리를 알아보지 못했다. 당연한 일인데도 섭섭한 감정이 들었다. 그녀는 잠시 미간을 찌푸리다가 나에게 되물었다.

"노르망디?"

프랑스 땅이라고는 프랑스 조계지 외에 밟아본 적도 없는 내가 프랑스 서북부 지역의 명칭으로 불리게 될 줄이야. 그렇다고 기분이 나쁘지는 않았다. 사실 무언가가 벅차올랐다. 그녀는 날 잊지 않고 있었다.

"리쯔야. 리쯔. 나도 멀쩡히 이름이 있어."

"쉬에얼은 괜찮아?"

내가 안고 있는 여자도 이름이 있었다. 나는 "응"이라고 짧

게 대답했다. 쌘니앙즈가 자신을 따라오라며 골목길 입구로
날 안내했다. 아직 어둠에 적응하지 못해 앞도 보지 못하면서
나보고 따라오라고 하다니. 나는 아무 말 없이 그녀의 뒤를 따
랐다.

　가로등 빛이 눈 부셨다. 난 곧 대여섯 명의 여자들에게 둘러
싸였다. 그들 중 가장 덩치 있어 보이는 여자가 내 품에 안겨있
던 쉬에얼을 둘러업고 황급히 어딘가로 달려갔다. 쌘니앙즈가
다친 살인마가 안에 있다고 말했다. 그 말을 들은 나머지 여자
들이 골목 안으로 들어갔다. 두려운 기색은 어디 가고, 분기탱
천한 모습만 남았다. 이를 갈며 걸어가던 여자들 중에는 치파
오가 아닌 중산복을 입은 여자도 있었다. 농탕에서 고기를 손
질하던 앳된 얼굴의 여자였다. 그녀는 커다란 헝겊 자루를 쥔
채 빠르게 발걸음을 옮겼다. 그녀가 들고 있는 자루 안에서 피
비린내가 스며든 쇠붙이 냄새가 났다. 오늘이라면 어두운 뒷골
목에 화신한 백정 포정*의 신기(神技)를 다시 볼 수 있으리라.

　"누군지 알고 있었으면서 왜 말 안 해줬어?"

　골목길 입구에 서서 주위를 둘러보던 쌘니앙즈가 책망하는
말투로 말했다. 나는 기어가는 목소리로 대답했다.

　"정확하지 않았어."

　거짓말은 아니었다. 잉크 냄새와 피비린내가 나는 놈이 있다
고 말해봤자 그게 무슨 도움이 되겠는가. 도리어 나만 의심을

---

* 전국시대 때 으뜸이라고 칭해지던 백정. 포정해우의 포정이 바로 이 백정을 말한다.

받을 것이다.

"내가 식사 대접도 한 댔는데, 말도 없이 가버리고 말이야."

그건 말도 없이 가버린 게 아니라 도망을 간 거지.

여자가 대접하겠다던 샤오롱빠오를 생각하자 뱃속의 무언가가 꿈틀하는 것 같았다. 샤오롱빠오는 청나라 때 생긴 음식이었고 난 이 음식을 한 번도 먹어본 적이 없었다. 내가 사 갔던 샤오롱빠오는 다음날 아찐의 아침식사가 되었다. 아찐은 홀에 서서 샤오롱빠오를 손으로 집어 먹었다. 나는 그에게 그 것을 만드는 법을 물어보았다.

돼지비계를 푹 삶은 국물을 식히면 흐물흐물하면서도 몰캉몰캉한 덩어리가 생겼다. 이 덩어리에 다진 고기와 각종 채소를 넣어 소를 만들고 그 소를 얇은 밀가루 반죽에 넣어 빚으면 샤오롱빠오가 된다고 했다. 이렇게 만들어야만 입 안에 넣었을 때 육즙이 가득 터져 나와 제대로 된 풍미를 느낄 수 있다고. 그 육즙 맛에 먹는 음식이라고 했다. 아찐의 묘사를 들으면서 솔직히 난 토기가 올라왔다. 사람 즙이 가득 터져 나오는 샤오롱빠오 따위, 전혀 먹고 싶지 않았다.

하지만 쌘니앙즈와 함께 앉아 샤오롱빠오를 먹는다는 상상을 하자 입안에 침이 고이고 뱃속이 요동치는 것 같았다. 삼백 년 만에 느끼는 굶주림이었다. 양기를 갈망하는 굶주림과는 전혀 다른, 훨씬 더 원초적인 자극이었다. 텅 빈 뱃속이 요란한 소리를 내며 움직였다.

꼬르르르륵

그 소리를 들은 싼니앙즈가 웃었다.

"배고파?"

나는 내 위장이 움직이고 있다는 사실이 믿어지지 않았다. 놀라움을 감추며 겸연쩍게 웃으면서 말했다.

"아니."

"아니긴. 꼬르륵거리는 데 뭐."

"놀라서 그런 거야. 피를 봤더니 놀라서."

"거짓말 하기는."

싼니앙즈가 나를 올려다보았다. 모든 것을 꿰뚫어 보는 눈빛이었다.

"너 요즘 산책 안 하더라?"

"어…… 그냥…… 더워서."

먹이를 밖에서 구하지 않기에 난 더 이상 산책이 필요치 않았다. 싼니앙즈는 내 말에 흠하고 소리를 냈다. 역시 눈치가 빠른 여자였다.

"노르망디 아파트먼트 하우스에서는 서양 남자들이 죽어 나간다며?"

이것은 그냥 하는 말인가 의도가 있는 말인가. 저의를 알 수 없는 말이었다. 하지만 난 더는 긴장하지 않았다. 나는 죽은 여자를 앞에 두고 순포방 순경들이 내뱉었던 말을 기억해냈다.

"상하이에 양놈들이 이렇게 많으니 양놈 몇 명 죽어 나가는 건 당연한 일이지."

"양놈이라고 다 죽어도 되는 건 아냐. 죽어도 되는 건 나쁜

놈들뿐이지."

그녀의 말에 난 흠하고 소리를 냈다. 아무래도 그녀의 식인과 나의 식인은 동일한 개념이 아닌 듯했다. 상관없었다. 난 그녀의 식인 방식에 맞춰줄 의향이 있으니까.

꼬르르르륵

세상에 태어난 아기가 처음으로 터트리는 울음처럼, 삼백 년 만에 깨어난 위가 우렁차게 소리를 냈다. 연신 부르르 떨며 소리를 내는 배를 부여잡고 나는 쌴니앙즈에게 말했다.

"내일 갈게. 샤오롱빠오 먹으러."

쌴니앙즈가 내 말에 고개를 끄덕였다. 뒷골목 안쪽에서 진한 피비린내가 풍겨 나왔다. 제단에 바치는 제물이 떠올랐다. 재빠르게 목을 따 피를 철철 쏟아내는 제물. 나의 여신인 쌴니앙즈를 위한 제물이었다. 쌴니앙즈는 주위를 둘러보다가 어둠이 가려주고 있는 뒷골목을 곁눈질했다. 그러고는 뒷골목에서 시선을 떼며 다시 주위를 둘러보았다. 순간이었지만 나는 뒷골목을 곁눈질하던 그녀의 얼굴에 떠올랐던, 아주 잠깐 떠올랐던 흡족한 미소를 보았다.

"그래. 내일은 초이튿날이니까."

그녀의 허락에 멈춰 있던 심장마저도 다시 뛰는 느낌이었다. 뒷골목에 흐르고 있는 저 비릿한 피도 향긋하게 느껴졌다. 내일은 아마 저자의 살로 만든 샤오롱빠오를 먹게 되겠지. 양놈이 아니었지만 상관없었다. 난 맛있게 식사를 할 수 있을 것이다.

내일은 가난한 자도, 평범한 자도 모두 고기를 먹는 육식의 날이었다. 사람을 죽이는 살인자들을 처단해 축제를 벌이는 날이었고, 그녀와 내가 '우리'가 되는 식인의 날이었다.

어느 날, 잔멸치

한켠

한켠

지은 책으로 『탐정 전일도 사건집』, 『까라!』가 있다.
『야운하시곡』에 「서왕」을, 『사건은 식후에 벌어진다』에 「과자로 지은 사람」을 수록하였다.

일단 출근하자. 퇴근하고 해결하자. 늦었다. 마을버스로 역까지 가서 전철 타고 내려서 또 십 분 넘게 걸어서 출근하려면 두 시간. 서울 살면 돈 버리고 몸 편하게 택시라도 타겠지만 경기도민은 그런 선택지도 없다.

회사는 지옥이고 출퇴근길 전철은 정글이다. 노동도 힘든데 인간적으로 출퇴근길은 앉아서 가야 하는 거 아닌가. 여자 150cm이면 180cm짜리 남자 가슴에 얼굴 파묻기 좋은 로맨틱한 키라고 누가 그랬나. 전철에서 승객들이 우르르 타면 떠밀려서 앞에 서 있던 떡대 등짝에 본의 아니게 얼굴을 묻고 립스틱 자국 남기기 좋은 키겠지. 떠민 사람, 수요 예측 잘못한 지하철, 이 시간에 출근시키는 회사 잘못이지 내 잘못도 아닌데 세탁비를 물어 줘야 하나 고민하는데 사람이 더 많이 탄다. 어깨로 밀쳐지고 백팩으로 얻어맞는다. 세상이 나한테만 왜 이렇게 무례하고 위험하고 적대적이야. 내가 만만해? 욕이라도 하려고 하는데 갑자기 숨이 마음대로 쉬어지지 않는다.

손으로 입을 막고 후욱후욱 과호흡을 하니까 토하려는 줄 알고 지옥철에서 승객들이 꿈틀거리며 길을 내준다. 간신히 역 벤치에 주저앉는다. 핸드백 안에서 비닐봉지를 꺼내 입에 대고 숨 쉰다. 생각, 생각을 해야 된다. 진정하고, 심호흡을 하면서. 아무렇지도 않은 척, 정상적으로 숨 쉬는 척 나를 속여야 괜찮아진다. 이건 그냥 과호흡이야. 공황장애 같은 게 아니야. 지하철에 사람이 너무 많아서 그래. 좁고 밀폐된 공간에 과밀하게 승객이 모여있으니까 산소가 부족해서 그런 것뿐이야. 그런데 왜 저 많은 승객들은 다 말짱하고 나만 이러지? 뭐가 문제야? 얼마 전까지는 한 번만 내렸는데 요즘은 두 번씩 내려서 쉬었다 가야 겨우 전철 타고 출근할 수 있잖아. 사람 냄새가 역겨워서 토할까 봐 매일 빈속으로 타는데도 목구멍이 아프다. 앞으로 더 심각해지면 어쩌지? 아냐. 이런 생각 하지 말자. 다른 생각을 하자. 그러니까, 오늘 아침에 내가 본 거, 그거 인어 맞지?

가습기 물통 속에 인어가 있었다. 사람의 상반신에 물고기의 하반신. 다행이다. 반대였으면 흉할 뻔했어. 여자인지 남자인지 나이는 몇 살인지 짐작도 할 수 없었다. 매생이 같은 머리카락에, 사람이라기보다는 인면어처럼 보이는 얼굴이었다. 이게, 아니 이 분이 왜 거기 있었지? 내가 사는 동네가 원래 갯벌이었는데 간척을 했다더니 인간에게 집을 빼앗겨서 원한을 품은 물귀신이 나왔나? 아니다. 대형 참사 일어난 곳에 지은 고급 아파트에 귀신 나와서 집값 폭락했단 얘기는 들어본 적이 없다. 그리고 이건 귀신이 아니라 인어다. 기억을 차근차근 되짚어 보자.

어제 회사에서 회식하다가 호프집으로 2차를 갔고, 마른안주를 시켰는데, 요즘 오징어 가격이 올랐다며 마른오징어와 마요네즈 대신 잔멸치와 칠리소스가 나왔고, 잔멸치 한 마리랑 눈이 마주쳤고, 그 눈이 왠지 슬퍼 보였고, 너는 왜 이렇게 말라비틀어졌냐고 시비를 걸다가 술김에 집어서 주머니에 넣어 왔고, 너도 나처럼 서울에 집 한 채 없냐며 물속에 살아야 하는데 왜 이런 데서 썩고 있냐면서 가습기 물통 속에 집어넣은 것까진 기억난다. 남들은 노래방에서 탬버린 같은 걸 훔쳐 온다는데 나는 겨우 잔멸치 한 마리냐.

꿈인 것 같긴 한데, 만약 꿈이 아니면 어쩌지? 문이 잘 잠겼는지 세 번씩이나 확인하고 나오긴 했다. 자가 아니고 전세라서 집 망가지면 수리비 토해내야 하는데. 설마 인어가 내 통장을 훔쳐 들고 은행에 가진 않겠지. 인어를 어디에 신고해야 하지? 경찰서? 경찰이 민증 없는 인어도 실종신고 받아 주나? 야생동물 구조센터? 인어가 동물인가? 세상에 이런 일이? TV 동물농장? TV 출연 같은 건 안 하고 조용히 살고 싶은데. 아쿠아리움에 연락해야 하나? 인어가 날마다 관광객들 앞에서 '눈물의 대환장 똥꼬쇼'를 하다가 불치병에 걸린 대기업 회장님을 고치기 위해 간을 적출당하고…… 너무 나갔다. 현실적으로 생각하자. 인어가 비좁은 아쿠아리움에서 살 수 있나? 실평수 20평도 안 되는 우리 집보다는 아쿠아리움 수조가 훨씬 더 넓긴 한데.

인어는 뭐 먹지? 가리는 생선이 있나? 모둠회를 사다가 종류별로 시식시켜 볼까? 너무 비싼데. 금붕어 사료 같은 거 먹이면 되지 않을까? 일단 둘 다 사가자. 건미역이랑 조미김도 추가. 집에 햇반 있고 새벽 배송 온 반찬을 발로 밀어서 현관에 두고 나왔으니까 알아서 챙겨 먹고 있을 수도 있다. 그런데 오늘 반찬이 멸치볶음이었던 것 같은데……

배변은 어떻게 하지? 배변 패드? 모래? 설마 동네 개천까지 데려가서 실외 배변을 해야 하는 건 아니겠지. 물고기니까 수세식 변기 쓰라고 하자. 투두 리스트에 비데 설치 추가하고. 인어 똥에 루왁커피처럼 비싼 뭔가가 들어있진 않을까? 인어는 바위 위에서 노래하니까 개구리 같은 양서류겠지? 가끔 물속에 넣어 줘야 할 텐데 우리 집에서 기르긴 어렵겠지? 따듯하고 부드러운 생명체가 필요해서 유기견, 유기묘 입양을 알아봤는데 차갑고 미끄러운 인어가 와 버렸다. 혹시 피부에 독이 있거나 사람을 무는 건 아니겠지? 케이지를 사야 하나?

어느새 호흡이 정상으로 돌아왔다. 지하철을 탄다. 이제 생각하지 말자. 퇴근하고 나서 생각하자. 여덟 시간만 지나면 퇴근할 수 있다. 버텨야 한다. 신입으로 입사해서 지금까지 꾸역꾸역 잘 해 왔듯이.

안구건조증에 갑상선 질환, 생리 불순, 빈혈, 거북목, 소화불

량 등 각종 스트레스성 질환을 얻어가며 해 온 일이었는데 윗사람 말 한마디에 잘 나가던 서비스를 종료하게 되었다. 밖에서 아무리 독점 대기업이 스타트업 생태계를 말아 먹는다고 성토해도 우리 회사가 "소셜 플랫폼 사업이란 게 글로벌하게 혁신적으로 보이지만, 사실 아직은 독점기업이 규모의 경제로 밀어붙여서 소상공인 자영업자와 소비자 사이에서 욕과 수수료 받아먹고 광고주한테 광고비 뜯어 먹어야 겨우 수익을 낼 수 있는 중개업일 뿐이고, 스타트업이 독점하나 대기업이 독점하나 도긴개긴"……이라고 하면 안 되고, "신생 산업 생태계 전체의 발전을 위해 규모와 노하우가 있는 대기업이 선구적으로 진출해야 한다"고 맞서 싸워줄 줄 알았다. 그런데 임원들이 열정이 없었다. 윗대가리들은 정치권과 언론의 욕을 처먹으면서까지 이 일을 우리 회사가 해야만 하냐고 했다. 선거철만 넘기면 될 텐데 근성이 없었다. 이전 정권 때 임원들이 '남들 다 하는 신사업에 왜 우리는 진출 안 하냐'고 버럭 하는 바람에 통계를 짜 맞춰서 높으신 분들 바라시는 대로 수익성 예측해 주고, 거기에 맞게 말도 안 되는 목표를 달성하려고 툭하면 야근에 새벽 근무까지 했는데 결국 적폐가 되어 버렸다.

나는 일에 애정이 없는 평범한 월급쟁이인 줄 알았는데 아니었나 보다. 서비스가 종료될 때까지 시한부로 하루 종일 루틴한 서비스 유지 업무만 하려니까 불안해서 손이 떨렸다. 사무실에서 아무것도 안 하는데도 심장이 크게 뛰고 소리 없이 눈물이 났다. 부서원들은 하나둘씩 다른 부서로 떠났다. 매일

야근하다가 정시퇴근하기 어색해서 매주 송별회를 빙자한 회식을 했다. 어제도 그런 회식이었다.

나도 다른 부서로 가고 싶었지만 줄줄이 거부당했다. 해외 사업 파트에 가기에는 외국어가 약하고 국내 사업 쪽은 막내로 부리기엔 연차가 쌓였고 바로 실무자로 쓰기엔 너무 오래한 부서에만 있어서 할 줄 아는 게 없다고 했다. 남은 사람들은 "설마 정규직을 자르겠어?"라고 했지만 새로 옮겨 갈 팀을 찾지 못하면 결국 사업을 할 거다, 세계일주를 하겠다, 떵떵거리며 사직서를 쓰게 될 것이다. 다들 자신이 무리에서 가장 약하고 뒤처져 마지막으로 버려지는 낙오자가 될까 봐 두려워했다. 다른 부서로 탈출에 성공한 남자 입사 동기는 여자들이 너무 소극적이라고 했다. 가만히 있으면 알아주지 않는다고, 자기 어필을 적극적으로 해야 한다고, 일은 티 나게 하라고, 목소리를 높이라고 배부른 소리를 지껄였다. 마른오징어같이 생긴 새끼야, 네가 뭘 알아.

외국어는 유학파나 네이티브 만큼은 안 되겠지만 아이디에이션, 디벨롭, 네고 다 잘 하니까 컨펌만 해 주시라고, 해외 출장은 원웨이 티켓만 끊어 주시면 된다고, 어디서든 잘 할 수 있고 금방 따라잡을 수 있다고, 걱정 마시라고, 나 좀 믿어 보시라고, 내가 일을 못 하는 게 아니라 사람들이 문제였다고, 부서가 바뀌고 새로운 사람들하고 일하면 잘 할 수 있다고 아무리 얘기해도 씨알도 안 먹히는데 내가 더 크게 얘기해서 소용 있냐. 안 들리는 척하는 새끼들 귓구멍을 뚫어 버려야지. 그렇지만 그 말을 하면 왠지 구차해지는 것 같아서 아무 말 없이 술만 마시면서 마른안주를 노려 보다가 문제의 그 멸치와 눈이 마주쳐 버렸다. 아마 멸치가 아니라 마른오징어였으면 데려오지 않았을 거다.

할 일이 없으니 생각이 많아진다. 출근해서 익숙한 자리에 앉아 생각을 한다. 사실 나는 일을 못 한다. 뭐가 어디서부터 잘못되었을까. 입사했을 때부터 꾸준히 잘못되었다. 수평적이고 창조적인 척하느라 직원들 이름을 영어로 부르는 회사에서 내 이름은 '진'이었다. 영어 이름이 어쩐지 민망해서 그냥 내 이름 '소진'의 끝 글자를 땄다. 이렇게 될 줄 알았으면 '소진되다'에서 따와서 '번아웃'이라고 할 걸 그랬다. 함께 들어 온 남자 입사 동기 이름은 '대니얼'이었다. 팀장은 '제임스'였고. 이름만 영어고 내면은 토종 한국인인 제임스는 첫날부터 내게 막내가 사무실 분위기를 밝게 해야 한다며 미소 짓고 다니라고 짖었다. 대니얼에게는 그런 말 안 하면서. 아, 대니얼에게는 내빈 오셨을 때 커피 타오라고 하면서 우리 회사가 이렇게나 평등하다고 자랑했다. 그 중요한 내빈에게 대니얼을 소개하고 명함도 교환시키면서. 그리고 커피잔은 내가 씻었다.

제임스는 자기가 남중남고군대 나오고 아들밖에 없어서 여자들은 어색하다고 했다. 그렇게 어색하신 분이 어떻게 여자랑 연애하고 결혼해서 같이 사시나 모르겠다. 입사 초반에 제임스가 내 기획안 초안을 보고 잘 했다고 입에 발린 소리 해서 내가 진짜로 일 잘 하는 줄 알았다. 그래 놓고선 뒤에서 조용히 대니얼에게 디벨롭을 시켰다. 대니얼을 마음껏 '조인트 까면서' 기획안을 첨삭해 주고 임원진 보고 자리에도 대니얼을 데려갔다. 남직원들은 까라면 까는데 여직원들은 감정적이라 뭘 지적할 수가 없어서 어렵댔다. 그렇게 까는 거 좋아하니까 대머리 까졌지.

그 후로 제임스는 아예 초안부터 대니얼에게 맡겼다. 딱 한 번 대니얼이 신혼여행 갔을 때 내게 대니얼이 하던 일을 준 적 있었다. 그때가 기회였는데, 내가 놓쳐 버렸다. 정말 잘하고 싶었는데 안 해봤던 일이라 대니얼보다 못했다. 능력 발휘할 기회를 안 주고서 능력 없어서 기회를 못 준단다. 이 팀에서 점점 바보가 되어갔다. 그렇게 제임스가 끼고 키운 대니얼은 팀이 어려워지자 유능한 인재답게 제일 먼저 탈출했고 나는 남아서 출구전략을 짜고 있다.

입사 이후로 지금까지 나는 달라진 게 없는데, 대니얼도 결혼하고 나 빼고 다른 여직원들도 하나둘씩 결혼하고 애도 한둘씩 낳았다. 애를 낳고 나면 그렇게 육아 얘기만 하고 싶어지나 보다. 점심시간 내내 다들 자기 새끼 자랑하면 나 혼자 할 말이 없었다. 지 새끼 지한테나 귀엽지. 제발 밥 먹는데 폰에 저장해 둔 똥기저귀 사진 보여주지 말라고. 너네 일과 가정의 밸런스 잡는데 내 워크라이프밸런스 깨지 말고. 그래, 메리 너 말이야.

"진, 진짜 미안한데 아기가 아파서 오후 반차 써야 해서. 이 거 좀 대신해 줄 수 있을까? 제임스한테 얘기해 놨어."

"아기 아빠는 아기 병원도 못 데려간대요?"

"우리 신랑은 야근해야 된대."

"저는 오늘 야근 못 해요."

"진은 퇴근하고 나서 할 일 없잖아. 나는 오늘 밤새 아기 병간호도 해야 하고,"

"저 오늘은 집에 일 있어요. 아기한텐 아빠 있잖아요."

"진도 애 낳아보면 알 거야. 애가 아프면 엄마만 찾는데 어떻게 해 그럼. 내가 진밖에 부탁할 사람 없잖아. 오늘 한 번만 좀 부탁해."

"메리는 한 번이지만 그런 식으로 우리 팀 아기 엄마들이 다들 한 번씩 저한테 부탁한다고요."

"진도 언젠가 결혼해서 애 낳을 거잖아. 상부상조하는 거지."

너 같이 살까 봐 결혼 안 하고 애도 안 낳을 거다. 누구 부탁은 들어주고 누구는 안 들어주면 서운해한다. 남직원들이나 기혼 여직원에게는 부탁 안 하고 비혼 여직원인 나에게만 그렇게 요구들이 많다. 회의에서 아이디에이션 할 때마다 다들 내가 낸 아이디어는 별로라고 하는 건 정말로 별로여서일까 내가 싫어서일까. 다면평가 시즌마다 팀웍 문항에 내 점수를 후려치는 건 그냥 나하고 안 친해서 그런 걸까. 아니면 평가란에 적힌 대로 '커뮤니케이션이 매끄럽지 않아서'일까. 나는 언제부터 호구였을까. 어쨌든 일단 집에 가야겠다. 집에 남편이나 애는 없지만 인어가 있다.

심호흡을 하고 문을 열었더니 바닥에 물이 흥건하고 술 냄새가 진동한다. 생수병과 술병 뚜껑을 다 열어서 바닥에 부어 놓고 그 위를 뒹굴고 있는 인어가 보인다. 박스로 사 놓고 마시던 술이 다 쏟아지니까 냄새가 역하다. 이제 작작 좀 처 마셔야지. 인어는 햇반과 멸치볶음과 통장은 건드리지도 않았다. 우렁각시까지는 바라지 않았지만 퇴근하자마자 이 꼴이 뭐야. 인어를 욕실로 밀고 가서 샤워기를 튼다. 병뚜껑은 열 수 있으면서 수도꼭지나 샤워기 건드릴 생각은 못 했나. 이상한 물체에서 물이 쏟아져 나온다는 개념 자체가 없었던 건가. 그러고 보니 변기 주변에도 물 자국이 있는데 설마 변기 물 묻히고 온 집안을 돌아다닌 건…… 맞겠지. 욕조 놓을 공간이 없어서 샤워 부스만 있는데 반신 욕조라도 얼른 하나 사야겠다. 바닷물에 살았으니까 천일염도 사 와서 좀 넣어주고. 사는 김에 내 입욕제도 하나 사고. 이번 달엔 특근 수당도 없는데 소비는 역대급이다.

물을 흡수해서 그런지 인어는 이제 나만 했다. 비주얼이 비리비리 한 게…… 왜 멋있는 밸루가가 아니라 하필 멸치로 변신했다가 호프집 안주 그릇까지 왔는지 알 것 같았다. 여차하면 내가 힘으로 제압할 수 있겠다. 장바구니에서 케이지는 삭제해야지. 일단 먹이자. 내내 굶었을 텐데. 모둠회랑 미역이랑 금붕어 사료랑…… 조미김을 깜빡했다. 미쳤나 봐. 왜 그걸 까먹어. 폰에 메모해 갔는데, 왜 계산할 때 다시 한번 확인을 안 했지. 왜 사냐. 지금이라도 편의점 가서 조미김을 사 올까. 머릿속에 조미김 생각만 났다. 조미김 조미김 조미김 조미김. 조미김을 특별히 좋아하는 것도 아니고 조미김 하나쯤 없다고 밥 못 먹는 것도 아닌데. 나 왜 이래. 어떡하지. 자꾸 실수하고. 하나씩 잊어버리고. 책을 읽어도 드라마나 영화를 봐도 줄거리가 엉키고 장면 장면이 끊겨서 하나도 기억나지 않는데. 실수는 퇴근 후에만 해야 하는데. 회사에서도 실수하면 안 되는데. 아무도 내가 고장 난 걸 모르게 해야 하는데. 아무렇지도 않은 척해야 하는데. 이러다 들키면 어쩌지.

우울증 걸리면 무기력하게 손 하나 까딱 못하고 누워만 있다는데 어쨌든 출퇴근은 하니까 난 우울증은 아니다. 아직 정신과나 상담실에 갈 상태는 아니다. 밤마다 술을 마셔야 심장이 좀 가라앉고 낮에는 멍하니까 아메리카노에 샷 추가를 해서 마셔야 하는 게 정상은 아니지만. 물속 깊이 가라앉은 것처럼 한없이 무력하지만. 어디까지 망가지나 끝까지 가 보고 싶다. 이 정도 아파서는 휴직도 퇴사도 못 한다. 누가 봐도 확실하게 망가져야 쉴 수 있다. 전철에서 공황발작이 와서 넘어져서 딱 한 달만 입원할 정도로 다치고 싶다. 아니다. 한 달을 쉰다 해도 나아질 건 없다. 우울증의 힘을 빌려서라도 죽고 싶다. 죽으면 아무도 안 보고 영원히 쉴 수 있겠지.

인어가 어느새 나와서 엎질러진 물을 어떻게든 도로 물병에 담으려고 노오력하고 있다. 자꾸 내 눈치를 본다. 나 진짜 쓰레기 같다. 내 감정에 취해서 인어를 겁먹게 하고 쫄쫄 굶기고 있었다. 내가 이래서 애나 짐승을 기르면 안 되는 거야. 이러다 혼자서 고독사하겠지. 사실은, 애를 그다지 좋아하지도 않으면서 애 있는 사람들이 부러워서 뻣뻣하게 굴었다. 나랑 비슷한 나이인데 그들은 그래도 뭔가 성취한 게 있다. 내가 못 가진 걸 가지고 있다. 나는 이렇게 사는데 남들은 다 나보다 잘 사는 것 같다. 모든 타인을 질투한다. 어떻게 해서든 남들에게서 부러운 점을 하나씩 찾아낸다. 남들한테 하듯이 나 자신에게도 너그러워 보자. 나한테는 좋은 점이 없나? 어쨌든 다달이 꼬박꼬박 꿀 빨면서 월급 루팡하고 있는 거? 미쳤다 진짜. 나보다 더 힘든 사람들도 잘만 사는데 남들 보기에 별문제 없어 보이는 내가 왜 이래 대체.

인어에게 모둠회를 내놓았다. 사람에게 인육을 권한 것처럼 질색한다. 사람은 소 돼지 먹는데 인어는 광어 안 먹나? 이게 얼마짜린데. 화가 치민다. 이러면 안 되는데. 아, 술 마시고 싶다. 취해서 내가 나를 감당하지 못해서 아무것도 못 하고 싶다. 인어는 옆에서 미역을 우적우적 씹어 먹는다. 그러고 보니 이빨도 참 고르게 나 있었네. 초식, 아니 비건이었구나. 인어가 거부한 회를 내가 먹는다. 여기다 소주 한 병 마시면 좋겠는데. 인어가 급하게 꼬리를 내 반대쪽으로 접는다. 멸치 볶음은 내일 출근길에 내다 버려야겠다. 멸치 볶음을 몰래 챙기려고 냉장고 문을 여는데 뜯지도 않은 반찬으로 냉장고가 꽉 차 있다. 나 언제부터 끼니를 거르기 시작했지?

디즈니의 인어공주 애니메이션을 재생시켜 놓고 집을 치운다. 그러고 보니 우리 집 인어는 말을 못 하나. 지금까지 아무

소리도 못 들었다. 뭐라고 소리를 냈는데 내가 못 알아먹었는지도 모르겠다. 요즘은 귀가 먹먹하다. 말들이 귓가에서 웅웅댄다. 청력에 문제가 있는 건 아닌데. 다시 말해달라고 하면 남들이 내 상태를 알아챌까 봐 대충 알아들은 척한다. 그러다 잘못 알아듣고, 틀리고, 혼나고.

인어는 인어공주는 매생이 같은 머리카락을 손가락으로 빗어서 한 올 한 올 땋는다. 머리카락 떨어지면 치우려고 박스 테이프를 손에 감고 지켜봤는데 빠지는 머리카락은 없다.

"저기, 그쪽 혹시 용왕님 딸이나 아들 같은 거예요? 절대로 결혼을 바라는 건 아니고요. 내가 착하고 외로운 어부는 아니니까. 혹시 그쪽 부모님하고 연락되면 나 좀 바꿔 달라고요. 내가 용왕님 자녀분 잘 보호하고 있으니까 자연산 진주 같은 것 좀 주시면 감사히 받아서 인생역전 해 보겠다고 보이스피싱 좀 하게."

인어에게 로또 용지 이미지를 보여준다.

"혹시 신기 같은 거 없어요? 번호 좀 찍어 봐요."

인어는 머리만 열심히 땋는다. 굵게 한 가닥, 중간 굵기로 세 가닥, 가늘게 여섯 가닥…… 이게 번호인가! 내가 열심히 보면서 숫자를 적으니까 인어가 더 빠르게 아주 레게머리를 만든다.

"1, 3, 6, 17, 47, 5, 60…… 이거 로또 아닌데? 아니면, 용왕님의, 셋째 공주인지 왕자인지의 신하 중에, 여섯 번째로 높은 인어 밑에 있는 직원 중에, 열일곱 번째? 그냥 공노비잖아? 그래서 잔멸치였나?"

'바다의 로또'인 줄 알았더니 애물단지일 수도 있겠다. 우리 집에서 제일 가까운 바다가 어디더라. 그런데 아무 바다에나 던져 넣고 오면 되나? 해양 폐기물은 아니고, 외래종 방생으로 생태계 교란도 아니겠지. 누가 나를 갑자기 아프리카나 남극 한복판에 떨어뜨려 놨다고 상상하면 아찔하다. 호프집에 전화해서 술 취한 진상 고객처럼 멸치 원산지가 어디냐고 했더니 국내산이란다. 그럼 그냥 서해에 풀어주면 되나. 누가 보면 이상할 테니까 밤바다에서 몰래 해야 하나? 해변가에 데려다주면 알아서 헤엄쳐서 바다로 가는 걸까? 혹시 인어 세계의 정치적 난민 같은 건데 내가 강제송환하는 건 아닐까? 유기 언어를 임시 보호하는 줄 알았는데. 인어의 헤어스타일만큼이나 내 머릿속도 복잡해진다. 일단 자자. 오늘 할 수 있는 건 없다. 지금 자야 내일 또 출근을 하지. 그런데 오늘 밤은 술이 없는데.

술 대신 인어가 있다. 인어가 침대 위로 올라온다. 인어의 상반신과 하반신 중 어디를 봐야 할지 몰라서 돌아눕는다. 인간이면 밀쳐내야 하고 동물이면 끌어안고 자도 되는데. 인어가 길고 차가운 손가락 사이로 내 머리카락을 빗어 내린다. 인어가 내 눈가를 손끝으로 찍어서 맛본다. 회사 생각, 내 생각을 안 하려고 해도 자꾸 떠오르니까 밤에 혼자 있다 보면 눈물이 좀 난다. 수능 다시 보는 악몽처럼 회사 사람들이 꿈에 나와서 날 무능한 호구라고 비웃으니까.

인어는 내 등 뒤에 바싹 붙어서 뻣뻣한 직모 단발인 내 머리를 부드러운 매생이 같은 자기 머리처럼 한 가닥씩 꼼꼼하게 뚫는다. 잡아당기지 않고 조심조심. 복잡하고 섬세하게. 묶었다가 풀었다가 밤새 내가 잠들 때까지 어렵고 긴 이야기를 매듭지어 나간다. 어렸을 때부터 키가 작다 보니 어른들이나 복학생 선배들이 귀엽다며 내 정수리를 마음대로 슥슥 쓰다듬었다. 그때마다 나는 "제가 강아지예요?"하고 싫은 티를 냈지만 나보다 키 큰 사람들은 그것도 강아지의 낑낑댐으로 보고 웃어넘겼다. 위에서 쓰다듬지 말고 나와 같은 눈높이에서 머리를 묶어 주면 되었잖아. 지금처럼. 이렇게.

바닷속에선 소리가 안 들리고 고래들은 초음파로 대화하지만 나랑은 주파수가 안 맞으니까 이런 방법으로 인어와 의사소통을 한다. 인어의 손길 따라 잠이 솔솔 온다. 꿈을 꾼다. 글로벌 사업팀 팀장님, 제가 영어는 원어민이나 유학파처럼 못해도 인어랑 헤어스타일로 대화하는 방법을 배워 볼게요. 저좀 지금 팀에서 탈출시켜 주세요. 아니, 어느 팀으로 가도 나는 일도 못 하고 팀워크도 해치고 회사 안은 다 지옥일 거야. 인어야, 나 좀 퇴사, 아니 육지에서 탈출시켜 주면 안 돼요? 나 좀 바닷속으로 끌고 가 줘요.

인어가 땋아준 그대로 출근했더니 사람들이 친절한 척 말을 붙인다. 내 머리에 눈길이 안 갈 수가 없고, 나랑 눈이 마주치면 말을 안 할 수가 없으니까. 이렇게 순수하게 관심받아 보는 건 신입 때 이후 오랜만이다.

"진, 오늘 퇴근하고 어디 가? 아이돌 같네?"

틈날 때마다 화장실에 가서 거울로 뒷머리와 옆머리까지 본다. 어제까지는 화장실 갈 때도 회의 들어가기 전 잠깐의 시간에도 늘 인스타그램이나 트위터 페북 등등을 돌아다니면서 나와 관계없이 잘 사는 타인들의 SNS를 봤다. 아무것도 안 하면 너무 불안해서 뭐라도 해야 하는데 조금이라도 머리 쓰는 건 스트레스 받으니까 생각 없이 뒤죽박죽 남의 삶에서 편집된 한순간을 구경했다. 그런데 오늘은 내 머리카락을 만지고 뜯어보고 분석하느라 남의 SNS를 들여다볼 틈이 없다. 지금도 왼손으로 머리카락을 만지작거리고 있다. 그런데 하나도 모르겠다. 이건 잘할 줄 알았는데.

내 엑셀이나 파워포인트가 남들보다 영 어설퍼 보일 때마다 내가 직장인의 언어에 영영 익숙해지지 못할 것 같아 불안했다. 한때는 주말마다 원데이 클래스를 수강하면서 아무 재주가 없으니 부업도 퇴사도 하지 말고 회사나 열심히 다녀야 한다는 팩트를 내 돈 내고 확인했다. 그래도 한 가지는 잘 하는 게 있을 줄 알았는데. 나는 아무래도 인간 세상하고는 연이 없는 거로 결론 냈는데 인어하고도 말이 안 통하면 난 이제 어디서 살아야 하지.

퇴근 후에 '곽두식'이란 조폭 같은 이름으로 배송받은 반신욕조를 집 안으로 들이고 천일염을 넣으려는데 아랫집에서 올라왔다. 뭐 했길래 하루 종일 샤워기를 틀었다가 껐다가 했냐고 물소리가 시끄러워 죽겠다고 따진다. 아니 그게 소음에 취약하게 날림으로 지은 건설업체 탓이지 내 탓이냐고.

"토막살인한 거 증거인멸 하느라고요."

나름 농담이라고 했는데 아랫집 사람은 내 눈을 잠깐 보다가 도망쳐 버렸다. 그래, 내 눈빛이 요새 정상은 아니지. 아랫집 사람이 돌아가고 문을 닫고 나니까 그제야 와락 겁이 난다. 인어를 언제까지나 여기 데리고 있을 수는 없다. 이러다가 진짜로 송장 치우게 되는 건 아니겠지. 어쩌다 잔멸치, 아니 인어를 여기까지 데려왔을까. 왜 안주 접시의 수많은 잔멸치 중에 딱 하나를 발견했을까.

인어가 몸을 적시고 빠져나온 반신 욕조에 반짝이고 향기나는 원색의 입욕제를 휘저어 넣고 몸을 담근다. 인어는 반신 욕조에 기대 어제와 다른 모양으로 머리를 만져 준다. 반신 욕조긴 하지만 욕조에 오랫동안 몸 담그는 건 아기 때 이후로 오랜만이다. 인어는 풀어헤친 머리를 내게 기댄다. 손재주 없는 내가 이리저리 손을 댈수록 봉두난발 망나니가 되어 간다. 결국 무난하게 포니테일로 묶으니까 그러잖아도 물고기처럼 동그란 인어의 눈이 더 커진다. 너무 단호한 대답이었나. 좁은 욕실 안은 뜨거운 수증기로 가득 차고 볼은 발갛게 달아오르고 까닭 모르게 눈물이 난다. 인어가 있는 집에선 눈이 건조하지 않다. 인어는 포니테일을 풀어 정교하게 매만지고 내 단발을 애만진다. 술 한 병 없이도 한없이 다정한 밤이다.

"내일은 주말이라 출근 안 하니까 바다에 갈래요?"

그 말을 인어의 헤어 스타일로 어떻게 표현하는지 모르겠다. 머리카락만 손가락에 감아 배배 꼰다. 나는 왜 다감한 순간을 견디지 못할까. 내가 인어에게 친절을 받을 자격이 있을까.

일도 못 하고 아무것도 못 하는데. 물을 버리고 머리를 말린다. 지금까지 인어의 이름을 묻지도 짓지도 부르지도 않았다. 인어에게 말을 걸 때는 처음 보는 사람에게 하듯 존댓말을 했고 인어 앞에서 잠을 자고 목욕을 할 때는 동물 앞에서 하듯 부끄러움 없이 태연했다. 인어가 머리를 땋는 것도 언어가 아니라 본능적인 습성 아닐까. 앵무새가 종이를 찢어 꽁지깃을 장식하듯이. 내가 인어를 인간으로 대하고 싶어서 애써 언어라고 해석하고 의미를 찾는 건 아닐까.

표정을 읽을 수 없는 인어의 까만 눈을 들여다본다. 뻐끔대는 입을 본다. 나는 이런 얼굴이 좋다. 사람의 얼굴은 섬뜩하다. 웃지 않는 얼굴은 나에게 화내고 실망하고, 웃는 얼굴은 속으로 날 엿 먹일 계획을 짜고 있다. 가슴에 손을 얹는다. 심장이 고르게 뛴다. 나에겐 이런 감정이 사랑이다. 두근거리는 감정은 사랑이 아니라 공포다. 나는 사람이 무섭고 일이 두렵고 미래가 겁난다. 사랑은 가장 편안해야 한다. 이게 사랑이라면 인간에게 느끼는 감정일까 동물을 귀여워하는 걸까. 이 인어가 설마 미성년자는 아니겠지. 남자/수컷일까 여자/암컷일까 자웅동체일까. 스펙도 안 보는데 따질 게 더럽게 많다.

"혹시 그쪽도 바다에서 퇴사하고 육지로 온 거예요? 그래도 돌아가야죠."

나는 인어의 사연을 모른다. 착해서가 아니라 책임지기 싫어서 인어의 의사와 상관없이 바다로 치워 버리려 한다. 나 하나도 감당하기 버거운데 같이 있으면 둘 다 불행해질 거라고 믿으면서.

"언제까지 이렇게 살 순 없잖아요. 혹시 죽고 싶어서 말린 멸치가 되었는데 내가 살린 거예요?"

인어가 잠깐은 물 밖에서 견딜 수 있지만 대부분의 삶을 물속에서 살아야 하듯 나도 잠깐 놀고먹을 순 있지만 인생의 좋은 시절과 하루의 낮시간은 회사에서 버텨야 한다. 바다에서 나온 인어가 인어일까. 멸치는 바닷속에 있으면 물고기고 나오면 생선이다. 회사를 그만두면 나를 뭐라고 소개해야 하나. 소속이 없으면 정체성도 없다. 취직해서 내 돈 벌어 내가 쓸 때 뿌듯하고 재미있었는데. 기술 없는 문과생이 이 나이에 퇴사하면 할 것도 갈 곳도 없다.

"내가 뭘 해야 해요? 왜 하필 나예요? 난 왕자도 아닌데 왜 나한테 왔어요? 잘난 대니얼한테나 가지. 그 새끼는 다 알아서 척척 처리해 줄 텐데. 아니면 제임스한테 가서 엿을 먹이든가. 내가 뭘 어쩌라고."

생각에 잠긴다. 기분이 가라앉는다. 몸이 축축 처진다. 뭐라도 해야 하는데 아무것도 못 하겠다. 이럴 시간에 영어 학원도 다니고 코딩도 배우고 책도 읽고 투자도 하고 또 뭔가 막 해야 하는데. 새로운 걸 하는 게 무섭다. 그냥 다 무섭다. 불안하다. 내가 뭘 하든 잘 해내지 못할 거야. 다 망칠 거야. 사람들이 날 싫어하겠지. 뒤에서 욕하겠지. 그런다고 이렇게 아무것도 안 하면 망하는데. 서랍에 숨겨 뒀던 보드카를 꺼내서 딱 한 잔 마신다. 인어 앞에서. 미치겠다. 미쳐서 아무것도 모르고 싶다가도 이러다 미칠까 봐 두렵다. 목구멍이 확 타오르고 눈이 뜨겁고 머리가 띵하다. 내가 술을 마실 줄 알아서 다행이야.

"내가 그쪽을 미워하는 건 아닌 거 알죠? 내가 원래 이런 사람 아닌데 너무 힘들어서 그래요."

아동학대하는 부모가 변명하는 것처럼 말한다. 나는 절대 애를 기르면 안 되겠구나. 나는 이것밖에 안 되는 인간이야. 자기연민에 빠져 허우적댄다. 뭘 잘했다고 울어.

"그냥 나랑 이대로 쭉 살래요?"

인어가 꼼지락거리며 내 머리를 만지작거린다. 내 말 하나도 못 알아들었으면서. 나도 인어의 말 못 알아듣는데. 서로 공평하네. 난 이게 편하다. 말로 상처받지 않을 수 있어서. 인어는 답답할까. 인어는 뭘까. 언어가 다른 외국인, 지구인과 신체와 습성이 다른 외계인, 인간이 아닌 동물 아니면 반인반수. 아니면, 아니면…… 인어와 나는 서로의 머리를 같은 모양으로 묶는다. 인어는 욕실에서 나는 침실에서 잔다. 나에겐 인어가 있다. 꿈도 희망도 미래도 없지만 비밀이 있다.

인어가 왜 내게 왔을까. 천재지변처럼. 바닷속 높은 분이 인어한테 이제까지 해 왔던 일이 사실은 별거 아니었다고 했을까. 그런 일마저도 제대로 못 해냈다고 했을까. 배 속이 꿀렁거린다. 침실에서 뛰쳐나와 욕실로 간다. 빈속에 독한 술을 먹었더니 토할 것 같다. 이 꼴이 뭐야. 변기를 붙잡고 웩웩댄다. 목구멍이 아프다. 눈물이 맺힌다. 인어가 다가와 쏟아지는 내 옆머리를 정리해서 한 갈래로 올려 묶는다. 입을 헹구고 시원한

타일 바닥에 눕는다.

지금은 내가 숙식을 제공하니까 내게 잘해 주지만 바다로 돌아가서 내 도움이 필요 없어지면 인어도 날 마음껏 미워할 수 있을 것이다. 작은 욕조와 매일 먹는 미역이 지겨워지고 날 원망하기 전에 이별해야 한다. 집 밖은 심해다. 숨 막히고 어둡고 수압이 높은. 이 좁은 집 안이 나와 인어의 바위섬이다. 인어도 나도 언제까지나 바위섬에서 둘만 붙어 있을 순 없다. 인어가 자기 머리를 풀어서 한 갈래로 묶는다.

"약속해요. 나 미워하지 말아요. 절대로."

내가 무엇인가 했다가 인어가 잘못되면 어쩌지. 자도 자도 피곤하다. 자다가 중간에 몇 번씩 깬다. 고요한 새벽에는 심장이 두근대는 소리가 선명하게 들린다. 인어는 긴 머리카락으로 내 눈을 가려준다. 이번엔 잘 해내야지. 나만 잘하면 돼. 절대로 실수하지 말아야지. 하나씩 하면 돼. 글이 눈에 안 들어오면 짧은 시부터 읽으면 되고 숫자가 윙윙대면 가계부 앱부터 정리하면 돼. 내가 회사에서만 엉망이지. 학교 다닐 땐 공부 잘했어. 공부 잘했던 애들은 1등 못 하면 인생 막장 세상 끝장나는 줄 알지만, 나는 아니야. 1등은 아니지만 끝도 아니야. 사실은 나 잘할 수 있어. 누구의 도움도 없이 인어를 무사히 바다로 보내고 다시 혼자가 되면 다 괜찮아질 거야.

아침에 인어는 미역, 다시마, 톳 종류별로 불린 해초를 먹고 나는 그 옆에서 햇반을 데워 쌈장과 해초를 얹어 해초 쌈밥을 해 먹었다. 인어에게 긴 원피스를 입혀 꼬리를 가리고 공주님처럼 안아서 택시에 태운다. 기사는 매뉴얼대로 아무것도 질문하지 않고 클래식 음악만 틀어준다. 나는 공연히 인어의 초록빛 머리를 귀 뒤로 넘겨주고 물티슈로 얼굴을 닦아 주며 소풍이라도 가는 듯 다정하게 말을 건다.

"오늘 어디 좋은 데 가요? 머리가 아이돌 같아요."

인어는 아무 말이 없다. 나는 여전히 아직도 인어가 무슨 생각을 하는지 모르고 앞으로도 영원히 인어의 언어를 이해하지 못할 것이다. 사실 인어는 그동안 내내 싫어 미워 나빠 라고 했는지도 모른다. 일도 못 하면서 까칠하다고 내 뒷담화를 해 대는 동료들처럼. 네 부모는 오래 살고 네 자식은 단명하라고 속으로 동료들을 저주하는 나처럼.

"왜 찾는 가족도 추적하는 악당도 없어요? 아무도 걱정 안 해요?"

피서철이 지난 바닷가에는 아무도 없다. 내가 오늘 이대로 사라진다 해도 아무도 모를 것이다. 아무도 울지 않고 아무 일 없었던 듯 잘 살아갈 것이다. 원래대로라면 월요일에 다른 부서로 전배 가야 한다. 실적 압박은 엄청나고 부장이 툭하면 열 받아서 가시복어처럼 얼굴을 부풀리고 소리를 질러 대는 기피 부서랬다. 웬만한 사람들은 울면서 도망치거나 치를 떨며 뛰쳐나가서 수시로 인력충원을 한댔다. 나 같은 약해 빠진 개복치 멘탈이 가면 사흘 안에 돌연사하기 딱 좋은 자리였다. 그 빈자리가 나한테 돌아왔다. 내가 성실해서 좋다고 했단다. 유능하지는 않지만 호구처럼 부려 먹어도 묵묵히 진득하게 참을 인간으로 보였나 보다. 막상 내가 일하는 걸 보면 멍청이를 데려왔다고 후회할 텐데. 그렇지만 난 월요일에 출근하지 않을 거다. 인어의 세계로 갈 거니까.

인어와 나는 해변에 앉아 샴쌍둥이처럼 서로의 머리카락을 묶어서 연결한다. 인어는 바닷속에서 뭐가 될까. 파란만장한 혁명가 야심만만한 창업자 아니면 그냥 동네 백수일까. 나는 그곳에서 뭐가 될까. 어디로도 밀려나지 않고 찰싹 잘 붙어 있는 빨판상어?

인어와 내가 있는 해변으로 거대한 쓰나미가 밀려온다. 망해라 망해라 다 망해라. 날 이렇게 만든 인간들아 다 망해라. 나까지 싹 다 망해 버려라. 내일 아침 눈 뜨면 아무것도 없었으면 좋겠다. 돌아갈 집도 출근할 회사도 빽빽한 전철도 꼴 보기 싫은 인간들도. 세상에 나랑 인어만 남았으면 좋겠다. 아니 아무것도 안 남았으면 좋겠다. 아니 수평선 위로 거대한 가운뎃손가락만 솟아올랐으면 좋겠다.

바닷속에서는 숨어서 울 필요가 없다. 아무리 울어도 아무도 모른다. 나는, 물거품이 되어 영영 사라졌으면 좋겠어. 눈물방울이 진주가 되어 손 닿지 않는 심해에 가라앉는다. 진주 따위, 내버려 둔다. 인생역전은 필요 없다. 아무것도 하고 싶지 않고 무엇도 되고 싶지 않다. 절대로 다시는 수면 위로 올라가고 싶지 않다.

끝까지 가고 싶은데. 인어가 바닷속에서 우리를 묶고 있던 머리를 풀고 나를 수면 위로 올린다. 인어는 아래로 나는 위로.

이런 위로는 안 해 줘도 되는데. 내가 했던 고민을 인어도 했 겠지. 물고기의 생살을 씹는 인간하고는 같이 살 수 없겠지. 물 대신 술을 먹는 인간을 책임질 수 없겠지. 나는 물 밖에서도 제 대로 하는 게 없지만 물속에는 더 할 게 없다. 인어는 내가 했 던 대로 나를 배신하고 복수했다. 내가 이렇게 될 줄 알았어. 이럴 거면 왜 그날 내 눈을 봤을까.

인어가 내게 다시 돌아온다. 나는 온 바다를 가득 채운 멸치 떼 속에 있다. 역시 그냥 잔멸치였구나. 나는 그냥 나고. 우리 둘 다 아무것도 아니구나. 그게 이상하게 안심이 된다. 바닷속 에서 유영하는 멸치들은 윤슬처럼 반짝반짝 빛난다. 은빛 비 늘의 거대한 한 마리 물고기 같다. 벨루가보다 크고 멋진. 나는 정확하게 손을 내민다. 무리에 속한 것도 아니고 안 속한 것도 아닌, 무리와 애매하게 떨어져 어설프게 헤엄치는 단 한 마리 에게. 어쩐지 눈이 슬퍼 보여서 괜히 시비 걸고 싶어지길래.

구조되었을 때 나는 떻았던 흔적이라곤 찾아볼 수 없는 푹 젖은 단발머리에, 주머니엔 잔멸치 한 마리가 들어있었다고 한다. 세상은 멸망하지 않았다. 회사 건물도 폭파되지 않았다. 전철은 오늘도 달린다. 내가 언제부터 어디까지 망가졌는지 아무도 모른다. 오늘은 토요일이니까, 낯선 해변의 모텔에서 캔맥주에 마른안주 먹으면서 하룻밤 푹 쉬고 일요일엔 머리를 숏컷으로 바짝 자르고 월요일에 출근하면 된다. 그러고 보니 집에 샤워기는 잠그고 왔다. 그래도 욕조랑 비데는 남았네. 카 드 고지서랑. 머리카락이 없는 잔멸치에게 다정하게 말을 건다.

이제는 행복해질 거야, 진짜로. 절대로, 반드시, 꼭. 더 이상 망가지지 말고.

남극노인

이필원

이필원

고양이 집사. 지은 책으로 『내가 좋아하는 사람이 나를 좋아하는』,
『푸른 머리카락』(공저) 등이 있다.

모든 병은 신이 준 것이라면서, 할머니는 나의 허약함을 이해하라고 했었다. 그러나 겨우 열두 살인 내가 이해할 수 있는 거라고는 삼십사 곱하기 칠은 이백삼십팔이란 고도의 사칙연산 정도가 전부였지 그런 심오한 말은 그저 헛소리에 불과했다.

세상 어디에도 자신의 병을 너그럽게 이해할 수 있는 사람은 절대 없을 것이다. 그럴 거라고 어릴 때의 나는 막연히 확신했다. 가족은 물론이고 가까이 지내는 사람 모두를 벌레처럼 갉아먹는 병을, 반드시 한 사람 이상의 세상이 무너져내리고 마는 현실을 순순히 받아들일 사람이 대체 어디에 있을까?

제아무리 삶에의 의지를 내려놨거나 악착같이 붙잡고 있는 사람이라 할지라도 그것만은 어려운 거라고, 그러기는 정말 불가능한 거라고 나는 고집스럽게 할머니의 말을 부정했었다.

외가댁이 있는 시골에 내려와 지내기로 한 건 그해 초부터 미리 이야기가 되어 있던 일이었다. 어른들끼리의 약속이었지만 어쨌든 그 약속의 중심에는 내가 있었다. 다음 해 여름 무렵으로 예상했던 나의 요양행은 여름방학이 끝나고 새 학기가 시작되자마자 병원에 실려 간 바람에 앞당겨졌고, 그 때문에 2학기 교과서를 앞장만 펴보고 수성읍으로 내려와야만 했다. 언제나 그랬다. 나에게 학교생활은, 고작 한 입 베어 먹었다가 바닥에 떨어트린 쿠키와 다름없었다.

고질적인 비염 치료와 면역력 증강이라는 목적으로 잠시 머무는 거라고 둘러댔으나, 조그만 산골 마을에서도 동정받는 일만은 피할 수 없었다. 지나가다가 마주친 마을 할머니들 대부분은, 내 어깨를 토닥이거나 쓸데없이 웃어 주시곤 했다. 가엾게 여기는 마음이란 대개 선하다는 걸 알지만 그 당시의 나는 누군가의 친절이라든가 다정을 느낄 여유가 없어서 인상을 찡그리는 날이 많았다. 남들보다 빠르게 죽어가면서 웃을 수는 없었다. 웃고 싶지 않았다.

사계절 내내 열병을 달고 살았고 이틀 걸러 한 번씩 급체했으며 골밀도마저 또래 애들보다 저하돼 있어 툭하면 발목이나 손가락을 접질리곤 했다. 그러니 운동장에서 축구공을 차거나 친구들과 뜀박질하며 땀 흘리며 노는 건 당연히 할 수 없었다. 사는 게 전혀 재미있지 않은 소년에게는 다정도 병이었다.

"이번 주만 할머니랑 둘이 지내. 엄마 아빠 곧 내려올게."

서울에서 맞벌이하는 부모님의 사정이야 어린 내가 일일이 알 수는 없었고 여전히 재래식 화장실을 쓰는 외가댁의 스산한 풍경 속에 나 혼자 남겨진다는 게 슬퍼서 꼬박 하루를 울었다. 병보다 시골 냄새가 무서웠다. 차라리 번잡하되 익숙한 도시에서 지내는 편이 나았지만 할머니는 언제나 거기 수성읍에만 머물 뿐 도시로 나오지 않았다.

왜 아픈 나를 여기에 둬. 할머니랑 있어도 나는 혼자인 것만 같은데. 부모님이 탄 청록색 소나타가 사라진 길목을 바라보며 나는 소리 내어 울었다. 마당 구석에 있는 닭장에서 수탉인지 암탉인지 하여튼 닭이 내 울음 사이로 간간이 목청을 높여 따라 울었고, 할머니는 그런 닭과 나를 달래기는커녕 "이해해야지 별수 있냐, 신이 준 병이라니까." 하면서 조그맣게 혀를 찼을 뿐이었다.

방 두 칸에 좁은 마루, 수차례 폭풍우를 이겨내느라 허물어지기 직전인 작은 한옥에서 할머니는 직접 아궁이에 불을 지펴 잡곡밥과 된장찌개 같은 한식을 차려줬다. 고추장과 물만 있어도 밥 한 그릇을 비우는 할머니와 다르게 입이 짧은 나는 몇 숟갈 뜨다 말곤 했다.

"떡볶이는 없어? 피자는?"

건강 관리 때문에 먹을 수 없다는 걸 알면서도 나는 할머니가 한 번도 요리한 적 없을 메뉴를 주문하기도 했다. 그러면 할머니는 여기에 떡볶이나 피자는 없다고, 피자는 없지만 바로 따먹을 수 있는 방울토마토와 산딸기, 맵지 않은 오이고추가 있다고 말했다.

너무 짜거나 너무 싱거운 할머니의 극단적인 식단은 내 입맛에 맞지 않았다. 그러나 할머니는 까다로운 식성 때문에 고생하는 나를 모르고, 아니 모른 척하며 오이나 호박잎을 내 손에 쥐어 주고서 조금만 더 먹어, 먹고 이해해라 네가, 중얼거릴 때가 많았다.

도대체 뭘 더 이해해야 하는 걸까.

할머니의 염려하는 목소리 위로 매미 소리가 겹치기라도 하면 나는 그냥 죽어버리고 싶었다. 죽어버리는 게 낫지, 아픈데 더 살아서 뭐 해, 짜증을 냈다. 내 성질을 견디지 못하고 대문 밖으로 뛰어나가고 나면 혼자 남은 할머니는 개다리소반 위로 젓가락을 집었다 내려놓으며 괜히 아이구, 아이구 했을 것이다. 마당에 핀 잡풀이며 노랗거나 하얀 꽃은 그 구수한 한탄을 다 들었을 테다. 듣느라 잎사귀나 꽃잎이 좀 바르르 떨렸을 테다.

어쨌든 당시에 나는 어렸고, 유별나게 아팠으며 학업을 중단하면서까지 휴양하러 시골에 맡겨진 거였다. 함께 자라는 형제나 반려동물 없이, 집안의 유일한 약자여서 까탈스러운 정도가 심각했다. 장난감 사달라고 마트 바닥에 드러눕는 애들 따위는 나에 비하면 아무것도 아니다. 나는 드러눕는 단계를 뛰어넘어 아예 엘리베이터까지 데굴데굴 굴러갈 정도였으니까.

몸은 허약한데 정신은 좀 고약한 구석이 있었다. 모든 이들에게서 과분한 보호와 양보를 받고, 그 누구도 내게 큰소리 한 번 내지 않는 시절을 통과하며 자란 나를 당황케 한 건, 외딴 시골에서 만난 낯선 여자애였다.

할머니에게 괜히 투정을 부리고 집을 뛰쳐나온 날이었다. 길눈이 어두워 항상 집 주변만 돌아다니다가 그날따라 유독 커다랗게 치미는 화를 억누르지 못하고 집 뒤로 이어지는 조그만 오솔길로 향했다. 몇 걸음 들어서자마자 온통 초록인 곳이었다. 앞으로 나아갈수록 새 울음소리, 바람이 불 때마다 잎사귀 비벼지는 소리 같은 게 커졌다. 멀리서 들려오던 경운기 소리는 어느 순간 사라져 있었다.

숲이 바깥의 소리를 모조리 집어삼켰다. 이놈의 숲이 나 또한 삼켜버리는 게 아닐까, 슬슬 걱정될 때였다.

"뭐야, 저건."

한참 걷다 보니 사람이 오가는 산길은 경계가 희미해져 있고, 칠이 다 벗겨진 붉은 나무 기둥 두 개가 세워져 있는 게 보였다. 그 위에 지붕처럼 얹어진 세로살대에는 눈에 익은 태극 문양이 있었다. 무릎 언저리까지 웃자란 잡풀이 빛바랜 홍살문 주위를 일직선으로 감싼 것처럼 자라 있었는데, 그 모습이 몹시 기묘해 보여 나도 모르게 걸음을 멈췄다.

여기에 왜 저런 것이 세워져 있을까.

자세히 보니 두 개의 기둥 뒤로 샛길이 보였다. 저건 어디로 이어지는 건가, 잠시 생각하던 나는 완전히 다스리지 못한 화 때문에 씩씩대며 문 사이를 지났다. 바람이 머리 위의 나뭇가지를 천천히 흔들었다. 평소보다 빠른 걸음으로 걷다 보니 숨이 조금씩 가빠졌고 눈앞이 핑 도는 바람에 가까이 솟아 있는 납작한 바위에 주저앉은 순간이었다.

"이게 누구야."

고개를 돌리자 웬 여자애가 방긋 웃고 있었다.

턱 끝까지 오는 단발머리. 보드라워 보이는 까무잡잡한 피부. 뺨에 별자리처럼 박혀 있는 점들을 올려다보며 나는 아무런 대답도 하지 못하고 가만히 눈을 깜빡였다. 어디서 나타난 거지? 누군가 다가오는 기척은 하나도 없었는데.

마치 나를 아는 낯으로 웃고 있는 여자애를 보자니 어딘가 이상한 사람이라는 느낌이 냄새처럼 훅 끼쳤다. 무엇보다 여자애는 차림새가 좀 이상했다. 계량한복 같은 걸 입고 있었는데, 흔한 차림이 아니었거니와 아무리 구월 초라지만 여름의 기운이 남아 있는 햇볕 아래에서 입고 있기엔 다소 더워 보였다.

그 애가 더위 따위는 조금도 느끼지 못하는 것처럼 보송보송하게 웃었다.

"저기 옥순이 할멈네 손자구나?"

내가 아무 말도 하지 않자 여자애는 상관없다는 듯 저 혼자 활기차게 말을 이었다.

"애, 너 속이 안 좋은가 보네?"

어떻게 알았냐고 묻는 대신 나는 바위에서 일어나 뒤로 한 발 물러났다.

나보다 서너 살쯤 많아 보이는데 단단하고 맑은 목소리에서 어떤 거리감이 느껴졌다. 키가 커서 그런가. 눈앞의 여자애는 나보다 열 계단 정도는 더 위에 서 있는 듯한 기분이었다.

"어떻게 알았어?"

눈치를 보다가 웅얼거리자 여자애가 허리춤에 차고 있던 호리병 같은 걸 내밀었다.

"마셔. 울렁거리는 게 가실 거다."

모르는 사람이 주는 걸 함부로 먹으면 안 된다고 집과 학교에서 꾸준히 배워왔으므로 호리병을 바로 받지 않았다. 배운 대로 착실하게 경계하는데 여자애가 나의 오른손을 불쑥 잡더니 호리병을 쥐여 주었다. 나는 너무 놀라 비명도 지르지 못했다.

"마셔봐. 목도 마르잖아."

그 말을 듣고 나니 거짓말처럼 갈증이 몰려왔다.

설마 이만큼 어린 여자가 나쁜 짓을 할까 싶어졌고 경계심이 옅어진 나는 홀린 듯이 호리병을 기울여 목을 축였다. 급히 들이키는 바람에 입술 사이로 물줄기가 새어 나와 턱 끝에 방울로 맺혔다. 나는 젖은 입술 위를 손등으로 누르며 여자애를 바라보았다.

물이 아니다. 탄산음료나 우유 같은 건 더욱 아니었다. 쌉싸래한 풀 내음이 났는데, 쓰진 않고 꿀이라도 탄 것처럼 끝맛이 조금 달았다. 처음 맛보는 달착지근함이었다.

"이게 뭐야?"

"약이다."

그렇게 대꾸한 여자애가 싱긋 웃었다.

"방금 수명이 보름 정도 늘었구나, 너."

멈칫한 나는 여자애에게 얼른 호리병을 돌려주었다. 건네주면서 보니 호리병에 거북이처럼 보이는 동물이 까맣게 새겨져 있는 게 눈에 띄었다.

이 수상한 대화를 이어나가선 안 될 것 같다는 생각이 들었다. 고마워, 작게 인사하고는 급히 돌아서서 홍살문을 다시 지났다. 그대로 집으로 향하는데 뒤에서 자꾸만 따라오는 발소리가 있었다. 몇 걸음 걷다가 돌아서자 뒷짐을 지고 걸어오던 여자애가 덩달아 멈춰 섰다.

"왜 자꾸 따라와, 누나?"

일단은 나보다 키가 컸으므로 예의상 누나라고 불렀다. 이상한 '누나'가 이를 드러내며 웃었다.

"오랜만에 옥순이 좀 보려고."

순간 잘못 들었나 싶었지만 누나의 입에서 나온 건 할머니의 이름이었다. 꼭 제 친구라도 되는 것처럼 군다.

나는 눈썹을 찌푸리며 돌아섰다. 역시 도시에서나 시골에서나 이상한 사람과는 함부로 말을 섞는 게 아니다. 더는 얘기하고 싶지 않아 달리는데, 어느새 나를 따라잡은 누나가 곁에서 보폭을 맞춰 사뿐히 걷는 듯 뛰었다. 와아악, 비명을 지르며 마당으로 뛰어들자 마루에 앉아 해바라기를 하고 있던 할머니가 눈을 크게 뜨며 엉거주춤 일어섰다.

"할머니! 이상한 누나가!"

그렇게 말하며 껑충 뛰어올라 할머니의 등 뒤로 숨었는데, 이상하게도 할머니는 대문 앞에 서 있는 누나를 물끄러미 바라보고만 있을 뿐 누구신데 내 손자를 따라 집까지 왔느냐, 이만 가시라고 호통을 치지는 않았다.

"할머니."

그런 뒷모습이 낯설게 보여서 나는 할머니의 헐렁한 모시옷 자락을 잡아당겼다. 그제야 할머니가 돌아보며 처음 보는 미소를 지었다.

"귀한 손님을 모셔왔구나."

"……손님?"

"잘했다."

불청객을 냉큼 쫓아낼 줄 알았던 할머니는 얼음을 넣은 보리차와 쑥떡을 내왔고 그때까지도 뒷짐을 지고 햇빛 아래 서 있던 누나가 빙그레 웃으며 소반 앞에 단정히 앉았다. 허리를 꼿꼿이 편 누나와 눈이 마주치자 나도 모르게 고개를 돌려버렸다.

뭐야. 이상해.

엉덩이를 떼며 슬쩍 자리를 옮기려는데 누나가 한 손을 뻗어왔다. 움찔한 나는 눈을 질끈 감았고 잠시 후 머리 위를 토닥이는 손길을 느끼며 천천히 눈을 떴다.

"다행이네."

누나가 손을 거두며 웃었다.

"속이 편해졌구나. 이제."

그러고 보니 메스껍던 속이 거짓말처럼 가라앉아 있다. 나는 멍하니 가슴과 배를 아래로 쓸어내렸다.

이상한 누나가 보리차와 쑥떡을 다 먹고 나자 할머니는 직접 담근 매실주와 막걸리를 독째 가져와 조촐한 술상을 차렸다. 안주는 배추전이 전부였지만 술상을 보자마자 누나가 "이야." 하면서 눈을 빛냈다.

도저히 어른으로 보이지 않는데 술을 마셔도 되나 싶어 할머니를 쳐다봤다. 그러나 할머니는 아무런 거리낌 없이 술잔을 내왔다. 백토로 빚은 오래된 사기그릇이었다.

"맛 좋다."

막걸리를 혼자 다 비운 누나는 양반다리를 풀며 마루 위에 길게 누웠다. 어느새 해가 뉘엿뉘엿 지고 있었다. 주황빛으로 물든 서쪽 하늘을 올려다보는 누나에게 할머니가 뿌듯한 얼굴로 말했다.

"올해 춘분에 담근 거야."

"그렇구나."

"매년 담갔지. 이번 해에는 들를까 싶어서. 다시 보자고 했잖아. 다시 만나자 해서 내내 기다렸지."

"괜한 기다림을 했군."

"드디어 와주었네."

할머니가 웃음을 흘리고는 다시 아궁이 앞으로 갔다. 멀찍이 떨어져 앉아 발장난을 하던 나는 이쪽으로 돌아눕는 누나 때문에 또다시 움찔하고 말았다.

"너 이리 와봐라. 미열이 있네."

그걸 누나가 어떻게 알아챘냐고 물어볼 용기는 없었다. 그저 못마땅한 얼굴로 가만히 내 이마를 짚어보는데, 누나가 머리 뒤로 제 팔을 베며 여유롭게 말했다.

"쪼끄마한 게 경계심 많기는. 옥순이 손자답구나."

"뭐, 뭐래. 내가 우리 반에서 세 번째로 큰데!"

나도 모르게 발끈해서 목소리가 커졌지만 누나는 개의치 않는 얼굴로 싱글싱글 웃으며 다른 한 손을 뻗어 허공을 짚었다.

"자."

그 위치가, 직접 손에 닿지 않더라도 정확히 내 이마를 향해 있었는데 신기하게도 허공에서 내 이마를 짚는 것만 같았다.

"이제 곧 열이 내릴 거다."

두 손으로 이마를 덮은 나는 어, 하며 누나를 쳐다보았다. 조금 전까지만 해도 뜨겁던 이마가 어느새 식어 있었다.

"이거 원. 귀가 심심해서야."

누나가 벌떡 일어나 앉으며 이보게, 하자 풀벌레 소리가 조금 더 커졌다. 산바람이 불어왔다. 기분 좋게 눈을 감고 있는 누나의 검은 머리카락이 살랑거렸다.

울렁거리던 속이 다시 가라앉더니 미열까지 사라졌다. 언제나 어딘가 쑤시거나 아팠는데 웬일인지 몸이 가벼웠다. 이런 날이 없었기에 나는 얼떨떨한 기분에서 헤어나올 수 없었다. 누나가 손바닥으로 제 옆을 툭툭 쳤다.

"한숨 자라."

"지금?"

"그래. 자고 일어나면 몸이 더 가뿐할 거다."

"아프지 않고?"

"아프지 않고."

멀리 할머니가 솥뚜껑 여닫는 소리를 들으며 나는 턱을 괴고 느릿느릿 엎드렸다. 조금씩 잠기운이 몰려왔다.

"누나 그런데."

누구냐고 묻고 싶었는데 귓가에 울리는 풀벌레 소리와 숲속 어딘가에서 꾸우꾸우— 새 소리가 끼어들더니 눈꺼풀이 차츰 무거워졌다. 눈을 감기 전에 본 누나는 내 쪽으로 고개를 살짝 튼 채 말없이 웃고 있었다. 사위는 어두워지는데 누나만은 왠지 밝게 보였다.

그날 이후 누나는 매일 오후 세 시 무렵부터 해가 지기 전에 집으로 와서 술을 마시고 가곤 했다. 매일 같은 차림으로 오는 누나는 할머니의 집을 제집처럼 자유롭게 드나들며 마루에 앉거나 누워있다 가곤 했다. 그럴 때마다 할머니는 귀한 손님을 대접하듯이 사과와 배, 육전, 조기구이, 대추, 찰옥수수 같은 걸 차렸다.

"누나 왜 술 마셔?"

호기심과 약간의 질투하는 마음을 담아 물으면,

"사람이 보은하겠다는데 마다할 수야 없지. 도리가 아니야."

하고 너스레를 떠는 대답이 돌아왔다.

"안 혼나나? 누난 술 마셔도?"

"감히."

누나가 씩 웃었다.

"겁대가리 없이 훈수질 하는 놈 있으면 그놈의 수명을 한 오백 년 깎을 테다."

처음 들어보는 종류의 말이었다. 등골이 서늘하여 나는 괜히 목을 긁적거렸다. 알게 모르게 친근해진 손님이었지만 이상한 누나인 건 여전했다. 저렇게 해맑은 얼굴로 아무렇지 않게 저주를 퍼붓다니, 좀 오싹한 사람이지 않은가.

"몸은 어떠냐?"

누나가 지나가듯이 물었다.

"오늘은 조금 아파."

나는 발갛게 두드러기가 올라온 왼팔과 무릎 안쪽을 보여줬다. 가만히 내려다보던 누나가 작게 웃었다.

"너 그거 아냐?"

"뭘?"

"영조는 내 덕을 많이 봤지."

"그게 누군데."

"이금을 몰라?"

모르겠는데, 멀뚱멀뚱 대답하자 누나가 가볍게 혀를 찼다.

"하긴. 너무 옛날 양반이지."

"옛날 사람이야?"

"그래. 한때 임금이었지."

그렇게 말한 누나가 문득 밤하늘을 올려다보았다.

"무병장수하고 싶으니?"

"무변장수?"

"잘 살고 싶냐고, 아프지 않고."

그 말을 들으니 나는 이제껏 누나를 향해 동서남북 활짝 열려있던 내 안의 어떤 창문들이 방금 자물쇠까지 채워서 완전히 닫혀버린 느낌이 들었다. 아주 닫혀버렸다.

평생을 아파온 나는 이제 건강히 살 수 없는 처지인 걸 알고 있었다. 서울 시내에 있는 대형 병원이 아니라 이곳 산중으로 들어온 이유를 나라고 모르지 않았다. 가망이 없는 거였다. 도저히 손쓸 수 없는 상태인 것이다. 그러니 주삿바늘도 온갖 약물 냄새도 없는 이곳으로 보내진 거겠지.

"난 아마 우리 할머니보다 먼저 죽을걸."

오래전부터 생각해왔었다.

나는 할머니보다, 엄마 아빠보다 일찍 죽을 것이다.

"그래? 옥순이보다 네가 먼저?"

"응."

누나가 웃음을 터뜨렸다.

"그럴 것 같냐?"

"응. 중학교 되기 전에 죽을 거야."

"흠."

누나가 턱을 매만지며 생각에 잠겼다. 웃음기가 조금 걷힌 얼굴로 누나가 내 어깨를 붙잡았다.

"누구 마음대로."

"내가 그러고 싶은 게 아니라……."

마주친 눈빛이 어두웠다. 나는 기어들어 가는 목소리로 황급히 변명했다.

"그냥 내 몸이…… 많이 아프잖아. 그래서."

"그렇구나."

가벼이 대꾸한 누나가 갑자기 하늘 어딘가를 가리켰다.

"저것 봐라."

누나의 검지가 가리키는 방향을 바라봤지만 눈에 보이는 거라곤 구름과 별뿐이다. 바람이 미는 대로 구름이 지나가고 있었고, 그 사이로 전에는 유심히 바라본 적 없는 수많은 별들이 반짝이고 있었다.

"뭐가 보이냐?"

"별?"

"남극성이다."

눈이 마주치자 누나가 씩 웃었다. 아는 별이라곤 북두칠성밖에 없었던 나는 그렇구나, 남극성이구나, 중얼거렸다.

이번 주만 할머니와 지내라던 엄마와 아빠는 일주일이 지나고 새 주가 시작되어도, 그다음 주가 돌아와도, 그리고 나서 한 달이 지나도 나를 보러 남쪽으로 내려오지 않았다.

그러는 동안 가을이 시작됐고 나는 감기몸살을 심하게 앓았다. 산에서 맞는 가을은 겨울이었다. 오한과 구토증에 시달리느라 할머니가 끓여온 잣죽에는 손도 대지 못할 때가 많았다. 읍내에 있는 병원에 다녀와도 회복되지 않았다. 기력이 완전히 떨어진 나는 이불을 덮고 누워 곰팡이 슨 천장을 올려다보다가 잠들곤 했다.

잠깐 잠이 들었다 깨어나길 반복하던 나는 이마를 덮는 서늘한 기운에 살며시 눈을 떴다. 누나가 나를 내려다보고 있었다.

"오랜만이야."

가래 끓는 목소리로 인사하자 누나는 싱글싱글 웃기만 했다.

"너무 가깝잖아. 감기든 뭐든 옮기 전에…… 가."

내가 가진 모든 병의 기운이 퍼질까 걱정되면서도 오랜만에 말동무가 생겼다는 사실이 기뻤다. 끝이 갈라져 나오는 목소리가 듣기 싫었지만, 밀려오는 반가움에 더듬더듬 말을 건넸다.

"술 마시러 왔어?"

"겸사겸사."

"누난…… 술을 너무 많이 마시는 것 같아."

"그만 마시라고 혼이라도 낼 셈이냐?"

"그러면 누나가 내 수명을 한 오백 년 깎을 텐데."

나는 열 때문에 비몽사몽 하는 와중에 조그맣게 농담을 했다.

"그렇게 되면 난…… 남은 목숨이 마이너스가 돼서 일 초 만에 죽겠다."

"안심해라."

누나가 이마를 짚은 손에 부드럽게 힘을 실으며 낄낄 웃었다.

"그럴 일은 없을 거다."

서늘한 손이 멀어지자마자 아쉬움이 밀려왔다. 약 기운에 덮여 있던 외로움이 비집고 일어나는 게 느껴졌다.

"누나."

나는 방을 나서려는 누나를 조급하게 불러 세웠다.

"엄마 아빠가 날 버린 것 같아."

이건 틀림없는 사실이라고, 나는 떨리는 목소리로 중얼거렸다. 문고리에서 손을 뗀 누나가 소리 없이 돌아보았다.

"나랑 할머니를 버린 것 같아. 나만 버린 줄 알았는데 실은 할머니도 버린 거야. 여기에 우리 둘만 남겨둔 거야, 우리 둘만."

"안심해라."

누나가 조용히 방을 나가자 나는 다시 잠에 빠져들었다.

잠든 와중에도 알 수 있었다. 누군가 다시 내 곁에 앉아 있는 것을. 그 사람이 누나라는 것을 눈감고도 알 수 있었다.

왔어, 하고 물을 수 없었다. 왜 또 왔냐고 투덜거릴 수도 없었다. 입이 떨어지지 않았고 대신 앓는 소리가 나왔다. 바싹 마른 입술 사이로 나오는 모든 소리는 가느다랗게 토막 난 신음이었다. 온몸이 땀으로 젖어 드는 게 느껴졌다. 자꾸만 이부자리 아래로 몸이 녹아드는 기분이었다.

한없이 무거웠다. 알 수 없는 끈이 저 밑에서 나를 잡아당기는 것 같았는데 곧이어 이상하게 마음이 편안해졌다. 드디어 죽는구나, 너무 힘들었는데 마침내 떠나게 된 거야, 조금 홀가분함을 느끼다가 할머니는 어쩌지, 이제 겨울인데 혼자……걱정이 되어 흐느꼈다. 울음이 터져 나왔다.

할머니가 혼자가 되어서는 안 되는데, 그래서는 안 되는데, 그런 생각이 차곡차곡 쌓여갔다. 어깨가 덜덜 떨리고 몸이 뜨거워졌다 차가워졌다 했다.

눈을 뜨고 싶은데 뜰 수 없었다. 이대로 나는 멈추는 걸까.

사는 일이 이렇게 허무하게 중단되는 것일까.

그때, 서늘한 손이 다가와 뺨을 톡 건드렸을 때.

너 그거 아니, 하고 어떤 목소리가 다정히 말했다.

"남극노인을 보면 영생한단다."

새 지저귀는 소리에 눈을 떴다. 끝나지 않을 것 같던 밤이 어느새 물러나 있었고 그 빈 자리에 아침 햇살이 비치고 있었다. 살아 있다. 나는 죽지 않고 살아 있었다. 오한이 들거나 어지러운 증상 하나 없이 말끔하게 몸이 나았다는 걸 깨달았다.

땀에 전 체크무늬 잠옷을 새 옷으로 갈아입고 마루로 나오자, 마당 한가운데 서 있는 할머니의 모습이 보였다. 삐그덕, 마루를 밟고 슬리퍼에 발을 꿰고 내려서니 할머니가 놀란 얼굴로 돌아보았다.

"할머니."

잠시 휘청거리던 나는 할머니에게 달려가 매달렸다.

"나 괜찮아."

주름 많은 거친 손이 나의 얼굴을 몇 번이나 쓸어내렸다. 나는 그 손길에 완전히 기대며 안심했다. 그리고 갈라진 목소리로 몇 번이고 중얼거렸다. 나 괜찮아, 다 괜찮은 것 같아. 이제껏 나를 짓눌러왔던 모든 걱정이 떠나가는 걸 느끼며 마음 놓고 기뻐했다.

할머니는 말없이 웃으며 단지 나를 꽉 끌어안았다.

"이제 안 아파. 괜찮아."

나는 할머니의 온기 안에서 내가 아직 살아 있음을, 앞으로 긴 시간이 지나는 동안 살아갈 수 있음을 직감할 수 있었다. 콧물을 들이마시며 눈물을 삼키는 젖은 소리가 오래오래 귓가에 울렸다.

그 후 누나를 볼 수 없었다. 매일같이 할머니의 집을 드나들던 누나는 더 이상 찾아오지 않았다.

할머니에게 누나의 거취에 대해 물었지만 모른다는 대답만 돌아올 뿐, 호리병을 허리에 매고 술을 마시던 단발머리 누나에 대한 소식은 전혀 알 길이 없었다. 술과 산 벌레가 내는 풍류를 좋아하고, 별이 빛나는 밤이면 덩달아 반짝이던 사람. 누나는 뭐였을까, 생각하다가도 누나의 존재에 대해 골똘히 파고들고자 하는 마음 대신 지금쯤 어딘가에서 또 술을 얻어 마시고 있겠지, 하는 생각에 웃음이 나오곤 했다.

누나의 단단하고 호탕한 목소리는 여기 남아있는데, 누나의 모습만은 웬일인지 점점 희미해졌다. 그렇게 겨울이 지나는 동안 나는 허약한 몸을 이끌고 천천히 자랐다. 다음 해 봄이 오자마자 나는 조금 살이 오른 얼굴로 뒷산에 올랐다. 연한 녹빛으로 채워진 숲은 다른 세상처럼 고요했다.

작은 동박새 한 마리가 머리 위로 날아갔다. 제비꽃이며 개나리, 철쭉이 한가득 피어 있는 산길을 느긋하게 걷다가 나는 문득 멈춰 섰다. 주위를 살폈지만 높이 자란 소나무만 가득할 뿐 숲에 있는 사람이라곤 나 혼자였다.

짐승이라도 지나간 건가.

나는 고개를 갸웃하다가 지난가을의 초입, 칠이 다 벗겨진 홍살문이 있던 자리에 서 있다는 걸 깨닫고 다시 한번 두리번 거렸다. 오래된 홍살문 같은 건 어디에도 없었다. 흔적도 남아 있지 않았다.

이상하다고 중얼거리며 나는 납작한 바위에 걸터앉아 민들레를 하나 뜯었다. 꽃씨 몇 개가 바람에 날리는 걸 보다가 고개를 들었다.

열에 들떠 앓던 밤에, 그대로 영영 죽어버릴 것 같았던 그 밤에 오래도록 곁을 지켜준 이가 건넨 목소리를 이제야 끝까지 떠올렸다.

―이제부턴 내내 태평하거라.

풀벌레 소리가 들린다.

한참 후 산길을 내려간 나는 멀리 할머니의 작은 기와집 앞에 주차된 청록색 소나타를 발견하고 태어나 처음으로 전력 질주했다. 비틀거리거나 넘어지는 일 없이 달려 나갔다.

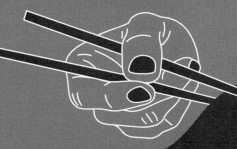

유령 열차

제1회 어반 판타지 문학상 당선작

박부용

박부용

주로 환상 소설을 쓴다. 온라인 소설 플랫폼 브릿G에서 「유령 열차」로 제1회 어반
판타지 문학상을 수상했다.

'네 번째 차원'

얼마나 매혹적인 주제인가! 누구나 한 번쯤 이 주제에 심취해 본 적 있으리라. '이다음 차원'을 발견해내려는 인간의 뿌리 깊은 공상. 생각보다 낯익은, 이 허기는 모두가 날 때부터 타고나는 것 같다. 과학자를 꿈꾼 적 없는 소년조차 같은 망상에 푹 빠져든다고 하니, 탐구와 공상이야말로 우리 인간의 날것 같은 본질이 아닐까? 나는 그렇다고 믿어 의심치 않는다.

그러니 서두에서 제안하건대, 우리 그 황홀했던 시절의 기분을 한번 되살려 보자. 지금부터 내가 들려주고자 하는 이야기가 바로 그런 이야기니까. 여러분은 차원을 더하는 아주 간단한 공식을 알고 있을 것이다.

1차원인 '선'이 2차원에 도달하는 데 필요한 것이 무엇일까? 어느 한 점에서 다른 방향으로 새로운 선을 뻗는 것뿐이다. 그러면 그것이 곧 'x축'과 'y축'이 되어 '면'을 구성한다. 3차원도 같은 원리다. 면 한가운데로 다시 한번 직선을 꿰뚫게 하자. 사람들이 통상 'z축'이라고 일컫는 것, 바로 제삼의 새로운 축을 말이다. 그러면 그로부터 '공간'이 탄생한다. 그때부터는 종전에 볼 수 없었던 선들의 경계 안쪽까지도 우리가 손쉽게 인지할 수 있게 된다.

우주의 법칙이란 이토록 간단하다. 이런 단순한 함정에 꾀인 나머지, 사람들은 그다음 네 번째 차원을 찾아내고자 하는 유혹을 좀처럼 떨쳐내지 못한다. '우리를 가둔 공간을 가로지르는 이다음 세계의 축.' 지금도 일련의 무리가 눈에 불을 켜고 쫓는 그 제4의 축을 나는 '오메가 축'이라고 부른다. 그들은 아마 자신이 갈구하는 진실이 얼마나 무서운 결과를 초래할지는 생각해 본 적이 없을 것이다.

이 세상과 수많은 도시들, 우리의 살과 피와 모든 장기들이 이 축에 나란히 꿰어 있다. 감히 공간의 한계를 벗어나려고 몸부림하는 사람은 축의 요동이 뒤따름에 짜릿한 아픔을 느끼게 될 것이다. 우리가 오만한 열망에 휩싸이면 휩싸일수록, 낙담은 커지고 고통은 더 강해진다. 그 축은 일종의 울타리인 셈이다. 광활한 질서에 불응하는 일탈자를 막고, 우리가 태초의 좁은 시야 속에서 옴짝달싹할 수 없게 만든다. 그리고 그리하여 만들어진 인식의 덫 속에서, 오히려 우리를 안전하게 보호해 준다. 흉포한 마수와도 같은 우주 너머의 볼 수 없는 심연이 이 땅에 스며들지 않도록 막는 것이다. 만약 이 축이 무너지고 기준점의 매듭이 풀린다면, 우리는 뼛속에서부터 마구 뒤엉키다가 어둠보다 난해한 공허 저편으로 삼켜지고 말 것이다. 내가 그 축을 '모든 것의 끝'을 의미하는 '오메가' 축이라고 명명한 까닭은 이러해서다.

그러나 부디 학구적인 욕망을 접어두라고 호소할 생각은 없다. 학자들이라면 상식의 한계를 벗어난 이야기를 스스로 견디지 못할 테니까. 그들은 흔들리는 초점 속에서 길을 잃고, 곧잘 깊은 회의에 빠져버리곤 하는 것이다. 그런데 내가 만난 사람들 중에 그들과는 좀 다른 부류의 인간이 하나 있었다. 그는 망상광이었다.

환상적인 축보다 더 신비롭고 불투명한 환상을 가지고 있던 남자. 그는 자기 환상을 실현하는 도구로 이 축이 안성맞춤이라고 생각했다. 비범하고 불순한 사내였다. 고차원 연구에 매달린 작자들이 보이지 않는 오메가 축을 숭배하듯 추구한 것과는 달랐다. 그자는 언제나 그 축이 자기 손안에 쥐어져 있다는 듯 행동했다. 이 차이가 양자의 운명을 어떻게 갈라놓았는지 모르겠지만, 그가 만들어낸 결과는 아무튼 날 놀라게 했다.

돌이켜 생각해보면 이것은 경배와 정복욕의 차이가 아닌가 싶다. 미지의 어떤 것을 대할 때 그것의 정체가 점차 드러나든 드러나지 않든, 경외심이란 빠르게 사그라지기 마련이다. 그러나 정복하려는 욕구는 그렇지 않다. 어떤 경우라도 시간이 갈수록 뜨겁고 맹렬히 타오를 뿐이다.

그렇다. 그것은 정복욕이라고밖에 할 수 없다. 그는 우리 삶을 속속들이 관통하고 있는 존재를 찾아내는 데 그치지 않고, 나아가 그것을 지배하고자 했다. 그만큼 그는 자신에 차 있었고, 허황된 정열에 매혹되었으며, 꿈과 광기라는 낱말의 동질성을 들여다볼 수 있는 사내였다.

그렇기에 마침내 가련해질 수밖에 없는 사내였다.

아서 핀테일은 앞서 얘기한 '오메가 축'에 주목한 인물들 중 하나였다. 그가 그중에서도 가장 독보적인 존재로 남게 된 것은 그의 몽상적인 기질과 유서 깊은 가문으로부터 물려받은 재력, 그리고 물론 검게 이글거리는 눈동자 덕분이었다. 그 눈동자는 오직 열망에 사로잡히는 방법을 아는 사람만이 가질 수 있는 그런 눈동자였는데, 여지없이 고양이의 눈을 빼닮았었다. 고양이 눈을 빼닮았다는 표현은 오래전부터 생각해오던 것이다. 평소 그의 시선이 어딘가 모호한, 경계 저편의 무언가를 노려보고 있다는 느낌을 준 일이 잦았기 때문이다. 고양이는 우리가 보지 못하는 것을 보곤 한다는 이야기가 있지 않은가. 그는 그런 식으로 눈을 치켜뜰 때마다 영문 모를 도전의 뜻을 내비치곤 했었다.

아서는 체구가 크고 피부가 누리끼리한 사람이었다. 그러나 몸 전체가 윤기로 번들댔던 사내다. 구레나룻이 짙었고 입이 컸으며, 자주 멋진 모자를 쓰고 다녔다. 자신의 지위에 걸맞은 정장을 맞춰 입고 다닌 것은 물론이다. 언젠가부터 그는 지역 철도 회사와 연계된 작은 공장을 운영해 왔다. 계기는 잘 알 수 없으나, 어떤 길을 선택했더라도 필연적으로 세간에 이름을 알렸을 것이다. 나는 사업에 관해서는 잘 모른다. 그렇다 하더라도 그 공장이 실제 가치보다 몇 배 더 높게 평가받고 있었다는 것만은 알고 있었다. 이따금 기억 속의 흐릿한 형상을 더듬으며 난 아서를 추억하곤 했었고, 몇십 년의 세월이 지난 지금에는 그가 사업에 탁월한 수완을 지니게 되었으리라 짐작해 왔다. 실제로 신문 기사에서 사치스러운 물품을 몸에 두르고 다니는 그의 사진을 찾아보기란 그리 어려운 일이 아니었다. 화젯거리를 자처하는 인간은 드물지 않다.

그러나 어느 날 갑자기 도착한 흑색 편지 봉투 위에서 그의 이름을 발견했을 때, 나는 깜짝 놀랐다. 그와 교류가 끊어진 지는 벌써 오래되었고, 앞으로 영영 보지 못할 사람이라고만 생각했기 때문이다. 출세하여 승승장구하는 옛 친구에게 뒤늦게 연락을 꾀하는 일이란 염치없는 것임에 틀림없다. 그렇지만 사실 그때, 나는 아서가 마치 현실에 존재하지도 않는 사람인 양 여기고 있었다. 신문으로 들려오는 '아서 핀테일 씨'의 소식조차 추억 한 편에 대못으로 걸어둔 액자를 바라보듯이 할 뿐, 나 자신과 어떠한 접점이 존재하는 자라고는 조금도 생각지 못했던 것이다.

하지만 편지를 받은 뒤 나는 꿈을 떨쳐내듯 벌떡 일어났다. 그것은 초대장이었다. 그는 자신의 집으로 나를 초대한 것이다. 내용은 대략 이러했다.

'겨우내 한 가지 재밌는 실험을 벌일 참이다. 성공 여부는 불투명하지만, 조만간 방법을 찾아내리라고 믿는다. 그동안 저

택에 머무르며 말벗 되어줄 사람이 하나 있었으면 좋겠다. 어디 자네가 좋은 구경 한 번 해보지 않겠느냐?'

나는 그날로 필요한 일을 정리한 뒤 곧장 택시를 잡았다.

목적지의 이름은 '클락스빌'이라고 해 두겠다. 어쨌든 지금은 잊힌 장소이고, 굳이 사실을 곧이곧대로 밝혀서 과거의 망령을 들쑤실 필요는 없을 테니 말이다. 클락스빌은 산자락으로 가로막힌 땅에 세워진 도시였다. 산 한가운데를 가로지르는 긴 터널이 도시로 통하는 유일한 입구였다. 터널은 차량을 위한 작은 것과 기차가 다니는 큰 것으로 나뉘어 있었는데, 통행자 대부분이 기차를 이용한 탓에 작은 터널은 거의 버려져 있었다. 우리는 초라한 헤드라이트 불빛 두 개만으로 암흑을 조심스레 헤쳤다. 벽 건너편에서 이쪽을 향해 달려오는 기차 소리가 덜커덩덜커덩 울려 퍼졌다. 아무 말이 없던 택시 기사는 그때 딱 한 번, 돌아오는 길에는 기차를 잡아야 할 거라고 넌지시 알려주었다.

터널을 빠져나오자마자 눈앞에 비친 클락스빌의 전경에 나는 그만 숨이 턱 막혀 버렸다. 유황불이 타오르는 듯했다. 짙은 황색 불꽃으로 가득 찬 희뿌연 안개가 산등성이 밑자락에 내려앉은 광경이었다. 그 위로 그을린 연기 한 자락이 피어올랐다. 새까만 밤하늘과 클락스빌을 흡사 탯줄처럼 이어주고 있었다. 택시가 비탈길을 휘돌아 내려가면서, 흑요석으로 마감한 석재 건물의 단면들이 희미하게나마 산의 그림자에서 벗어났다. 열기에 스멀거리는 형체가 드러났고, 그 위로 잿가루가

휘날리는 것을 알아볼 수 있었다. 탁한 구릿빛으로 번쩍이는 도시는 마치 밤의 마수에 달구어지고 있는 것처럼 보였다.

이 같은 감상의 탓일까, 클락스빌은 전체적으로 측은한 애수에 잠겨 있는 듯했다. 그곳은 자정이 훨씬 지난 시각의 야심한 밤이 무색했다. 높은 곳에 달린 창문마다 불이 환히 밝혀져 있었다. 자신이 가둔 빛으로 밝혀진 창살들은 현대적이면서도 거꾸로 고풍스럽게 느껴졌다. 그리고 풀무 소리가 차가운 밤의 정적을 흩뜨리고 있었다. 메아리가 되어 가로변에 부딪는 소리는 거리에 맺힌 외로움을 더 깊게 정제했다.

우리는 곧 입구에 다다랐다. 해묵은 광산 도시의 위압적이면서도 고혹적인 공기가 나를 매료시켰다. 대장장이의 신을 찬미하는 신전의 강철 기둥처럼 건물들이 우뚝 솟아 있었다. 그 틈바구니서 고개를 들어보니, 도시 전체에서 뿜어져 나오는 시뿌연 숨결이 보였다. 이것은 아까 보았던 탯줄의 강을 이루었다. 강은 별 한 점 보이지 않는 까마득한 하늘 저편으로 찢어져 가냘픈 비명처럼 흘러갔다.

나는 말끔한 흰색 타일이 소용돌이치는 커다란 광장 끄트머리에서 내렸다. 교회의 첨탑을 연달아 셋 이어붙인 것 같이 생긴 괴상한 저택이 앞에 서 있었다. 하늘을 찌를 듯 날카롭게 솟구친 세 개의 첨탑은 유리로 덮여 있었다. 모두 안에서 막혀 내부를 들여다볼 수 없었고, 그 위로 검은 쇠창살까지 내리질려 있어 몹시 금욕적인 분위기가 연출되었다. 그러나 관리되지 못해 마구 뒤엉킨 장미 덤불은 탐욕스럽게 자라 있었다. 덤

불이 저택을 감싸고 있는 형국이 주인의 은밀하게 꿈틀거리는 욕망을 암시하는 듯했다. 저택의 초인종을 잡아당기자, 머리털이 곤두설 만큼 무겁고 장중한 소리가 났다. 놀랍도록 왕성하게 울려 퍼지는 그 소리는 마치 황홀경에 빠진 자를 흔들어 깨우려는 시도 같았다. 공기 중의 진득한 습기와 혼합된 신호가 온몸의 피부로 기분 나쁘게 달라붙었다.

아서는 풍채 좋은 몸집에 단단한 검은색 가죽 오버코트를 두르고 나를 맞았다. 그가 새빨간 입속에서 상아처럼 흰 이를 드러냈을 때, 나는 뿌듯함과 불쾌감이 뒤섞인 괴이쩍은 기분에 사로잡혔다. 그것은 분명 아서가 나를 부른 까닭에서 비롯되었을 것이다. 어린 시절의 짧은 만남에 불과했지만, 아서는 내가 자기 허황된 기질과 통하는 구석이 있는 사람이라고 믿었다. 그래서 내게는 자신의 구상이 실현되는 모습을 옆에서 지켜볼 자격이 있다고 생각했다. 그는 항상 제 능력을 인정해 줄 관객을 필요로 하는 인간이었다. 그래서 금기 행각을 벌이려 하면서도, 자기 자신과 완전히 동화되어 잠자코 배출될 열의를 받아 줄 사람으로 나를 골랐던 것이다.

내가 자존심이 더 강한 사람이었다면 이런 의도를 간파했을 때 화를 내며 돌아갔을지도 모른다. 그러나 그의 혼탁한 발상은 세간의 의심을 불러일으킬 정도로 대범한 것이었고, 거의 불경하다고 표현해도 좋을 만큼 도전적이었다. 허영심 때문에 이처럼 흥미로운 제안을 뿌리칠 생각이 없었던 나는 기꺼이 호기심에 순종했다. 그리하여 겨울 동안 아서의 저택에 머무르면서 대부분의 사건을 곁에서 지켜보게 되었다.

아서가 처음에 이야기해 준 내용은 이러한 것이었다. 그는 예의 '네 번째 축'을 찾으려고 한다는 사실을 내게 밝혔다. 그 축의 발견이 가지는 가능성은 어마어마하다. 그리고 물론 자기 사업을 획기적으로 불릴 수 있는 주제가 될 것이다. 1차원과 2차원의 관계를 빌려 설명한 그의 구상은 다음과 같았다. 가령 x축이라는 직선 위에 점 A, B, C가 나란히 배치되어 있다고 하자. 이 상태에서 점 A를 점 C로 옮기기 위해서는 반드시 점 B를 거쳐야만 한다. 그런데 조건을 변경하여, x축 위에 수직으로 직선 y축을 교차시키고, 활용 가능한 공간을 평면으로 확대시켜 보자. 그렇다면 점 A를 y축 선상에 올려놓고(아서의 표현에 따르면 '쏘아 올려놓고'), y축을 점 C에 맞닿도록 조정한 뒤 다시 점 A를 x축에 내려놓는 방법을 이용할 수 있다. 그렇게 되면 점 A는 점 B를 거치지 않고도 점 C의 위치로 이동할 수 있게 된다.

그는 말하자면 차원을 넘나드는 방법을 찾고 있는 것이었다. 그런 방법을 찾아낸다면 우리는 더 이상 산이나 바다, 도시 경계 한복판에 박혀 있는 커다란 암석이라든가 아니면 광장 건너 멋들어진 시청 건물에 통행을 제약받지 않아도 된다. 비록 우리는 x축, y축에 z축까지 더해진 3차원에 살고 있어 그림으로 표현할 수 있는 예시처럼 간단하지는 않을 테지만, 그러나 네 번째 축을 발견하기만 한다면 결코 실현 불가능한 일이 아닐 것이다. 못해도 최소한 물건에 대해서만은 검증해 볼 가치가 있는 이론이라고 아서는 주장했다. 그것만으로도 운송업의 혁명이 될 거라고. 그는 정작 그런 세속적인 명예에는 일말의 관심도 느껴지지 않는 눈동자로 열변을 토했다.

나는 '네 번째 차원'이라는 거창한 주제를 놓고 아서가 운송업 따위를 운운하는 것에 조금 실망할 뻔했다. 그러나 앞서 기술했듯이, 그의 상기된 눈동자는 그가 그보다 좀 더 본질적인 욕구로 움직인다는 사실을 명백히 드러내고 있었다. 지식과 탐식 사이의 무언가. 그런 존재가 그의 날 선 이빨 사이로 엿보였다. 확실히 이 일을 대하는 동안 아서가 보여준 모습은 여타 사업가와는 전혀 달랐다. 그는 과학을 연구하며 두 물질이 서로 붙었다 떨어지는 원리를 화제에 올렸다. 기술적인 이야기 도중에 종종 고전 철학서가 인용되기도 했다. 한편 실체 없는 화폐와 담보의 관계 같은 경제학적인 문제를 화제로 끄집어 오는 경우도 있었는데, 그는 그러한 주제를 바탕으로 고대부터 전해 내려온 패러독스를 해결하려 했다. 아서가 관심을 가진 대상은 너무 광범위했고 그것을 다루는 태도도 무척 관념적이었다. 예를 들어 이런 대화가 있었다. 내가 묻기를, 다른 차원으로 보낸 대상을 어떻게 다시 회수할 생각이냐고 했다. 앞에 사용한 비유를 재활용하자면 'y축으로 쏘아 보낸 점 A를 무슨 힘으로 다시 x축에 안착시킬 셈인가'라는 질문이었다. 그는 이렇게 대답했다.

"모든 것에는 자기 자리가 있는 법이지. 그리고 거기서 벗어난 존재는 다시 돌아가기 위해 안간힘을 쓰게 되어 있어. 만물의 향수가 가진 동력을 의심할 필요는 없을 걸세. 우리에게 필요한 것은 오히려 그 힘을 무르는 방법이야."

우리는 겨울 동안 많은 이야기를 나누었다. 아서의 저택은
생각했던 대로 호화롭기 짝이 없었다. 응접실은 궁전의 홀처
럼 넓었고 가구는 모조리 북쪽에서 수입한 것이었다. 언제나
육즙 가득한 고기 요리가 저녁 찬거리로 나왔으며, 찬장마다
해묵은 술이 겹겹이 쌓여 있었다. 그는 내 편의를 충분히 봐주
었다. 큰방을 내준 것은 물론이요 내가 구독하는 신문을 배달
받기로 계약을 맺었다. 또 시간을 보내는 데 쓰라고 돈까지 쥐
여 주었다. 내가 할 일이라곤 오직 그의 이야기를 들어주는 것
밖에 없었다. 아서는 항상 내키는 대로 떠들어 댔다. 실험에 관
해서, 사업에 관해서. 내가 이해하지 못하리라는 걸 알면서도
멋대로 설명하고 동조를 구했다. 그 아이디어에 흥미를 보이
든 보이지 않든, 난데없이 벌컥 화내고 자리를 떠나는 일도 종
종 일어났다. 그리고 그랬다면 반드시 다음 날 술과 함께 사과
했다. 사과와 더불어 실험의 결과를 한탄하던 말이 괴상한 우
화와 이론으로 변질되는 일은 항다반사였다.

그의 표현에는 알쏭달쏭한 대목이 너무 많았다. 그것은 광기
로 치부하기에는 다분히 작위적인 면모가 있었다. 내게 매몰
찰 만치 감정을 쏟아부으면서도, 마음속 깊은 곳에 감춰진 불
순한 구석까지는 드러내지 않도록 늘 조심하는 것 같았다. 나
도 처음에는 그의 이런저런 이야기에 관심을 나타냈다. 그러
나 종내 그것들에 아무런 알맹이도 없다는 사실을 알게 되자,
주어진 역할만을 묵묵히 수행할 수밖에 없게 되었다. 아서는

첫 번째 설명 이후 기실 내게 아무것도 알려주지 않고 있었다. 세부적 계획과 진척이 몹시 궁금하였지만, 나로서도 어쩔 도리가 없었다. 어떤 식으로 졸라 본들 그는 요지부동이었다. 결국엔 간밤의 꿈에서 얻은 힌트나 철학 논법으로 돌아갈 뿐이었다. 그리하여 언젠가부터 내 물음 역시도, 아서의 비위를 맞춰주기 위함에 지나지 않게 됐다.

그러나 한 가지 기록해 두고 싶은 이야기가 있다. 아서의 저택에 도착하고 한 달 정도가 지났을 무렵이었다. 나는 그의 계획이 좀처럼 진척되지 않음에 조바심하고 있었다. 여전히 구체적인 내용은 알지 못했으나, 그는 더 이상 '네 번째 차원'이라든가 '환상의 축'과 같은 단어를 입에 담지 않았다. 이야깃감이란 물론 날마다 변하는 것이었다. 하지만 그것을 감안하더라도 그가 어떤 기술적 문제에 부딪힌 것이 분명해 보였다. 그가 내뱉는 단어들에서는 지리멸렬한 토의에서나 느낄 수 있는 답답한 말맛이 느껴졌던 것이다. 아서는 그 순간만을 모면하기 위해 지엽적인 내용에 몰두하고 있었다. 그러기를 몇 주일, 나는 시간을 낭비하고 있다는 기분에 사로잡혔고, 마침내 기회를 엿보다가 입을 열었다. 아서가 잔을 도로 채우는 짧은 순간이었다.

아서는 내가 말하는 제안을 제안으로서 취급하지도 않았는데, 그의 기준에서 내 사고는 범인의 그것과 마찬가지였고 그런 졸렬한 것에 신경 쓸 겨를은 없었기 때문이다. 비록 그가 잠자코 내 말을 들어주기는 했지만 말이다. 나 역시 이것이 그의 마음에 차지 않으리라는 사실은 알고 있었다. 그러나 조금이나마 자극이 되지 않을까 하는 생각에 이런 이야기를 꺼내 보았다.

"어디선가 몇 마디 주워들은 것이 있어. 자네가 말하는 그 '환상의 축'이 바로 '시간'일 거라고 믿는 사람이 많더군. 과학적 상상력을 동원한다면 시간의 흐름을 공간 개념과 연관 지을 수도 있다는 이야기였는데…… 듣자 하니 중력이 큰 행성일수록 시간의 흐름이 느리다더군. 중력에 빛이 붙들리는 정도가 더 크기 때문에, 그들이 보는 세상은 한층 더 굼뜨고 둔하다는 설명이었네. 그러니까 거대한 세계일수록 정체된 것처럼 보이고, 작은 존재에 의한 영향을 덜 받는다는 말이야. 그 격차가 커지면 커질수록 시간의 분화가 공간끼리의 격리로 전이되면서, 결국 같은 공간을 살아도 같은 공간을 살지 않는 것이나 마찬가지가 된다는 것이지."

나는 나름대로 설득력 있다고 생각한 가설을 길게 주절거렸다. 하지만 아서는 이를테면 천사의 마법을 빌려서 씨앗이 싹트는 과정을 설명하려는 어린이를 대하는 태도로, 빙그레 미소 지을 뿐이었다. 잠시 뒤 그가 안심하라는 듯 나지막이 대답해 주었다.

"그렇지, 시간이라. 자네 말이 완전한 정답이라고 할 수는 없겠지만, 분명 중요한 실마리를 던져주고 있네. 우리가 궁극적으로 발견해야 할 답을 찾게 도와줄 질문의 방향을 제시하고 있단 말일세. 우리가 찾고 있는 것이 '시간'의 축이라면, 우리는 이 질문에 대한 답변부터 알아보아야 할 걸세. '시간은 어디서부터 시작되는가?'"

내가 그를 찾은 것은 도로변의 가로수가 죽음을 떨어내고, 냉기 속에 헐벗은 가지를 맡기는 11월 중순 무렵이었다. 생명에게는 비정하기 짝이 없는 기간이건만 사람들은 두 팔 벌려 환영했다. 즐겁고 바쁠 연말을 한가롭게 기다리는 한해의 마지막 휴지기이기 때문이다. 그러나 클락스빌에 쉴 틈이라곤 없었다. 제철소의 밤낮 없는 노동에 지친 주민들은 한결같이 피로한 표정만을 방한 도구처럼 두르고 다녔다. 보통 고요한 밤이 찾아오면, 사람들은 낮 동안 잊고 지냈던 스스로에게 귀를 기울이고 한층 더 예민해지기 마련이다. 그러나 주홍빛 열기와 잡음 속에서 이 순환 법칙은 작동할 여지가 없는 것처럼 보였다. 클락스빌의 밤은 지금도 내게 망망대해 멀리 낙오된 열대야를 연상케 한다. 그곳은 언제고 먹먹한 귀를 내버려 둔 채 생활하는 둔감한 활기로 가득했다.

아서는 이 도시의 때 모르는 춘곤증에서 유일하게 깨어있는 사람 같았다. 그는 하루도 거르지 않고 저녁때마다 거실에서 모임을 가졌다. 나를 불러 부드러운 고급 안락의자에 앉힌 뒤, 가져온 위스키 한 병을 땄다. 그러곤 자신의 연구 성과를 쉴 새 없이 떠들어 댔다. 어떤 날은 척력에 대해서, 어떤 날은 미시적 세계와 거시적 세계의 일체성에 관해서였다. 나는 그가 하는 말의 절반도 알아들을 수 없었다. 그는 그것들과 관련해 심도 있는 실험을 기획하고 있다고 말했다. 그러나 관련 지식이 없다시피 했던 나로서는 여기에 관해 도저히 기억하여 쓸 말이 없다. 단지 아서가 그때 몹시 변덕스러웠다는 점만을 언급하겠다. 어떤 날에는 매우 신나고 기쁘게 얘기하다가도, 바로 다음 날 혼란과 절망의 빛이 역력한 몰골로 나타나 신경질적인 독설을 퍼붓곤 했던 것이다.

그런 면에서 미루어 볼 때 그가 좌절과 고뇌의 계곡을 들쑤시고 다녔음은 의심의 여지가 없었다. 그럼에도 불구하고, 나는 아서를 신뢰하지 못했다. 그가 여전히 자꾸만 곁가지로 새고 있었음에다. 당시 아서의 주된 관심사는 화학 반응을 돕는 촉매나 전도체, 자기력 따위의 것들이었다. 적어도 내가 보기에 차원을 넘나드는 일과는 아무 상관도 없는 주제였다. 그리고 이론의 핵심을 파고들수록 그가 대답을 꺼려 보이던 행위는, 더욱이 미심쩍은 의심을 품게 했다. 혹시나 그가 자기 환상의 실현 가능성을 바라보게 된 것은 아닌지, 몽상가의 고양이 눈이 아닌 냉철한 공장주의 눈으로 자신의 계획을 들여다보게 된 것은 아닌지 돌아보게 한 것이다.

그해 마지막 날 신년을 앞둔 자리에서 아서가 밝힌 포부는 이 같은 의심에 불을 지폈다. 그는 몇 개월 뒤 있을 클락스빌 시장 선거에 출마할 생각이었다. 경악을 채 숨기지 못한 내 비수 같은 감탄사에도, 그는 눈 하나 깜짝하지 않았다. 자신만만한 목소리로 당선을 예견하는 모습이 자기 계획에 무척이나 들뜬 것처럼 보였다.

"이걸로 내 목적에 한 발짝 더 가까워지는 거야. 모두가 내 이름을 기억하게 될 걸세, 그렇지……."

내가 아서의 이러한 태도에 좌절감을 느꼈다는 사실은 고백하기 조금 부끄럽다. 말인즉, 그의 황당무계한 공연을 보고 싶어 안달하던 자였음을 스스로 인정한 꼴이다. 아서가 나를 초대한 것은 참으로 옳은 선택이지 않았나.

아니, 옳았다고 말할 수 있을까? 만일 아서가 그의 관객에 걸맞은 사람을 찾아내지 못했더라면, 어쩌면 그는 계획을 실행에 옮기지 않았을지도 모른다. 그랬더라면 그는 아직 살아 있었을 것이다. 비록 해소되지 않는 깊은 밤의 꿈에 시달렸을지언정, 이 땅을 밟고 여전히 숨 쉬며 신문지 상에 자기 이름을 남기고 있었을 것이다. 아아, 그렇지 않은가! 아니면 이 또한 나만의 왜곡된 자만심인가? 나는 도무지 자신이 없다.

아서는 그다음 날부터 클락스빌 곳곳을 방문하며 유세를 다니느라 분주했다. 하루라도 집 안에 머무는 모습을 보기가 어렵게 되었다. 내 의심은 확신에 가까워졌다. 며칠간 토론도 언쟁도 없었다. 그가 뒤쫓는 환상이란 결국 특출난 데 없는 평범한 야망에 불과해 보였다. '모두가 내 이름을 기억하게 된다'라! 그러나 나는 벌써 그런 이야기에는 흥미를 잃고 있었던 것이다. 그래서 한때는 진지한 태도로 아서의 저택을 떠날까 고민하기도 했다.

그러나 이 글을 읽는 사람이라면 내가 계속하여 아서의 비극적인 종말을 암시하고 있음을 알았을 테다. 실로 그는 입을 꾹 다물고, 잔뿌리만 간신히 뱉어내며 욕망을 향한 무시무시

한 투지를 숨기고 있었다. 그러면서 세상을 놀랠 그만의 비밀스러운 공연을 차근차근 준비해 왔다. 주제와 아무 상관 없어 보이던 그의 연구는 사실 형체 없는 동력과 신호기를 발생시키는 데 밀접한 연관을 맺고 있었으며, 유세를 벌이며 이 집 저 집 드나들던 것은 보이지 않는 철로를 닦는 행위였던 것이다. 내가 끝끝내 아서를 떠나지 않았던 건 그런 그조차도 어쩌지 못한 갈증을 어렴풋하게나마 감지한 탓이다. 이상과 현실의 경계를 방황하는 자만이 느끼는 필연적인 갈증 말이다. 강렬한 감정이입과 영혼을 흡착한 몰입의 잔재 속에서, 이따금 갈망의 눈초리로 나를 찾았다가 침묵으로 돌려보내곤 하던 그의 불면증, 혹은 어스름한 새벽녘에 도둑같이 살금살금 현관으로 들어오다가, 나와 마주쳤을 때, 어김없이 죄인처럼 창백해지던 당혹 어린 납빛 얼굴, 그러한 순간마다 그는 어김없이 고양이의 눈동자를, 작고 예리한 칼로 얇게 뜬 듯한 갸름한 눈동자를 하고 있던 것이다.

나는 아서의 처절하고 비인격적인 몰락을 떠올릴 때마다 그의 아내 오렌시아가 그에게 어떤 의미였는지 알아내려고 애썼다. 오렌시아 핀테일은 나약한 몸에 순종적인 심약함이 밴 여자였다. 어떤 면에서 보나 아서와 대비되는 인물이었다. 우리가 정기적인 저녁 모임을 가질 때 그녀도 항상 뒤편 의자에 앉아 있었다. 그러나 줄곧 입을 다물고, 그 자리에서 아서의 일장 연설을 다소곳이 듣기만 했다. 내가 그의 저택에 머무르는 동안 오렌시아는 한 번도 자기주장을 내세운 적이 없다. 오랜

시간을 음지에서 보낸 탓인지 그녀의 옅은 금발은 절반쯤 탈색된 것처럼 보였다. 하얗게 질린 피부와 입술은 혈색이 감돌고 있다는 징후조차 찾기 힘들었다. 그녀에 관해서라면 이처럼 일관된 인상만이 남아있다. 혹시 술이라도 함께 마셨더라면, 얼굴에 붉은 기운이 오른 모습을 기억해 낼 수 있었을지 모르겠다. 내 말은 내가 아직 멀쩡했을 때 말이다. 그러나 그때는 술병을 내오고 이내 뒤로 물러나는 것이 그녀가 내게 보여 준 모습의 전부였다.

한편 아서는 위스키를 잔째로 한 번에 들이키는 묘기를 즐겨 하는 사람이었다. 리레일 63년산에 기쁨 섞인 탄성을 내지를 때마다 그의 검은 눈동자는 꼭 구두약을 덕지덕지 바른 것처럼 반짝거리고 동시에 흐리멍덩한 인상을 남겼다. 그런 날에 아서는 긴장이 풀린 얼굴로 삶과 죽음에 관한 상징을 횡설수설했다. 한 발짝 잠에 걸쳐 놓은 채 늘어놓는 그의 이야기들은 굉장히 불분명하고 앞뒤가 맞지 않아서, 정리된 문장과 어법으로 여기에 옮겨 적는다는 것은 불가능하다.

아서와 함께한 시간이 충분히 길어졌을 때다. 나는 처음에 그를 존재하지도 않았던 것처럼 여겼던 이유를 차차 기억하기 시작했다. 그는 자기 자신을 다루는 태도가 너무나 불안정한 사람이었다. 그 점이 희미하게 감돌던 옛 인상을 되살려 주었다. 꼭 이 삶에 한 발짝만 걸쳐 있는 듯한 사람. 이를테면 불길을 신기하게 여기는 어린아이나 벼랑 끝을 향해 돌진하는 자동차, 거미줄 근처에서 날아오르는 파리 따위. 그에게는 항상 영문을 알 수 없는 위태로움을 연상케 하는 구석이 있었다. 그런 인상은 자연히 내게 관조적인 자세를 취하게 했다. 그래서 한순간 그가 내 시야 속에서 자취를 감추었을 때, 나는 그 잔상이 가져다주는 비극적이고 슬픈 예감에 빠졌다. 그러나 그 이상 가까이 다가가려 들지는 않았던 것이다.

"나는 죽음의 절대성을 믿지 않아. 진짜 장사꾼이라면 그것과도 거래를 도모할 수 있을 거라고."

아서가 취한 채 죽음을 부정하는 소리를 지껄이자, 나는 무심코 코웃음 하며 추측했다. '이자도 결국엔 지옥을 두려워하고 있는 거로군.' 그리고 어쩌면 자신의 죽음을 예견하고 있는 것이 아닐까 생각했다. 아마 나도 적잖이 취해 있었던 모양이다. 그렇다고 이런 말을 경황없이 함부로 입에 올리는 짓은 하지 않았다. 난 그저 모든 것을 스스로 초래할 것만 같던 남자가 그런 이야기를 내뱉는다는 것이 신기했을 따름이다.

하지만 오렌시아는 여성의 섬세한 감각으로 내 소감을 알아차렸던 것 같다. 아서를 침실로 들이고 나서, 그녀가 갑자기 내게 말했다.

"아서는 죽음을 두려워할 인물이 못 되지요."

목소리는 단조로웠으나 포용적이었다. 찰나의 정적이 일부분이기라도 했던 것처럼, 부드럽게 다음 말이 이어졌다.

"그이는 단지 삶 저편의 것에 방해받고 싶지 않은 거예요."

그것이 오렌시아가 처음으로 내게 건넨 말이었다. 나는 당혹감에 젖어 어떻게 답해야 할지 몰랐다. 다만 고개를 한 번 숙여 보였을 뿐이다. 뒤늦게 확인한 사실인데, 아서는 물론 지옥 따위는 믿지 않았다. 믿지 않는다기보다 지옥이란 존재해서는 안 되는 개념이라 고집했다는 편이 더 타당하겠다. 내 생각에 오렌시아는 그 사실에 동의하지 않는 것 같았지만, 그럼에도 아서에 대한 맹목적인 믿음(애정?)에 복종하는 태도로 다시 침묵을 지켰다.

어째서 그녀 같은 여자가 아서의 곁에 있었는지 모르겠다. 우습고도 기막힌 장난 같은 일이다. 오렌시아는 내게 잘해 주었다. 나는 그녀에게 측은함을 느꼈다. 아서가 먼저 곯아떨어지고 그를 방까지 부축해 놓은 뒤, 우리는 종종 아서에 대한 이야기를 나누곤 했다. 사실 그런 얘기는 별로 하고 싶지 않았다. 나는 그녀를 둘러싼 지금 상황이 내심 그녀 의지에 반하는 것이라는 허무맹랑한 공상에 빠져있었다. 심지어 그것이 초래할 파국을 우려하기까지 했다. 그러나 그녀에게 내 생각을 직접 밝힐 용기는 나지 않았다. 그 뜻을 교묘히 돌려 표현했을 때, 오렌시아는 처음으로 얼굴에 핏기를 드러내며 경청해 주었다. 하지만 동요하는 기색은 없었다. 그녀는 처음부터 선택할 생각이 없었던 것이다.

오렌시아에게는 본디 병약한 몸으로 말미암아 얻은 특유의 환상적인 기질이 있었다. 그녀는 삶에 대한 욕심이 별로 없었던 것 같다. 그리하여 실에 묶인 인형처럼, 아니 이것은 그녀에게 커다란 실례가 되는 표현이다. 그녀는 자기 자신을 기만하던 아서나 비겁스레 도망친 나보다도 훨씬 나은 사람이었으니까. 오렌시아는 차라리 그 같은 결말이 자신에게 어울리리라 생각했던 걸까. 그리하여 그녀는 스스로 자신의 손발을 묶고, 비현실적인 관용의 침묵을 품은 채 아서의 뒤를 좇아갔던 것이다.

'삶 저편의 것에 방해받지 않고 싶을 뿐.' 그 말대로 아서는 공허를 바라고 있었다. 그래야만 그의 놀라운 야망이 아무런 제약 없이 펼쳐진 대로를 따라 지나다닐 수 있었을 테니까.

때는 4월, 내가 아서의 무수한 은유와 암시에 지쳐 더 이상 그의 이야기에 주의를 기울이지 않게 된 시점이었다. 이미 추위는 사그라졌고 원래라면 그만 저택을 떠나 돌아가야 했을 터다. 그러나 나는 그 장소가 제공하는 중독적인 안락함에 빠져 있었다. 그즈음 이미 남부럽지 않은 술고래가 되어 있던 나는, 입에 붙은 혀 꼬부라진 소리로 하루가 멀다고 술잔치를 부르짖었다. 벌써 거의 일주일 동안을 오락가락하는 멀미와 머리가 깨질 듯한 숙취 사이에서 지새우고 있었다.

아서는 며칠 전부터 웬일로 유세 운동을 중단하고 집안에 붙박여 있었다. 그리고 매일 밤 우리를 불러냈다. 전처럼 웅변회를 위해서일 거로 생각했는데 실상은 달랐다. 완전히 술판이었다. 그는 우리더러 술잔을 받쳐 들게 하고 자기도 마구 마셨다. 나와 오렌시아는 갑작스러운 그의 변화가 매우 걱정스러웠다. 그는 아무것도 상관하고 싶지 않은 사람처럼 끝없이 마셔 대기만 했던 것이다. 그러나 만약 그와 같은 인간이 실패를 용납한 것이었다면, 이보다는 더한 상황으로 자신을 몰고

갔을 것이다. 해괴한 믿음을 공유하고 있던 우리는 '모든 게 잘되어가고 있다'는 아서의 읊조림이 하루가 지나고 이틀이 지나자, 차츰 거기에 설득되어 버렸다.

나는 별 거부감 없이 잔을 들었다. 그런데 아서는 오렌시아에게도 집요하게 술을 권했다. 오렌시아는 몇 차례 사양하는 말을 했다. 그렇지만 결국 고집을 이기지 못하고 잔을 받아 마셨다. 그녀의 작고 가녀린 몸이 몹시 무기력하게 느껴졌다. 나는 건강이 좋지 못한 사람에게 구태여 술을 권할 이유는 없지 않느냐고 아서를 말리려 했다. 그러나 제어되지 않는 둔중한 쾌락이 입술의 동작을 방해했다. 두 잔째부터 오렌시아는 더 이상 저항하지 않았다. 취하면서 그녀의 표정은 점차 멍청해졌고, 그것을 바라보는 나는 어쩐지 가슴이 찢어지는 것 같았으나 그렇다고 달리 무슨 행동을 취한 것은 아니었다.

내게는 몇 번의 기회가 더 있었다. 아서는 그 뒤로도 그런 아무 의미 없는 주정 모임을 며칠 이어 가졌다. 그에게도 결심을 위한 시간이 필요했던 것 같다. 그러나 앞서 밝혔다시피, 나는 이미 일상의 반절이 술에 절어 있는 상태였다. 깨어있을 때도 도무지 제정신이 아니었고, 알코올이 들어가면 이전에 있었던 일은 깡그리 잊어버리고 말았다. 하루는 내가 오렌시아에게 직접 잔을 권하는 일마저 있었다. 그런 식으로 모든 일을 막을 수 있었던 순간은 영영 사라져버렸다. 그 뒤로는 돌이킬 수 없는 선택이 있었을 뿐이다.

그날도 우리는 위스키 서너 병을 비웠다. 대화가 끊어진 지

벌써 수 시간이 지났다. 그 자리에 눌어붙은 것처럼 움직이지 않던 아서는, 석상이 눈뜨듯 소리 없이 일어났다. 휘청거리는 발걸음으로 다가가서 이미 잠든 오렌시아를 가만히 안아 일으켰다. 천근같이 무거워진 눈꺼풀 아래로 간신히 그를 보고 있는데, 그때 그는 밖으로 나가는 문고리를 붙잡고 가만히 서 있었다. 그리고 용기 대신 악마의 속삭임을 택한 자의 목소리로, 그토록 음울하게, 내가 평생토록 잊지 못할 한마디를 중얼거렸다.

"어쩌면 나는 감당하지 못할 짓을 저지르려는 건지도 몰라."

나는 그 순간을 창밖에서 들려오던 불길한 천둥소리와 함께 똑똑히 기억한다.

다음날부터는 내리 비였다. 그 무렵 클락스빌은 겨울이 물러나는 것을 환영하는 4월제 중이었다. 그러나 계속되는 폭우로 시가행진과 야외 공연은 모두 취소되고, 오로지 극장만이 연이은 상영 행사를 통해 축제의 명맥을 가까스로 유지하고 있었다. 아서는 창밖을 보고 있다가 느닷없이 외쳤다.

"명색이 축제인데 집안에만 틀어박혀 있어서야 되겠어?"

그리고 오렌시아와 나를 극장으로 데려갔다.

영화를 보려는 의도는 아니었음에 틀림없다. 아서는 하루 종일 다른 데 정신이 팔려있었다. 말로는 축제를 즐기라 하였지만, 사실 곁에서 지켜보던 나로서는 그가 축제라는 걸 기억하고 있다는 것조차 신기할 지경이었다. 검은 우산 아래 그의 낯빛은 어느새 집 밖으로 나설 때와 딴판으로 달라져 있었다. 몹시 흙빛으로 질렸고, 파괴적 소용돌이를 만난 선장처럼 험악하게 눈썹을 일그러뜨리고 있었다. 나는 그 변덕을 일찌감치 눈치챘으나 감히 물어보지 못했다. 그의 양미간에 달라붙은 그림자는 마주하기 두려울 정도로 짙고 어두웠다.

과연 지역의 명사였던 아서는 극장에 발을 들이자마자 많은 사람들을 모이게 했다. 유력한 시장 후보에게 인사와 카드 따위를 건네주려고 저마다 발걸음을 멈춰 세웠다. 몇 발자국 움직이는 데도 퍽 많은 시간이 걸렸다. 나는 아서가 주먹이라도 휘두르지 않을까 겁이 났다. 그날따라 유독 초조하게 행동하던 아서였다. 사람들에게 둘러싸이는 일이라면 이골이 들었을 텐데도, 오로지 경직된 미소로만 일관했다. 그가 사람들을 정중히 물리치고 길을 텄다. 그것은 꼭 벗어날 수 없는 존재 앞에서 너절하게 도망하는 무용한 짓처럼 보였다. 우리는 그 꽁무니를 따라 상영관으로 들어갔다.

아서의 이번 나들이가 완전히 무계획적인 것이었음이 그걸로 명백해졌다. 그날 스크린에 걸린 영화는 진부한 사랑 이야기였다. 한쪽의 죽음을 목전에 둔 연인 간의 애틋한 관계가 그려지고 있었다. 앞으로 벌어질 일들을 생각하면 이것 참 기가 막힌 우연이 아닌가! 아서는 주위를 둘러싼 일체의 현상이 못내 성에 안 차는지, 계속해서 씨근거렸다. 영화를 관람하는 내내 그쪽에서 몸을 뒤척거리는 소리가 났다. 그러다 끝내는 자리에서 일어나 오렌시아를 데리고 나가버렸다. 진홍색 드레스를 입고 있던 오렌시아는 기이할 만큼 평온한 얼굴로 그를 따랐다. 그러나 아서의 표정이 워낙 심각하게 굳어 있던 터라, 나는 함부로 따라나서지도 못하고 어정쩡하게 상영관 한구석에 앉아있었다.

길게만 느껴지던 필름의 러닝타임이 종료됐다. 습기 찬 극장에서 벗어나 장대비가 내리는 밤거리로 나오자, 알 수 없는 슬픔이 나를 휘감았다. 관객들은 쫓기듯 서둘러 집으로 돌아가고, 며칠간 이어진 비로 만들어진 넓은 웅덩이가 그들을 비췄다. 뒤집힌 상이 불안정하게 출렁였다. 때 묻은 불야성의 광채가 사물의 틈바귀에서 명멸했다. 반사된 세계에서는 무엇이 어디서부터 시작되었는지 아무것도 분간할 수 없었다.

나는 무턱대고 걸었다. 아서와 오렌시아는 진작 돌아갔을 테고, 어색한 저택의 식객으로 구태여 급히 복귀할 이유는 없었다. 산책이라도 되는 기분으로 악천후를 구경했다. 바람이 세고 빗방울이 굵어 몸이 금세 젖었다. 그러나 도시의 열기 때문에 춥지는 않았다. 나는 우산을 들어 거리를 살폈다. 비 내린 클락스빌은 어두침침하고 처량했다. 한낱 빗방울에도 새까매지는 세상의 색조가 존재하는 모든 것의 나약함을 증명하는 듯했다.

검은 도시의 밑바닥에 가로등 하나가 외로이 서 있었다. 가로등 주위로 옅은 빛무리가 졌다. 그 빛은 주변의 표상에도 흔들림 없이 가까운 공간을 밝혀주고 있었다. 이끌리듯이 그곳으로 향하자, 빛을 쬐는 바리케이드 한 무리가 저편의 도로를 가로막고 있는 풍경을 마주할 수 있었다.

그 너머, 형체만 겨우 알아볼 수 있는 어두운 육교 위에, 붉은 우산을 쓴 남자의 뒷모습이 보였다. 그의 얼굴은 빛무리에 가려져 있었다. 그러나 그것이 오렌시아의 우산이라는 것을 나는 알고 있었다.

그러자 그 광경은 빗방울에 산산이 부서져 내리는 현실의 아찔한 웅덩이로 변했다. 꿈을 깨뜨리듯 거친 폭풍우와 보도 블록을 휩쓰는 더러운 급류가 일어났다. 사지를 전율케 하는 끔찍한 직감으로 나는 심장이 멎는 고통을 느꼈다. 숨을 헐떡이며 육교로 달려갔다. 도로를 막고 있던 바리케이드를 타 넘고, 가파른 계단 위를 질주했다. 아서는 혼자였다. 혼자서 붉은 우산을 펴들고 육교 아래의 끝이 보이지 않는 심연을 내려다보고 있었다. 자신의 검은색 우산은 접어 쥔 채였다.

그는 나를 쳐다보지도 않고 입을 열었다.

"그녀가 병원으로 실려 갔네. 허약하던 몸이 결국 문제가 되었어."

나는 그의 갑작스러운 말을 믿을 수 없었다. 방금 보았던 그녀의 평온한 얼굴과 도저히 일치하지 않는 증언이었다. 무슨일이 벌어진 것이냐고 물으려던 순간, 나는 완전히 공포로 얼어붙었다. 비틀린 입꼬리로 이지러진 치아와 불꽃이 튀는 아서의 두 눈 속에는 희열이 담겨 있던 것이다. 그 사실에 충격받지 않을 수 있는 인간은 없었다. 배수구로 떨어지는 물처럼 역겨운 감정이 흘러내렸다. 망연자실하게 그를 보고 있자, 아서는 초점을 알 수 없는 기묘한 동공을 정면으로 들어 올렸다.

"임신이라는군. 그녀는 당분간 병원에 머무르며 전문적인 보살핌을 받게 될 거야."

나는 두 번째 아픔이 통렬하게 솟구치는 것을 느꼈다. 다급히 시선을 떨어뜨렸다. 머릿속에 차오르는 불경한 생각에 감히 아서를 마주할 수 없었다. 그 선언은 오렌시아가 마침내 돌아올 수 없는 강을 건너고 말았다는 말과 다름없었다. 아서는 그렇게 내뱉고 한참을 말하지 않았다. 문득, 그가 내게 고개를 돌리며 동의를 구하듯 속닥거렸다.

"자네는 들리나? 이 도시를 진동하는 미약한 심장의 박동 소리가……."

일순 그가 미쳤다고 생각했다. 그는 머리를 떨구고 떨리는 두 손에 얼굴을 묻었다. 흐느끼는 것인지 웃음을 삼키는 것인지 분간이 가질 않는 소리가 몇 분간이나 흘렀다. 마주 보기를 피하자, 바닥에 떨어진 우산들의 선명한 빛깔 대조가 두 눈을 사로잡았다. 눈앞의 광경이 하릴없이 비에 흠뻑 젖어 가고 있었다. 나는 절망감을 느꼈다. 나로서는 이해할 수 없는 그의 내면에 뒤엉켜 있는 절망감을 느꼈다. 그가 도시 아래로 떨어뜨리고 있는 그 끔찍한 소리가 알려 주고 있었다. 모든 것이 방금 우리의 손을 떠나고 말았다는 것을.

아서가 들썩임을 우뚝 멈췄다. 그는 흐리멍덩하게 풀린 눈동자로 자신의 검은색 우산을 집어 들었다. 그러곤 그걸 펴려고도 하지 않고, 천천히 걸음을 옮기기 시작했다. 내가 횡뎅그렁하게 남겨진 오렌시아의 붉은 우산을 주웠다. 우산을 접고 품 안에 넣을 때까지 아서는 비를 맞으며 걸었다. 육교를 내려가 반대편으로, 통행금지 표지판이 서 있는 지점을 향해 홀린 듯 움직였다. 거기에도 바리케이드가 있었다. 우리는 양면이 가로막힌 도로 한가운데 서 있었다. 그 사실을 알아차렸을 때 비로소 이것이 아서가 꾸민 계획의 일환이었다는 걸 알게 되었다. 이 도시 한복판을 마음대로 틀어막을 수 있는 사람은 그밖에 더 생각할 수 없었다.

아서는 무겁게 내려앉은 매캐한 안개와 스모그 저편으로 사라졌다. 지하로 굽이쳐 떨어지는 거센 물소리가 그의 발소리마저 삼켜 버렸다. 나는 부르르 떨리는 몸을 추스르고 서둘러 육교에서 내려왔다. 그러나 아서를 따라가 붙잡는 대신, 처음에 왔던 길로 되돌아왔다. 바리케이드를 건너고 보니 온몸에 식은땀이 솟아 있었다. 언뜻 뒤를 돌아보는데, 저 멀리 붉게 칠한 통행금지 표지판이 한 번 번쩍 빛났다. 그러곤 그 길로 영영 모습을 감추었다.

다음 날, 눈부신 먹구름만 남기고 비가 그쳤다. 온 세상이 막 밝힌 가로등 전깃불처럼 칙칙한 연녹색을 받고 있었다. 도시의 공기에 여명의 향이 짙게 배어났다. 어둠을 억지로 일으키려는 듯한 쓸쓸한 분위기가 감돌았다.

아침 일찍 아서가 저택의 문을 두드렸다. 온통 젖어서 한 단계 더 진해진 그의 인상이 말라붙은 비 냄새를 풍겼다. 그러나 그는 어느 때보다도 생동감 넘치는 얼굴로 식사를 들었다. 식사 후에 샤워를 하더니, 말끔한 옷을 갖춰 입고 나왔다. 그리고 나를 저택 앞 광장으로 내보냈다. 광장에는 나 말고도 많은 인파가 있었다. 모두 전날 아서의 호출에 응해 모인 사람들이었다. 그들이 말하길, 그가 오늘 아주 중요한 공약 한 가지를 발표한다는 것이었다.

중절모까지 쓰고 실로 신사의 구색을 차린 아서는 등장하자마자 호탕한 웃음과 박수로 시선을 끌어모았다. 사람들은 미심쩍은 눈길을 보내면서도 호기심 가득한 표정을 지었다. 아직 그의 실체를 모르는 이들에게 아서 핀테일 씨란 약간 괴팍한, 그러나 분명히 좋은 가문을 타고 났으며 차기 시장 자리를 호시탐탐 노리고 있는, 이를테면 범상한 귀족의 후예나 다름없던 것이다.

의례적인 인사말로 한참 뜸을 들이던 아서가 드디어 말을 멈추었다. 예상된 정적의 마력이 십분 발휘되었다. 그 두 눈과 입에 이목이 고정되었다. 저릿한 긴장감이 사람들의 기대감을 부추겼다. 아서는 내내 생쥐를 쳐다보는 듯 묘한 미소를 숨기지 못했다. 나는 심상찮은 기분에 사로잡혔다. 그가 발표하려는 것이 결코 상서로운 일일 순 없다는 걸 잘 알고 있었기 때문이다. 그러나 사람들은 몹시 재밌는 말이라도 기다리는 것처럼 조용했다. 어서 얘기를 꺼내보라고 침묵으로써 종용했다. 무방비했던 짓이다. 그때 아서는 '유령 열차'라는 말을 입에 올렸다.

나는 뒤통수를 후려치는 강렬한 충격에 휩싸였다. 그가 아직도 그 주제에 관심을 기울이고 있었을 줄 몰랐을 뿐더러, 더욱

이 이미 완성 단계에 이른 성과를 냈다는 것, 그리고 또 한 가지 이러한 사실을 나에겐 일말의 언질조차 없이 이렇게 대중을 향해 발표해 버린 데 대한 배신감 때문이었다. 그러나 아서는 내 당혹감에는 눈길조차 주지 않았다. 그저 자신의 경이로운 발명품을 소개하는 일에 신이 나 있었다.

처음에는 무슨 소리를 하려는 것인지 감도 잡히지 않았다. 그는 사람들에게 대뜸 지금 갖고 싶은 상품이 무엇이냐고 물었다. 몇 가지 장난스러운 대답이 돌아왔다. 그러자 아서는 그러한 물건이 갑자기 집 안 거실에 나타난다면 어떻겠냐는 물음을 다시 던졌다. 이번엔 대답이 없었다. 아서는 웃으며, 이 말은 곧 사실이 될 거라고 했다. 이미 보이지 않는 열차가 단단한 벽을 잇달아 통과해 달리고 있다고 했다. 당신의 주문을 받아 당신의 집으로 향하고 있다고 했다.

"이 열차는 마치 혈관처럼 이 도시를 엮어 주고 있습니다. 이 열차로 인해 클락스빌은 생명을 갖게 될 것입니다. 열차의 바퀴가 선로 사이를 건너며 덜컹거리는 소리를 낼 때마다, 도시 구석구석에 기쁨과 환희를 배달하게 될 것입니다."

다소 상투적인 은유가 아서의 입에서 튀어나왔다.

청중들의 반응은 시원찮았다. 당연했다. '보이지 않는 열차' 운운하는 허무맹랑한 이야기를 누가 믿을 수 있겠는가. 처음에 온순하게 기다리던 사람들은 점차 이 남자가 괴상망측한 상상의 존재를 진실로 믿고 있음을 깨달았다. 자신의 '투명한 발명품'에 대한 현학적인 묘사, 시적인 표현, 경탄과 찬사가 이어졌다. 분위기는 점차 험악하게 변했다. 처음에 존경심을 담고 있던 그들의 눈빛은 완전히 미치광이를 경멸하는 모양으로 바뀌었다. 이야기 중간부터 곳곳에서 야유가 터져 나오고, 바닥에 침을 뱉는 소리가 연달아 들려왔다. 이윽고 하나둘씩 대열을 벗어나 광장에서 빠져나가더니, 끝에는 아서와 나만이 도시 전체의 조롱 속에 덩그러니 남고 말았다. 나는 원망 섞인 표정으로 아서를 쳐다보았다. 그러나 아서는 아랑곳하지 않았다. "돌아갈까." 한마디하며 뻔뻔하게 웃을 뿐이었다.

불과 한 시간도 지나지 않았을 때였다. 한 사내가 급히 현관문을 두드렸다. 근처에 있던 내가 먼저 그를 받았다. 사내는 열띤 목소리로 마구 지껄이면서 아서를 데려오라고 소리쳤다. 전하는 이야기는 놀랍기 그지없었다. 집 안 거실에 없던 물건이 나타났다는 것이다. 방금 광장에서 갖고 싶은 것이라 대답했던 물건인데, 그러니 아서의 소행이 분명하다는 이야기였다. 소란한 가운데 아서가 느직한 걸음으로 문간에 나타났다. 사내가 그를 가리켰다. 나는 처음에 그가 경이적인 감탄사라도 표현하려는가 싶었다. 그러나 대신 한바탕 욕설이 쏟아져 나왔다. 사내는 아서의 '유령 열차' 이야기를 믿지 않았다. 그보다는 훨씬 현실적인 추리를 하여, 그가 사람을 시켜서 집안에 물건을 갖다 두었으리라 생각한 것이다. 사내는 곧 있을 시장 선거를 대비해서 아서가 자기네 환심을 사려는 수작을 벌이고 있다고 여겼다. 그러나 남의 집을 이리 멋대로 들쑤시게 놔둘 수는 없다고 씩씩거렸다.

아서는 가소롭다는 얼굴이었다. '앞으로 거실을 잘 지키고 있어라' 하는 비아냥이 그에게 떨어졌다. 머리꼭지까지 화가 치민 사내가 이를 뿌드득 갈며 눈에 형형한 불꽃을 튀겼다. 그때 마침 뒤에서 또 한 사람이 나타났다. 그 역시 자기 집 안방에 나타난 의문의 '상품'을 발견하고 달려온 자였다. 먼저 온 사내는 아서가 되도 않은 불법행위를 저지르고 있는 거라고 그에게 떠들었다. 더불어 시장 선거와 관련된 음모를 성량으로 떼밀듯 설명했다. 그러자 작업복 차림의 다른 남자는 허리에 손을 올리고, 이게 어떻게 된 일인지 설명해 달라고 아서에게 요구했다. 그러나 반쯤 사내의 설명에 벌써 넘어간 투였다.

"나는 이미 모든 걸 설명했소."

아서는 짧게 내뱉고 나를 안으로 들인 뒤 그대로 문을 닫아 버렸다.

그들은 아서의 집 앞을 떠나지 않았다. 오히려 그런 식으로 이 사람 저 사람이 계속 모였다. 저녁 무렵에는 기어코 한 무리 분노한 시위대가 쌓이게 되었다. 나는 그들을 진정시켜야 한다고 아서에게 거듭 부탁했으나, 아서는 볼썽사납다는 표정으로 꿈쩍도 하지 않았다.

"저런 힘이 남아 있다면 이런 하찮은 일에 낭비되어선 안 될 일이야."

"하찮은 일이라니? 그들에겐 거주지의 안전이 달린 문제야. 자네가 나가서 오해를 풀어 주어야 하네."

"자기 보금자리가 안전할 수 있으리라 믿는 저 치들에게 가서 말해 주게."

아서가 질린 듯 손을 털어내며 말했다.

"환상은 집어치우라고 말이야. 그것들은 한 번도 안전했던 적이 없었어. 그들이 그렇게 특정해 왔을 뿐이지. 평생 밖에서 백치처럼 떠들 거라면 그러라고 하게."

"허세 부리지 말게. 자존심 때문에 그러나? 하지만 이대로라면 저들이 무슨 짓을 할지 모른단 말일세."

"하! 누가 알겠나? 횃불을 들고 찾아올지도 모를 일이지. 그러나 확실한 것은, 주도권을 쥐고 있는 쪽은 이쪽이라는 거야. 내가 마음만 먹으면 저들에게서 이 도시를 빼앗을 수도 있어. 이건 허세가 아니라고."

나는 입을 다물었다. 아서는 치명적인 장난꾸러기처럼 굴고 있었다.

"조만간 반드시 그렇게 될 거야. 저들이 알아야 할 것이 바로 그것이지. 우리는 언제나 무언가를 감수하며 살아가야 한다는 것. 설령 그것이 우리가 알던 모든 것을 뒤집어 놓을 수 있는 존재일지라도 말이야."

그가 자리에서 일어나 옷매무새를 가다듬었다. 그리고 잡아먹을 듯 고함치고 있는 사람들을 향해 다가갔다. 문을 열자, 우레와 같은 비난이 그에게 쏟아졌다. 아서는 묵묵히 들었다. 정중한 자세로 손목을 부여잡고, 다만 자리에 계속 버티고 서 있었다. 나는 이 일촉즉발의 대치 상황을 창문 너머로 지켜보았다. 마침내 일동이 지쳐 으르렁거리기만 할 때였다. 한순간 아서가 손을 추켜들었다. 그것은 연설할 때 청중을 조용히 시키려고 흔히들 하는 몸짓이었다. 우습게도, 사람들이 잠깐 머뭇거리며 정적을 양보해 주었다. 아서가 입을 열었다.

"물건이 나타난 자리를 다들 기억하시겠지요. 처음에 주문을 받지 않은 다른 분들께도, 이제 집으로 돌아가시면 주문서의 양식이 이송된 자리가 있을 겁니다. 해당하는 자리에 작성한 주문서를 놓아 주십시오. 언제든 같은 방식으로 상품을 배달해 드리겠습니다."

어안이 벙벙해지는 소리였다. 사람들이나 나나 그가 그 자리에서 낸 말을 믿을 수 없었다. 아서는 사람들이 꿀 먹은 벙어리가 된 틈을 타서 다시 문을 쾅 닫아 버렸다. 뒤늦게 몇 마디 웅성거리는 소리가 있었지만, 시간이 지나자 그들은 끝내 뭉게구름이 흐지부지 사라지듯 흩어져 버렸다. 긴장이 풀리고 고요가 찾아든 것은 이른 밤이 되어서였다.

아서는 서재의 안락의자에 앉아서 평소처럼 위스키 한 병을 땄다. 아무렇지도 않은 듯 잔을 두 번 따르고 내게도 건네주었다.

"오렌시아가 이 꼴을 보지 않아도 되어서 다행이야."

그렇게 말했다가 무엇이 그리 우스운지 미친 듯 웃어젖혔다. 술을 입에 대기도 전이었다. 이내 머리를 부여잡고 끅끅거리는 그의 모습을 보면서, 나는 간담이 서늘해짐을 느꼈다. 횃불을 가져온 성난 군중에게 둘러싸인대도 그런 공포는 갖지 못할 것 같았다. 그러자 나는, 혹시 클락스빌 주민들이 이번 일의 실체를 알게 된다면, 필경 아서를 마법사로 몰아서 죽이려 들 거라고 여기기에 이르렀다. 그러한 생각은 내가 이미 '유령 열차' 이야기를 믿게 되었음을 말해 주고 있었다. 그러나 그 어처구니없는 웃음소리를 직접 들어 본 자라면, 누군들 믿을 수밖에 없었을 것이다. 나처럼 이성에서 도망쳐 버리지 않고서는 못 배겼을 거란 말이다.

흔적 없는 배달부가 가져다주는 놀라운 소식들은 그 뒤로도 꾸준히 이어졌다. 겁에 질린 생쥐들의 현관 시위도 그 행보를 조촐하게나마 뒤따랐다. 사람들은 여전히 아서가 협잡질을 벌인다고 생각했다. 시위대의 숫자는 꾸준히 줄어들었지만, 그럼에도 집 밖으로 나서는 것이 여간 곤혹스럽지 않았다. 몰래 빠져나와도 조롱 한 마디 챙기지 않고서는 아무것도 살 수 없었다. 도시 전체가 우리에게 등을 돌린 듯했다. 그들은 소문이 무성한 사기꾼을 냉대하는 데 열심이었다. 그리고 나 역시 처음부터 모든 정황을 알고 있던 자로 취급되어, 아서만큼은 아니더라도 비슷하게 수군거림을 당했다. 아서는 열차가 있는데 무엇이 걱정이냐고 웃었다. 그러나 아무튼 내가 밖으로 나가는 것을 막지는 않았다.

설령 '유령 열차'가 진실로 동작한다는 걸 믿는다 할지라도, 그것이 배달한다는 '선물'을 달갑게 받아들인다는 것은 전혀 별개의 문제다. 내가 그랬다. 아마 사진기를 처음 소개받은 사람이 사진 찍히는 일을 꺼리는 일과 비슷할 것이다. 그런 자는 필름에 영혼의 한 조각을 빼앗긴다거나 그 비슷한 믿음 때문에 주저하기 마련이다. 물론 그건 허무맹랑한 미신에 불과하다. 그러나 그자에게는 사진이라는 것 자체가 미신과 동격의 현상이었다.

누군가에게 그토록 부조리하고 신령스럽게 느껴지는 일이 있다면, 생리적으로 거부감이 따르는 게 자연스러울 것이다. 나는 클락스빌 주민들도 나와 마찬가지였을 거라 생각한다. 그들의 조롱을 비난하고 싶은 마음은 없다. 두려움의 대상을 하잘것없는 존재로 치부하려는 심리는 이해 못 할 바도 아니니까. 나는 차라리 그들이 계속 두려워하는 편이 나았으리라 생각한다.

어느 날, 마침내 아무것도 없는 허공에서 '상품이 생겨나는' 모습을 목격한 사람이 나타났다. 사실 그자가 최초였을지는 의문이다. 기회라면 다들 많았겠으니. 그러나 그는 두려워 입을 다물고 방안에 처박히는 대신, 도시 여기저기를 들쑤시며 자기가 본 것을 늘어놓고 다녔다. 아니 어쩌면 집안에서 일어난 현상이 두려우니까 밖으로 뛰쳐나간 걸지도 모르겠다. 그자의 새된 지껄임을 확인하는 방법은 어렵지 않았다. 주문서의 양식은 쉬웠고 기억 속에서 어렵지 않게 되살려 낼 수 있었다. 자연스럽게, 도시의 주민들 대부분이 어느 순간 유령 열차의 고객이 되어 있었다.

나는 밤이 찾아올 때마다 횃불을 두려워했다. 그러나 사람들은 의외로 순순히 아서가 제공하는 서비스를 받아들였다. 사기극으로 치부하는 동안 그 기적을 이미 몇 번 경험한 탓도 있고, 열차 자체가 하나의 기적이기 때문이기도 했다. 유령 열차는 눈에 보이지 않았고 마치 실재하지 않는 듯했다. 확인할 수 있는 건 오로지 허공에서 튀어나오는 새 물건뿐이었다. 그리고 그것은 종이에 무엇을 써 내느냐에 따라서 통제할 수 있었다. 그러니 주민들은 그저 마술을 받아들이기만 하면 되었다. 이해할 수 없는 현상을 낱낱이 파헤치는 것보다야 그편이 훨씬 쉬웠던 것이다.

클락스빌의 일상은 이내 깊숙한 곳에서부터 변혁을 겪었다. 한번 그 필요 가치를 받아들이자, 유령 열차를 이용하는 것은 더 이상 이상한 일이 아니게 되었다. 사람들은 천천히 그러나 점점 무감각하게 주문서를 던지기 시작했다. 그것으로 필요한 것은 무엇이든 얻을 수 있었다. 시장에서 파는 것, 우편물, 광고지, 그리고 다른 것들. 유령 열차는 제동 한 번 걸리지 않고 매끄럽게 지상의 삶을 잠식해 나갔다.

아서는 열차의 철로를 대단히 계획적으로 배치해 두었다. 혁명에 대한 반발이 힘을 잃는 것을 신호로, 그의 사업은 야금야금 확장됐다. 유령 열차는 배달 이외에 이윽고 수거 업무도 담당하게 되었다. 더 이상 세금이나 쓰레기봉투를 집 밖으로 가져갈 까닭이 없었다. 대화가 필요한 일이 있을 때는 수신자의 주소를 적은 서신을 자리에 남겨 두면 되었다. 그러면 유령 열차가 알아서 모든 것을 제자리에 가져다주었다.

사람들은 권태감을 느끼기 시작했다. 이제 공장과 제철소도 스스로 움직였다. 거리로 나설 이유가 사라진 것이다. 도시가 쥐 죽은 것처럼 조용해졌다. 아무도 느껴보지 못한 정적이었다. 모두가 그것을 맛보고 있었다. 자기 자신의 보금자리 속에서. 마치 누구도 거스를 수 없는, 필연적인 새 시대가 찾아온 것 같았다. 그리고 거기에 저항하는 일은 시간의 흐름에 씻겨 나갈 부질없는 짓처럼 느껴졌다. 사람들은 낯선 평온을 받아들이기로 했다.

그것은 더할 나위 없는 유세 활동이었다. 아서는 그해 6월에 클락스빌의 시장으로 선출됐다.

나는 그때 클락스빌을 떠났다. 내가 느끼던 감정을 뚜렷한 말로 표현하기가 어렵다. 난 그걸로 끝을 봤다고 생각했다. 아서는 완벽한 시장으로 존경받았다. 사람들은 바뀐 삶을 좋아했다. 유령 열차는 경배의 대상이 되어 있었다. 모든 것이 절정이었다. 그리고 한껏 부풀어 오른 주변 상황이, 문득 내게 한 가지 경고를 일깨워주었다. 이곳에 너무 오래 남아 있었다는 경고를.

아니, 정말로 그건 과연 무엇이었을까.

저택에 홀로 남겨졌을 때다. 아서는 그날 새벽같이 외출했다. 그림에 줄이 빼곡한 도면을 싸든 채였다. 익숙지 못한 정적이 저택 안에 맴돌았다. 나는 찬장에서 술병 하나를 꺼내 의자에 앉았다. 그러나 혼자 술을 마시려니 몹시 쓸쓸해져서, 잔을 따르지 않고 그대로 놔두었다. 오렌시아가 보고 싶었다. 그녀가 있었다면 외롭지 않았을 텐데. 병원으로 옮겨진 뒤 한 토막 소식도 전해 듣지 못하고 있었다. 그녀는 지금 어디에 있을까?

아무 이유 없이, 갑자기 내 마음이 다급해졌다. 나는 조금 놀랐다. 그럼에도 불구하고 온몸에 익은 감각이라 느꼈기 때문이다. 내 정신은 불안감의 원인을 아서에게서 찾으려고 했다. 그는 원래 항상 위태로운 자취를 남기는 인간이었으니까. 그러나 정직하게 밝히건대, 나는 사실 오렌시아의 실종이 던지고 있던 꺼림칙한 의문을 처음부터 느끼고 있었던 것이다. 그리고 그녀가 발견될 날이 이윽고 도래할 것임을 두려워했다.

망상에 가까운 일임을 안다. 하지만 그 순간 무언가를 들었던 것 같다. 죽은 듯한 무취가 내게 전달한 소리. 섬뜩하고 오금을 저리게 하는 소리. 도시를 진동하는 미약한……

그날로 통보하는 쪽지만을 남겨 두고 집을 나왔다. 역으로 가서, 터널을 통과하는 낡은 기차에 몸을 실었다. 삐걱대는 소리와 먼지 냄새가 기억난다. 눈에 띌 만큼 승객이 줄어들어 있었다. 아무도 그것을 이용할 필요가 없었으니까.

산 위 어둠을 향하는 길목에서 마지막으로 한번 뒤돌아보았다. 나타난 것은 줄곧 환하던 불빛이 꺼지고, 새까만 웅덩이에 잠을 자고 있는 도시였다. 고요한 정경이 겸손히 스러지고 있었다. 클락스빌에 마침내 평온이 깃들기를. 유리창 건너편에서 다시 보지 않을 것처럼 나는 도시에 작별을 고했다.

언뜻, 꿈같이 아득한 안개 저 너머로, 사람들의 가슴속을 파고드는 조용한 기적 소리가 미끄러지는 형상이 보인 것 같았다. 나는 이내 눈을 감아 버렸다.

나는 그 뒤로 클락스빌의 소식을 거의 접하지 못했다. 그곳에서 벌어지던 특별한 실험을 생각하면 분명 이상한 일이다. 추측건대 아서가 모종의 조치를 취한 것이 아닌가 싶다. 그는 어떤 고질적인 문제를 해결하기 전까지는 열차의 존재를 세간에 발표하지 않을 셈이었다. 신문사와 우체국도 유령 열차의 힘으로 돌아가던 상황이었으니, 그렇다면 서면에 의해 그 존재가 새어나갈 리는 없던 셈이다. 더불어 주민들 역시 나태함에 젖어서 도시 밖으로 나가지 않고 있었다.

클락스빌은 아무런 도움도 필요로 하지 않고 스스로 잘 작동하고 있었으므로, 시간이 지남에 따라 차차 잊힌 지역이 되고 말았다. 나 역시 예외가 아니었다. 어떻게 그럴 수 있었는지 다시 생각해 봐도 잘 이해되지 않는 일이다. 그러나 거기서 벗어난 나는 한동안 모든 걸 잊고 살아야 한다는 압박에 시달려 왔고, 끝내 그 출처 모를 감정과 타협하는 데 성공한 것 같았다. 등을 타고 기어오르는 불쾌한 잔상이 언제나 내 일상에 따라붙는다는 조건하에서, 나는 한참 동안 그 도시와 유령 열차를 잊어버리고 지냈다. 꼭 악몽에서 깨어났을 때의 기분과 같다. 정신을 차려 보면 문득 발버둥 치던 절박함만 느끼고 있을 뿐, 무슨 꿈을 꾸고 있었는지는 금세 기억 속에서 사라져 버리지 않는가. 나는 눈 뜨고 있는 매시간을 항상 그러한 상태에 놓여 있었다.

그러던 내 눈을 완전히 뜨이게 만드는 글이 어느 날 싸구려 신문 한 귀퉁이에 실렸다. 시시한 괴담이나 이상한 목격담 따위가 투고되던 간행물이었다. 나는 단편소설란에서 신문기사의 형태를 빌린 소설을 하나 읽고 있었다. 한데 글을 읽으면 읽을수록, 이야기의 배경 묘사가 틀림없이 내가 다녀온 어떤 장소와 들어맞는다는 생각을 멈추지 못하게 되었다. 거리와 광장의 배치, 드높은 마천루, 뜨거운 유황빛 연기와 풀무 소리까지. 그것은 물론 클락스빌이었다. 이내 이 소설이 사실은 클락스빌의 유일한 지역 신문 '펌프'의 일부분이라는 걸 발견하고 내 놀라움은 걷잡을 수 없이 커졌다.

기사는 도시 곳곳에 출몰하는 정체불명의 그림자에 관해서 보도하고 있었다. '울룩불룩하게 구부러진 크로와상 모양 그림자.' 지면 한편에 삽화가 첨부되어 있었다. 과연 그런 식으로 묘사할 수 있을 법한 형상이었다. 그러한 모양의 그림자가 불쑥불쑥, 있을 리 없는 곳에 나타났다간 사라지곤 한다는 것이었다.

주민들의 증언을 담고 있는 다른 날 기사의 지면이 몇 장 뒤따랐다. 대낮의 도로 한복판, 늦은 밤 훤한 가로등 불빛의 바로 아래, 24시간 어두워질 일이 없는 공장 깊숙한 당직실, 그리고 보통 가정집의 안방 마룻바닥에까지. 그림자가 나타나는 장소는 제한이 없었다. 그것은 사람을 경계하듯 나타난 지점에서 몇 초간 머무르고 있다가, 쏜살같이 금방 달아나 버렸다. 처음에는 주먹만 한 크기였다고들 했다. 그러나 나중에 사람들은 그것이 작은 돈 자루만 하다, 아니 고양이만 하다 그 크기를 불려 가면서 왈가왈부했다. 그러한 일이 지난 몇 개월 동안 지속된 듯했다.

주민들은 비록 깜짝 놀라고 두려워하기도 했으나, 곧 대수롭지 않게 넘겨 버렸다. 그것의 출현으로 어떤 해를 입은 일은 전연 없었기 때문이다. 시장이나 다른 누군가가 그것의 정체를 밝혀주겠거니 생각하며, 도시에 기이한 사건이 또 하나 벌어진 것이라고 치부하고는 말았다. 뒤죽박죽 섞인 기사가 그 같은 그들 심경의 변화를 대충 드러냈다.

그런데 중간 즈음부터 실종자를 찾는 광고 지면이 하나둘 섞여들기 시작했다. 앞의 내용과 연관이 있는 사람들인가 싶어 조금 뒤적거려 보았는데, 그런 것도 아니었다. 그들은 단지 평범한 주민인 것으로 보였다. 그러나 광고 내용은 섬뜩하기 그지없었다. 실종 당시 정황을 묘사한 글이 몹시 끔찍했다. 많은 사람들이 절단당한 신체의 일부와 죽음의 냄새를 남기고 사라진 것이다. 클락스빌에 참혹한 연쇄살인이 벌어지고 있다는 보도였다.

궁금증이 커져가던 찰나 다음 장에서 다시 완전히 다른 내용의 기사가 튀어나왔다. 하룻밤 새 누군가의 담벼락에 커다란 구멍이 뻥 뚫렸다는 것이다. 그것은 일견 시시해 보이는 대목이었으나, 이야기는 점차 심각해졌다. 그때부터 비슷한 일이 연거푸 일어났다. 여기저기서 벽에, 아니 집에 통째로 구멍이 생겼다는 민원이 속출했다. 하나같이 강력한 힘에 의해 난폭하게 뜯겨 나간 자국이었다. 그 흔적에 덩달아 휩쓸려 죽은 사망자까지 발견됐다. 시체에는 이전의 실종자들처럼 찢어져서 멸실된 부분이 있었다.

도시 전역이 벌집처럼 난장판이 되었다. 이윽고 이 무시무시한 현상과 '크로와상 그림자'의 목격 장소가 다수 겹치고 있다는 사실이 밝혀졌다.

나는 떠올리기 두려운 직감에 사로잡혔다. 클락스빌에 대체 무슨 일이 벌어진 것인가? 그리고 이 같은 기사가 어째서 외부의 신문에, 그것도 내가 구독하던 신문에 게재된 것인가? 혐오스러운 벌레라도 손에 닿은 것처럼 신문을 구겨서 내던졌다. 그것은 분명 나를 겨냥한 부름임에 분명했다. 이 저질 삼류 소설이 진실이란 걸 알아볼 외부인은 나뿐이었다! 숨을 몰아쉬면서 옛 친구의 구조 요청을 무시하고자 애썼다. 그러나 저주스러운 인간의 호기심이, 나침반처럼 계속하여 클락스빌을 향해 돌아갔다. 나는 끝끝내 그 유혹을 떨치지 못했다. 내 관객적 본능이 최후의 이야기를 원하고 있었다.

반년 만에 다시 만나는 도시는 많은 부분에서 달랐다. 터널 끝 유황불을 마주한 듯하던 광경은 이제 끈적이는 형광빛 늪처럼 변했다. 아지랑이로 흐릿하게 깜빡이는 풍경이 울렁거렸다. 먼지와 잿가루는 느껴지지 않았으나, 그럼에도 전보다 더 유독했다. 밤에도 선명하던 연기 기둥은 도저히 분간할 수 없게 되었다. 대신 대기를 뒤덮은 안개와 낮게 깔린 먹구름이 그 자리에 뒤엉켰다. 하늘이 부글부글 끓고 있는 것 같았다. 깨끗한 것은 오직 열차의 문짝에 붙어 있는, 곧 이 노선이 폐기될 예정이라는 소식을 알리는 공지 한쪽뿐이었다.

역에 도착하자 몇 안 되는 승객이 서둘러 객차에 올라탔다.

양손에 짐이 가득했다. 발걸음은 조급하기 그지없었다. 다들 시계 초침에 뒤처질라 불안에 가득 차서, 똑딱똑딱, 약속이나 한 듯 소리를 맞추고 다녔다. 나는 그들을 눈여겨보면서 승강장으로 내려왔다. 발을 디디기도 전에 심상치 않은 광경이 눈에 들어왔다. 도시는 온통 물과 기름 같았다. 층수가 높은 지역의 불만 환하게 밝혀져 있었다. 아래로 갈수록 흐리고 희미해졌다. 1층은 예외 없이 모두 어둠에 잠겨 있었다.

과연 신문기사는 사실이었다. 길을 따라 조금만 걸어가니, 도시를 이 은둔의 도색으로 일관하게 한 괴물의 흔적이 보였다. 지면에 붙어 있는 건물 대부분에 휑하니 뚫린 상처가 나 있었다. 한가운데 구멍이 생긴 집도 많았다. 그 내부는 벽을 따라 생긴 거친 자국과 똑같았다. 꼭 철거용 쇠구슬이 집을 관통하고 날아가 버린 듯한 형상이었다. 그보다 좀 더 운이 나쁜 건물도 있었는데, 벽을 따라 한 면이 아예 지워져서 그대로 폭삭 기울어 무너져 있었다.

폐가가 즐비했다. 그러한 길을 가로지르는 나 역시도 이 괴물이 무척 두려워졌다. 저도 모르게 걸음을 재촉하고 있었다. 나는 곧장 클락스빌에 돌아온 일을 후회하였지만, 그러면서도 멈추지 않고 다급히 아서의 저택을 향해 달려갔다. 부디 그 저택이 아직 건재하길 바라면서.

광장에 도달해 세 개의 첨탑이 연결된 저택을 마주했을 때, 나는 가슴이 철렁 내려앉는 느낌에 멈칫하고 말았다. 저택은 여전히 그 자리에 서 있었다. 그러나 입구가 담으로 막혀 있었다. 본래 문이 있던 자리는 견고한 벽돌이 대신했다. 다가가 살펴보니, 곁에 수많은 흉터와 저주 섞인 낙서가 보였다. 주민들이 시장에게 남긴 것인 듯했다.

전날의 상황이 불 보듯 뻔했다. 마치 데자뷰처럼, 아서의 집 앞에 한 떼 군중이 모여 있는 그림이 그려졌다. 그들이 목에 핏대를 세워 가며 저택 안에 틀어박힌 아서를 불렀다. 부술 듯 돌담을 두드리고 그 위에 글귀를 썼다. 광장에 그 잔해가 아직 남아 있었다. 팻말, 몽둥이, 부지깽이 따위가 너저분했다. 나는 초인종 줄을 잡아당겼다. 그러나 아무런 소리도 돌아오지 않았다. 부서졌든가 일부러 안에서 끊었든가 한 것 같았다.

일전의 기억을 바탕으로 광장을 돌아갔다. 저택 뒤편에서 숨겨진 출입문을 찾아낼 수 있었다. 시위대가 저택을 둘러쌌을 때 아서가 내게 귀띔해 줬던 곳이었다. 근처에 감춰져 있던 열쇠를 찾아 문을 열었다. 말라붙은 페인트가 문에 딸려 뜯어지는 소리가 났다.

나는 재빨리 문을 다시 닫고 귀를 기울였다. 하지만 저택 안에서는 아무런 기척도 느껴지지 않았다. 1층을 샅샅이 뒤져 보았는데, 지난 몇 달간 사람이 생활했던 흔적을 찾아볼 수 없었다.

혹시 아서가 일찌감치 도망친 게 아닌가. 나는 그만 아찔해졌다. 갈 데 없는 낭패감이 치밀어 올랐다. 이곳조차 안전하지 못하단 말인가? 그렇다면 그 부름은 무엇이었나, 기어이 그가 날 함정에 빠뜨린 것인가? 그러나 2층에 올라 서재를 열어젖히니, 익숙한 뒷모습이 기억하는 형태 그대로 날 기다리고 있었다. 아서는 안락의자에 기대앉은 채였다. 나는 다리에 힘이 풀리고 말았다.

하지만 다음 순간, 앞으로 다가가 아서를 똑바로 쳐다보자마자 섬뜩한 충격이 날 덮쳤다. 아서의 흐리멍덩한 두 눈은 푹 꺼져 있었다. 눈두덩이 보랏빛으로까지 번졌고 미간의 그늘은 앙상하여 핏기없는 뺨까지 닿았다. 변색된 피부가 지저분했다. 며칠 동안 깎지 않은 턱수염이 물이끼처럼 돋아나서 초췌한 몰골에 비현실적 상상의 질환마저 덧댔다. 특히 광채를 잃은 그의 눈동자가 갈피를 못 잡고 이리저리 요동치고 있었다. 그때 그의 눈동자는 이제까지의 총명함이라곤 흔적조차 없어, 고양이 눈이라기보다 차라리 암흑에 시달리는 초승달을 연상케 했다. 그의 변화에 내가 할 말을 찾지 못하고 있자, 아서는 파르르 떨리는 입술을 씨근덕거려서 가까스로 한마디 뱉어냈다.

"유령 열차야."

그 말이 무엇을 뜻하는지는 나도 알고 있었다. 아서는 괴물의 이름을 불러준 것이다.

내가 두려움을 무릅쓰고 물었다.

"이게 어찌 된 일인가?"

그러나 그는 내 말에 신경조차 쓰지 않았다. 대신 경직된 몸을 억지로 일으키면서 말했다.

"아직 끝나지 않았어. 난 마지막까지 포기하지 않을 거야."

그리고 방을 떠나 조심스레 연구실로 향하는 걸음을 옮겼다.

아서의 저택은 최소한 2개월 전부터 봉인되어 있었다. 아서는 그동안 시장으로서의 업무도 모조리 팽개치고 무언가에 열중하고 있었다. 전부터 본인이 말해 온 유령 열차의 근본적 문제를 해결하기 위해서였다. 그래서 불청객이 자신의 일을 방해하지 못하도록 벽돌을 쌓았다. 아이러니한 것은, 그 작업이 지금도 여전히 운행되고 있는 유령 열차에 의해 완성되었다는 점이다.

도시는 여전히 열차에 의해 살아 숨 쉬고 있었다. 공장은 멈추지 않았고, 가로등도 제 시간에 켜졌다. 빈 페이지뿐일지언정 신문이 꼬박꼬박 인쇄되어 나왔다. 손 하나 꿈쩍하지 않아도 언제나 정확한 액수의 세금이 걷혀 들어왔다. 정오가 되면 각자의 집으로 식료품과 생필품이 배달되었다. 굳이 얘기하지 않아도 어떤 조화가 벌어지고 있는 것인지 모두 알고 있었다.

"유령 열차야."

나라면 심장이 멈춰 버린 뒤에도 피가 계속해서 혈관을 돌고 있는 격이라고 얘기하겠다. 도시를 진정 움직여야 할 장본인들은 모두 괴물의 변덕에 숨죽이며 숨어 지내고 있었다. 어떤 조건이 그들을 열차에 '치이게' 만드는지 아무도 몰랐다. 그들이 할 수 있는 것은 다만 귀를 쫑긋 세우고, 제 박동 소리에도 움찔거리며 뒤척이는 일뿐이었다. 한 번도 쓰여 본 적 없던 그들의 예민함이 지금 극에 달해 있었다. 보이지 않는 열차의 음울한 기적 소리를 감지하기 위해서.

설령 피가 돌고 있다 하더라도, 심장이 죽었다면 그 어떤 것도 살아있다고 할 수 없다. 나는 그렇게 생각한다. 무언가 순환

한다곤 하지만 그 피는 결국 고인 물이나 마찬가지다. 도시는 썩은 물에서 부화한 벌레에게 갉아 먹히고 있었다. 그러나 아서는 도시가 어떻게 되어 가는지에는 관심을 두지 않았다. 이따금 덮쳐 오는 바깥의 아우성도, 집이 무너지는 듯한 소리도, 소스라치는 비명과 울음소리도 들리지 않는 듯했다. 아서는 이번엔 마취제에 관한 연구에 탐독했다. 그의 집안 곳곳에는 포르말린 병에 담긴 정지된 생명의 한순간이 기괴한 장식물처럼 배치되어 있었다. 그의 말에 따르면 영감을 얻기 위함이라 했다.

독한 소독약 냄새로 가득한 실험실 안에서 무감각에 절은 채 서 있는 아서의 모습을 보고 있노라면, 그가 차라리 약에 취하기 위해 그러고 있는 것은 아닌가 의심이 들었다. 그는 플라스크를 쥐고 몇 시간 동안이나 가만히 반응을 살피곤 했다. 그러나 항상 고통에 가득한 표정이었고, 잠깐의 시간마저 심연 위에서 외줄타기를 하는 것과 맞먹는 긴장감을 늦추지 못했다. 그는 내가 도착한 날부터 다시 저녁마다 나를 거실로 불러내기 시작했다. 자기가 떠안고 있는 난폭한 소리를 내게 토해내기 위해서였다.

아서는 그날 밤 삶이 시작되는 과정에 대해 광적으로 부르짖었다. 열렬하고 쩌렁쩌렁한 지껄임이 귀를 찔렀다. 나는 달력을 보고 있었다. 2월의 대부분이 X로 채워져 있었다. 가까운 일자에 붉은색으로 표시가 되어있는 걸 보고 아서에게 이것이 무엇을 표시한 것이냐고 물었다. 아서가 내 곁으로 다가왔다.

"오렌시아는 어떻게 되었지?"

이 화제를 꺼낸 것은 실수였다. 아서는 얼굴을 그대로 굳혔다. 병든 아내 이야기를 나누기에는 적절하지 못한 순간이었다. 그의 눈이 한 번, 갸름하게 얄팍해졌다. 나는 공연한 초조감에 저도 모르게 한 발짝 뒤로 물러났다. 그리고 시선을 바닥으로 떨어뜨렸다. 그 눈동자가 계속해서 날 내려다보고 있다는 상상이 나를 괴롭혔다. 아서는 창 쪽으로 눈을 치운 뒤 아까처럼 차분하게 말해 주었다. '그다지 상태가 좋지 못하다.' 그런 말이었다.

나는 고개를 들 생각을 못 하고 있었다. 아서가 천천히 몸을 돌려 자리를 떴다. 그날 그는 온종일 실험실에 틀어박혀 지냈다. 나는 이해할 수 없었다. 그가 오렌시아 얘기를 할 때, 사지를 갈가리 찢어발기는 고통을 억누르려고 했다는 사실을 말이다. 어느 면에서 보더라도 그가 아내를 사랑한다는 징후를 발견할 수 없었기 때문이었다.

숨 막히는 며칠이 지나갔다. 하루가 지날 때마다 달력에 X자가 그려졌다. 나는 발을 동동 구르고 머리를 쥐어뜯었지만 마지막까지 아무 일도 일어나지 않았다. 시간은 방관자처럼 흘러갔다. 거기에 담긴 순간조차 의미 없는 일처럼 사라져버렸다. 끝내는, 붉게 표시된 날짜가 찾아오려는 때가 되고 말았다.

결과적으로 아서는 실패했다. 그의 연구는 필요한 결과를 만들어 내지 못했다. 아서는 깊은 자정 무렵 조용히 나를 서재로 불러냈다. 떨리는 손으로 위스키병을 잡고 있었다. 그를 도와

잔에 술을 부어주니, 여느 때와 다르게 조심스레 음미하듯 그 것을 들이켰다. 우리 둘은 위스키 단 두 병만을 나눠 가지고 천 천히 병을 비워 나갔다. 아침이 밝을 때까지 말 한마디 섞지 않 았다. 뜬눈으로 그토록 길게 느껴지는 밤을 지새워 본 적이 없 었던 것 같다. 영원처럼 느껴지던 마지막 밤이 흘러가고, 어슴 푸레한 새벽빛이 창을 막은 판자 사이로 들어왔다. 그 빛이 발 밑까지 성큼 다가올 때가 되어서야 아서는 깊은숨을 토해냈 다. 가슴속 광막한 구덩이에서 침전된 지도 오래되어, 부패하 던 응어리를 비워내는 긴 한숨이었다.

"난 결코 포기하고 싶지 않았네."

그가 텅 빈 위스키병을 탁자에 내려놓으며 말했다.

"난 아직 멈추고 싶지 않아."

"자네는 최선을 다했네."

나는 그때 이 모든 파국이 종지되려는 것에 차라리 안심하고 있었다. 처음 돌아왔을 때보다 훨씬 마음이 편안했던 것 같다. 그러나 아서는 아직 패배를 받아들이기를 거부하고 있었다.

"물론이지! 이 세상 어디에도 내가 일군 성과에 견줄 만한 위업을 달성한 이는 없을 걸세. 난 뒤집힌 세상, 수면 아래 거 꾸로 매달려 있는 세상으로 통하는 열쇠를 손에 쥔 유일한 존 재란 말이야. 바로 네 번째 축, 시간이 시작되는 곳, 그래, '알파 축'을 발견해 낸 사람이란 말이야! 누가 그 앞에 감히 도전장 을 내밀겠어? 이제야 모든 것이 시작되려고 하고 있는데!"

창틀 너머 광장 쪽에서 어수선한 웅성거림이 들려오기 시작했다. 나는 무슨 일인가 싶어 고개를 들었다. 그러나 막혀 있는 창문으로는 아무것도 확인할 수 없었다. 아서는 아직 소리를 눈치채지 못한 것인지, 고개를 가로저으며 혼잣말을 이어 갔다.

"'무엇이 잘못되었을까?' 밤마다 그 생각을 했다네. 난 답을 찾을 수 없었지. 전기 신호는 끊임없이 산란했고 파동의 골은 메워지지 않았어. 현미경을 들여다볼 때마다 맹렬하게 미쳐 날뛰는 폭풍을 마주할 용기를 내야만 했지. 그러나 이제는 그 눈을 두려워하고 있다는 걸 인정할 수밖에 없겠군. 자네 내 말 듣고 있나?"

아서가 내게 물었다. 나는 대답하지 않고 웅성거림에 귀를 기울였다. 그 소리는 조금씩 불어나서 극단성을 키워내고 있었다. 자기들끼리 충돌하고 그럼에도 계속해서 밀려들어 왔다. 그들은 하나의 목적을 위해서 전진하고 있었다. 내 편안함은 온데간데없이 사라지고, 사방에서 죄어드는 심리적 압박감이 엄습했다. 아서가 계속했다.

"많은 사람들이 있었지. 백치들. 귀머거리들. 날 거부할 눈조차 갖지 못하는 사람들. 그런 사람들 틈에 있다는 건 좋은 일이야. 방해받지 않을 수 있거든. 그래도 단 한 사람에게조차 이해받지 못한다는 것은 역시 외롭기 짝이 없더군. 그런 환경에서 일을 내 보았자 무슨 소용이겠나? 아무도 그 업적이 얼마나 위대한 것이었는지 알아차리지 못할 텐데."

바깥의 소음 중에서 '멈춰'라는 외침을 분간할 수 있었다. 무엇이 우리를 둘러쌌는지 자명해졌다. 나는 참지 못하고 자리에서 벌떡 일어났다.

"그런 점에서 이 성과는 모두 자네 덕분이라 할 수 있지."

아서가 내게 손짓하며 말했다. 내가 그 말을 무시하고 소리
쳤다.

"바깥에 사람들이 모인 거야. 다들 열차를 멈추라고 하고 있
어!"

"이제 와서 두려워하는 것인가? 너무 늦었네."

그 말이 나를 향한 것인지 클락스빌 주민들을 향한 것인지
알 수 없었다. 판자를 향해 돌이 날아들었다. 유리 깨지는 소리
가 났다. 1층에서 차단된 문, 혹은 어쩌면 외벽 전부를 두드려
대는 소리가 울려 퍼졌다. 생쥐들이 마침내 참을 수 없게 된 것
이다. 나는 겁에 질려 아서를 흔들었다. 어서 도망쳐야 한다고,
뒷문을 열고 도시를 빠져나가야 한다고 애원했다. 그러나 다
른 말뿐이었다.

"난 최선을 다했어. 이렇게까지 할 필요도 없었을 거야. 실험
은 반드시 성공했어야만 했어! 내가 아는 그 어떤 표본도 이처
럼 강한 농도를 견딘 적이 없었다고. 하지만 어떤 것도 녀석을
멈추게 할 수 없었지. 모르핀, 코데인, 클로로포름, 아무것도
소용없었어. 멈추게 할 수 없었어. 하! 하하! 그렇군, 도무지 멈
추질 않았다고. 나를 완전히 쏙 빼닮았잖아. 그렇지 않나, 염병
할!"

그가 발작적으로 웃음을 터뜨렸다. 광장에서 들려오는 난잡
한 소리가 더욱 커졌다. 그들의 아우성이 양 떼를 위협하는 늑

대처럼 우리를 몰아세웠다. 나는 아서에게서 떨어져 어쩔 줄을 모른 채 뒷걸음질했다. 아서는 편집증에 걸린 사람처럼 몸을 움츠리고 스스로에게 속삭였다.

"그 녀석이 나를 원망하고 있을까? 내게 앙갚음을 하려 들까? 아니면, 아니면? 분명한 건, 내 품에 안기기 전까진 절대 멈추지 않을 거라는 사실이지."

"무슨 소리를 하는 거야?"

한순간 경악의 메아리가 파도처럼 저택을 덮쳤다. 나무 상자 같은 것이 떨어져 부서지는 소리가 났다. 나는 자리에서 얼어붙었다. 군중들이 뛰어다니고 있었다. 광장 한가득 어지러운 발소리가 번졌다. 소리 위에 소리가 덧칠됐다. 그리고 비명. 사람들이 이제까지와는 본질적으로 다른 목소리를 내고 있었다. 무한한 공포. 그리고 그칠 줄 모르는 절규가 이어졌다. 나는 다시 한번 아서를 불렀다.

"아서!"

아서는 비웃는 눈으로 나를 올려다보며 비아냥거렸다.

"현명한 사람들은 모두 진작 이 도시를 떠났어. 이제 남은 건 저 바깥의 우매한 가축들과 우리 둘뿐이지. 난 서커스꾼이었고, 자넨 관람객이었어. 하지만 이제 소용없는 구분이야. 우린 다들 우리에서 풀려난 맹수가 날뛰고 있는 동물원 안에 갇힌 셈이니까. 내가 선사한 볼거리가 마음에 들었나 보지? 용케 도망쳤다가도 제 발로 돌아와 파멸을 자처하다니 말이야!"

그가 웃었다.

"그 얕은수에 걸려들다니! 기가 막혀서 말도 잘 안 나오는 군! 자네는 내가 그 신문기사를 투고했다고 생각하나? 자네를 다시 불러들이기 위해서? 그렇다면 녀석을 칭찬해 주어야겠군. 어차피 녀석이 할 수 있었던 게 그것뿐이었다고 해도 말이야. 놈은 뛰쳐나가고 싶어 했거든. 언제나 그래 왔지. 그래서 저를 알릴 속셈으로 조난 신호를 보낸 거야. 제 이야기가 담긴 신문기사를! 물론 그깟 삼류 괴담 따위에 관심을 기울이는 사람은 아무도 없었지. 자네 같은 얼간이만 빼고. 아닌가? 아니면 뭔가, 설마 그 멍청한 놈이 네놈한테 한 줌 기대라도 걸고 있는 건가? 네놈한테? 너 같은 얼간이한테?"

난폭하게 삼켜진 웃음은 곧 분노 어린 으르렁거림으로 다시 토해졌다.

"날 파멸시키기 위해 선택한 방법이라는 게 고작 너 따위 겁쟁이라고?"

그가 온몸을 부들부들 떨며 자리를 박차고 일어섰다. 험악하고 동시에 넋을 놓은 몰골이 내게 다가왔다.

"네가? 내 앞에 엎드려서 한심하게 빌고 있는 네가?"

그가 기괴한 표정으로 속닥거렸다. 나는 두려워서 엉거주춤 팔로 얼굴을 막을 수밖에 없었다. 쿵쿵거리는 발소리가 났다. 바늘처럼 찢어진 눈동자가 어둠 속에 숨긴 내 눈을 똑바로 응시하고 있었다. 나는 책장에 등이 닿을 때까지 도망쳤다. 구석에 몰렸음을 알게 되었을 때, 나는 조금도 몸을 꼼짝할 수 없음을 깨달았다. 그의 맹수 같은 눈이 나를 샅샅이 뒤놓으며 마비시키고 있었다. 멋대로 숨소리가 떠들거렸다. 내가 안간힘을 쓰며 거친 호흡을 죽이기 위해 노력하는 동안, 느닷없이 자리에 멈춰 선 그가 손가락을 들고 나를 가리켰다. 이윽고 그가 폭발하듯 울부짖었다.

"아니야, 틀렸어! 넌 아무것도 아니야! 여기서 네 역할이란 끊임없이 날 시험한 것뿐이잖아. 정작 실험이 성공할 거라곤 한 차례도 믿지 않았지! 내가 모를 줄 알았나? 나는 알고 있었어. 처음부터 알고 있었다고! 그런데 네놈이 결과에 집착을 멈추지 못한다는 게 이상했어. 단 한 순간도 날 가만히 내버려 두질 않았었잖아. 끝에 겁먹고 혼자 내뺀 놈은 자네였는데, 오, 맙소사. 그리고 나는 알았어. 너는 날 감시할 시간에 네 몸뚱이를 돌보는 편이 더 좋았을 거야. 네 의심은 차라리 나약해 빠진 그 관음증을 보전하기 위함이었지. 나는 알고 있었어. 자네가 숨기고 있는 그 추잡한 본성을! 내가 모를 줄 알았나? 내가 그걸 과연 모를 줄 알았나!"

그는 정신이 나간 채 지껄이고 있었다. 창밖의 파도는 악몽의 합창이 되어 세차게 차올랐다. 오렌시아의 목소리가 도시 위로 흘러넘치고 있었다. 나는 이제 숨이 막혀 익사할 지경이었다.

"아니야, 그런 게 아니야…… 그만두게. 이럴 시간이 없어."

"자네는 나보다 더한 망상에 시달리고 있군."

아서가 껄껄대며 고꾸라졌다.

"난 자네가 왜 돌아왔는지 알아. 이 도시로 돌아올 수밖에 없

"어느새 이렇게 되었나."

그는 최대한 무덤덤하게 말하며 그 표시를 가리켰다.

"실험의 마감 시한이지. 이날이 도래하면 나는 실패하는 거야."

나는 그가 실패를 가정하고 있다는 사실에 놀라서 되물었다.

"그럼, 이날까지 문제가 해결되지 않는다면, 자네는 유령 열차를 멈추기로 한 건가?"

"내 힘으로 어찌할 수 있는 일이 아니네. 열차는 저 알아서 스스로 멈출 거야."

"어떻게?"

아서가 갑자기 깔보는 모양새로 태도를 바꿨다.

"자네는 그런 걸 물으려고 여기까지 되돌아온 건가?"

그가 킬킬대며 비웃어서 나는 당황할 수밖에 없었다. 우물쭈물하다 입을 다물고 달력에 눈을 고정시켰다. 다가오는 날짜가 손에 땀을 쥐게 했고, 붉은색 표시는 내 가슴 깊숙한 곳을 짓눌렀다. 머리 한편에 물이 찬 듯한 감각이 생겼다.

"이 날짜는 어떤 식으로 정해지게 된 것이지?"

내가 재차 묻자 아서는 그 일그러진 웃음을 그만두지 않은 채 대답했다.

"계산된 날짜야. 거기에 관해서 집착할 필요는 없네."

"집착이라니? 난 집착한 적은 없었어."

그러나 내 마음은 이전처럼 이유 없이 다급해졌고, 다른 이야기를 하고 싶은 충동에 빠졌다.

던 이유를 알아. 그래, 아닌 척하지 말게. 자네는 확인하고 싶었던 거야. 네가 바라는 진실을. 그 진실을 확인하고 싶어서 돌아온 거란 말이야. 그런데 그토록 바라는 진실이 대체 어느 쪽인가? 나? 아니면 자네? '나는 실패했다.' 자네는 혹시 이 말이 듣고 싶었나? 내가 내 광기를 이기지 못하고 쓰러지는 꼴을 보고 싶었나? 그러면 자네가 집착하는 그 '환상'을 지킬 수 있을까 봐?"

"당장 열차를 멈춰야 해!"

"아니, 난 아직 끝나지 않았어!"

아서가 눈을 부릅뜨고 쩌렁쩌렁하게 외쳤다.

"아직도 의심을 버리지 못하고 있잖아. 그래, 그렇다면 원하는 대로 해 주지. 내가 얼간이에게 진실을 알려 주지! 난 시간이 시작되는 지점을 발견했어! 모든 것이 시작되는 태초의 꼭짓점을! 그게 무엇이었겠나? '생명'이었네! 생명이 탄생하는 그 순간, 태엽장치가 회전하기 시작하는 바로 그 순간! 그 순간이 네 번째 차원을 발견하는 열쇠였던 거야!"

아서가 허우적거리며 손가락으로 서재 한구석을 가리켰다. 그곳에도 놓여 있던 포르말린 속 무언가, 차라리 정체를 알고 싶지 않았던 불완전한 살굿빛 형체를 내가 알아본 그 순간, 벽을 타고 굵은 금이 쩌적 갈라지더니 저택 전체가 경련하듯 마구 진동하기 시작했다. 아서가 탁자를 던질 듯 밀어 넘어뜨리며 급히 서재를 빠져나갔다. 나도 그를 따라 문을 어깨로 젖혀 열었다. 무너지는 계단을 타 넘고 광장으로 달려갔다. 입구를 막고 있던 벽돌은 이미 부스러져 있었다. 곧 매캐한 냄새가 났다.

광장은 아비규환이었다. 곳곳에 무너진 상자의 산이 흩어져 있고 쓰레기장처럼 큼직한 파편이 굴러다녔다. 사람들은 이리 뛰고 저리 뛰어다녔다. 맞은편에 보이는 웅장한 시청 건물이 산사태처럼 부서져 내리고 있었다. 그것은 이미 수차례 난도질당한 채였다. 어지럽게 꼬인 터널들이 세차게 떨어지는 돌무더기 소리로 천천히 메워지고 있었다. 얼핏 재빠른 속도로 움직이는 무언가가 시청 외벽에 나타났다. 울퉁불퉁하게 일그러진 그림자는 먹잇감을 살피듯 아주 잠시 그 위치에 떠 있다가, 순식간에 속도를 올려 한쪽으로 사라져버렸다. 동시에 시청을 지탱하던 몇 안 되는 기둥들이 촛불을 불어 끄듯 차례로 지워졌다. 우지끈하는 굉음이 일었다. 중심을 잃은 건물은 맥없이 쓰러졌다. 미처 그 흙먼지가 다 피어오르기도 전에 다른 곳에서 다시 우지끈하는 소리가 들렸다. 사람들이 위험한 지상에서 도피를 꾀하려는 듯 소리 지르며 상자 위로 기어 올라갔다. 지옥을 방불케 하는 광경이었다.

그러나 무엇보다도 내 눈을 사로잡은 것은 광장 일대를 뒤덮고 있는 피와 잘게 조각난 시신들, 그리고 살점 덩어리들이었다. 다리 한 짝, 손가락 마디들, 절반으로 토막 난 남자 따위가 사방에 나부라져 있었다. 내가 욕지기를 하며 숨을 몰아쉬느라 정신이 없는 동안 아서는 무언가를 찾는 듯 광장 여기저기를 헤집고 다녔다. 그러는 와중에도 지금이 아니면 더는 기회가 없는 것처럼 자신의 머릿속에 떠오르는 말들을 숨 가쁘게 주절거렸다.

"이론은 완벽했어. 생명의 경계에 걸쳐 있는 존재를 매개로 삼아서, 다른 물체가 같은 특성을 갖도록 그 성질을 전이시켰지. 초기 실험도 생각대로였어. 도시 한복판에 세워뒀던 열차는 금세 도로 위에서 자취를 감춰 버렸다고. 내 말 알아듣겠나? 그 큰 열차가, 순식간에 수면 아래 세상으로 꺼져버린 거야! 그 뒤로는 일사천리였지. 반응을 연계시키는 건 식은 죽 먹기였어. 한 걸음, 두 걸음, 여기서 1미터……."

고개를 숙이고 난데없이 땅바닥의 치수를 재는 아서 곁으로 검은 그림자가 눈 깜짝할 새 스쳐 지나갔다. 그 궤도를 따라 놓여 있던 시체며 벽돌들이 순식간에 잔디가 깎이듯 허공으로 증발해 버렸다. 아서는 곧바로 몸을 직각으로 틀었다.

"그 실험 결과의 활용도는 무지막지했지, 그렇지 않나? 자네도 알다시피 이 도시는 그 날로 생명을 얻었어. 당연하지, 생명이 한쪽에서 다른 한쪽으로 옮겨졌을 뿐이라고. 그건 전혀 마법 같은, 설명할 수 없는, 바보 같은 머저리들이 좋알대던 것처럼 이해할 수 없는 불가사의한 현상이 아니었어! 너무나 간단명료한 이항식이었다고!"

나와 아서의 중간 지대를 그 그림자가 다시 한번 휩쓸고 지나갔다. 훅 하고 끼쳐 오는 바람 기운에 매캐한 연기 냄새가 뒤섞여 있다는 것이 느껴지자, 내 몸은 사시나무 떨듯 주체할 수 없이 후들거리기 시작했다. 아서가 계속해서 부르짖었다.

"그런데 문제가 생겼지. 그 녀석이 포기하지 않았던 거야. 자기 몫의 생명을. 그걸 되찾기 위해 녀석이 발 구름을 하기 시작했지. 그때부터 모든 게 뒤흔들리기 시작했어. 완전했던 방정식에 구멍이 생기고, 딱 맞아떨어지던 정답은 갑자기 홀연 사라져 버리고. 난 녀석을 멈추기 위해 별의 별수를 다 써 봤지만, 이렇게, 멈추지 않았지. 완전히 착각에 빠져있었어. 통제할 수 있을 거라고 믿었는데 말이야. 녀석은 처음부터 삶과 죽음의 경계 같은 곳에 우두커니 멈춰 있지 않았어. 처음부터, 그래, 오렌시아를 육교 밑으로 떨어뜨리던 그 순간부터, 녀석은 이미 완전히 살아있었던 거야!"

아서는 경탄의 빛을 띤 눈을 쳐들고 우뚝 서서 잿빛 하늘을 우러렀다. 그가 그럴 리는 없었다고 생각한다. 그러나 그 광색은 마치 참회의 한 형태를 띠고 있는 것처럼 보였다. 조용히, 마치 말하지도 않은 것처럼, 경건한 한마디가 뒤따랐다.

"오늘은 내 아내의 해산일이라네."

그 말의 의미를 깨닫고 내가 자리에 힘없이 무릎 꿇은 순간, 나를 돌아본 아서가 미친 듯이 폭소하며 소리쳤다.

"거기 가만히 앉아 있는다면 자네도 한순간에 사라져 버리고 말 거야."

충격으로 뻣뻣하게 굳어 버린 나를 뒤로한 채 아서는 다시 바닥을 쳐다보며 걸음을 세기 시작했다. 흥분으로 들떴음이 역력한 음색이었다. 심지어는 언뜻 노래를 흥얼거리는 것처럼 들렸다. 그는 이제 팔을 휘적거리며 '열차가 온다'라고 끊임없이 지껄였다. 뒤편에서 정말로, 일그러진 그림자가 둥글게 곡

선을 그리며 이쪽으로 휘몰아 돌고 있었다. 아서는 걸음을 멈췄다.

"여기야, 틀림없어! 여기엔 철로가 깔려있지 않다고. 하, 하! 난 그렇게 쉽게 포기하지 않을 거야. 난 아직 끝나지 않았어. 여기는 안전해!"

아서는 희미한 승리의 쾌감이 섞인 얼굴로 자랑하듯 두 팔을 펼쳐 올려 보였다. 모든 소리가 일순간 갑자기 사라졌다. 잠깐 동안 시간이 멈춘 듯했다. 긴 여운이 몰려들었다. 아서의 땀으로 번들거리는 얼굴과 새빨간 입속의 상아 같은 치아가 강렬하게 뇌리에 새겨졌다. 고요한 착시가 눈앞의 광경에 내려앉았다.

이슬처럼 환한 풍경이었다. 귓가에 메아리의 잔향만이 울려 퍼졌다. 영원 속에 존재하는 소리라면 이밖에 없을 것 같은, 찰나의 속삭임이 그때 모든 시계와 희끄무레한 그림자 속에 나풀대고 있었다. 아서의 이마 위로 비죽 늘어진 머리칼 한 올이 그걸 따르는 것처럼 바람에 조금 살랑거렸다.

귀를 난자하는 폭력적인 기적 소리가 정적과 정지된 순간을 무차별적으로 깨뜨렸다. 나는 눈을 깜빡였다. 오른팔이 빙글 회전하며 피를 흩뿌리고 있었다. 검은 소매가 짙게 물들었다. 손은 창백했다. 완고해 보이는 뭉툭한 손가락이 마치 주먹을 놓쳐버린 듯 안타까운 모양으로 일그러져 있었다. 팔의 주인은 어디에도 보이지 않았다.

투둑, 바닥에서 몇 바퀴 나뒹구는 소리가 났다. 내가 비틀거리며 그것을 향해 다가가려 할 때, 누군가의 날카로운 비명이 내 발걸음을 가로막았다. 느닷없이 매캐한 바람이 콧잔등을 때렸다. 뒤이어 온몸을 전율시키는 굉음이 나를 덮쳤다. 꼬리에 꼬리를 문 커다란 열차가 고작 몇 발자국 앞을 덜컹이며 휘두들기고 지나갔다. 어지러울 정도로 빠른 속도였다. 교차되는 붉은 무늬가 검은빛과 번갈아 나타났다. 객차 안에는 실종된 사람들과 부서진 건물의 잔해들이 차곡차곡 담겨 있었다. 나는 그 기나긴 잔상의 울음소리를 멍하니 지켜보았다.

열차는 넋을 앗아간 등장만큼이나 갑작스레 멈췄다. 쿠당탕 하는 소리와 함께, 한 객차의 천장 위에서 무언가가 굴러떨어졌다. 피처럼 붉은 진홍색 드레스를 입은 여자였다. 무릎을 굽혀 살펴보니, 찢어진 드레스 사이로 몸을 크로와상처럼 둥글게 웅크린 갓난아기가 누워 있었다. 아기는 새빨간 입을 크게 벌렸다. 그리고 마지막이 될 자신의 첫 숨을, 천천히 들이마셨다.

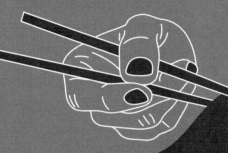

잠자는 여왕의
종이 궁전 아래에서

전견

전견

서울에서 태어났다. 영국에서 철학을 전공하였다. 전집주의자다

1.

그녀는 이야기를 먹는 괴물, 그리고 나는 그런 그녀에게 이
야기를 지어 바치는 자.

그녀는 이야기를 듣지 않으면 잠들 수 없는 불면증 환자, 그
리고 나는 그런 그녀에게 끝없이 이야기하지 않으면 살아갈
수 없는 그런 남자.

2.

끝없이 이야기를 조잘거려야 하는 나는 덕분에 또다시 아르
바이트에서 잘리고 말았고, (다섯 번째로 잘린 곳은 술집이었는데, 주
정뱅이들이 주절거리는 나에게 짜증을 부리며 조잘거리곤 하였다) 여섯
번째 아르바이트를 청계천에 위치한 한 낡은 헌책방에서 우연
히 구할 수 있었다.

여느 때와 마찬가지로 홀로 이야기를 중얼거리며 청계천을 지나가다, '아르바이트생 구함. 시간이 한가한 사람이라면 누구나 환영'이란 종이 문구가 가게 문에 붙어있는 것을 보곤 생각도 하지 않고 문을 열었는데, 가게 안으로 들어가서야 그곳이 헌책방이란 것을 알 수 있었다.

헌책방이 으레 그러하듯, 그곳 또한 오늘날 그 자체로 골동품이 되어버린 낡고, 주인이 취미나 자선사업 삼아 운영하는 곳이 아닐까 의심이 되는 그러한 망하기 직전의 폐허였다. 실제로도 그곳의 주인은 책방 운영 자체엔 거의 관심이 없어 보이는 한 늙은 남자였는데, 이 세상 그 누구보다도 지쳐 보이는 쳐진 두 눈을 제외하면, 별다른 특색 없이 그저 50대인지 60대인지 헷갈리는 그러한 남자였다. 그 덕분에 그곳에서 일하게 된 이후론 이따금 내가 도망갔는지 아닌지, 살았는지 죽었는지 확인하러 오는 것을 제외하면, 책방에서 일하는 동안 거의 주인 양반과는 만나지 못하였다.

가게는 청계천의 헌책방 골목과는 조금 거리가 떨어진 곳에 위치해서, 가뜩이나 사람이 적은 헌책방들 중에서도 특출 날 정도로 거의 찾아오는 이가 없는 그런 책방. 그 안엔 다른 헌책방들과 비슷하게, 곰팡이 썩은 냄새로 가득한 책들이 만든 미로와 같은 벽과 길이 나 있었고, 그 끝엔 주인 대신 내가 자리를 지키며, 쉴 틈 없이 떠들어야 할 카운터가 있었다. 문과는 일직선 상에 놓여 있었는데, 아마도 누가 책방에 찾아오는지, 혹은 책 도둑이 오지 않을지 감시하기 위해 그렇게 의도되었음이 뻔하였다. 비록 도둑조차 찾지 않을 그런 책방이라 쓸모가 있을지는 몰랐지만 아무튼 가게를 지켜야 할 의무가 내게 있었으므로 카운터의 선반에 팔을 괴곤, 나는 떠들며 가게를 지키곤 하였다. 낡은 합판으로 된 그 선반 위엔 여러 낙서가 있었는데, 책방답게 여러 책에서 인용한 글귀들이 잔뜩 적혀있었지만, 그 책들 대부분을 나는 제목조차 들어보지 못하였다.

사내놈이 왜 그렇게 시끄럽냐고 처음 면접 때 주인은 내게 물었고, 나는 사실대로 이야기해줄 수밖에 없었다. 그러자 주인은 나를 미친놈 보듯이 빤히 쳐다보았다.

"미친놈."

실제로도 그는 그렇게 내뱉었다. 이런 반응에 나는 이미 익숙해져 있었고, 그저 이만 가보겠다고 짧게 말하곤, 가게 밖으로 도망치듯 나가려고 했다.

"어딜 가, 이 미친놈아."

그러나 그가 또다시 내게 욕을 하며 나를 막았다.

"가야죠."

"왜?"

"저 같은 이상한 환자를 쓰고 싶진 않을 거 아니에요?"

"물론 네가 미친놈인지, 아니면 미친놈처럼 보이는 미친놈인지는 나야 모르지." 그가 퉁명스럽게 내뱉었다. "요즘 세상에 누가 이야기하는 놈을 필요로 하겠어? 다들 자기 이야기 하기도 벅찬 세상에." 그러면서 그는 입을 만지작거렸다. "그렇다고 우리 가게에서 일하는 데 문제가 있는 건 아니잖아? 너,

언제부터 일할 수 있냐?"

"지금부터요. 지금 당장 가능해요."

나는 재빨리 대답했다. 나를 쓰겠다는 주인의 말에 의심도 들었지만, 그렇다고 기회를 놓칠 수는 없었다.

주인은 고개를 한 번 끄덕이곤, 잘 해보자는 뜻인지 내게 손을 내밀어 악수를 청했다. 나는 그 손을 잡아 악수를 하면서도 내 안에 잠든 의구심을 버리지 못한 채 되묻고 말았다.

"그런데…… 정말로 저를 쓰실 건가요?"

"어차피 손님도 없는 가게인데, 카운터 구석에서 혼자 떠들며 가게나 똑바로 지키고 있어. 어디 튀지 말고."

주인은 대수롭지도 않다는 듯 말했다.

그리하여 나는 그날부로 그 책방으로 출근을 하기 시작하였다. 1년, 365일, 쉬는 날 없이 아침 9시부터 오후 7시까지. 시급은 내 예상보다도 훨씬 높아서, 사실 이 가게가 정말로 잘 되는 가게이거나, 혹은 이 주인아저씨가 정말로 부자이거나, 둘 중 하나가 아닐지 고민했지만, 나중에 알고 보니까 역시나 둘 다 아니었다.

책방에서 일하게 된 첫날엔 주인과 많은 시간 동안 같이 있었는데, 그는 이것저것 가게의 규칙들을 내게 알려주면서 (이 손님은 가게 단골이니까 가게 안에서 어떤 이야기를 하든, 혹은 어떤 짓을 하든, 원하는 대로 하게 놔두어라, 저 손님에겐 반드시 찾는 책의 작가가 쓴 다른 책들까지 가게 안에 있다면 모조리 함께 팔아치워라, 가게 안에는 책을 읽을 수 있는 동물 외엔 어떠한 동물도 출입금지다, 혹은 가게 안의 모든 책을 읽고, 감상문을 각각 3줄씩 써서 낭독해라 등등 지켜야 할 규칙들은 많고, 또 까다로웠다) 가게 이곳저곳을 내게 안내했고, 숨겨진 비밀 장치들을 알려주었다. 마지막으로 가게 문을 닫는 법까지 알려준 후, 그는 내게 가게를 잘 보라고 말하며, 밖으로 나갔다.

그리하여 나는 겉보다 안이 훨씬 넓은 이 기괴한 책들의 궁전 안에서 일하는 정원사가 되었다.

"이 책들은 주기적으로 물을 줘야 해. 한 이틀에 한 번이면 충분해. 책들이 완전히 젖을 때까지 흠뻑 주는 것을 잊지 말도록. 내가 올 때마다 물을 제대로 줬는지, 안 줬는지, 검사할 거니까 잊지 마."

규칙들을 설명하던 주인이 가게 가장 깊숙한 곳에 위치한 붉은 가죽 장정의 책들 한 무더기를 가리키며 말했다. 모두 방금 전에 물을 주었는지, 책들 모두 푹 젖어있었고, 바닥엔 물웅덩이가 고여 있었다.

"어떻게 확인하실 건데요?"

"간단하지. 네가 물을 주지 않았다면, 내가 가게에 왔을 때엔 네 손모가지 정도나 가게 바닥에 나뒹구는 것을 확인할 수 있을 테니까."

"이 책들이 저를 잡아먹을 수도 있다는 말인가요?"

"글쎄……."

주인은 내게 가게 일을 알려주며, 이따금 무서운 소리를 아무렇지도 않게 내뱉었다. 진짜인지, 가짜인지, 분별할 수 없었던 나는 주기적으로 잊지 않고 그 책들에게 물을 뿌려주곤 하였다. 물을 줄 때마다 어딘가에서 호랑이 같은 짐승의 이 가는 소리가 들려오곤 하였지만 애써 무시하곤 하였다.

주인이 이곳저곳을 안내해주던 와중, 난 카운터 바로 옆쪽에 여러 책이 마치 또 다른 방을 이루듯 낮은 벽을 만들고 있음을 볼 수 있었다. 마치 동화 속 공주를 가두는 탑처럼, 책들로 둘러싸인 거기엔 사람이 겨우 한 명 앉아있을 만한 공간이 있었고, 그 한 가운데엔 여자 하나가 등을 책장에 기댄 채 앉아있었다. 자세히 보니 머리엔 헤드폰을 끼고 있었는데, CD 플레이어와 연결되어있는 것이 무언가를 계속 듣고 있는 듯 보였다.

아름다운 여자였다. 텔레비전 속에서나 볼 수 있는 그런 여자들과도 비교도 할 수 없는 그런 죽여주는 여자였다. 아마도 그런 여자는 내 상상 속에서나 존재할 거라고 생각했는데, 의외로 내 상상력은 빈약했던 모양이다. 두 눈을 꼭 감은 채, 무릎 위엔 읽다 만 책 한 권이 펼쳐져 있었는데, 아마도 그 책을 읽다가 잠든 모양이었다. 대체 얼마나 지루한 책이기에 이렇게 지저분하고 좁은 장소에서 저렇게 편하게 잠들 수 있을까, 고민하던 도중, 내 시선을 눈치챈 주인이 짧게 말했다.

"저 여자는 놔둬. 어차피 가게 일에 어떤 도움도 주지 않고, 해도 되지 않으니까. 무시하면 될 거야."

"저 여자가 대체 누군데요? 아저씨 딸이에요?"

"나도 몰라."

그는 그렇게 말했다. 그래서 나도 더 이상 묻지는 않았다. 주인은 되도록 그 여자가 듣는 무언가를 방해하지 말고, 그냥 놔두라고 가게 밖을 나가면서까지 내게 신신당부했다.

주인이 책방을 떠나자, 헌책방 안엔 당장이라도 나를 깔아 죽일 것 같은 책들의 미로 속에 나와 잠든 여자, 단둘만이 남아있었다. 나는 카운터에 앉아 조잘거리며 이따금 잠든 여자에게 곁눈질하였는데, 그녀는 외간 남자가 바로 옆에서 떠들고 있는데도 아랑곳하지 않고 계속 잠들어있었다.

숨소리조차 거의 내지 않아 사실 죽은 것이 아닐까, 혹시 주인이 쉴 틈 없이 조잘거리는 나를 굳이 고용한 이유도, 또 고용하자마자 도망치듯 어딘가로 사라진 이유도, 모두 여기에 있는 것이 아닐까란 불안감이 기분 나쁜 가게의 침묵 속에서 자라나기 시작했다. 사실 이 여자는 살해당한 시체고, 내가 그녀를 죽였다는 누명을 쓰고 감옥에 대신 끌려가는 것이 아닐까, 그러곤 일사천리에 재판이 끝나고, 나는 감옥 안에서 홀로 독방을 쓰며, 홀로 끝없이 아무도 듣지 않을 이야기를 중얼거리며 외롭게 죽어나가겠지. (물론 이따금 그녀의 숨소리가 새근새근 들려왔고, 이따금 몸을 비비적거렸기에, 적어도 나는 그녀가 살아있다는 것을 잘 알 수 있었다.)

이런저런 상상의 나래를 펼치며, 그걸 이야기하던 도중, 옆에서 누군가의 목소리가 들려왔다. 한 여자의 고운 목소리였다.

"내겐 항상 책을 읽어줘야 해."

옆에서 그 잠자는 여자가 잠꼬대하고 있었다. 그러자 나도 모르게 이야기하던 것을 아주 잠깐 동안 멈추곤 그 여자 쪽을 빤히 쳐다보았다. 그러자 그 여자는 내게 말을 걸듯, 사실은 깨어있는 것이 아닐까 의심이 될 정도로 계속 잠꼬대를 이어서 했다.

"정말이야. 당신은 내게 항상 책을 읽어줘야 해. 그래야 내가 항상 잠들어있을 수 있을 테니까."

"내가 대체 왜 그래야 하는데?"

나는 나도 모르게 내 말을 들을 리도 없을 그 잠자는 여자에게 물었고, 그러자 정말로 여자는 잠꼬대로 내 의문에 대한 합리적인 대답을 해 주었다.

"나는 세상을 꿈꾸는 중이니까. 내가 잠에서 깨어나면, 이 세상은 멸망할 거야. 나를 계속 잠재울 방법은 누군가가 내게 끝없이 이야기를 해주는 것뿐이지."

"그렇군."

잠자는 여자의 잠꼬대에 따르면, 잠자는 사람이 그러하듯 그녀도 꿈을 꾸고 있는데, 그녀가 꿈에서 깨어나면 이 세상도 같이 없어진다고 했다. 나는 아직 세상이 멸망하는 것을 원하지 않았고, 또한 책방을 지키며 할 일도 마땅히 없었으며 무엇보다도 내가 항상 이야기를 조잘거려야 한다는 사실을 깨닫곤, 그 여자가 잠에서 깨어나지 않도록, 그 여자에게 책을 낭독해주기 시작하였다. 그녀는 이야기를 들어야 하고, 나는 이야기를 말해야 한다. 말 그대로 우리는 서로 윈윈이었다.

처음에 나는 으레 내가 하던 것처럼 나의 이야기를 그녀에게 조잘거리기 시작했다. 그러나 채 반의 반도 이야기하기 전에, 그녀는 짧고, 차갑게, 명백히 거부의 의사로 내게 말했다.

"형편없어."

이에 상처받은 나는 다른 사람들의 이야기를, 주로 가게 안의 책들을 그녀에게 읽어주기 시작하였다. 대부분 나의 이야기보단 훌륭한 것들이었다. 이에 그녀는 만족하였다.

그러나 그녀는 변덕스러웠고, 종종 내 이야기를 다시 요구하기도 하였는데 그럴 때마다 나는 다시 내 이야기를 조잘거리기 시작했다. 내 이야기가 끝나고 나면, 그녀는 말하곤 했다.

"당신의 이야기는 진실 되지 못해, 그러니 형편없어."

그리고 다시 상처받은 나는 다른 이의 이야기로 되돌아왔다. 그렇게 나는 잠자는 여왕에게 때론 남의 이야기를, 때론 나의 이야기를 들려주며 떠받들기 시작했다.

책을 읽어주면서도, 이따금 나는 이야기로서, 그녀는 잠꼬대로서 우리는 서로 대화를 주고받기도 하였다.

"그런데 내가 이곳에서 일하기 전엔 누가 이야기를 들려주었던 거야?"

"주인이 내게 오디오북을 계속 반복해서 들려주었어."

그녀가 졸린 목소리로 잠꼬대했다.

"그렇군." 그러면서 나는 낭독하던 책의 다음 페이지를 넘겼다. "그렇다면 굳이 내가 너에게 책을 읽어줄 필요는 없지 않을까?"

"하지만 주인은 같은 책만 들려주는걸." 그녀가 중얼거렸다. "같은 이야기만 이미 수천 번 들었어, 그건 너무 지루해, 지루해서 깨어나 버릴 거 같아."

"그런가?"

"그러니까 당신이 매번 새로운 이야기를 들려주었으면 해, 남의 이야기도 좋고, 당신 자신의 이야기도 좋아. 물론 형편없지만."

하루 10시간에 가까울 정도로 계속 책을 낭독하는 것은 매우 힘든 일이었지만, 어차피 나는 언제나 내 자신의 이야기를 떠드는 처지이므로 일은 금방 익숙해졌다. 이야기를 계속 조잘거려야 한다는 것이 꼭 나 자신의 형편없는 이야기를 계속 들려줘야 한다는 것은 아니었기에, 처음 몇 달 동안 나는 가게 안에 쌓인 책들을 하나하나 골라서, 그녀에게 들려주곤, 다른 손님들에게 되파는 일을 반복하였다. 때때로 책을 고르는 것이 지칠 땐 기지개를 켜며 그녀에게 내 이야기를 들려주곤 하였는데, 어느 쪽이든 그녀를 계속 잠재우는 데엔 똑같아 보였다. 물론 그녀는 이따금 잠꼬대로 내 이야기의 지루함에 대해 불평을 중얼거리기도 하였다.

(내가 퇴근을 할 땐 어쩔 수 없이 주인아저씨가 으레 그러하였듯 오디오북을 들려줄 수밖에 없었다. 잠자는 그녀는 이에 대하여 불만이 가득하였지만, 그녀도 수긍할 수밖에 없었다)

아무리 내가 일하는 곳이 손님이 없는 헌책방이지만, 그렇다고 단골들이 아예 없는 것은 아니었다. 이상한 주인과 이상한 여자, 그리고 이상한 직원이 운영하는 이 이상한 책방엔 그에 준하는 이상한 손님들이 아주 가끔 찾아주곤 하였다.

"저번에 있던 알바는 결국 도망갔나 보네?"

"이번에 새로 일하게 되었죠."

"그래? 그쪽 친구는 도망치지 말고, 열심히 해, 여긴 정말 좋은 곳이니까."

빵모자에 수염을 기른 안경 쓴 남자가 나를 보며 말했다. 첫날 주인이 알려주었던 규칙 중에 해당하는 손님이었다. 이 손님에겐 찾는 책의 작가가 쓴 다른 책들까지 모조리 함께 팔아라.

나는 그가 찾는 『페르디두르케』의 저자 곰브로비치라는 사람의 다른 책들을 가게 창고까지 뒤져가며 모조리 찾아내었고, 곰브로비치라는 이상한 이름의 사람이 쓴 책 8권을 모조리 그 손님이 서 있는 카운터에 내려놓았다. 그러자 그 남자는 아주 만족해하며, 내가 부른 책값을 아무런 의심 없이 그대로 지불하곤 가지고 온 커다란 트렁크에 책들을 넣어 가게 밖을 나갔다.

책들을 찾고, 그와 동시에 잠자는 그녀에게 이야기를 들려주는 동안 그 남자는 자신의 이야기를 내게 들려주었는데, 별로 듣고 싶진 않았지만, 계속 귀를 기울일 수밖에 없었다. 그의 말에 의하면, 그는 전집주의자이며, 한 작가가 쓴 모든 책을 모조리 서재에 소장해야 만족할 수 있는 그런 괴상한 편집증 환자라고 했다.

"그런 의미에서 진정으로 좋은 작가는 죽은 작가뿐이지."

그가 이유를 물어달라는 듯 나를 쳐다보자, 하는 수 없이 나는 되물었다.

"왜죠?"

"왜냐하면 '전집'이란 것은 결국 죽은 작가만이 가질 수 있는 거니까. 살아있는 작가들은 계속 글을 쓰거든, 언제 놈들이 내가 갖지 못한 책을 쓰고 있을지 몰라, 항상 조심해야지."

"그쪽은 좋아하는 작가 중에선 살아있는 작가는 없나 봐요? 보통 자기가 좋아하는 작가 책이 계속 새롭게 나오면 좋아하지 않아요?"

"물론 나도 그래. 그래서 그게 내 딜레마야. 내가 좋아하는 작가가 하필 살아있다면, 나는 끝없이 괴로울 수밖에 없어. 그 녀석의 새로운 책을 계속 읽고 싶지만, 그러면 그 녀석의 전집을 완성할 수 없거든. 독서인들의 비극이지."

그가 과장되게, 마치 시대가 지난 구식 비극을 연기하는 삼류 배우처럼 몸을 비틀며 흐느끼는 척을 하자 나는 더 이상 봐줄 수 없어, 생각나는 대로 퉁명스럽게 한 마디 내뱉었다.

"그렇다면 『미저리』처럼, 작가 한 명을 감금시키는 건 어때요? 그 작가가 쓰는 모든 원고를 독점하는 거죠."

"그거 진짜 좋은 생각이네. 정말로 죽여주는 아이디어야."

무언가 깨달음을 얻은 것처럼 내가 팁으로 만 원까지 보태 준 후, 그는 콧노래를 부르며 가게를 나갔다.

"그런데 당신은 왜 끝없이 이야기를 떠들어야 하는 거야?"

책을 낭독하던 도중 잠자는 여자가 내게 물었다. 나는 잠깐 고민하곤, 바로 대답해주었다.

"체질이지. 나도 왜 그런지는 몰라, 하지만 나는 끝없이 떠들어야 해."

"이상한 체질이네."

"정확하게는 병이야. 그쪽도 이야기를 듣지 못하면, 잠들 수 없잖아?"

"이상해."

그녀가 말했다.

"나도 알아, 이상하단 것 정도는 충분히 알고 있어."

"나도 이상하고, 그쪽도 이상해."

나는 잠자는 그녀에게 한 가지 이야기를 들려주었다. 나를 진찰한 의사가 내게 들려준 한 광대의 이야기였다.

의사는 내게 말해주었다, 나는 끝없이 이야기하지 않으면 죽을 거라고. 이유는 알 수 없다, 그저 어쩔 수 없는 법이다, 그러니 유감이다, 그는 그렇게 말했다. 그러면서 지금도 왜 그랬는지는 알 수 없지만, 내게 이상한 이야기를 하나 들려주었다.

한 광대가 있었다. 그는 세 치 혀로 왕과 귀족들을 조롱하며 저잣거리에서 인기를 얻었다. 그리고 마침내 이는 왕을 노하게 만들었다. 왕은 그를 붙잡곤 심문했다. 성난 귀족들은 왕으로 하여금 광대에게 끔찍한 형벌을 내릴 것을 요구했다. 막대한 양의 벌금을 내든가, 죽기 직전까지 곤장을 때려 다시는 그러한 짓을 벌이지 못하게 하자는 의견도 있었다. 제각기 다른 형벌들을 신하들은 제안했고, 왕은 잠자코 그것을 듣고 있었다. 마지막으로 그 광대가 왕에게 말했다.

"폐하, 소인은 어떤 벌이든 달게 받겠습니다. 그저 소인의 혀만은 놔둬 주십쇼, 혀는 잘못이 없으니 말이죠."

그러자 왕은 그를 비웃으며 이야기했다.

옛날에 한 가난한 논객이 있었는데, 그 논객이 어느 날 누명을 쓰곤, 사람들에게 멍석말이를 당했다고 했다. 죽기 직전까지 얻어맞은 그가 집으로 돌아오자, 그의 아내가 그를 원망하며 대체 쓸모없는 말재주로 어떻게 먹고살 거냐고 물었다. 논객은 아내에게 자신의 혀가 잘 있는지를 물으며, 혀가 잘 붙어 있으면 아무 문제 없다, 고 웃었다. 혀가 무사했던 논객은 곧 그 세 치 혀를 놀려 재상이 되었고, 부귀영화를 누렸다. 덤으로 자신에게 멍석말이를 했던 자들에게 복수하는 것도 잊지 않았다.

왕은 그 이야기를 광대에게 들려주며 말했다.

"과인은 그 사람들과 같은 실수를 범하지 않을 것이다. 과인은 너에게 저들과 네가 원하는 그 어떠한 벌도 내리지 않을 거다. 그저 너의 잘난 세 치 혀를 살짝 자르는 것만으로 네가 범하고 범할 모든 죄를 대신할 것이다."

그러면서 왕은 광대에게 벌금이나 사형도 내리지 않고, 그저 혀끝을 살짝 잘라내었다. 광대는 말 못 하는 벙어리가 되었고, 결국 어떤 이야기도 하지 못한 채 홀로 쓸쓸하게 죽어갔다.

이 재미없고 이상한 이야기를 다 듣자마자 나는 의사에게 물었다. 대체 이 이야기를 들려주는 목적이 뭐죠?

의사는 말했다. 말 그대로, 환자분의 병은 혀가 잘려 벙어리가 되기 전까진 현대 의학으론 고칠 수 없다는 뜻이죠. 유감입니다.

유감. 그걸로 그는 더 이상 말이 없었고, 나는 혀가 잘리기 전까지 끝없이 이야기를 조잘거려야 하는 이방인이 되고 말았다.

"이상한 의사네." 이야기를 다 들은 그녀가 잠꼬대했다. "재미도 없고, 교훈도 없어."

"흔한 돌팔이였지." 나는 말했다.

"그쪽 이야기는 역시 재미없는 것들밖에 없네." 그녀가 말했다.

나는 한숨을 쉬며, 낡은 세계 명작선을 펼치며 다시 이야기를 시작했다.

한 중년의 검은 밍크코트를 입은 부잣집 사모님으로 보이는 여성도 가게 단골 중 하나였다. 그녀는 카운터 앞까지 성큼성큼 다가와 선글라스를 벗더니, 주인이 내게 경고했던, 주기적으로 물을 줘야 하는 책 한 권을 요구했다.

그 책들을 어디에 쓸 거냐고 물었더니 여자는 내게 말했다.

"우리 남편에게 선물할 거야."

"이틀에 한 번씩 물을 줘야 하는 것도 꼭 전해주세요."

책을 조심스럽게 포장하며 나는 말했다.

"아니, 그건 필요 없어."

여자가 씨익 웃으며 말했다.

"남편분이 싫으신가 봐요?"

"그 남자가 글쎄, 서재에 『규방철학』을 갖다놨더라고, 세상에, 그런 쓰레기 같은 책을 어떻게 신성한 서재에 둘 수 있냐고 따졌더니 오히려 내게 화를 내는 거야! 나도 20년간 많이 참았지만, 이젠 더 이상 참을 수 없어. 이참에 그 양반 서재까지 몽땅 내가 차지할 거야."

그러면서 그녀는 조심스레 포장된 책을 들곤 가게를 나갔다.

그와 비슷한 시기에 또 다른 중년 남성이 가게를 찾았다. 그역시 주기적으로 물을 줘야 하는 그 책을 찾았고, 나는 조심스레 가죽 장갑을 끼곤, 책을 포장하기 시작했다.

"물을 줘야 하는 것을 잊지 마세요, 위험한 책이에요."

"괜찮아, 아내에게 줄 거니까."

"그런가요?"

"망할 여편네가 사드같이 위대한 작가도 알아보지 못하고, 책을 망가뜨렸거든. 나도 더 이상은 못 참겠어."

그 후 가게에서 일하는 동안, 나는 그 여자도, 그 남자도, 다시는 볼 수 없었다.

언젠가 당장 읽어줘야 할 책이 없어 이 이야기를 대신 들려주자, 잠자는 그녀는 짧게 말했다.

"원래 서재는 가장 이기적인 공간이거든."

"그런가?"

"가장 개인적인 공간이기도 하지."

그녀는 그렇게 말했지만, 나는 둘의 차이를 알 수 없었다.

"『천일야화』의 핵심은 결국 삶이 곧 이야기란 점이죠. 세헤라자드를 봐요, 그녀는 이야기를 들려주지 않는다면 죽을 목숨이죠. 말 그대로 그건 메타포고, 상징이에요. 이야기가 없으면 삶도 없다. 천일야화가 말하고 싶은 핵심은 그거죠."

　가게 안으로 개 한 마리를 데리고 (개의 종은 퍼그였다) 들어오려는 한 중년 남성이 이야기를 들려주고 있는 나와 잠자는 그녀를 보곤 말했다. 때마침 그는 『말하는 개와 대화하는 방법』이란 책을 찾고 있었다. 그는 우리의 모습을 보더니, 마치 『천일야화』속 한 장면 같다고 홀로 감탄하며 내게 떠들었다.

　"아니야, 이 멍청아, 결국 『천일야화』의 교훈은 교미가 먼저란 거야. 왕이 이야기를 듣기 위해서, 세헤라자드와 섹스를 하지 않는 게 아니잖아. 이야기는 나중이고, 우선은 종족 번식이지. 결국 저놈도 저 여자와 어떻게 좀 해 먹고 싶은 거라고. 이쁘장한 여자가 홀로 잠들어있으니까 기회가 자신에게 있을 거라고 믿는 가련한 수컷이지. 이 불쌍한 수컷 친구야, 차라리 자위를 한 다음에 현자타임 동안 스스로가 얼마나 한심한 놈인지 생각해봐, 시끄럽게 그만 떠들고."

　그의 개가 옆에서 퉁명스럽게 말했다.

　한 번도 잠자는 그녀에게 정말로, 하늘에 맹세코 그런 생각을 가져본 적 없었기에 나는 당황하였고, 개의 주인은 웃으며 말했다.

　"이해하세요, 제가 상의도 없이 중성화 수술을 시켜서 삐쳤거든요. 너무 신경 쓰진 마시고요."

　이 이야기를 들은 그녀가 내게 되묻듯 중얼거렸다.

　"당신은 어떻게 생각해?"

　"아니야, 난 그런 마음 없었어, 정말이야." 난 말했다.

"정말로?"

그 말에 나는 내 이야기를 시작하고자 하였지만 혀는 침묵했다.

시간이 흐를수록, 나는 점점 이야기가 떨어져 가고 있음을 느낄 수 있었다. 가게 안엔 정말로 많은 책이 있었지만, 내가 가게에서 일하는 시간이 점점 흐를수록, 그 책들이 가진 이야기들도 점점 떨어지기 시작하였고, 퉁명스러운 그녀는 게걸스럽게 매번 새로운 이야기를 요구하며 까탈스럽게 굴기 시작하였다. 나는 점점 왜 주인아저씨가 피곤했는지, 그리고 끝없이 같은 오디오북만을 반복해서 들려주었는지 점점 이해하기 시작하였다.

그러면서도 나는 점점 그녀의 정체에 대해 궁금해지기 시작하였다.

꿈속에서 그녀는 자신이 소녀라고 말했다. 10대 소녀라곤 하지만, 그건 꿈속 이야기이므로 실제론 그녀가 몇 살인지 나는 알 수 없었다. 언젠가 자신의 이름을 중얼거린 적이 있었는데, XXXX-라고 중얼거리는 것만을 들었을 뿐 제대로 듣진 못하였다.

내가 잠자는 그녀에 대하여 아는 것이라곤, 그녀는 이야기를 듣지 못하면 잠을 잘 수 없는 불면증 환자라는 것, 그리고 그녀가 깨어나면, 이 세상도 같이 멸망하고 말 것이란 것. 그리고 그녀는 끝없이 새로운 이야기를 탐하는 괴물이라는 것. 그것이 이 종이의 궁전에서 일하는 하인인 내가 알 수 있는 전부였다.

"드디어 작가 하나를 감금했어. 축하해줘."

어느 날 전집성애자가 말했다.

"잘 되었군요."

나는 최근 신문에 베스트셀러 작가 한 명이 행방불명되었다는 기사를 떠올리곤 말했다.

"그쪽 친구 덕분이야, 왜 내가 그 생각을 진작 하지 못했을까, 아무튼 다시 한번 정말로 고마워. 모든 게 잘 되고 있어."

"천만에요."

그는 부담스러울 정도로 내 손을 꼭 잡은 채 악수를 했는데, 나는 가까스로 손을 내빼며 예의상 그의 말에 응답하였다.

"그래서 그 작가는 그쪽을 위한 이야기를 쓰고 있나요?"

"물론이지, 처음엔 저항했지만, 곧 길들일 수 있었어, 난 한다면 하는 놈이거든." 그는 웃으며 말했다. "나는 이야기를 듣기 위해서라면, 무슨 짓이든 할 수 있으니까."

('나도 그런데.', 옆에서 잠자는 그녀가 잠꼬대로 맞장구를 쳤다.)

"경찰에 들키진 않겠어요?"

"증거를 없앨 거니까 문제없어. 뽑아낼 만큼 충분한 원고도 뽑아내었으니까, 곧 그 녀석의 가죽을 벗겨서, 멋진 책을 만들 거야. 그러면 나는 진정으로 그 작가의 전집을 완성하는 거지. 세상에 단 하나밖에 없는 나만의 전집이 완성되는 거야, 죽여주는 일이지, 완성되면 그 쪽한테도 한 번 보여줄게."

"괜찮아요, 꼭 읽을 필요는 없어요."

"그래서 말인데……" 그는 내 말을 들은 척도 하지 않고, 자신의 이야기를 조잘거렸다. "이 책방에서 그 원고와 가죽으로 책을 만들어 줄 수 있을까?"

나는 이곳이 가죽 공예점이 아니기에, 인간 가죽을 무두질해 줄 수 없다고 말했다. 그러자 전집성애자는 시무룩해져선 가게 밖을 나갔다.

"나라면, 그 작가를 계속 살려두곤, 글 쓰는 기계로 만들어버릴 거야." 잠자는 그녀가 말했다. "작가들의 목장을 만드는 거지."

"작가들도 사람이야." 내가 말했다.

"작가들에겐 인권이 필요 없어. 이야기를 만드는 것을 선택한 시점에서부터 이미 그런 건 포기한 거야. 그것보다 빨리 새로운 이야기를 해줘."

3.

이야기를 먹는 괴물은 내게 끝없이 새로운 이야기를 갈구했다. 그러나 나는 점점 이야기가 고갈되고 있음에, 마치 자원만을 팔아먹고 살다가 점점 망해가는 나라의 국민이 된 것 같았다.

이따금 해 주었던 이야기를 또다시 해 줄 땐, 비록 계속 잠들어 있었지만, 그녀는 내게 성을 내었고, 나의 재미없는 이야기를 성난 비평가처럼 매섭게 모욕하곤 하였다. 그러나 내가 변할 수는 없었다.

하는 수 없이 나는 점점 이상한 실험을 하기 시작하였고, 나의 이야기는 날이 갈수록 기괴하게 변하기 시작하였다. 이미 가게 안의 모든 책을 그녀가 전부 들은 후였고, 그녀가 의존하는 것은 결국엔 내 자신의 이야기밖에 없었으니까.

때론 이야기는 인과 관계가 파탄 나거나, 상식적으로 말이 안 되는 일들이 벌어지기도 하였다. 갑자기 주인공이 죽고, 죽은 상태로 이야기가 진행되거나, 여주인공을 잡아먹거나, 혹은 잡아먹히거나, 이런저런 말도 안 되는 잔혹한 이야기들이 계속되었다.

어떤 때엔 비슷한 이야기들이 반복되기도 하였다. 같은 단어를 반복해서 계속 말하거나, 심지어 같은 단절, 예를 들어 끝없이 '다-다-다'로 반복되는, 그 음절들 자체만으로 하나의 음악처럼 느껴지는 그런 이야기 같지 않은 이야기들이 계속되곤 하였다.

물론 그럴 때마다 그녀는 까다로운 비평가처럼 내 이야기들에 불만을 품곤 하였다.

(이 이야기는 전혀 음악적으로 들리지 않아, 마치 못 배운 중학생이 현대 음악이랍시고 어설픈 작곡을 한 기분이야, 혹은 저 이야기는 그쪽 내면의 추악한 욕망을 그대로 드러낸 것을 제외하면, 역시나 어설프네.)

그럴 때마다 나는 때때론 슬프고, 또한 때때론 화를 내며 이야기를 계속하였다. 나는 끝없이 이야기해야 했고, 그동안 내 이야기를 누군가가 듣는 일은 없었기에 어쩔 수 없이 이 일을 계속했는지도 모른다. 하지만 나는 점점 지쳐만 갔고, 거울 속 내 눈은 처음 봤을 때의 그 주인아저씨의 눈으로 변해가고 있었다.

마침내 내가 조잘거리는 이야기는 출구 없는 미로로 귀결되고 말았다. 나는 언제나 나의 이야기를 조잘거리곤 하였는데, 그 이야기는 마침내, 내가 세상의 종말을 막기 위해 한 잠자는 여자의 모습을 한 괴물에게 끝없이 이야기를 지어 바치고 있다는 이야기로 귀결되고 말았다. 그리고 마치 이야기 속 1분이 현실의 1분으로 묘사하는 실험적인 소설처럼, 나의 일상이 곧 내가 그녀에게 들려주는 이야기가 되었고, 그 결과, 당연히 안 그래도 지루했던 내 이야기는 더더욱 지루해지고 말았다.

이제는 이야기하는 나도 지루하고, 그걸 듣는 그녀도 지루했지만, 우리 둘 다 어느 시점에서 끝내야 할지 갈피를 잡지 못하고 있었다.

"그리하여 나는 잠자는 그녀가 오늘도 무사히 잠을 잘 수 있도록, 또한 세상이 멸망하지 않도록 이야기를 들려주었다."

"재미없어."

"하지만 그걸 들은 그녀는 '재미없어,'라고 대답하였다. 그래도 이야기를 끝없이 조잘거려야 하는 나는 계속 그녀에게 이야기를 들려줘야 하는 나의 이야기를 또다시 들려주고 말았다."

"지루해."

"'지루해,' 그녀는 내게 잔혹하게 선언했지만, 그래도 나는 멈추지 않고 내 이야기를 계속한다, 내 이야기를 들어주는 그녀가 깨어나지 않도록."

"끔찍해."

"라고 그녀는 말했고, 나 스스로도 그렇게 생각하지만, 우리

두 사람 모두 끝낼 수 없었기에, 나는 멈추지 않고 그녀에게 이야기를 들려준다. 이야기를 먹는 괴물에게 죽지 않기 위해 이야기의 이야기의 이야기를 지어 바치는 한 남자의 이야기를."

하지만 시간이 지날수록 나는 내 이야기를 그녀에게 들려주는 대신, 그녀의 귀를 헤드폰으로 막곤, 나 홀로 나의 이야기를 중얼거리는 시간이 늘어만 갔다. 나는 마침내 끝낼 시간을 찾기 시작하였다. 어쩌면 이제 나는 이야기를 중얼거리는 것을 싫어하게 되어버린 것인지도 몰랐다. 이제까진 마치 숨을 쉬는 것처럼 늘 이야기를 해왔지만, 숨을 쉬는 것에 지쳐버려 더 이상 살기 귀찮아진 사람처럼, 나 또한 이야기하는 것에 점점 지쳐만 갔다.

"당신의 이야기는 지루해." 여느 날처럼 그녀가 말했다.

"나도 충분히 알고 있는 사실이야." 내가 말했다.

"당신의 이야기가 왜 지루한지 알아?" 그녀의 물음에 나는 침묵했다. 그러자 그녀가 이어서 말했다. "당신의 이야기엔 당신의 삶이 담겨 있지 않아. 그래서 지루하고, 그래서 끔찍하고, 그래서 재미없어."

그렇게 이야기를 먹는 잔혹한 괴물은 내게 여느 때와 마찬가지로 단언했다. 그 말 하나하나가 내게 비수가 되었고, 내 입과 내 심장을 언제나 그러하듯 찌르며 내가 그녀에게 바치는 이야기의 잔을 나의 피로 채우곤 하였지만, 그날만은 나도 더 이상 참을 수가 없었다. 왜 그래야만 했을까? 나는 그저 내 이야기를 조잘거릴 뿐이다. 그뿐이다.

"나도 알아!" 내가 소리쳤다. 그러면서도 나는 내 이야기를 조잘거리는 것을 멈추지 않는다. "나도 안다고! 하지만 내가 어떻게 할 수 있겠어? 끝없이 조잘거리는 것 말곤 할 수 없는데, 대체 나보고 뭘 어떻게 하란 말이야!" 그러면서 나는 책을 덮었다. "나도 알아, 내 이야기가 재미없다는 것 정돈 잘 알고 있다고, 형편없다는 것도, 예전부터 알고 있었다고! 그렇지만 나보고 대체 뭘 어쩌란 말이야!"

눈물이 흘러나오는 것을 나는 막을 수 없었다. 내 절규를 들으면서도 그녀는 언제나처럼 잠에 빠져있었고, 그 사실이 나를 더욱 화나게 만들었다. 나는 손에 들고 있던 두껍고 낡은 책을 그녀의 앞에 내동댕이치고 말았다. 그러나 벽은 꼼짝하지 않았다. 그러면서도 성이 풀리지 않아, 연신 씩씩거렸지만, 여느 때와 마찬가지로 내 입은 멈추지 않았고, 이내 나는 숨을 헐떡이며 내 행동을 후회하기 시작했다. 그러나 언제나 말을 쏟아내는 내 입에선 결코 사과의 말이 나오지 않았다.

"미안." 먼저 말을 던진 것은 잠자는 그녀였다. "당신의 잘못이 아니란 것을 아는데도 내가 내 생각만 했어. 내가 너무나도 이기적이었던 거야. 정말로 미안해."

"아니, 사실인걸." 나는 이야기했다. "나는 형편없는 이야기밖에 조잘거릴 수 없는 환자야."

"그리고 나는 이야기를 듣지 않으면 살 수 없는 환자지." 그녀가 말했다.

"그래, 비록 형편없는 이야기밖에 해 줄 수 없지만."

나는 나도 모르게 헛웃음을 짓고 말았다.

"가끔씩은 그렇게까지 나쁘진 않았어."

그러곤 아주 잠깐 잠자는 그녀의 얼굴에 미소와 같은 것이 신기루처럼 나타났다 사라진 듯했다. 나는 사라진 미소의 흔적을 찾으려고 그녀의 얼굴을 뚫어지게 쳐다보면서도 책을 주워 다시 낭독하기 시작했다.

그렇게 이야기를 지어 바치는 자와 이야기를 먹는 괴물은 책의 미궁 안에서 언제 서로가 서로를 잡아먹을지 모르는 놀이를 계속한다. 서로 이 놀이를 먼저 끝내기엔 우리 모두 늦었음을 이미 알고 말았기에.

4.

"오늘도 도망가지 않았네. 훌륭해, 요즘 같은 세상에 참으로 보기 드문 젊은이야."

내 마음을 아는지 모르는지, 언제나와 마찬가지로 내가 무사히 잘 있는지 확인하러 온 주인이 고개를 끄덕이며 내 어깨를 두들겼다.

"그런데 자네, 요즘 무척이나 피곤해 보여. 일도 좋지만, 가끔은 좀 쉬라고."

그러면서 주인은 내게 서비스라고 말하면서, 내일 하루는 출근하지 않아도 된다고 말했다. 아니, 마치 내게 그러기를 원한다는 듯, 절대로 나오지 말고 쉬라고 신신당부하였다. 그러곤 언제나 그러하듯 가게 밖으로 나갔다.

종이의 궁전 안에선 나와 잠자는 그녀, 단둘만이 또다시 남아있었다. 나는 실로 오랜만에 이야기를 중얼거리는 것을 멈추었다.

"들었지?"

"그래."

"이제는 어떻게 해야 할까?"

그러자 그녀가 말했다.

"나도 모르겠어. 당신은?"

"나도 모르겠어, 아무것도."

그리고 우리 둘 사이엔 침묵이 이야기되었다. 다시 입을 연것은 잠자는 그녀였다.

"처음 이야기를 들려줄 때와 달리, 이제는 금방이라도 죽을 것 같은 환자처럼 보여."

"그럴지도 몰라. 그래도 아직은 괜찮아, 정말이야."

"이대론 당신은 사라지고 말 거야."

"네가 깨어나도, 내가 사라지는 것은 마찬가지잖아. 난 괜찮아."

난 마른 입술을 다시며, 그녀의 다음 말을 기다렸다.

"역시, 당신은 내일 나오지 않아도 괜찮아. 주인이 그랬잖아, 휴일이라고."

"그럼 너에게 이야기를 들려줄 수 없어. 내가 아니면, 누가 너에게 새로운 이야기를 들려주겠어?"

"괜찮아, 이제는 정말로 괜찮아." 그녀가 체념한 듯 말했다.

"내가 오지 않는다면, 너는 후회할 거야, 나도 후회하겠지."
나는 그렇게 경고했다. "이야기를 듣지 않는다면, 세상이 사라
질 거라고 했잖아, 정말로 괜찮은 거야?"

"그래……." 잠깐의 침묵 끝에 그녀가 말했다.

"정말로?"

"응, 정말이야. 난 괜찮아, 그리고 미안해. 이제까지 괴롭혀
서 정말로 미안했어." 작별의 인사를 하듯, 그녀는 속삭였다.

나는 잠자는 그녀의 말을 따를 수밖에 없었다. 다음날, 나는
실로 오랜만에, 내 집보다도 더 집처럼 느껴지는 헌책방에 출
근하지 않은 채, 내 좁은 자취방에 누워 홀로 이야기를 끝없이
중얼거리며 하루를 보내었다. 그러면서도 잠자는 그녀는 대체
어떤 이야기를 들으며 지루하게 홀로 시간을 보내고 있을지
이따금 머릿속으로 그리기도 하였다.

다음날이 되어, 여느 때처럼 헌책방으로 출근을 하려고 했
다. 그러나 어찌 된 영문인지, 헌책방이 있던 거리를 나는 찾을
수 없었다. 애당초 모두 내 착각이라도 된 것 마냥, 그렇게 가
게는 거짓말처럼 사라진 상태였고, 그 안에 있던 수많은 책의
미로와 궁전도, 지친 책방 주인이나 잠자는 그녀도, 모두 환상
통처럼 사라져버렸다. 나는 그녀를 찾을 수 없었다.

그렇게 나는 여섯 번째 아르바이트를 잃고 말았다. 다행히
잠자는 여왕의 말처럼, 내가 사는 세상이 멸망진 않았다. 여
전히 사람들은 자신의 이야기만 중얼거리고, 남의 이야기를
듣지 않고 살아간다. 잠자는 그녀가 아직도 이야기를 들으며

세상을 꿈꾸고 있는 것인지, 아니면 그녀가 내게 거짓말을 했고, 사실 그녀가 깨어나도 세상은 멸망하지 않은 것인지, 지금도 나는 알 수 없다.

그 후 나는 다시 현실로 되돌아올 수밖에 없었다. 물론 세상만사가 다 그러하듯, 여전히 힘든 일로 가득한 이곳에서 나는 이전처럼 살아간다. 그럴 때마다 나는 잠자던 그녀에게 이야기를 지어 바치던 그 시절을 잠시 그리기도 한다. 까다로운 그녀의 입맛을 만족시킬 나의 이야기를 이제는 나도 할 수 있지 않을까, 생각하면서도 곧 입을 다물고 만다. 과거는 그 자체로 미화되는 법이니까.

그러면서도 다시 되돌아보면, 내가 종이 궁전에서 그녀를 만났던 것부터가 단 한 번 올까 말까 한 하나의 꿈과 같은 일이 아니었는지, 그리고 꿈에서 언젠가는 깨어날 수밖에 없고, 잠에서 깨어난 나는 하염없이 울 수밖에 없는 게 아니었을지 생각해본다. 어쩌면 잠자는 그녀는 내게 거짓말을 하지 않았는지도 모른다. 분명 한 세상은 잠자는 여왕이 꿈에서 깨어남과 동시에 사라져버렸다.

5.

그리고 나는 혀가 잘린 벙어리가 되었다.

장갑들

김선민

김선민

장르 소설, 웹소설 작가, 스토리디자이너.
장편소설 『파수꾼들』을 출간하며 장르문학 작가로 데뷔했다. 괴담, 호러 레이블 괴이학회에서 도시괴담 앤솔러지인 『괴이, 서울』, 『괴이, 도시』 등을 비롯해 다양한 작품집을 기획·제작했다. 카카오페이지에서 무협, 판타지 소설을 연재 중이다. 현재 청강문화산업대학교 만화콘텐츠스쿨 겸임교수로 재직 중이며, 스토리디자인 스튜디오 코어스토리를 창업 후 운영 중이다.

순자 씨는 화장실 청소만 십오 년 넘게 한 베테랑이었다. 남편이 사고로 죽고 그녀 혼자서 남매를 키워야 했기에 어쩔 수 없이 시작했던 청소 일을 지금까지도 하고 있었다. 아이들을 모두 출가시킨 뒤에도 순자 씨는 일을 그만두지 못했다. 자식들에게 손을 벌리고 싶지 않다는 이유도 있지만 가장 잘할 수 있는 일이 화장실 청소라는 것을 스스로도 알고 있었다.

청소 일은 계약직으로 고용되기 때문에 한군데 진득하게 있지를 못하고 번번이 일자리를 옮겨 다녀야 했다. 대형 마트 화장실을 청소할 때도 있었고, 백화점 화장실을 청소할 때도 있었으며, 대학교 화장실을 청소할 때도 있었다. 3개월 전부터는 지하철에 파견되어 화장실을 청소했다. 일은 힘들었지만 그래도 빨간 고무장갑을 끼고 청소를 할 때가 마음이 편했다.

그녀는 평소와 마찬가지로 복장을 갖추어 입은 뒤 고무장갑을 끼고 청소 도구를 챙겨 남자 화장실로 갔다. 화장실을 들어서니 승객 몇 명이 소변기에 몸을 붙이고 소변을 보고 있었다. 순자 씨는 익숙하게 장갑을 다시 매만지고 숨을 크게 들이쉬었다. 그녀는 화장실과 동화되기 시작했다. 그녀는 보이지 않는 공간 속으로 녹아들어 갔다. 남자화장실에서 순자 씨를 신경 쓰는 사람은 아무도 없었다. 남자들은 묵묵히 자신이 볼일을 보고, 그녀는 청소를 할 뿐이었다.

순자 씨는 자신이 청소 일을 시작한 지 십 년 정도 지났을 때 다른 사람에게 보이지 않는 방법을 깨닫게 되었다. 청소와 동시에 자연스럽게 주변의 환경과 동화되었다. 청소에 집중할수록 사람들은 그녀의 존재를 느끼지 못했다. 순자 씨는 남에게 보이지 않는 존재가 되는 것이 익숙했다.

그날도 늦은 시간까지 청소하고 열 시가 넘어서야 일이 끝났다. 도구를 가지런히 정리하고 청소 유니폼을 사물함에 넣은 뒤 짐을 챙겨서 나가려고 하는데 누군가가 그녀를 불렀다.

"김 여사."

뒤를 돌아보니 시설점검을 담당하는 이 여사였다. 금테 안경을 쓴 뾰족한 얼굴에 마른 몸을 가진 이 여사는 순자 씨를 보더니 조용히 손짓했다.

"시간이 됐어요."

"지는 아직도 잘 모르것는디유."

"어머님께서 기다리세요."

이 여사는 순자 씨의 대답을 듣지 않고 몸을 돌렸다. 두 여인은 관리직원들만 들어갈 수 있는 통제구역을 통해 지하철 선로 쪽으로 나 있는 임시 통로로 은밀히 내려갔다. 이 여사는 주변에 아무도 없는 것을 확인하면서 벽 구석에 교묘히 숨겨져 있는 문을 열고 들어갔다. 불을 켜니 크기가 작은 직원용 화장실이었다.

이 여사는 순자 씨에게 손짓했다. 그녀는 화장실 끝의 도구 창고 쪽으로 다가갔다. 살짝 열린 문 사이로 어지럽혀진 청소 도구들이 보였다. 이 여사가 도구 창고 문을 닫고 입구 쪽으로 가서 화장실 불을 껐다. 창문도 없는 지하 화장실이다 보니 빛 한 점 들어오지 않았다. 이 여사는 다시 돌아와 조심스레 도구 창고 문을 두드렸다. 단단한 울림이 화장실을 채웠다.

곧 끼익 소리와 함께 도구함 문이 열렸다. 찰칵하는 소리와 함께 손전등의 가는 불빛이 순자 씨와 이 여사의 얼굴을 비추었다. 순자 씨가 손바닥으로 빛을 가리고 눈을 가늘게 뜨고 보니 여자 화장실을 담당하는 서 씨가 문 안에서 슥 얼굴을 내민 것이었다.

"언니가 왜 여기 있대유?"

서 씨는 대답하지 않고 순자 씨 얼굴을 한 참 보더니 들어오라며 손짓을 하는 것이었다.

"따라오세요."

"잠깐만유. 거기 좁아서, 우리 다 못 들어갈……"

도구함 문이 열리자 깜깜한 어둠 속 안에 긴 복도가 이어져 있었다. 서 씨가 앞장서고 이 여사가 뒤를 따랐다. 순자 씨는 어리둥절하며 이 여사의 뒤를 쫓았다. 서 씨의 작은 손전등 불빛에만 의지해 복도를 걸어갔다. 순자 씨는 아무것도 보이지 않는 어둠과 마주하자 으스스한 느낌이 들었다.

곧 복도 끝에 유리문이 나타났다. 문 위에는 거의 다 떨어진 '목욕'이라는 스티커가 붙어 있었다. 서 씨가 두터운 유리문을 두드렸다. 곧 문이 열리고 역시나 손전등을 든 여인이 고개를 내밀었다. 순자 씨도 처음 보는 얼굴이었다. 그녀는 서 씨와 이 여사의 얼굴을 확인하고는 들어오라는 손짓을 했다. 세 여인이 들어오자 유리문이 닫쳤다.

"이게 뭔 일이래유."

순자 씨가 가슴을 쓸어내리며 주변을 살폈다. 손전등 빛에 의지해 살펴본 문 안쪽은 오래전에 폐쇄된 목욕탕이었다. 남탕 쪽은 이미 문이 떨어지고, 공사를 하다가 중단했는지 군데군데 철거를 한 흔적들이 보였다. 서 씨가 그들을 안내한 곳은 '여성전용 빨래터'라고 적힌 곳이었다.

문을 열고 들어가니 군데군데 타일이 떨어져 나간 빈 수조들과 쌓여 있는 오래된 빨래판들이 있었다. 구석에 모아둔 옷가지나 잡동사니들을 지나치니 가운데의 거대한 공동 빨래터 안에 사람들이 모여 있는 것을 발견했다. 모두 각자 손전등을 하나씩 든 채 원 모양으로 빙 둘러 서 있었다. 순자 씨가 아는 이들도 있었고 처음 보는 얼굴도 있었다. 복도를 청소하는 구 씨, 이전에 같이 파견 갔던 신 씨와 박 씨…….

"어서 와라."

순자 씨는 빨래터 한가운데에 의자를 두고 앉아있는 이를 바라보았다. 백발이 성성하고 둥근 얼굴을 가진 체구가 자그마한 노파가 자리에 앉아있었다. 노파는 순자 씨를 보며 환하게 웃었다. 동그스름한 이마와 반듯한 미소 때문에 웃음마저도 동그랗게 보였다. 순자 씨는 노파를 향해 어떻게 할지 몰라 우물대다가 한 걸음 다가가서 고개를 숙였다.

"츠음 뵈유. 김 순자예유."

"얘기 많이 들었다. 오느라 수고 많았어."

노파의 말투는 딱딱했지만, 그 안에 부드러움이 담겨 있었다. 노파가 손뼉을 치자 이 여사가 노파 옆으로 다가와서 허리를 낮추고 오래된 빨래판 하나를 내밀었다. 노파는 조심스럽게 빨래판을 받아들고 순자 씨에게 다가갔다. 노파가 순자 씨 앞으로 다가와서 빨래판을 내밀었다.

"저한티 주시는 거예유?"

이 여사가 노파의 뒤에서 미간을 찌푸리며 손으로 받으라는 신호를 보냈다. 순자 씨는 얼떨떨한 표정으로 두 손을 내밀어 빨래판을 받았다. 노파 옆에서 이 여사가 양동이 하나를 내밀었다. 노파는 양동이에 든 물을 손끝에 찍어서 순자 씨의 두 손등과 이마에 발랐다. 순자 씨는 양동이 속 물에서 익숙한 세제 냄새를 맡았다. 그녀는 순자 씨가 들고 있는 빨래판 위에 천천히 양동이 물을 흘려보냈다. 노파는 빨래판 위에 새겨진 물의 모양을 살펴보았다. 노파가 고개를 갸웃거리면서 입을 열었다.

"신기하구먼."

"뭐가유?"

"아무것도 보이지 않아."

노파의 말을 이해하지 못한 순자 씨가 눈만 끔뻑거렸다.

"자네는……"

순자 씨를 보고 노파는 말을 끊었다. 그녀는 고개를 내저으며 순자 씨가 들고 있던 빨래판을 다시 건네받았다. 순자 씨가 조심스럽게 물었다.

"뭐가 잘못된 건감유?"

"아니, 아니야. 걱정하지 말아라. 그저 일어날 일이 일어날 뿐이야."

노인은 알 수 없는 말을 중얼거리며 다시 손뼉을 쳤다.

"불을 켜라."

노파의 말에 서 씨가 빨래터 불을 켰다. 노란 백열등이 들어왔다. 순자 씨는 고개를 들고 욕조 주변을 둘러보았다. 열 명 정도의 여인네들이 각각 손에 빨간 고무장갑을 끼고 작업복을 입고 노파 주위에 서 있었다.

모두 경력이 높은 베테랑들인지 온몸에서 내뿜는 기세들이 만만치가 않았다. 그럼에도 지금 이 화장실의 공간을 지배하고 있는 것은 어머님이라 불리는 작은 체구의 노파였다. 순자 씨는 바로 앞에 서 있는 어머님의 경력을 짐작할 수조차 없었다. 노파를 가까이하고 있으니 이마에서 식은땀이 한 방울 주르륵 흘렀다. 그만큼 어머님의 기세는 대단했다.

"그걸 가져오거라."

노파의 한 마디에 뒤에 서 있던 이 여사의 표정이 일그러졌다. 그녀는 당혹스러운 표정으로 수조 한쪽 구석으로 가서 꼼꼼하게 묶어둔 검은 비닐봉지 하나를 가져왔다. 봉지를 받은 노파는 그것을 순자 씨에게 전해주었다.

"이게 뭐래유?"

"풀어보게나."

봉지를 풀어보니 그 안에는 빛바랜 고무장갑 한 켤레가 들어있었다. 순자 씨는 봉지 안에서 고무장갑을 꺼냈다. 낡긴 했지만 맑고 선명한 기운이 담겨 있었다. 순자 씨는 이 물건이 노파가 쓰던 장갑임을 깨달았다.

"이걸 왜 지한테 준대유?"

노파는 순자 씨에게 손짓해서 장갑을 받았다. 노파가 천천히 장갑을 손에 끼자 갑작스럽게 기세가 바뀌는 것을 느꼈다. 순자 씨는 분명 자신 앞에 노파가 있는 것을 보고 있음에도 그녀의 존재가 흐릿하게 느껴지는 것에 깜짝 놀랐다. 눈앞에 있는데도 마치 아무도 없는 것처럼 느껴지다니. 그녀는 노파의 경지가 상상할 수도 없는 영역이라는 것을 깨달았다. 순자 씨는 노파의 기세에 밀려 자신도 모르게 그 자리에서 털썩 주저앉았다. 어머님은 순자 씨에게 다가가 손을 잡고 일으켜 세워주었다. 어머님의 손에서 온기가 느껴졌다.

"이날이 오기를 얼마나 기다렸는지 모른다."

"왜유. 뭐 특별한 날인가 보쥬?"

"특별하지. 특별해. 자네를 만났으니까."

"아니, 지가 왜유?"

순자 씨를 물끄러미 바라보던 노파가 장갑을 건네며 부드러운 목소리로 말했다.

"큰 짐을 넘기는 것 같아서 미안하구나."

"무슨 짐이유?"

"때가 되면 다 알게 될 거다. 자네가 우리를 구원할 거야."

순자 씨는 어머님의 말에 펄쩍 뛰었다. 구원이라니. 그녀가 육십삼 년 인생을 살면서 처음 들어보는 소리였다. 손사래를 치는 순자의 손을 노파가 꼭 잡아주었다. 순자 씨는 부담스러우면서도 노파의 손이 무척 따뜻하다고 느꼈다. 그때 서 씨가 박수를 치기 시작했다. 모두가 순자 씨를 향해 빨간 고무장갑을 낀 손을 부딪쳐 박수를 쳤다.

"아이고, 축하해요."

"축하해 김 씨."

순자 씨는 어리둥절한 표정으로 노파의 장갑을 쥔 채 축하를 받았다. 노파는 그녀의 어깨를 쓰다듬어 주었다. 순자 씨는 어머님의 옆에 서 있는 이 여사를 슬쩍 바라보았다. 이 여사는 금테 안경 아래에 자신의 눈빛을 감추고 규칙적인 박자로 박수를 쳤다. 노파가 순자 씨에게 속삭였다.

"너무 걱정하지 말아라."

"지가 잘할 수 있을지……"

어머님은 순자 씨의 등을 어루만지며 말했다.

"우리의 목적을 잊지 않는 것. 그게 전부야. 너무 걱정하지 말아라."

순자 씨는 어머님께 고개를 숙이고 알겠다고 말했다. 비로소 그녀는 장갑들의 일원이 되었다.

어머님이 순자 씨에게 맡긴 일은 다른 장갑들을 하나로 모으는 것이었다. 세상에는 어디에나 장갑들이 존재했다. 장갑들은 서로를 지킨다는 하나의 목적을 위해 만들어졌다. 세상에는 수많은 장갑들이 존재하지만 그들은 스스로를 지키기에는 너무 약했다. 자신들이 할 수 있는 것이 무엇인지, 어떻게 자신들을 지켜야 하는지조차 몰랐던 것이다.

그런 장갑들 중 보이지 않는 곳에서 아우르는 것이 '어머님'이라는 존재였다. 어머님은 본래 아주 평범한 장갑 중 하나였다. 그녀는 작은 체구로 묵묵히 청소만을 하던 이였다. 항상 빨간 고무장갑을 끼고 같은 시간에, 같은 자세로 청소를 했다. 말없이 청소에만 열중하는 그녀를 신경 쓰는 이는 아무도 없었다. 그녀는 점차 모든 이들의 인식 속에서 사려졌고, 누구도 그녀를 기억하지 못했다.

아무도 보지 않는 세계의 저편에서 그녀는 청소를 하며 스스로에 대해 생각을 했다. 그러던 어느 날 그녀는 깨달았다. 자신이 누구이고, 무엇을 해야 하는지. 그때부터 그녀는 보이지 않는 세계에 머물며 나약한 장갑들을 지키는 데 힘을 썼다.

'모두가 평등하게, 자신의 권리를 찾을 수 있어야 한다.'

그녀는 모든 장갑들에게 이런 가르침을 전파했다. 장갑들은 어머님의 가르침에 따라 자신이 누구인지를 깨닫고 스스로를 지킬 힘을 찾도록 노력했다. 장갑들은 그녀에게 존중의 의미를 담아 '어머님'이라고 부르게 되었고 지금은 모든 장갑들의 어머니가 되었다. 어머님은 재능이 있는 장갑들을 찾아 보이지 않는 세계 저편에 머물 방법을 알려주었다. 미약한 힘이었지만 구두들에 대항에 스스로를 지킬 수 있는 유일한 힘이기도 했다.

순자 씨는 어머님의 장갑을 이어받고 장갑들의 세계에 들어오고 나서야 구두들에 대한 이야기를 들을 수 있었다.

"구두들이 뭐여유?"

"수레바퀴를 굴리는 사람들이에요."

"수레바퀴? 무신 소리여유 그게."

"구두들은 사람들을 기록하고, 평가해요. 그리고 구두굽으로 사람들을 종속시켜요. 종속된 사람들은 구두가 되어 똑같이 해요. 기록하고, 평가하고 구두굽으로 종속시켜요. 그렇게 수레바퀴가 굴러가는 거예요.

"왜 그런 짓을 헌데유?"

"그래야 자신들의 뜻대로 굴러가니까요. 이 시스템이."

"근데, 그게 그럼 왜 안 되는 거쥬?"

이 여사의 표정이 차갑게 변하며 대답했다.

"구두들의 시스템은 필연적으로 부산물을 만들어내요. 누군가의 한과 억울함, 희생이 담긴 부산물이요. 우리는 그걸 폐기물이라 불러요."

"그게 나오면 워떠케 되는디유?"

"죽어요. 누군가가."

"얼레? 뭐유?"

"폐기물은 안 좋은 일을 불러내요. 아니, 안 좋은 일이 일어날 것이라는 예고예요. 무엇인지는 모르겠지만 폐기물은 부서져 내린 사회의 한 부분의 잔해예요. 뭐가 됐든."

순자 씨가 몸을 부르르 떨면서 대답했다.

"어휴, 미서워 죽것네."

이 여사는 꽉 쥔 손을 부르르 떨며 말했다.

"웃긴 건 정작 그들은 신경 안 써요. 폐기물이 생기건 말건 언제나 짓밟고, 착취해요. 그리고 마음에 들지 않으면 삭제해서 바깥으로 보내버린다고요."

"바께유?"

"네, 그래요. 구두들을 조종하는 데스크는 자신의 뜻을 따르지 않는 이들을 제거하려고 하죠. 삭제한 뒤에 세계 바깥으로 내쫓아 아무것도 아닌 존재로 만드는 거예요. 그래서 우리 이름을, 진짜 이름을 감추어야 해요. 무슨 뜻인지 이해…… 아니에요. 됐어요."

이 여사는 눈만 껌벅껌벅하는 순자 씨에게 설명하려던 것을 멈추었다. 순자 씨가 걸레 빤 물을 버리면서 말했다.

"무신 일인지 모르것지만 참 미섭네유."

"지금 이 순간에도 우리는 전쟁 중이요. 명심해요……"

이 여사는 단호한 표정으로 다시 말했다.

"구두들에게 짓밟히지 않기 위해 어머님과 우리는 발버둥을

치고 있어요."

순자 씨는 이 여사가 설명한 구두들과 장갑들의 전쟁이 정확히 무엇인지는 알지 못했다.

"그래서 지가 워째야 되는 거래유?"

이 여사는 미간을 찌푸리고는 대답했다.

"어머님의 뜻을 따르세요. 당신이, 당신이 그 장갑을 계승해버렸으니까……."

이 여사는 그 말을 남기고 화장실 바깥으로 획 나가버렸다.

순자 씨는 이 여사가 하는 어려운 말을 다 알아듣지는 못했지만 장갑들과 구두들 사이의 전쟁이 무엇인지는 본능적으로 알고 있었다. 장갑으로서 십 년이 넘는 삶을 살아온 순자 씨였기에 장갑들의 처지를 누구보다 잘 알고 있었다. 아니, 이미 그녀는 장갑들이 누구인지, 무엇인지를 알고 있었다.

순자 씨는 어머님의 장갑을 이어받은 자신이 사실은 장갑들과 구두들 사이의 전쟁 최전선에 놓여 있었음을 어렴풋이 깨달았다. 순자 씨는 자신의 손에 끼워진 어머님의 장갑을 바라보았다. 마치 어머님의 손처럼 따뜻하게 그녀의 손을 감싸주었다. 남편을 잃은 뒤 처음으로 느끼는 따스함이었다.

순자 씨의 남편은 건실한 사람이었다. 고향에서 만나 같이 자라난 두 사람은 결혼한 후 잘살아보겠다는 생각으로 서울로 상경했다. 남편은 공사장에서 일했고, 순자 씨는 남매를 키웠다. 집을 장만하기 위해 남편은 중동으로 몇 년간 떠났다. 아이들이 어느 정도 자랐을 때 남편은 돌아왔다. 작은 아파트를 살

만큼의 돈을 모았고, 남편은 새로운 직장을 구했다. 순자 씨 부부에게 꽤 희망찬 시절이었다.

그날은 순자 씨 부부의 결혼기념일이었다. 건실한 남편은 아내에게 선물을 해주고 싶었고, 생전 가보지 않았던 백화점을 갔다. 백화점에서 물건을 골라본 적이 없는 순자 씨는 결국 아무것도 고르지 못하고 그냥 발길을 돌려 백화점 바깥으로 나왔다. 아내에게 선물을 해주고 싶었던 남편은 아내에게 가까운 식당에서 기다리라고 말하고 다시 백화점으로 들어갔다. 순자 씨가 계속 만졌다가 놓았다 했던 스카프를 사러 간 것이었다.

남편을 기다리며 식당에 앉아있던 순자 씨는 바깥에서 엄청난 굉음을 들었다. 거대한 먼지 폭풍과 우왕좌왕하는 사람들, 응급차와 소방차 사이렌 소리에 도시 전체가 시끄러웠다. 백화점이 있던 자리에는 거대한 폐기물들과 사망자, 부상자, 실종자들이 뒤섞여 있었다.

순자 씨의 남편은 다행히 구조가 되어 병원으로 옮겨졌다. 하지만 무너진 건물 잔해에 머리를 맞아 뇌출혈이 심했다. 남편은 의식을 되찾지 못하고 2년 동안 병원에 누워 있었다. 그리고 2년 뒤 두 사람의 결혼기념일에 숨을 거두었다. 아파트를 사기 위해 모아두었던 돈은 병원비로 모두 써버리고, 남은 것은 작은 셋방에 이제 초등학교에 입학한 남매들이었다. 남편을 잃고 어린 남매를 혼자서 키워야 했던 지난 삶들이 한꺼번에 떠올랐다. 십오 년 동안의 삶은 장갑과 화장실로만 메워져 있었다.

'괜찮다. 이제 괜찮아.'

문득 어머님의 목소리가 들린 것 같았다. 순자 씨는 다른 장갑들 역시 자신처럼 순탄치 않은 삶을 살아왔을 것이라 짐작했다. 어쩌면 자신도 다른 장갑들도 이 여사가 말한 수레바퀴라는 것의 희생자들일지 몰랐다. 자신과 같은 아픔이 있는 사람들을 위해 그녀는 세계를 오가는 장갑들 중 하나가 되기로 했다.

* * *

"어머님은 안녕하신가."

노란 스웨터를 입은 성북동 임 할매가 믹스커피 한 잔을 건네며 물었다. 좁은 청소도구함 안에 두 사람이 앉아있으려니 무릎이 서로 맞닿았다. 순자 씨가 커피를 후후 불어 마시며 대답했다.

"여전허셔유."

"다행이구먼그래."

흘러내려 온 돋보기안경을 벗어 상의 윗주머니에 접어 넣은 할매가 자리에서 일어나 선반 쪽에 손을 뻗었다. 다시 자리에 앉은 할매는 큰 비닐봉지 하나를 순자 씨에게 건넸다.

"엄청 많네유."

"조심조심 가지고 가. 가져가면 어머님께서 알아서 씻길 거여."

순자 씨가 봉지를 열어 안쪽을 보았다. 옷가지들이며 여러 가지 잡동사니들이 한가득 들어있었다. 순자 씨는 미간을 찌푸렸다. 그 안에 깊게 배인 음습한 기운들을 느꼈기 때문이었다.

"뭔 놈의 흉한 것이 이리도 많데유?"

"이거 하나하나가 다 눈물이고 한이여."

"어머님이 혼자서 이걸 우찌 다 감당허는지 모르겠슈."

"그분 말고는 남은 사람이 있어야지. 빨래터는커녕 지킴이들도 몇 안 남았어."

"정말 큰일이네유."

"그렇다고 이걸 그냥 내버려 뒀다가는 무슨 일이 날지 몰라."

"워쩐댜. 여기 말구도 수거할 곳이 더 있는디."

순자 씨가 폐기물이 담긴 검은 봉지를 다시 한번 잘 묶어 보이지 않도록 쇼핑백에 넣었다. 그때 뒤돌아 가려는 순자 씨에게 할매의 목소리가 들렸다.

"김 씨."

"왜유?"

"아닌 게 아니라 요즘 들어 폐기물들이 더 많이 나오는 것 같아."

"뭔 일이 있는 걸까유?"

"글쎄, 요즘 분위기가 이상해. 나오는 폐기물들도 심상치 않고. 자꾸 여기저기서 소리가 들려와."

"어떤 소리유?"

"구두굽 소리에 그림자들이 와글거려. 또 무슨 사달이 날는지. 김 씨도 항상 조심하고, 어머님을 잘 보살펴야 해."

"야. 너무 걱정하지 마셔유."

"그려, 조심히 들어가."

순자 씨는 할매에게 인사를 하고 화장실을 나왔다. 어두운 지하에서 지상으로 올라온 순자 씨는 뒤를 돌아보았다. 화려한 건물들 사이로 사람들이 쉴 새 없이 지나가고 있었다. 어디에선가 구두들 역시 자신을 지켜보고 있을지 모른다는 생각이 들었다. 순자 씨는 재빨리 몸을 돌려 다음 폐기물 수거 장소로 이동했다. 그곳에도 어머님의 말씀을 전달하고 모든 장갑들의 뜻을 모아야 했다.

순자 씨는 강력한 힘을 가진 구두들에게 유일하게 저항할 수 있는 이들이 보잘것없는 장갑들이란 사실이 이상하게 느껴졌다. 장갑들이 구두들의 눈을 피해 뜻을 하나로 모을 수 있는 것은 그들만이 보이지 않는 세계로 몸을 피할 수 있는 능력이 있기 때문이었다.

장갑들 중에서는 진짜 이름을 쓰지 않는 사람들이 꽤 있었다. 김 씨, 혹은 경남 댁, 포항 할매 등 다양한 호칭으로 불리거나 구청의 실수로 이름이 바뀌어 버리거나 다양한 이유로 이름이 감추어졌다. 진짜 이름이 알려지지 않은 장갑들은 강력한 힘을 지닌 데스크의 영향권에서 벗어날 수 있었다. 존재를 잃지 않고 자신들의 목소리를 낼 수 있는 것만으로도 장갑들은 가능성을 지닌 셈이었다.

어머님은 그 사실을 깨닫고 자신의 능력을 재능 있는 장갑들에게 알려주어 장갑들이 서로 보이지 않는 세계 속에서 소통할 수 있도록 한 것이었다. 덕분에 장갑들은 데스크와 구두들의 눈을 피해 자신들의 존재를 지킬 수 있었다.

구두들에게 짓밟힌 장갑은 스스로의 목소리를 잃게 된다. 목소리를 잃은 장갑은 얼마 지나지 않아 자신의 존재를 잊게 되고, 생각할 수 있는 힘을 잃게 된다. 자신이 무엇을 할 수 있는지, 어떠한 존재인지, 앞으로 무엇을 해야 할지를 모르다가 구두들의 방식에 익숙해진다. 아프고 힘들다는 사실 자체를 잊게 되니, 아무도 아픈 사람이 없게 된다. 그렇게 구두들은 장갑들을 다루어왔다.

순자 씨는 구두들의 눈을 피해 장갑들에게 어머님의 메시지를 전달하고 다녔다. 보이지 않는 세계 속에서 순자 씨는 목소리를 잃은 장갑들을 어루만지고 자신이 누구인지를 다시 떠올리게끔 해 주었다. 구두들에게 익숙해진 장갑들은 처음에 오히려 순자 씨를 욕하고, 매도했다. 하지만 순자 씨는 포기하지 않고 그들을 붙잡고, 설득했다. 힘들고 지치고, 어려운 과정이었지만 어느새 그들은 다시 찾은 자신의 장갑을 부여잡고 그 속에다가 자신의 슬픔과 한을 토해냈다.

남편을 잃고 모든 것을 포기했을 때의 순자 씨가 그랬던 것처럼 가슴을 두드리며 꺽꺽 울다가 모든 것을 뱉어내고 목소리를 다시 찾았다. 구두들에게 들키면 안 되기 때문에 장갑들을 구하고, 하나로 모으는 일의 진행은 더뎠다. 그럼에도 목소리를 잃었던 장갑들이 한 명, 두 명씩 자신을 찾아가고 있었다. 목소리를 찾은 장갑들은 주변의 다른 장갑들을 깨우기 위해 노력했다.

순자 씨는 점차 밝아지는 다른 장갑들의 얼굴을 볼 때마다 희망이 생기는 것을 느꼈다. 어머님의 말대로 미약하지만 장갑들의 뜻이 하나로 뭉치게 된다면 분명 구두들에게 저항할 힘을 가질 수 있을 것이라 확신했다. 순자 씨는 모든 장갑들이 하나가 되어 자신들의 분명한 목소리를 내는 그날을 그려보았다. 그렇게 된다면 장갑들의 보이지 않는 능력 역시 필요치 않을 것이었다. 순자 씨는 다른 장갑들과 접촉해 그림자가 담긴 폐기물들을 챙겨서 어머님이 있는 빨래터로 향했다.

장갑들은 자신들을 옭아매고 있던 검은 그림자를 고무장갑 속에 뱉어내고 속박에서 벗어났다. 장갑들의 눈물과 그림자가 섞인 고무장갑은 다른 폐기물들보다도 더욱 강력한 저주를 담고 있었다. 이 저주를 씻을 수 있는 것은 어머님뿐이었다. 순자 씨는 화장실과 화장실을 넘나들며 그림자가 담긴 고무장갑들과 다른 폐기물들을 모두 수거해서 다시 어머님이 계시는 빨래터로 향했다.

빨래터가 있는 종합상가는 재개발 문제로 오랫동안 방치돼 외벽에 여기저기 금이 가 있었다. 한때는 도시를 대표하는 최신식 건물로 유명세를 탔지만, 시간이 지나고 화려한 고층빌딩들이 들어서자 도시의 골칫거리로 전락했다. 여러 가지 이권이 얽혀 있어 철거하지도 못하고, 계속 유지하기도 어려운 상황에서 방치라는 사각지대 안에 놓이게 된 것이다.

종합상가 건물 안쪽은 조그마한 상가들이 다닥다닥 붙어 있어 마치 미로처럼 얽혀 있었다. 불법으로 증축을 하기도 하고, 원래 있었던 곳이 사라지고 소리 없이 새로운 상가가 생기기도 해서 정확하게 이 건물의 실체를 아는 사람은 아무도 없었다. 정확한 기록이 존재하지 않는 종합상가였기에 데스크에서도 이 건물 안쪽에 숨겨진 빨래터를 감지하지 못했다.

건물 앞에 도착한 순자 씨는 미로처럼 얽힌 길을 따라 구두들의 눈을 최대한 조심하며 지하에 있는 빨래터 쪽으로 향했다. 어머님이 머무르는 빨래터는 장갑들의 총본부나 마찬가지였기 때문에 절대로 구두들에게 들켜서는 안 되는 곳이었다. 순자 씨가 조심스럽게 지하 계단 쪽으로 들어섰을 때 이상한 낌새를 눈치챘다.

사람들의 인지 범위 바깥에 존재하는 빨래터 쪽에서 낯선 이들이 대화하는 소리가 들렸다. 순자 씨는 귀를 기울였다.

"그래서, 어떻게 됐다는 거야."

"그게 잘……. 분명 삭제는 됐는데……"

"멍청한 놈."

순자 씨는 직감적으로 저들이 구두들이라는 것을 깨달았다. 그녀는 품 안에 쇼핑백을 잘 감추고 지상으로 올라가 2층 화장실 쪽으로 자리를 옮겼다. 그녀는 빨래터에 계시던 어머님이 걱정됐다. 2층 남자 화장실에 도착한 순자 씨는 청소도구함 깊은 곳에서 다른 이의 작업복을 꺼냈다. 청소 유니폼을 입고, 청소 모자를 쓰고 마지막으로 품 안에서 꺼낸 고무장갑을 양손에 꼈다.

순자 씨는 대걸레를 두 손으로 꽉 쥐고 숨을 천천히 내쉬었다. 그녀는 조금씩 화장실과 자신이 일체화되는 것을 느꼈다. 화장실에서 볼일을 보는 남자들이 자신의 존재를 알아차리지 못했다. 그녀는 보이지 않는 세계로 들어섰음을 알았다. 어머님만큼 깊은 곳까지는 들어가지 못하지만 구두들의 눈을 피하기에는 충분했다. 그녀는 대걸레를 들고 보이지 않는 세계 속에서 조심히 움직였다.

본래 순자 씨의 보이지 않는 능력은 남자 화장실에서만 쓸 수 있었다. 하지만 구두들에게 들키지 않기 위해서는 능력의 한계를 넘어서야 했다. 순자 씨는 화장실 문 앞에 서서 숨을 가다듬었다. 만약 자신의 시도가 실패한다면 구두들이 자신을 눈치챌 것이 분명했다. 빨래터의 위치가 밝혀졌고, 어머님의 존재가 들켰다면 이미 장갑들의 정체 역시 구두들은 알고 있을 것이 분명했다. 장갑들의 미래를 위해서는 그녀가 능력의 한계를 넘어서야만 했다. 그녀는 대걸레를 꽉 쥐고 숨을 고르게 쉬었다. 그리고 대걸레로 화장실 문을 넘어 복도를 청소하기 시작했다.

십오 년이 넘는 청소 베테랑인지라 순자 씨가 복도를 청소하는 모습은 무척이나 자연스러웠다. 아무도 순자 씨의 청소하는 모습에 어색함을 느끼지 못했다. 그녀는 화장실이라는 공간이 아니라 좁은 복도와 일체화를 시도했다. 확실히 그녀가 익숙한 화장실이 아니라서 일체화가 쉽게 되지 않았다. 그녀는 청소에 집중했다. 닦고, 또 닦고, 바닥에 더러운 이물질이 없도록 그녀는 열심히 걸레질했다.

청소에 열중하던 순자 씨는 화장실 청소 담당인 자신이 왜 복도 청소를 하는지를 잊고 말았다. 자신이 복도였고, 대걸레였고, 고무장갑이었다. 주변 사람들 역시 순자 씨의 청소하는 모습이 자연스러워서 그녀가 마치 복도의 일부분인 것처럼 인식하기 시작했다. 그녀의 모습은 어느 순간 복도에서 지워지고 말았다. 순자 씨가 주변 환경과의 일체화에 성공했다는 증거였다. 그녀는 화장실에 한정된 능력의 한계를 뛰어넘었다.

복도 청소를 하면서 지하 계단을 내려가던 순자 씨는 드디어 목욕탕 입구까지 도달할 수 있었다. 그녀는 목욕탕 로비에서 어머님과 구두들이 치렀던 치열한 전투의 흔적들을 곳곳에서 발견할 수 있었다. 벽면에 독한 락스가 여기저기 튀어 있었고, 주인을 잃은 구두들이 주변에 널브러져 있었다. 순자 씨는 자연스럽게 빨래터 문까지 도달할 수 있었다.

그녀는 조심스럽게 빨래터 문을 열었다. 청소를 하며 보이지 않는 세계에 머무르고 있기에 다른 이들은 순자 씨를 볼 수 없었지만 그녀는 빨래터에 있는 이들을 모두 볼 수 있었다. 자세를 낮추고 청소를 하고 있었기 때문에 순자 씨는 그들의 얼굴은 제대로 보지 못했지만 양복 바지 아래로 드러난 구두들을 정확하게 볼 수 있었다. 순자 씨는 구두들 사이를 지나 어머님의 흔적을 찾으려고 노력했다. 하지만 빨래터 어디에도 사라진 어머님의 흔적은 남아 있지 않았다.

'어머님, 도대체 어디 간 거여유.'

끝까지 포기하지 않고 어머님의 흔적을 찾으려는 순자 씨에게 뜻밖에 귀에 익은 목소리가 들려왔다. 그녀는 위험을 무릅쓰고 허리를 조금 펴고 목소리의 주인을 살펴보았다. 순간적으로 능력이 풀려버릴 만큼 순자 씨는 놀라고 말았다. 그 목소리의 주인은 다름 아닌 이 여사였다. 이 여사가 구두들과 뭔가 심각한 이야기를 나누고 있었던 것이다.

"그러니까 아줌마, 그 할머니 어디 갔냐니까요."

"당신들보고 잡으라고 여길 알려줬는데 나한테 왜 물어봐요."

"아니 이 아줌마가 돌았나, 아줌마 잘리고 싶어요?"

구두들이 이 여사에게 소리를 쳤다. 이 여사는 구두들을 보고서 날카로운 눈빛을 내면서 옷깃을 매만졌다. 그녀의 옷깃에는 수레바퀴 모양의 배지가 달려있었다. 이 여사의 배지를 본 구두들의 목소리가 단번에 변했다.

"아니, 그게 저……. 실례했습니다. 제 말뜻은 그게 아니라."

"됐어요. 가서 빨리 찾던 사람이나 찾아와요."

"아, 네. 알겠습니다."

장갑들을 억압하고 짓밟던 구두들이 이 여사의 말에 꼼짝을 못했다.

'도대체가 워쩐 일이여.'

순자 씨는 일이 크게 잘못되었음을 느끼고 빨리 빨래터를 빠져나가려고 했다. 빨간 장갑이 허물어졌다면 다른 장갑들 역시 위험했다. 그녀는 다른 장갑들에게 위험을 알리기 위해 구두들 사이를 지나 빨래터 문을 넘어서 나가려 했다. 그런데 마음이 급했던지 그녀는 자신도 모르게 문을 지날 때 대걸레를 놓치고 말았다.

갑자기 보이지 않는 세계에서 원래의 세계로 돌아온 순자 씨를 장갑이었던 이 여사가 가장 먼저 알아보았다. 그녀는 구두들에게 소리쳤다.

"저 여자를 잡아!"

순자 씨는 놓쳤던 대걸레를 다시 잡고 보이지 않는 세계로 도망쳤다. 눈앞에서 사라진 순자 씨를 찾느라 구두들이 우왕좌왕할 때 순자 씨는 2층 남자 화장실 쪽으로 빠르게 움직였다. 건물 내에서는 보이지 않는 세계로 이동하는 것이 가능하지만 건물 바깥은 또 다른 차원이었다.

순자 씨는 건물 바깥에서도 자신이 가진 도구로 보이지 않는 세계로 넘어갈 수 있을지 확신이 들지 않았다. 그녀는 2층 화장실에 숨겨둔 자신의 옷을 챙겨 입고 몰래 바깥으로 나가 다른 장갑들에게 이 사실을 알릴 생각이었다. 복도 여기저기를 구두들이 뛰어다니는 것이 보였다. 순자 씨는 구두들을 피해 2층 남자 화장실까지 도착할 수 있었다.

2층 남자 화장실에 들어선 순자 씨는 청소도구함에서 옷을 꺼내 갈아입고, 그림자가 잔뜩 배어있는 폐기물 더미를 챙겼다. 본래 같았으면 어머님이 빨래터에서 저 깊은 세계의 밑바닥에서 씻겼어야 할 잔해들이었다.

옷을 갈아입은 그녀는 화장실을 나서려고 했다. 그런데 아무리 문고리를 돌려도 화장실 문이 열리지 않는 것이었다. 순자 씨는 당황해서 문을 두드려보았지만 바깥에서는 아무런 소리도 들리지 않았다.

"거기 누구 없어유? 문이 잠겼슈! 문 좀 열어줘봐유!"

순자 씨가 아무리 소리를 쳐도 바깥에서는 대답이 없었다. 순자 씨는 어쩔 수 없이 품에서 핸드폰을 꺼내 다른 사람에게 도움을 요청할 생각이었다. 119를 누르고 통화버튼을 누른 순자 씨는 도시 한복판에서 통화권이 이탈되었다는 안내 메시지를 받아야 했다. 순자 씨는 완벽하게 화장실에 고립되어 버렸다.

"김 여사, 내 말 들어봐요."

그때 바깥에서 나지막이 이 여사의 목소리가 들렸다. 순자 씨는 화장실 문에 얼굴을 붙이고 목소리를 높였다.

"문 좀 열어줘봐유! 문이 잠겼슈!"

"김 여사, 내 말 잘 들어요."

"뭔 말을 들어유! 얼른 문부터 열어줘유!"

"만약 김 여사가 내 말만 잘 듣는다면 문을 열어줄 거예요. 그뿐만 아니라 김 여사는 많은 것을 얻을 수 있어요."

"나는 아무것도 몰라유! 그냥 내보내줘유!"

"어머님은 이미 삭제됐어요."

"뭐유? 말도 안 되는 소리 하덜 말어유!"

"내가 말했어요. 어머님의 본명을. 데스크에요."

순자 씨가 문을 세게 내리쳤다.

"이 여사! 도대체 무신 짓을 한 거여!"

"그게 중요한 게 아니에요. 김 여사, 나에게 와요. 나는 새로운 힘을 얻었어요. 장갑들의 보잘것없는 힘하고는 차원이 다른 힘이에요."

"어머님은! 어머님은 어찌 된 거여!"

"내 말을 들어요! 어머님이 말한 세상은 존재하지 않아요! 우리가 틀렸어요. 수레바퀴를 멈추면 안 돼요. 우리는 더 앞으로 나아가야 해요. 현실을 직시해야 해요. 김 여사!"

"그래서 어머님의 이름을 말 한 거여? 정말 그런 겨?"

"어쩔 수 없는 선택이었어요. 때로는 그런 선택을 할 필요가 있어요."

"빨래터는! 다른 장갑들은 어쩌려고!"

"김 여사. 냉정해져야 해요. 역사는 항상 많은 진통 뒤에 완성됐어요. 우리는 지금 그 역사의 흐름을 붙들고 방해하고 있는 거예요. 어머님은 그 사실을 몰랐어요. 우리가 하는 것이 얼마나 어리석은 짓이었는지를."

"왜 그랬슈, 왜……. 조금만 있으면, 장갑들이 하나가 되었을 건데……."

"……김 여사, 장갑을 버려요. 그렇게만 한다면 김 여사도 이쪽으로 건너오도록 해 줄게요."

"장갑을 버리란 게 뭔 말이여. 난 그렇게는 못혀."

"결정을 빨리 하는 게 좋아요. 이제 곧 그게 다가올 거예요."

"그거라니, 무신 소리를 하는 거여?"

"김 여사가 숨겨놨던 쇼핑백. 내가 건드려 놨어요."

순자 씨는 자신의 품속을 뒤져 쇼핑백을 풀어보았다. 봉지 안의 폐기물들은 그대로였다. 하지만 그녀는 폐기물 속에 숨어있던 것들이 빠져나간 것을 느꼈다.

"이 여사. 증말……"

순자 씨는 등골이 서늘해지는 것을 느꼈다. 자신의 뒤로 검고 습기에 찬 음산한 것들이 스멀스멀 다가오는 것을 느꼈다. 등에 차가운 냉기가 혹하고 느껴졌다. 오랜 세월 동안 쌓여있던 폐기물들의 한과 슬픔, 억울함, 분노, 증오가 버무려진 어두운 감정의 그림자가 화장실에 가득 차 있었다. 순자 씨는 온몸을 덜덜 떨었다.

"어떻게 하겠어요. 김 여사. 나와 함께 할 건가요. 아니면 삭제될 건가요."

"이 여사……"

"셋을 셀게요. 그때까지 정하도록 해요."

화장실 문 뒤에서 이 여사의 목소리가 들렸다. 하나. 순자 씨는 침을 삼켰다. 둘. 그녀는 문고리를 철컥철컥 소리가 나도록 돌렸다. 셋. 이 여사는 화장실 문 뒤에서 순자 씨의 대답을 기다렸지만 아무런 말도 들을 수 없었다.

"어쩔 수 없지요."

이 여사는 금테 안경을 위로 올리고 화장실 문을 뒤로하고 자신에게 배정받은 사무실로 돌아갔다. 2층 남자 화장실은 수리점검 중이라는 팻말과 함께 고요하게 잠들어있었다.

순자 씨는 청소도구함에 들어가 안쪽에서 문을 잠그고 어둠 속에 잠겨 있었다. 그녀는 바깥쪽에서 들려오는 뚜벅거리는 구두굽 소리와 껵껵거리며 흐느끼는 짐승 같은 울부짖음이 문 안쪽으로 들어오려는 것을 필사적으로 막았다. 고무장갑 안에 가두었던 소리들이 풀려나와 밀폐된 화장실 안을 떠돌았다.

그녀는 스스로를 지키기 위해 품 안에서 빨간 장갑을 꺼내 손에 끼웠다. 하지만 구두굽 소리와 흐느낌이 꽉 차 있어서인지 보이지 않는 세계로 들어갈 수가 없었다. 순자 씨는 장갑을 낀 손으로 두 귀를 막았다. 아무리 손바닥으로 귀를 막아도 소리들은 사라지지를 않았다. 소리들이 도구함 문을 머리로 쿵쿵 박기 시작했다. 어느새 구두굽과 흐느낌이 합쳐져 꼭 으르렁거리는 짐승의 울음소리처럼 변했다. 순자 씨는 문을 열면 흉하고 징그러운 모습을 한 머리가 여러 개인 짐승이 자신을 꽉 물어버릴 것 같다고 느꼈다.

'어머님 지는 워째여.'

마음속으로 어머님께 답을 물었지만 어떤 대답도 돌아오지 않았다. 도구함에 머리를 갖다 박는 짐승의 몸짓이 격해졌다. 이제는 발톱으로 문을 박박 긁고 있었다. 발톱과 도구함이 마찰을 일으킬 때마다 소름끼치는 금속음이 화장실에 울려 퍼졌다. 순자 씨는 자신의 손에 끼워져 있는 바랜 장갑을 보았다. 장갑에서 왠지 어머님의 따듯한 온기가 느껴질 것 같았다.

그녀는 이제 어디로도 도망칠 수 없다는 것을 깨달았다. 순자 씨는 자리에서 일어나 도구함 문에 달린 걸쇠를 철컥하고 열었다. 분명 흉하고 거대한 짐승이 문을 박차고 들어와 자신을 공격할 것이라고 생각했는데 막상 걸쇠를 여니 아무런 일도 일어나지 않았다. 그녀는 이상하다고 느끼고 옆에 있던 대걸레를 손에 쥔 채 도구함 문을 열고 바깥으로 나가 보았다.

평범한 화장실이었다. 그녀가 언제나 청소를 하던 화장실 그대로였다. 순자 씨가 상상하던 괴물은 어디에도 보이지를 않았다. 순자 씨는 자신이 착각한 것인지 의문이 들었다. 하지만 조금 전까지 들었던 구두굽 소리와 흐느낌, 짐승의 울부짖음이 생생하게 기억이 났다.

영문을 몰라 두리번거리고 있었는데 순자 씨는 화장실 구석에서 똑똑똑 물이 떨어지는 소리를 들었다. 뒤를 돌아보니 화장실 벽 구석에서 물이 한 방울씩 떨어지는 것이었다. 수도관이 깨져서 천장에서 물이 새나 보다 하고 생각했는데 갑자기 세면대 수도꼭지에서 저절로 물이 콸콸 쏟아져 나왔다. 당황해서 순자 씨가 세면대 수도꼭지를 잠갔는데도 멈추지 않고 물은 계속 흘러나와 넘쳤다.

이윽고 변기에서도 물이 넘쳐 화장실 바닥이 물로 흥건히 젖어버렸다. 천장에서도 물이 흘러내리는 속도가 빨라져서 화장실은 천장과 벽, 바닥이 흘러내리는 물로 가득 찼다. 바닥에 고인 물이 빠지지 않고 차올라서 금세 순자 씨의 발목까지 잠기고 말았다. 순자 씨는 물이 빠른 속도로 차오르자 화장실이

침수될 것 같다고 느끼고 잠겨 있는 화장실 문을 두드렸다.

"살려줘유! 여기 물이! 가득 차고 있슈! 빨리!"

하지만 아무도 그녀의 외침을 듣지 못했는지 바깥쪽에서 대답은 돌아오지 않았다. 정상적이라고 하기에는 지나치게 빠른 속도로 화장실이 물에 잠겨갔다. 순자 씨 무릎까지 물이 차올라 그녀는 변기에 올라 어떻게든 피해 보려고 했다. 하지만 그녀의 노력이 무색하게 물은 변기를 넘어서 천장을 향해 계속 차올랐다. 순자 씨는 간신히 고개만 내밀어 숨을 쉴 뿐이었다. 이대로라면 화장실에서 익사할지도 몰랐다.

"사람 죽어유! 빨리!"

그녀의 외침은 곧 천장까지 차오른 물에 잠겨버렸고 순자 씨는 소용돌이치는 물살에 휩쓸려 물속에 완전히 빠지고 말았다. 분명 화장실이었는데 물에 빠지자 바닥이 보이지 않았다. 그녀는 계속 물 아래로 깊숙이 내려갔다. 살려줘! 하는 그녀의 목소리는 물속에 녹아 흔적도 없이 사라졌다.

밑으로 내려갈수록 점점 강해지는 수압 때문에 귀로 흘러들어온 물이 고막을 때리는 소리가 꼭 구두굽 소리처럼 들렸다. 계속 물 아래로 빨려 들어가자 순자 씨는 자신의 발밑을 보았다. 아무것도 보이지 않는 어둠 속으로 이끄는 무엇인가가 그녀의 발목 아래 붙어 있었다. 그것은 장갑들이었다. 낡고 오래되어 더 이상 쓰지 못하는 검게 물든 고무장갑 더미가 자신의 발목을 꽉 붙잡고 물 아래로 그녀를 인도하고 있었다.

아무리 떨쳐내려고 해도 순자 씨의 발목을 잡은 검은 장갑들은 떨어질 생각을 하지 않았다. 곧 그녀의 폐 속에 차 있던 공기가 모두 사라졌고 순자 씨는 숨이 막혔다. 컥컥거리며 숨을 참아보려고 했지만 이내 폐 속으로 물이 밀려들어 왔다. 목소리가 나오지를 않았다.

순자 씨는 죽음을 직감했다. 그녀는 항상 자신이 어떻게 죽을지 궁금했지만 설마 침수된 화장실에서 익사할 줄은 몰랐다. 삶과 죽음의 경계에서 그녀는 어머님을 떠올렸다.

'미안혀요, 어머님. 나 먼저 가유.'

그녀는 눈을 감고 자신의 죽음을 받아들이려고 했다. 그런데 그때 그녀의 손을 잡는 무엇인가가 느껴졌다. 눈을 떠보니 어머님이 그녀의 눈앞에 있었다. 놀란 순자 씨가 물속에서 뻐끔뻐끔 입을 열었지만 목소리는 나오지 않았다. 어머님은 그녀를 보며 여느 때와 같은 둥근 미소를 짓고는 그녀에게 무엇인가를 쥐여 주었다.

그것은 낡은 빨래판이었다. 그러더니 검은 장갑들이 순자 씨의 빨래판을 피해 어머님의 몸에 옮겨붙는 것이었다.

'안 돼유! 어머님!'

순자 씨가 소리쳤다. 검은 장갑들이 떨어지자 순자 씨의 몸이 물 위로 떠오르기 시작했다.

'안 돼!'

순자 씨는 점차 멀어져 가는 어머님을 보며 외쳤다. 어머님은 순자 씨를 보며 여전히 미소를 짓고 있었다.

'어여 가.'

'같이 가유! 제 손 잡아유!'

빠른 속도로 떠오르던 그녀의 등 뒤에서 환한 빛이 번쩍였다. 뒤를 돌아보니 물속이 온통 빛으로 가득 찼다.

순자 씨가 눈을 떴다. 천천히 눈꺼풀을 들어 올린 순자 씨는 지나치게 밝은 형광등 불빛 때문에 눈이 시렸다. 벌떡 몸을 일으킨 그녀는 자신이 화장실 바닥에 누워있던 것을 알았다. 화장실은 그대로였다. 물에 젖은 흔적들은 어디에도 없었다. 젖어 있는 것은 오직 순자 씨 자신뿐이었다. 그녀는 자신의 손에 쥐여 있는 낡은 빨래판 하나를 보았다. 어머님의 빨래판이었다. 그녀는 빨래판을 쥐고 꺽꺽거리며 울었다.

"왜 그럼규. 왜 그럼 거유."

자신을 대신해서 보이지 않는 세계의 밑으로 떨어져 버린 어머님의 얼굴이 머릿속에서 지워지지를 않았다. 한참을 울던 순자 씨는 말없이 빨래판을 들고 일어났다. 어느새 화장실에서 순자 씨의 모습이 사라졌다.

* * *

이 여사는 개인 사무실에 마련된 책상에 앉아 서류들을 살펴보고 있었다. 중앙 화장실을 개조해 사무실로 급하게 만들어서인지 다른 기자재들은 없었고 온통 하얗게 칠한 방 안에 철제 책상만 덩그러니 놓여 있었다. 철제 책상 위에는 장갑들의 자료가 쌓여 있었다.

이 여사는 수레바퀴 배지를 매만지며 데스크에서 보내준 펜으로 명단을 작성하고 있었다. 데스크의 능력이 위임된 펜에는 이전에는 상상도 할 수 없는 엄청난 권능이 깃들어 있었다. 이 여사는 펜을 쥐고 장갑들 중 자신의 일에 협력하기로 한 이들은 따로 분류해놓고 아직 자신의 뜻을 거스르는 인물들의 명단에 삭제라는 단어를 적었다. 명단 분류가 모두 끝나자 이 여사는 책상 위에 놓인 전화의 수화기를 들고 번호를 눌렀다.

"네, 저예요. 다른 장갑들도 찾고 있는 중이에요. 그건 걱정 마세요. 모두 잘 해결되고 있어요. 알겠어요."

이 여사는 수화기를 다시 돌려놓았다. 그녀는 스스로에게 말했다.

"괜찮아."

"하나도 괜찮지가 않아."

이 여사는 자신 앞에 나타난 순자 씨를 보고 소스라치게 놀랐다. 언제, 어디서 그녀가 나타났는지 알아채지도 못했다. 그녀를 화장실에 가둔 뒤 삭제한 사람은 자신이었는데 도대체 어떻게 빠져나와서 여기에 서 있는 건지 이해할 수가 없었다.

"나한테 헐 말이 있쥬?"

이 여사가 다시 자리에 앉고 안경을 추켜올리면서 말했다.

"김 여사는 아무것도 몰라요."

"지가 아무것도 모르는 것은 맞쥬. 그래도 이건 아니잖유."

이 여사는 순자 씨의 손에 끼워진 장갑과 빨래판을 바라보았다. 낡고 오래된 빨래판은 어머님의 것이라는 걸 한눈에 알아보았다.

"어머님이 건져 올려줬군요."

"아직도 할 말이 없슈?"

이 여사가 책상 위에 손을 모은 채로 순자 씨에게 말했다.

"만약 김 여사라면 한 명이 타고 있는 자동차와 수백 명이 타고 있는 기차가 부딪친다면 어느 쪽을 희생시킬 건가요."

순자 씨가 아무 말 없이 이 여사를 바라보았다.

"저는 수백 명의 생명을 살리기로 한 거예요. 한 명의 희생자가 생겨나는 건 안타까운 일이에요. 하지만 역사적인 흐름으로 볼 때, 우리는 더 많은 가능성을 생각하며 선택해야 해요. 물론 제 말이 잘 이해가 가지 않을 거예요. 하지만……"

"그게 무신 바보 같은 소리래유."

"뭐라고요?"

"애초에다가 자동차랑 기차랑 안 부딪게 하면 되잖유."

이 여사의 표정이 차갑게 변했다.

"이 사회는 그런 동화 같은 곳이 아니에요. 우리는 언제나 치열한 갈등과 선택 속에서 역사를 이어갈 최선의 방향을……"

"누가 그렇게 정했슈."

"뭐요?"

"그 역사 어쩌고 하면서 선택하는 거 말이유. 이 여사는 그거를 왜 꼭 그렇게 해야 한다고만 생각하는 거유. 난 참 이해가 안 가유. 서로 안 부딪힐 수도 있는 거 아녀유?"

"말이 안 통하네요. 정말."

"지는 어려운 말은 잘 몰러유. 그래도 한 가지는 아는 건유. 우리는 적어도 자동차랑 기차가 부딪치는 일이 없도록, 그럴라구 계속 노력해왔잖유. 안 그래유? 이 여사도 알잖아유. 그게 어머님이 해왔던 말 아녀?"

순자 씨가 한 걸음 다가왔다. 순간 순자 씨가 꼭 어머님처럼 보였다. 이 여사는 어머님을 닮은 순자 씨의 둥근 눈을 보고 엄청난 위압감에 몸을 떨었다. 순자 씨가 한 걸음 더 다가와 이 여사를 향해 장갑 낀 손을 뻗었다. 이 여사는 거대한 장갑이 자신을 덥석 쥐는 환상을 보았다. 거대한 장갑을 낀 손이 자신을 쥐고 낡은 빨래판에 올려 몸을 비벼 문질렀다. 온몸이 구겨진 빨래처럼 꼬이고 뭉개져 옴짝달싹할 수 없었다.

"이 여사."

순자 씨의 말에 이 여사는 순간 환상에서 깨어났다. 그녀의 사지가 파르르 떨렸다. 등에서는 식은땀이 주르륵 흘렀다. 이 여사는 재빨리 손을 뻗어 펜을 잡았다. 명단에 순자 씨의 이름을 쓰고, 삭제 승인 도장을 찍었다. 하지만 순자 씨는 여전히 눈앞에 그대로 있었다.

"왜, 왜 삭제가 안 되는 거야!"

"이걸 봐유."

순자 씨가 품에서 각양각색의 장갑들을 꺼냈다.

"장갑들이 하나가 되면 구두들도 어떻게 할 수 없다는 말. 어머님이 해왔던 말이 맞쥬?"

이 여사는 빨래가 되어 새롭게 빛을 찾은 장갑들이 존재로

서 성립할 힘을 되찾았다는 것을 깨달았다. 그 중심에 순자 씨가 서 있었다. 그녀는 이미 데스크의 힘이 통하지 않는 상대였다. 이 여사는 순자 씨를 노려보았다.

"왜! 아무것도 아닌 당신이 왜!"

이 여사는 순자 씨를 향해 들고 있던 펜을 던졌다. 순자 씨의 빨래판을 맞고 펜은 다시 튕겨 나가 바닥에 떨어졌다.

"난유. 이 여사가 부러웠시유."

"뭐?"

"얼굴도 이쁘고, 아직 젊고, 똑똑해서 아는 것도 참 많은디. 당연히 부럽쥬."

이 여사는 어금니를 꽉 물었다.

"지금 나를, 놀리는……"

순자 씨가 한 걸음 더 다가와 손을 뻗었다. 그녀는 다시 거대한 장갑이 자신을 덮쳐 오는 환상을 보았다. 그녀는 의자에서 굴러떨어져 몸을 웅크렸다.

"저리, 저리 가!"

순자 씨는 웅크린 이 여사를 향해 손을 내밀었다. 그녀는 이 여사가 일어나 자신의 손을 잡길 바랐지만, 여전히 그녀는 환상 속에서 공포에 떨고 있었다. 그녀의 그림자는 순자 씨가 빨래를 하기에는 이미 너무 깊고 짙었다.

"어머님, 그게 아니에요. 제가 잘못한 것이 아니에요. 저는 단지……"

순자 씨는 그런 이 여사를 바라보았다. 그녀는 장갑 낀 손을 거두며 말했다.

"어머님께서 맘 아파하셨시유."

순자 씨는 이 여사의 책상 위에 있던 서류를 주워 쇼핑백에 넣고 둘둘 말아 품 안에 넣었다. 몸을 잔뜩 웅크린 이 여사를 보며 다시 말을 이었다.

"그래두유. 다 이해한다고 이리 말씀하셨슈."

이 여사는 순자 씨의 말을 듣고 어느새 눈물을 흘리고 있었다. 한참을 울고 고개를 들어보니 사무실에는 아무도 없었다. 분명 문을 여닫는 소리도, 발걸음 소리도 들리지 않았는데 순자 씨의 모습은 사무실 어디에도 없었다. 그때 이 여사는 자신의 책상 위에 무엇인가가 놓인 것을 보았다.

그것은 빛바랜 고무장갑이었다. 자신이 받기를 원했었지만 결국 받지 못했던 어머님의 장갑이었다. 이 여사는 책상 위로 다가가 장갑을 바라보았다. 왠지 장갑이 낯설게 느껴졌다. 그녀는 머뭇거리다가 장갑을 만져 보았다. 분명 고무로 된 장갑이었는데 체온이 있는 것처럼 따뜻했다. 그녀는 두 손으로 빨간 고무장갑을 꼭 쥐었다.

고무장갑에서 아주 미약하지만 두근거리는 맥박이 느껴지는 것 같았다. 그런데 곧 장갑에서 느껴지던 맥박이 약해졌다. 그녀는 더 꼭 장갑을 쥐어보았지만 약해지던 맥박은 완전히 멈추고 말았다. 동시에 메마른 모래처럼 장갑이 먼지가 되어 흩날렸다. 이 여사는 먼지가 되어 자신의 손을 빠져나가는 장갑을 다시 잡으려고 휘둘렀지만 소용이 없었다. 이미 장갑은 사라져버렸다.

 이 여사는 조용히 쓰러졌던 의자를 일으켜 세웠다. 이 여사는 바닥에 떨어진 펜을 주워서 다시 책상에 앉았다. 그녀는 옷깃에 달린 배지를 매만졌다. 수레바퀴가 팽그르르 돌아갔다. 이 여사는 흘러내린 안경을 추켜올렸다. 어느새 멀리서 들려오는 구두굽 소리가 들려왔다.

 곧 책상 위의 전화기가 울렸다. 이 여사는 계속 울리는 전화기를 바라볼 뿐이었다. 그녀는 수레바퀴를 돌리며 순자 씨가 사라진 자리를 공허한 눈으로 바라보았다. 곧 전화벨 소리가 끊겼다. 그녀가 앉아있던 자리에 남은 것은 펜과 수레바퀴 배지뿐이었다. 모든 것이 텅 비어있는 세계를 꽉 채우고 있는 것은 오직 구두굽 소리뿐이었다.

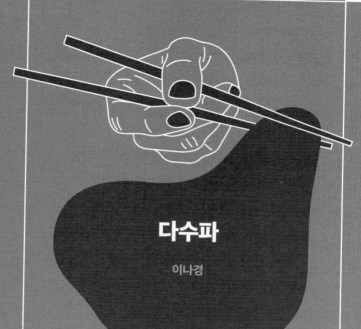

다수파

이나경

이나경

단편 「다수파」가 2016년 독자우수단편 최우수작으로 선정되며 거울 필진에 합류
했다. 앤솔러지 『꼬리가 없는 하얀 요호 설화』, 『공공연한 고양이』 등에 참여했다.

아빠는 저녁식사를 마치고 사무실로 돌아왔습니다. 드문드문 자리를 지키던 사람들이 아빠 발소리에 고개를 들었습니다. 그들과 눈인사를 나누며 아빠도 자리에 앉았지요. 늦도록 잔업을 하는 사람들이 층마다 대여섯 명씩은 있었습니다. 끼니를 못 챙길 정도로 업무에 치이는 경우도 더러 있었지만 대개는 야근수당을 타고자 귀가를 미루는 사람들이었어요. 아빠도 그중 하나였고요. 그 시절의 아빠는 집에 가서도 그다지 할일이 없었거든요. 엄마를 만나고부터는 늘 제일 먼저 사무실에서 탈출했지만요.

책상 왼편에 들쭉날쭉하게 쌓인 서류철을 얼마간 뒤적거리던 아빠는 소설책을 펼치고서 더 이상 그것들에 눈길을 주지 않았습니다. 웹툰으로 관심을 옮기기 전까지, 그러니까 도서대여점 시대가 몰락하기 전까지 아빠는 시중의 무협지를 모조리 섭렵했다고 자랑한 적이 있어요. 그날도 아빠는 티백으로 우려낸 녹차를 홀짝거리며 강호의 안개 낀 대나무 숲을 훨훨 날아다녔어요. 거기엔 하늘을 찌르는 빌딩 숲도 숨 막히는 지하철도 없겠지요.

"상식 씨."

북슬북슬 투박한 손이 아빠의 어깨를 툭 건드렸습니다. 아빠는 하마터면 녹차를 엎지를 뻔했어요. 돌아보니 박경완 씨가 해죽거리고 있었습니다.

"놀라기는. 집에 가서 편하게 읽잖고."

"아, 형님. 오늘까지 반납해야 해서요. 가는 길에 반납하려고요."

"나도 본 거네. 가만있자, 9권이면 하선랑이 죽던가?"

"하선랑이 죽어요?"

무심코 실언한 경완 씨는 아빠만큼이나 당황하여 횡설수설했습니다.

"농담이야, 농담. 다른 사람이랑 착각한 거야. 아니, 그보다 영원히 사는 사람이 어디 있겠어. 태어난 이상 반드시 한 번은 죽는 거야. 에…… 그나저나 뭐 좀 물어보려고 왔는데, 혹시 상식 씨도 그거 했어?"

"뭘 해요?"

"설문 말이야. 요새 TV나 라디오나 광고 엄청 때리는 거."

아닌 게 아니라 얼마 전부터 거국적으로 설문이 진행되고 있었습니다. 세계 일주 크루즈 여행권을 위시해 각종 크고 작

은 경품을 내건 것으로도 모자라 편의점에서 소책자를 무료로
배포하면서까지 사람들의 참여를 유도하고 있었어요.

"대국민 설문인가 뭔가 하는 거요? 아직 안 했어요. 왜요, 위
에서 무슨 공문 내려왔어요? 하지 말래요?"

"공문은 무슨. 그냥 중간에 막히는 문제가 있어서 물어보려
고 했지."

"막히는 문제?"

"막힌다기보다는…… 뭐랄까, 질문이 묘하게 까다로워. 엄
마가 좋냐, 아빠가 좋냐. 개가 좋냐, 고양이가 좋냐. 죄다 이런
식이라니까. 어때, 상식 씨라면 뭘 고를 거야?"

"까다로울 것도 없구먼. 그냥 형님 좋아하는 거로 골라요. 남
한테 물어서 하면 설문조사하는 의미가 없지."

"천국은 있다, 없다."

"나, 원. 뭘 그리 쩔쩔매요? 모태신앙이라면서?"

경완 씨는 아빠에게 핀잔만 들은 채 소득 없이 자리로 돌아
갔습니다. 아빠는 하선랑의 안위가 걱정되어 나이 많은 동료
에게 조금 쌀쌀맞게 굴었던 거예요.

왈가닥 하선랑이 싸늘한 주검으로 돌아와 주인공의 품에 안
긴 것은 11권의 말미였습니다. 이 장대한 서사시에서 하선랑
이 맡은 배역은 아주 사소했지만, 하선랑의 죽음은 이야기 전
체에서 막대한 위력을 발휘했어요. 그로 인해 시종 미적지근
하게 굴던 주인공은 복수를 다짐하며 무림에 투신했고, 아빠
는 비로소 설문에 참여하기로 결심했으니까요.

* * *

우리 아빠는 평범한 사람이었습니다.

아빠가 종종 무용담처럼 늘어놓던 학창 시절의 일화란 기껏해야 방송반에 짓궂은 제목의 팝송을 신청했다든가 골목에서 마주친 불량배로부터 달아났다든가 하는 것들이었습니다. 자질구레한 사건을 많이도 늘어놓지만 어째 강력한 한 방이 없습니다. 수학여행에서 엉뚱한 버스를 탄 이야기는 마무리가 싱겁고요, 좋아하는 여학생에게 고백했다가 차인 이야기는 소재의 훌륭함에 비하면 잡다하게 사설이 길어 영 지루하지요. 대학생이 되고도 추억담은 좀체 나아지지 않았습니다. 통기타에, 미팅에, 최루탄에…… 하여간 거창하기만 할 뿐이고 큰 감흥은 없어요. 각색을 한 것이 그 모양이라면 정말이지 구제 불능입니다. 상황이 이러하니 군대 이야기는 하나마나겠지요.

졸업이 코앞으로 다가오자 철없는 대학생 아빠도 슬슬 장래를 걱정하기 시작했습니다. 애초에 시험 점수에 맞춰 간 대학인지라 무역학을 전공했다고 하여 아빠에게 무역업에 관한 뚜렷한 비전이 있었던 것은 아니에요. 하지만 달리 배운 게 없으니 직장을 구할 때도 전공과목에서 자유롭지 못했습니다. 다른 친구들처럼 아빠도 결국 무역업체에 입사했지요. 아주 이름난 회사는 아니었지만 그래도 아는 사람 사이에서는 제법 견실하다고 평가받는 곳이었어요.

그런데 입사한 지 한 해를 채우자마자 갑자기 회사가 부도

났습니다. 그 회사를 추천하던 사람들이 잔뜩 곪은 속사정까지는 미처 몰랐던 거지요. 연일 밤을 지새우며 무던히 애를 쓴 직원들의 고생이 무색하게도 한번 주저앉은 회사는 다시 일어서지 못했습니다. 두 달 치 밀린 월급은 영영 받지 못하게 되었습니다. 직원 중 아빠는 그나마 나이도 어리고 부양할 가족도 없어서 타격이 적은 편이었어요. 타격이 적다는 것은 그러나 아빠에게 새로운 타격을 주었습니다. 주변이 온통 위로받을 사람으로 넘쳐나서 아빠 몫으로 남은 위로가 없었거든요. 아빠는 그때 처음으로 세상의 냉엄함을 느꼈다고 해요.

졸지에 실업자가 된 아빠는 다른 직장에 문을 두드리는 대신 도서관에 다니며 공무원 시험을 준비했습니다. 삭풍이 휘몰아치는 취업 시장에 왠지 주눅이 든 탓도 있겠지만 무엇보다 군인이었던 할아버지의 강권을 거역하지 못했던 거예요. 이듬해 치른 9급 공무원 시험에서 아빠는 턱걸이로 합격을 했습니다. 그렇게 절대로 무너지지 않을, 적어도 최후까지 버텨줄 직장을 얻었지요. 그로부터 수년이 흘러 제가 태어나던 해에 우리나라가 IMF에 구제금융을 요청하는 대사건이 일어났으니 회사가 일찌감치 망한 것을 아빠는 액땜한 것으로 여기고 있습니다. 남들보다 미리 대비할 수 있었다고요.

하지만 말단 공무원의 봉급이란 역시 성에 안 차는 것도 사실입니다. 봉급의 대부분은 적금으로 빠져나가고 아빠 손에 실제로 쥐어지는 액수는 처량할 정도였대요. 그리하여 아빠는 실바람에 꽃잎이 흩날리는 달밤에도 사무실의 부윰한 형광 불빛 아래서 독서에 탐닉하는 것이었습니다. 아주 좋지는 않지만 그렇다고 나쁘다는 생각도 들지 않는 소소한 행복의 나날이 계속되었습니다.

설문을 작성한 것이 바로 이 시기였습니다. 아빠는 편의점에서 설문 내용이 인쇄된 주황색 소책자를 받아왔습니다. 문고본 정도의 크기로 중철 제본된 얄팍한 책자였는데 응모 요령 및 주의사항과 경품 광고 등을 제외하면 본문 분량은 스무 페이지도 되지 않았습니다. 본문의 내용이야 익히 알다시피 작성자의 선택을 요하는 것이었지요. 세밀하다면 세밀하겠거니와 구차하다면 구차하다 할 만한 질문들이 빼곡히 있었습니다. 간혹 선뜻 답을 고르기 어려운 질문도 있었지만 어쨌든 아빠는 빈칸을 모두 채웠고, 동봉되어 있던 봉투에 OMR 답안지를 넣어 출근길에 발송했습니다.

다음 달 말일로 설문이 마감되었고 이윽고 경품 추첨 행사가 진행되었어요. 배포가 작은 아빠는 세계 일주 티켓이나 고급 세단 같은 건 감히 꿈도 꾸지 않았습니다. 다만 100명에게 준다는 백화점 상품권 10만 원권 정도라면 가능성이 있겠다고 내심 기대했다지요. 설문에 참여한 국민이 2,500만 명에 육박한다는 기사를 읽기 전까지 말이에요. 주요 일간지에 일제히 실린 경품 당첨번호 목록에 아빠의 책자에 할당된 번호는 빠져 있었습니다. 하다못해 백만 명에게 발송된 캔커피 교환권조차 아빠는 받지 못했어요. 그따위 엉터리 짓거리를 하느라 아까운 시간만 들였다고 분개한 것도 아주 잠시였을 뿐 다른 사람들처럼 아빠도 더 이상 설문에 대해 생각하지 않게 되었습니다.

그 후로 계절이 세 번 바뀌어 연말이 되었습니다.

어느 쓸쓸한 월요일 저녁에 아빠는 여느 때처럼 야근을 마치고 돌아오는 길이었습니다. 욕조에 따뜻한 물을 받아놓고 몸을 녹일 심산이었어요. 그런데 집 앞 골목에서 아빠의 이름을 부르는 목소리가 들렸습니다.

"오상식 씨?"

걸음을 멈추고 돌아보자 전봇대 옆에서 말쑥하게 정장을 빼입은 남자가 모습을 드러냈습니다. 아빠 또래로 보였지만 처음 보는 얼굴이었습니다.

"실례지만 오상식 씨 맞으십니까?"

"그런데요. 누구시죠?"

"이제야 뵙는군요. 안녕하십니까, 저는 최한기라고 합니다. 수도 그룹에서 나왔고요."

아빠는 최한기 씨가 내미는 명함을 조심스럽게 건네받았습니다. 살짝 스친 손이 얼음장처럼 차가웠어요. 후미진 골목에서 얼마나 오래 기다렸는지 남자의 코끝과 귓불이 몹시도 빨갰습니다.

"다름이 아니라 지난봄에 대국민 설문에 참여하셨지요? 그 일로 찾아왔습니다."

남자는 아빠가 설문에 대한 기억을 미처 끄집어내기도 전에 말을 이었습니다.

"저희 측에서 대대적으로 설문조사를 한 것이 바로 오상식 씨 같은 분을 찾기 위한 과정이었습니다. 길게 말씀드릴 것도 없이 오상식 씨가 바로 저희 그룹의 미래이십니다."

그때까지 아빠는 한 번도 스스로 특별하다거나 평범하다고 생각해본 적이 없었습니다. 그런 생각을 아예 해본 적이 없었 다는 얘기예요. 만약 설문에 자신이 특별한지 평범한지를 고 르는 항목이 있었다면 아빠는 특별하다는 선택지에 체크했겠 지만요.

하지만 아빠는 평범한 사람이었습니다.

그것이 아빠를 특별한 사람으로 만들었지요.

* * *

아빠는 심야의 불청객을 차마 떨치지 못해 근처 호프집으로 데려갔습니다. 월요일의 술집은 한산했습니다. 더벅머리 대학 생들이 한 테이블을 차지하고 있을 뿐이었지요. 대학생 중 하 나가 최근에 실연을 당했는지 이따금 고성이 들렸는데 대화에 방해될 정도는 아니었어요. 아빠와 최한기 씨는 구석 자리에 앉았습니다. 아빠는 생맥주를 두 잔 주문했어요. 호프집을 나 올 때까지 최한기 씨 몫의 잔은 전혀 줄지 않았지요.

"죄송합니다. 전화나 우편으로 말씀드릴 내용은 아니라 이 렇게 불쑥 찾아뵙게 되었습니다. 실은 일전에도 한 번 왔었는 데 이렇게 늦게까지 근무하시는 줄 몰라서 허탕을 쳤거든요.

오늘은 작심하고 기다린 보람이 있네요."

하얗게 김 서린 안경을 벗어놓고 최한기 씨는 시린 양손을 비벼댔습니다.

"설문 때문에 오셨다고 했지요? 저 같은 사람을 찾았다는 게 무슨 뜻입니까?"

"아, 그렇죠. 날이 늦었으니 곧장 본론으로 들어가겠습니다."

아빠가 채근하자 최한기 씨는 테이블에 바싹 다가앉았습니다.

"많은 기업들이 사내 제안제도라는 걸 운영합니다. 저희 그룹도 마찬가지지요. 새로운 아이템의 발굴이랄지 기존 업무의 절차 개선방안에 대한 건의랄지, 하여간 회사에 도움이 될 만한 것이라면 가리지 않고 제안하도록 하는 겁니다. 제안이 채택되면 제안자는 합당한 보너스를 받고요. 미리 말씀드리자면 이번 설문은 제 아이디어였습니다."

최한기 씨의 제안서를 검토한 사람 대부분은 그것을 장난이라고 단정했습니다. 실없는 제안은 일주일에도 서너 건씩 보고되었고 그런 것들은 중간에 커트되곤 했어요. 소위 예선 탈락인 셈이지요. 그런데 언젠가의 회의에서 그것이 문제로 지적된 것입니다. 잔뜩 진노한 회장은 소중한 의견을 한 건도 빠뜨리지 말고 상부에 올리도록 지시했습니다. 아니, 그것으로도 모자라 아예 업무 소관을 그룹 싱크탱크인 전략기획실로 이관했어요.

전략기획실 커뮤니케이션팀의 염진홍 팀장은 창업주 회장

의 셋째 아들이었습니다. 젊은 혈기에 혁신을 부르짖으면서도 마땅한 방안이 없어 고심하던 참이었어요. 그의 자리를 거쳐 간 염진홍 팀장의 두 형은 어느새 주요 계열사의 사장직을 맡아 선방하고 있었습니다. 아직 변변한 실적을 내지 못한 동생으로서는 억울하기도 했을 거예요. 형님들은 그저 호황기를 잘 탔을 뿐이니까요.

그런 염 팀장이었기에 도박이나 다름없는 제안서를 주목한 것입니다.

염 팀장은 아이디어만 발탁한 게 아니었습니다. 최한기 씨도 더불어 전략기획실로 소속을 옮겼지요. 모호한 프로젝트이니만큼 제안자를 곁에 두는 편이 안심이었을 테니까요. 최한기 씨 입장에선 튼튼한 동아줄이 내려온 거나 마찬가지였어요.

"저는 그룹이 문어발식으로 사업을 확장하는 것이 못마땅합니다. 물론 사업을 하다 보면 성장곡선이 주춤해지는 시기가 있어요. 지금 하는 영역에서 더 빼먹을 게 없는 시기 말이에요. 그럴 땐 사업을 확장해야겠죠. 그러니까 제 말은, 그 자체를 두고 나쁘다고 할 순 없다는 거예요. 하지만 이것저것 손댄다고 그만큼 수익이 나는 게 아니거든요. 실속 없는 짓이지요. 오상식 씨는 그룹들이 무작정 영역을 넓히는 근본 원인이 무엇이라고 생각하십니까?"

갑작스러운 질문에 아빠는 얼른 대답하지 못했습니다. 최한기 씨도 딱히 대답을 요구한 건 아니었는지 즉시 말을 이었어요.

"그건 확신이 없어섭니다. 뭘 해야 돈이 벌리고 뭘 하면 손실을 보는지 모르니까 이것저것 찔러보는 거예요. 마치 경마장의 모든 말에게 베팅하는 것과 같죠. 틀림없이 우승마를 맞히기야 하겠지만 나머지 뒤처진 말들에 대해서는 손해를 볼 수밖에 없어요. 따도 적게 따고 잃어도 적게 잃자는 전략입니다. 굴지의 그룹이 쪼잔한 짓이나 하는 거예요. 그런 식으로 분탕질을 하니까 기업 생태계가 엉망이 되지요. 세간에서 저희를 대하는 시선도 곱지 않고요."

"이게 진짜!"

저쪽 테이블의 소란에 최한기 씨는 잠시 입을 다물었습니다. 아빠는 그 틈을 타서 맥주를 한 모금 마셨어요.

"상황이 그렇다는 정도로 알아두시고, 요컨대 제 제안은 이런 것이었습니다. 알자. 해야 하는 것과 하면 안 되는 것들을 미리 알아내자. 그런 연유로 설문을 하게 된 거예요."

아빠는 설문 책자를 채우고 있던 수백 개의 시시콜콜한 질문 가운데 수도 그룹을 연상케 하거나 기업의 활로를 묻는 것은 하나도 없었다고 단언할 수 있었습니다. 설문은 낮과 밤, 산과 바다, 야구와 축구, 수학과 영어, 물냉면과 비빔냉면, 짜장면과 짬뽕 따위의 선택지를 끝없이 늘어놓을 뿐이었어요. 고작 그런 질문을 미끼로 삼아 미래에 대한 확신을 낚을 수 있다고? 순간 아빠의 머릿속에 떠오른 것은 서브리미널(subliminal) 효과였습니다. 서브리미널 효과란 인지할 수 없는 자극을 통해 대상의 잠재의식에 영향을 끼쳐 답을 유도하는 기법이지요. 잘은 몰라도 설문을 작성하는 과정에 그런 비슷한 실험을 당했다고 생각한 거예요. 하지만 어떻게?

"오상식 씨."

얼이 빠져 있는 아빠를 최한기 씨가 불렀습니다. 그는 짐짓 심각한 표정으로 말했습니다.

"지금부터 제가 하는 말은 대외비입니다. 다른 데서 함부로 발설하시면 저희 입장이 아주 난처해져요. 설령 오상식 씨가 저희 계획에 동참하지 않더라도 오늘 일은 불문에 부치셔야 합니다. 이런 일은 보안이 생명이거든요. 경우에 따라서는 오상식 씨에게 배상을 청구할 수도 있어요. 무슨 말인지 아시겠죠? 저희는 이미 리스크를 가득 안고 시작한 일이라 신중할 수밖에 없는 것을 양해 바랍니다. 자, 그럼 이야기를 계속해도 될까요?"

아빠가 조심스럽게 고개를 끄덕였습니다. 최한기 씨는 미소를 지었습니다.

"생각해 보십시오. 사람들이 축구보다 야구를 좋아한다는 것을 오상식 씨가 알고 있다면 핫도그를 팔러 야구장 앞으로 가겠지요? 또, 사람들이 핫도그보다는 뻥튀기를 선호한다면 야구장에서 뻥튀기를 파는 게 현명할 테고요."

야구와 축구? 핫도그와 뻥튀기?

"그럼 혹시 그 설문이……."

"아뇨, 이건 그냥 예를 든 것입니다. 책자에 있던 선택지는 아무래도 좋은 것들이에요. 중요한 것은 사람입니다. 설문의 목적은 특정 인물을 찾는 것이었지요. 처음에 저희는 막연히 스무 명쯤 될 것으로 짐작했는데 막상 결과를 확인하니 남은 건 여덟 명뿐이었습니다. 오상식 씨도 그중 하나입니다."

"제, 제가 뭘 했길래⋯⋯?"

아빠의 목소리가 떨렸습니다.

"오상식 씨가 고른 답안이 다수가 선택한 답과 같았습니다. 그뿐이에요."

최한기 씨의 대답은 퍽 간결했지만 아빠는 그 말의 의미를 한참이나 헤아렸습니다. 그러고도 그게 무엇을 뜻하는지 깨닫지 못했어요. 그래서 아주 세심하게 질문을 골랐지요.

"그게 왜요?"

"말 그대로입니다. 오상식 씨가 설문 참가자들 중에서 상대적으로 더 선호된 답을 골랐다는 말이지요. 그것도 무려 300번이나요."

"그게 왜요?"

설명이 더 필요했습니다.

"어, 이건 보통일이 아닙니다. 따로 정답이 없는 질문이었고 답안을 취합할 때까지는 저희 쪽에서도 어떤 항목이 다수가 되고 어떤 항목이 소수가 될지도 알 수 없었지요. 응답자가 그런 계산을 할 이유도 전혀 없었고요. 아시다시피 순수하게 개인의 선호를 묻는 설문이었으니까요. 아무튼 그 결과 모든 작성자들이 저마다 취향을 드러냈습니다. 다수에 속한 경우가 훨씬 많았겠지만 상대적으로 덜 선호된 항목에도 적어도 한 번씩은 체크했지요. 우리는 그런 사람들을 무조건 배제했습니다. 응답자의 성별이나 연령별, 지역별로 가려내는 문제도 중간중간 넣었습니다. 그런 식으로 이천오백삼십만 명을 차례차례 걸러내니 여덟 명만 끝까지 남은 겁니다. 한결같이 다수의 취향을 가진 사람들이죠. 우리가 찾은 게 바로 그런 사람이었습니다."

술을 마시던 대학생들이 문득 이상한 멜로디에 억박적박한 화음으로 노래 비슷한 것을 외쳤어요. 그 바람에 대화의 맥이 끊겼고 아빠와 최한기 씨는 얼굴을 찌푸렸습니다.

학생들의 기세가 시그러질 즈음 아빠가 물었습니다.

"대강 무슨 말씀인지는 알겠는데요, 그런 사람들을 찾아서 뭘 어쩌시려는 겁니까?"

"소비자란 변덕스러운 집단입니다. 소비자의 취향을 파악하려거든 그들에게 일일이 물어보는 수밖에 없어요. 하지만 저는 세상 어딘가에 항상 다수파에 속하는 사람이 있을 거라고 생각했습니다. 그렇다면 그 사람만 확보하면 일이 훨씬 수월해지지 않겠습니까? 그게 제 아이디어의 요지입니다. 오상식 씨의 이름이 끝까지 남은 것은 그저 우연이 겹친 결과인지도 모릅니다. 그러나 300번이나 반복된 우연이라면 이미 필연이라고 해도 무방하지 않을까요? 물론 논리적으로는 설명할 수 없습니다. 차라리 비논리의 극치예요. 하지만 소비자의 변덕 또한 다를 바 없지요."

최한기 씨가 잠시 입술에 침을 바르며 맥주잔을 만지작거렸습니다.

"이제 저희 팀이 할 일은 검증된 자문단을 모아 미래로 눈을 돌리는 것입니다. 예컨대 제품의 디자인이나 색상 같은 것, 나아가 더 큰 범주의 무언가를 물을 수도 있겠지요. 그거야 저희가 고민할 부분이고요. 아무튼 각종 결정을 앞두고 여덟 분께 의견을 구할 겁니다. 물론 사례는 충분히 해드리겠습니다. 건당 50만 원이 즉석에서 현금으로 지급될 거예요. 법에 저촉되는 부분은 하나도 없습니다. 모두에게 이득이에요. 저희는 시행착오를 줄여서 좋고 여러분은 용돈벌이가 생겨서 좋죠."

"하지만 제가 틀린 선택을 하면요? 저 때문에 손해를 볼 수도 있잖아요?"

"300번 연속으로 다수의 편에 섰던 사람이 그 다음번에 때마침 소수 취향을 드러낸다고요? 저는 아니라고 봅니다. 물론 그럴 가능성도 대비해야죠. 한 번이라도 예상이 틀리면 즉시 아웃입니다. 그렇다고 책임을 묻진 않을 테지만요. 단지 가욋돈을 벌 기회가 영영 사라질 뿐이에요."

문득 아빠는 거대 자본을 들인 프로젝트치고는 너무 주먹구구식이 아닌가 하는 생각을 떨칠 수 없었습니다. 혹시 이렇게 꾀어서 사기를 치려는 건가? 그래서 얼른 떠오르는 대로 질문을 던졌지요.

"여덟 명의 의견이 갈리면 누구 말을 듣나요?"

"당연히 다수 의견에 따라야겠지만 설문을 다시 하거나 모든 의견을 반영할 수도 있습니다. 사안에 따라 대처를 달리할 겁니다."

"저희 답안에 따라 나머지 선택지는 폐기 처분된다면 제가 옳은 답을 골랐는지 어떻게 아나요? 축구장에서 핫도그를 팔아봐야 야구장에서 뻥튀기를 파는 편이 낫다는 걸 알 거 아닙니까?"

"지당하십니다만 앞으로 저희가 드리는 질문지를 보시면 그런 말씀을 못 하실 겁니다."

그렇게까지 말하니 아빠는 최한기 씨의 제안을 받아들일 수밖에 없었습니다. 용처는커녕 존재조차 몰랐던 재능을 손수 발굴해 그것을 빌리는 데 대가를 치르겠다고 하니 딱히 거절할 까닭이 없겠지요.

* * *

아빠와 최한기 씨는 한 달에 한 번꼴로 만났습니다. 이변이 없는 한 약속은 매월 셋째 주의 평일 점심으로 잡혔어요.

처음에 아빠는 다른 자문단을 함께 만나는 것으로 짐작했는데 막상 약속 장소에는 최한기 씨 혼자 나와 있었습니다.

"다른 분들은 안 오시는 겁니까?"

"네, 다른 분들과도 개별적으로 접촉하고 있습니다."

"어차피 용건은 같지 않아요? 번거로울 텐데 한 번에 처리하시지……."

"괜찮습니다. 보안상 서로에 대해 모르는 편이 나아요."

아빠가 보기에 최한기 씨는 그렇게까지 꽉 막힌 사람은 아니었지만 유독 보안만큼은 깐깐하게 구는 느낌이었습니다. 약속 장소만 해도 그랬습니다.

"그럼 그날 제가 수도 그룹 쪽으로 찾아가겠습니다. 전략기획실이면 본사에 계시지요?"

최한기 씨가 편의를 많이 봐주고 있다는 생각에 아빠는 통화 내내 마음이 불편했습니다. 그래서 무엇이든 하나쯤은 최한기 씨 수고를 덜어드려야겠다고 생각하면서 타이밍을 재다가 그렇게 말한 거예요.

하지만 수화기 너머의 반응은 기대와 달랐습니다.

"그러실 것까진 없습니다. 제가……."

"아뇨, 아뇨. 저는 진짜로 괜찮은데."

어색한 침묵이 아주 잠깐 전화선에 머물렀습니다. 그런 뒤에 최한기 씨가 차분한 음성으로 말했어요.

"실은 제가 평소부터 찜해 두었던 요리가 있어서 그럽니다. 이번엔 제 쪽에서 대접하는 것이니 장소까지 책임지도록 해주시지요."

대번에 아빠의 기세가 꺾였고, 최한기 씨는 생소한 음식점 이름을 대며 주소를 불러주었습니다. 한산한 주택가의 단정한 일식집이었습니다.

"여기 뭐가 맛있나요?"

한참 두리번거리던 아빠가 최한기 씨에게 물었습니다. 최한기 씨는 아빠를 빤히 쳐다보다가 지난번의 통화를 떠올리고는 빙긋 웃었습니다.

"사실 저도 이 동네는 처음입니다. 단지 지리적으로 이쪽 부근에서 뵙는 게 서로 좋을 것 같아서요."

최한기 씨가 설명했습니다.

"우리 둘이 만나는 건 가급적 사람들 눈에 띄지 않아야 합니다. 다른 분들도 그렇지만 오상식 씨도 우리 그룹에 있어서 더없이 소중한 자원이거든요. 어, 자원이라는 단어의 어감이 그리 좋진 않군요. 설문조사에 들인 비용이 고스란히 여덟 분의 몸값이라고 생각해 보세요. 얼마나 귀중한 분들일지 이해되시죠? 쉽게 말해 VIP 취급을 받으시는 겁니다. 갑자기 다른 기업이 눈치를 채고 오상식 씨나 다른 분들을 가로챈다면 재앙이나 마찬가지지요. 그러니 저희로서는 비밀 유지에 각별할 수밖에 없는 겁니다. 그룹 내에서도 이번 프로젝트의 세부사항을 아는 사람은 손에 꼽을 정도예요."

아빠가 단어를 떠올리느라 허둥지둥했습니다.

"저기, 그…… 스파이…… 산업스파이 때문인가요?"

"재계에 암약하는 스파이가 얼마나 많은지 아마 짐작도 못 하실 겁니다. 아예 산업스파이만 전문적으로 양성하는 에이전시가 따로 있을 정도예요. 그날도 도청이 우려되어 자세한 설명은 못 드리고 대충 둘러댔던 겁니다. 도청이나 미행은 예사고 때에 따라서는 절도를 하거나 교묘하게 위장 살인까지 저지르거든요."

"위장…… 살인?"

"과로며 우울증이며…… 직책이 높을수록 지병이 훈장처럼 들러붙거든요. 자살로 꾸미기 간편하죠. 하지만 그런 건 아주

드문 경우입니다. 오상식 씨 같은 외부인사는 안심하셔도 좋아요."

"네에……."

음식은 그럭저럭 먹을 만했지만 멀리서 찾아올 정도는 아니었습니다. 아무튼 식사를 마칠 즈음 최한기 씨는 서류가방에서 출력물을 꺼냈습니다.

"방식은 지난번 설문과 동일합니다. 한번 훑어보시고 마음이 가는 쪽에 표시해 주세요."

아빠가 건네받은 것은 제품의 사진이었습니다. 첫 번째 페이지에는 세 종류의 무선전화기 모델이 세 종류 있었는데 다른 것은 색상뿐이었습니다. A안은 흰색, B안은 회색, C안은 검정색이었어요. 조금 머뭇거리던 아빠는 결국 하나를 골랐습니다. 다음 페이지에는 자전거 사진 세 장이 나란히 있었어요. 심지어 그건 수도 그룹의 제품이 아니었는데 역시 색상이 달랐습니다. 한 장 더 넘기니 세 가지 색상의 모자 사진이 있었고요. 그런 식으로 총 스무 가지 제품의 색상을 선택했어요.

"여기서 제가 고르는 색상만 출시되는 겁니까? 보통은 여러 색상이 다 나오지 않나요?"

"이것들은 이미 출시가 되었습니다. 아직 자문단의 능력이 검증되지 않았으니 확인을 하려는 겁니다. 색상별 판매량과 작성하신 답안을 비교하려는 거예요. 그런 뒤에 확신이 생기면 본격적으로 일을 맡기겠지요. 그러니 오늘 설문은 최종 테스트쯤으로 여기시면 되겠습니다."

"여기서 틀리면 끝이겠군요?"

"그렇게 되면 저도 끝입니다."

최한기 씨가 대수롭지 않게 말했습니다. 아빠는 그 말의 의미를 나중에야 알았어요.

"자, 그럼 다음에 또 연락드리겠습니다. 살펴 들어가십시오."

"다음에도 이쪽 동네에서 보나요?"

"다음이 있다면요. 하지만 메뉴는 바꾸는 게 좋겠군요."

그로부터 한 달 뒤에 아빠는 다시 최한기 씨의 전화를 받았고 약속을 잡았으며 식사를 마치고 새로운 설문에 답했습니다. 한 달 뒤에도, 그 한 달 뒤에도요. 정말로 아빠에게 신묘한 재주가 있는지 이후로도 약속은 끊이지 않았어요. 사례도 착실히 지급되었고요.

최한기 씨가 내미는 설문은 대개 '이런 게 있다면 사겠다, 사지 않겠다'를 묻는 것으로 시작되었습니다. 이어지는 상세 질문은 아빠를 질리게 할 정도였지요. 수도 그룹은 아빠의 취향을 낱낱이 해부했습니다. 이런 것까지 묻나 싶은 자질구레한 질문이 있는가 하면 이런 것까지 묻나 싶은 중대한 질문도 있었지요. 그러나 무엇을 묻든 아빠가 내리는 신탁은 번번이 다수 취향의 것으로 확인되었습니다.

* * *

무협지나 웹툰 말고 아빠가 진짜로 끊지 못한 것은 박카스였습니다. 중독자들이 으레 그렇듯 한 병 두 병 마시던 것이 어느새 끊으려야 끊을 수 없는 지경에 이른 거예요. 그래도 주변 사람들은 아빠의 자양강장제 중독에 대해 알지 못했을 거예요. 오래전에 아빠가 박카스를 연거푸 들이켜는 걸 보고 누군가 우스갯소리를 했대요. 시답잖고 악의 없는 그 말이 아빠의 내면에 거대한 수치감의 파문을 일으켰나 봅니다. 그날 이후 박카스는 집에서만 마신다는 규칙을 정하고 남들 앞에서는 초인적인 자제력을 발휘했거든요. 그러다 정 참기 어려우면 몰래 약국으로 달려가 얼른 한 병 마시고 돌아왔다지요.

그런데 이제 아빠에게 작은 여흥이 생겼습니다. 최한기 씨와 헤어진 뒤 지하철역 근처에 있는 약국에 들르는 것이었지요. 그곳은 여느 약국과는 달랐습니다. 아니, 약국이야 별다를 것이 없었고 그저 아빠의 기분이 남달랐던 거예요. 주변에는 알아보는 사람이 없고 지갑은 두둑해졌으니 피서라도 온 기분이었을 겁니다. 해방의 공간에서 만족할 때까지 음료를 들이켜며 아빠는 소위 길티 플레저를 누렸겠지요.

자문단으로 활동한 지 근 일 년째 되던 어느 날이었습니다. 그날도 아빠는 어깨에 묻은 눈을 떨어내며 역 앞 약국에 들어섰어요.

"박카스 두 병만 주세요. 아니, 세 병."

미리 밝히자면 약국 카운터를 지키던 사람은 우리 엄마입니다. 고등학교를 졸업하고 직장을 구할 때까지 임시로 고모네 약국에서 일을 돕고 있었어요. 암중모색의 기간이 한없이 연장되기는 했지만요.

"여기요."

아빠는 우선 가볍게 한 병 해치울 요량으로 능숙히 뚜껑을 땄습니다. 그런 뒤에 저로서는 대체 무슨 맛으로 먹는지 모르겠는 액체를 입안 가득히 들이부었지요. 그런데 쿨렁쿨렁 쏟아지는 액체의 느낌이 여느 때와 사뭇 달랐어요.

"웩!"

그것은 박카스가 아니었습니다. 약국에서 팔고 단단한 병에 들었다는 점 외에는 박카스와 마땅히 공통점이랄 게 없는 물건이었지요.

"이봐요! 이거 쌍화탕이잖아!"

"어머, 죄송해요."

대신 변명을 좀 하겠습니다. 그날 엄마는 제정신이 아니었어요. 엄마를 둘러싼 몇 가지 근심들이 회전목마처럼 머릿속을 빙글빙글 돌았답니다. 그래서 아침부터 카운터에 턱을 괴고 앉아 창밖 풍경을 멍하니 바라보고 있었던 거예요.

"깜빡 실수했어요. 죄송합니다."

엄마가 허리를 굽혀 연신 사과했어요. 불미스러운 일이 발생한 것은 바로 그 순간이었습니다. 눈물 한 줄기가 그만 엄마의 뺨에서 또르르 구른 거예요. 송구한 마음에 맺힌 눈물은 결코 아니겠으나 아빠로서는 다른 가능성을 떠올릴 수 없었지요.

"어? 왜, 왜 울지? 왜 이래요?"

당황한 아빠를 앞에 둔 채 엄마는 급기야 얼굴을 파묻고 흑

흑 흐느꼈습니다.

"저기, 울지 마요. 갑자기 소리를 지른 건 죄송합니다. 사과할게요. 화를 낸 건 아니고 저도 놀라서 그만……."

한낮의 소란에 안쪽에 있던 고모할머니가 무슨 일인가 싶어 얼굴을 비추었습니다.

"너 왜 울어? 왜 그래?"

엄마 대신 아빠가 해명에 나섰습니다.

"글쎄요, 저도 잘……. 이 분이 실수로 박카스 대신 쌍화탕을 주셨는데 갑자기 대성통곡을 하지 뭡니까. 아, 내가 쌍화탕을 달라고 말했던가? 생각해 보니까 그런 것도 같네요. 이거 죄송합니다, 죄송해요."

아빠는 눈물에 약한 사람이었어요. 이런 상황에서는 그저 머리를 조아리는 것이 해결책이었지요. 그리고 엄마는 겉보기와 달리 웃음이 많은 사람이었습니다. 들썩이던 어깨에서 새어 나오던 흐느낌이 기묘하게 뒤틀렸어요. 카운터를 사이에 두고 어색하게 대치 중이던 아빠와 고모할머니는 그 소리가 킥킥거리는 웃음소리라는 사실을 이내 깨달았습니다.

마침내 엄마가 고개를 들었습니다. 눈가가 촉촉이 젖었지만 입가에는 미소가 걸려있었어요.

"아니야, 고모. 내가 실수한 거야. 이 분은 맨날 박카스만 사 가시는데 내가 그걸 알면서도 잘못 드렸어."

"근데 왜 울어? 무슨 해코지라도 당했니?"

"고모, 그건……. 어제저녁에 수경이랑 좀 다퉜거든. 나 절교

당했어."

"왜? 둘이 죽고 못 살았잖아?"

"그렇게 됐어. 그 얘기는 나중에 해요."

아빠는 오해가 풀려 안도하면서도 새로운 궁금증이 고개를 들었습니다.

"제가 맨날 박카스만 샀다고요?"

"네, 오실 때마다 서너 병씩 사 드시잖아요."

"그걸 어떻게…… 저는 여기 단골도 아닌데요. 손님들이 뭐 사는지 다 기억해요?"

"비가 오나 눈이 오나 박카스만 사는 손님은 기억하지요."

진종일 한 자리를 지키는 것은 생각 이상으로 따분한 일입니다. 짬짬이 수필집을 읽거나 낱말 퍼즐을 푸는 것은 근본적인 해결책이 되지 못했어요. 그러다 엄마는 일과를 흥미롭게 보내는 방법을 터득했는데 그것은 손님을 관찰하는 것이었습니다. 얼굴이나 말투, 걸음새 따위를 유심히 바라보며 어울리는 별명을 찾다 보면 하루가 금세 저물곤 했지요.

평일 점심에 가끔 들러 박카스를 홀랑 비우고 떠나가는 손님에게 엄마는 '드 니로'라는 별명을 붙였습니다. 별명은 박카스와 아무 상관도 없었어요. 단지 오른쪽 눈 아래 광대께에 큼직한 점이 있었을 뿐이니까요. 그러니까 로버트 드 니로의 점과 같은 위치에 말이에요. 결국 아빠에 관해서는 드 니로를 기억한 게 먼저고, 그 사람이 줄곧 박카스만 주문한다는 걸 기억한 게 그다음이에요. 하지만 그런 노하우를 함부로 떠벌이는 것은 서비스 종사자의 바람직한 태도가 아니겠지요.

이런 속사정을 알 리 없는 아빠는 얼굴이 화끈 달아올랐습니다. 이유야 간단하지요. 자신의 중독이 들통났다고 생각한 거예요.

"그때 드 니로 씨가 엄마한테 뭐라고 했는지 아니?"

엄마가 손가락으로 제 배를 간질이며 물었습니다. 글쎄요. 저는 그때 그 자리에 없었으니 대답할 수 없네요.

"꼭 박카스 때문에 온 건 아닙니다."

아빠는 땀을 뻘뻘 흘리며 궁색하게 변명했답니다.

"에그머니……."

고모할머니가 아빠와 엄마 사이에 시의적절한 감탄사를 남긴 채 슬그니 안쪽으로 사라졌습니다.

오해는 오해를 불러일으키고 때로는 뜻밖의 인연을 엮기도 하지요. 언젠가 아빠는 이 모든 사건들이 나를 만나기 위한 과정이었다고 말한 적이 있습니다. 저는 아빠가 그렇게 생각하지 않았으면 좋겠어요.

* * *

한편 아빠는 새로 발견한 재능에 기세등등했습니다. 다음은 그 증거입니다.

"오래전에 프랑스의 어느 왕이 아주 유명한 말을 했어. …… 아니, 나라야. 그건 왕이 아니라 왕비가 한 말이야. 더구나 실제로는 그런 말을 한 적이 없대. 그거 말고 이런 말은 못 들어 봤니? 왜, '짐이 곧 국가다'라고……. 그건 자기가 나라의 주인이니까 이러쿵저러쿵하지 말라는 선언이었어."

초등학교에 갓 들어갔을 때의 일입니다. 당시 제가 아는 거라곤 빵이 없으면 아쉬운 대로 케이크를 먹으라는 달달한 제안뿐이었어요. 만화영화로 본 거라 기억하고 있었지요.

"지금은 어때? 지금은 우리 스스로 대통령도 뽑고 국회의원이나 도지사도 직접 뽑잖아. 그래, 반장선거처럼. 이건 너도 들어봤을 거야. 대한민국의 주권은 국민에게 있다. 왕이나 대통령이 아니라 국민 모두가 나라의 주인이지. 그런데 여기엔 어폐가 있어. 사실은 모두가 주인이 되는 건 아니란다."

저는 고개를 갸웃했습니다. 그런 걸 배운 적도 없거니와 애초에 제가 한 질문과는 점점 동떨어진 대답이 되고 있었거든요. 하지만 아빠 말씀은 끝까지 들어봐야 알 때가 많으니까 저는 조금 더 들어보기로 했지요.

"우리나라 국민 중에는 이번 대통령에게 표를 주지 않은 사람도 있겠지? 다른 후보를 지지하거나 아예 투표조차 하지 않은 사람들이 있을 테니까. 그런 사람을 여전히 우리나라의 주인이라고 할 수 있을까? 아빠 대답은 '아니요'야. 동물원에 가려는 남자랑 미술관에 가려는 여자가 우연히 같은 택시를 탔다고 생각해 봐. 택시기사가 남자 말만 듣고 동물원에 간다면 여자는 억지로 동물원에 따라가는 수밖에 없겠지?"

"그냥 각자 다른 택시를 타면 안 돼?"

"되고말고. 하지만 그건 마음에 안 드는 사람더러 이민을 가라고 하는 꼴이잖니? 그보다는 미술관으로 가주겠다는 사람을 운전석에 앉히는 게 편하겠지?"

"으응."

그 말은 어렴풋이나마 이해가 될 것도 같았습니다. 엉터리 비유를 하던 아빠도 제 눈빛을 읽고는 계속 무리수를 두었어요.

"그러니까 자기가 원하는 행선지로 데려가 줄 기사를 앉히는 승객이 진짜 주인이고, 나머지는 어쩌다 보니 택시에 합승한 사람인 셈이야. 그런데 우리는 기사를 정하는 결정을 선거로 하지? 선거에서 이기려면 표를 많이 받아야 하고."

"근데 그게 내 이름이랑 무슨 상관이야? 자기 이름이 무슨 뜻인지 써가는 게 숙제라니깐?"

저는 도저히 참을 수 없어서 그만 중간에 끼어들고 말았습니다. 아빠도 저도 난감한 표정을 지었지만 그런다고 달라지는 건 없었어요. 저는 팔짱을 끼고 앉아서 뚱딴지같은 설명을 마저 들어야 했지요.

"지금까지 아빠가 탄 택시는 늘 아빠가 원하는 행선지로 갔어. 대통령은 말할 것도 없고 국회의원이나 시장, 도지사 등등 모두가 아빠의 선택을 받았다는 얘기야. 내가 표를 준 사람이 어김없이 당선됐거든. 아마 앞으로도 그럴 테고. 그렇다면 우리나라의 주인은 바로 아빠 아니겠니? 다시 말해 우리나라는 아빠 거야. 그래서 네 이름을 나라라고 정한 거야. 우리 딸은 누구 거?"

"엄마 거."

저의 이런 기질은 엄마를 닮았지요.

"어허, 무엄하도다. 짐이 곧 국가니라."

"뭐래."

다수파의 세상에서 아빠는 스스로 세상의 주인이라고 믿었습니다. 늘 그랬던 건 아니니 저의 불운이라면 하필 아빠가 만면에 의기양양을 문신처럼 두르고 다니던 시절에 태어났다는 점이겠지요. 아무리 그래도 아기 이름을 그렇게 무성의하게 짓는 법이 어디 있답니까. 그나마 오주인이라든지 오다수라는 이름이 붙지 않은 것을 다행으로 여겨야 할까요?

질리도록 설명을 들었건만 숙제는 여전히 골칫거리였어요. 책상 앞에 앉아 공책을 펼치고도 저는 연필 쥔 손을 망설였습니다. 어디서부터 어떻게 정리해야 할지 막막했거든요. 택시라는 글자를 몇 번이나 썼다 지웠는지 몰라요. 한참을 골몰하다 마침내 갈피를 잡고 또박또박한 글씨로 적어 내려갔습니다.

'제 이름이 나라인 것은 우리 엄마랑 아빠가 나라를 정말로 사랑하기 때문입니다.'

엉터리 답은 아니었어요. 우리 엄마와 아빠는 정말로 저를 사랑했으니까요.

* * *

수도 그룹은 여러 방면에서 가파른 성장세를 이어나갔습니다. 불황에도 아랑곳 않고 경쟁기업들의 추격을 크게 따돌렸어요. 아빠 말만 들어서는 정확한 기여도를 알 수 없겠지만요.

하지만 시작이 있으면 끝도 있는 법이지요.

십 년이 지나도록 담당자는 여전히 한기 아저씨였습니다. 동갑내기인 두 분은 점차 스스럼없이 지내는 사이가 되었어요. 아니, 그건 아빠의 착각이었는지도 몰라요. 사적인 이야기를 떠드는 쪽은 주로 아빠였고, 한기 아저씨는 이런저런 것들을 쾌활하게 말하긴 해도 막상 자기 이야기는 별로 들려주지 않았거든요. 아저씨는 비밀이 많은 사람이었습니다.

제가 초등학교 3학년이 되던 해 여름에도 두 분은 만났습니다. 물을 잔뜩 머금은 스펀지처럼 공기가 무거운 날이었습니다. 그런 날은 그림자도 잿빛으로 찌푸리지요. 점심 메뉴는 콩국수였습니다.

"다 먹었으면 슬슬 일어날까?"

"어?"

그런 적은 처음이었습니다. 식사 내내 아무렇지 않게 굴던 아저씨가 갑작스레 결별을 통보한 거예요.

"오늘은 설문 없어. 앞으로도 없을 거고."

아빠가 아저씨를 보았어요. 한기 아저씨는 아빠 시선을 피해 벽에 걸린 시계를 보았고요.

"결국 나도 아웃인가?"

"넌 문제없어. 굳이 따지자면 우리가 먼저 아웃된 거지. 팀이 공중분해 됐거든."

"뭐? 아…… 실장님 구속된 것 때문에?"

"아무래도 그 영향이 없다고는 할 수 없지."

회장의 갑작스러운 사망 후 그룹에는 많은 변화가 일었습니다. 후계구도가 명확하지 않던 차기 회장 자리는 둘째 아들이 차지하게 되었습니다. 장남은 차남을 당해내지 못했어요. 삼남에게는 어쩌면 가능성이 있었을지도 모르지요. 몇 년, 아니 몇 개월 만이라도 더 회장에게 시간이 있었다면요.

둘째 아들에게 첫째 아들은 위협이 되지 않았습니다. 장남은 노상 정치권이나 기웃거릴 뿐 경영에는 뜻이 없어 보였거든요. 문제는 탕아에서 총아로 거듭난 셋째 아들 염 실장이었습니다. 어느덧 그룹 전략기획실을 총괄하며 승승장구하던 그가 새로운 회장에게는 걸림돌로 인식되었겠지요. 그 전에도 몇 번이나 자신의 실책을 지적한 동생이니 당장은 아니라도 언젠가 자리를 노리리라 판단한 거예요.

새 회장은 전사적 경영쇄신을 선언하고 구조조정을 단행했습니다. 그것은 누군가에겐 몰락의 시작이었어요. 염 실장은 횡령과 배임 등 석연치 않은 혐의로 구속되어 징역 3년형을 선고받았습니다. 한기 아저씨에 따르면 그것은 스파이의 작품이었다고 해요. 그러나 죄의 유무를 떠나서 아저씨가 꼭 쥐고 있던 동아줄이 한순간에 썩둑 끊어졌다는 사실이 중요했지요.

"다른 사람들은 뭐래?"

"다른 사람 누구?"

"자문단 사람들."

내내 무표정하던 한기 아저씨의 한쪽 입꼬리가 그 말에 살짝 올라갔습니다.

"그 사람들은 진즉에 탈락했어. 약속이라도 한 것처럼 어느 날엔가 갑자기 우르르 아웃되더라고. 그게 삼 년쯤 지났을 때고 이후로는 쭉 너 혼자였어. 팀원들도 나 외에는 전부 원래 부서로 돌려보냈고. 그러니까 우리 둘이서 한 팀이었던 거야."

"그런 얘길 왜 지금까지……."

아빠는 입을 다물었습니다. 이유야 뭐 보안 때문이었겠죠.

"그렇다고는 해도 혼자서 이렇게까지 오래 버틸 줄은 몰랐다."

"그런데 내가 틀린 게 아니라면 계속해도 되는 거 아니야? 회사에 도움이 되는데 잘릴 이유가 없잖아."

"방금 말한 거, 너만 몰랐던 게 아니야. 사장단은 지금도 설문에 협력하는 사람이 최소 백 명은 된다고 생각하고 있어. 그렇게 생각하도록 우리 쪽에서 유도했지만 말이야. 외부인원 한 명의 의견에 수익과 직결되는 결정이 좌우된다는 게 알려지면 업무는 즉시 중단될 테니까. 선대 회장이 정초에 사주 보는 것만으로도 뒷얘기가 무성했거든. 그러니까 차라리 팀을 없애는 한이 있더라도 비밀은 계속 유지해야 해. 요컨대 후일을 도모하자는 거야."

"올해부터는 작심하고 우리 딸 과외비나 모아볼까 했는데 이거 야단났군."

아빠는 문득 아저씨가 염려되었습니다.

"아니, 그런 건 괜찮지만……. 너는 어때? 괜히 불똥 튀어서 엉뚱한 데로 좌천되는 건 아니지?"

"걱정하지 마. 달라지는 건 없어. 연락할 테니까 가끔 만나서 이렇게 식사나 하자고."

하지만 두 분의 약속은 간격이 점점 벌어지더니 명절 때에나 안부를 묻는 사이가 되었습니다. 아빠는 시간이 한참 흐른 뒤에야 한기 아저씨가 그때 이미 회사를 그만두었다는 사실을 알았어요. 단 한 번, 아저씨가 아빠를 찾아와 허심탄회하게 자신의 이야기를 들려준 적이 있습니다. 아저씨가 오래 짝사랑하던 소꿉친구와 긴 연애 끝에 결혼을 했고, 남매를 두 살 터울로 낳았는데 그중 큰 아이는 저와 동갑이며, 일을 그만두고 변두리 아파트 단지 상가에 치킨집을 시작했다는 이야기를, 조류독감이 발생할 때마다 휘청거리긴 해도 그럭저럭 먹고 살 정도는 된다는 이야기를요.

* * *

사람은 누구나 하나씩은 재능을 지니고 태어난다는 것이 아빠의 지론이었습니다. 자신의 재능을 빛내는 것이야말로 세상에 태어난 목적이라고 했어요.

"그런데 재능을 찾는 것도 만만한 일이 아니야. 재능이라는 녀석이 어느 구석에 웅크리고 있을지 아무도 모르거든. 전혀 생각지도 못한 방면에서 두각을 드러내는 일이 비일비재하단 말이지. 그러니 모든 가능성을 열어두고 항상 주의를 기울여야 해."

"재능이 없는 사람은?"

"그런 사람은 없어."

아빠가 단호히 대답했습니다. 아빠가 말하기를 경완 아저씨는 성대모사에 능하고 한기 아저씨는 감정을 드러내지 않는 재주가 있었습니다. 그 분야에서 최고까지는 아니라도 그것은 엄연히 그분들이 지닌 재능일 테지요. 또, 엄마는 다림질에 소질이 있다고 했어요. 글쎄, 제가 보기에는 자못 심각한 척하는 아빠의 말을 한 귀로 흘려보내는 것이 엄마의 출중한 능력이지만요.

그럼 저는 어땠을까요?

"그건 네가 찾아야지."

제가 물을 때마다 아빠는 그렇게 말했습니다. 제 키가 아빠 키를 추월한 지 오래인데도 아빠는 팔을 들어 제 머리를 살살 쓰다듬었어요.

"반드시 찾을 거야."

덕분에 저는 어려서부터 안 다닌 학원이 없을 정도입니다. 가능성의 창은 누구 못지않게 활짝 열려있었던 셈이지요. 그러나 정작 저를 향해 손짓하는 재능은 없었습니다.

발레를 배우던 소영이는 본격적으로 발레를 시작했고, 노래방에서 놀던 유미는 연예 기획사 오디션에 합격했다지요. 학원에서 제 앞자리에 앉던 원우는 전국 수학경시대회에서 입상했어요. 저는 그들 사이에 끼어서 자리만 차지하고 있을 뿐이었고요. 저는 공부를 썩 잘하지 못했습니다. 운동도 젬병이고요. 얼굴이 예쁘장하지도 않고 리더십도 없었지요. 무얼 하든지 금방 질렸습니다. 안 다닌 학원이 없다는 것은 도중에 그만둔 학원이 많다는 뜻이기도 하지요. 요컨대 저는 어중간한 학생이었어요.

줄곧 삭막한 풍경뿐이던 제 창에 처음으로 무언가 포착된 것은 고등학교에 입학하고도 한 해가 지났을 때입니다. 지안이와 짝이 된 것이 계기였어요. 지안이는 수업을 듣는 둥 마는 둥 교과서 귀퉁이에 몰래 낙서하곤 했는데, 슬쩍 곁눈질하니 제법 솜씨가 좋은 것 같더군요.

우리는 아직 제대로 인사조차 나누지 않는 사이였습니다. 하지만 학기 내내 버성기게 지낼 수는 없겠지요. 그래서 조금 과감하게 다가가기로 한 거예요.

"뭐 그려? 나도 좀 보여줘."

숫기 없는 제 짝꿍은 목덜미까지 시뻘게진 채로 경직되었습니다. 저는 어세를 약간 누그러뜨려 다시 물었어요.

"뭐 그렸어?"

얇은 입술을 한참이나 옴짝하던 지안이가 마지못해 실토했습니다.

"마, 만화 캐릭터……."

"좀 보자."

지안이는 고개를 세차게 가로저었습니다.

"별로 못 그려서……."

"에이, 얼핏 보니깐 잘 그리던데?"

묵묵부답. 짝꿍의 입이 꾹 닫혔습니다. 때마침 수업시간 시작을 알리는 종이 울렸어요. 순간 묘수가 떠올랐습니다.

"만화라고 했지? 좋아, 그럼 나도 하나 그릴게. 서로 보여주는 거야."

대답은 필요하지 않았어요. 저는 쉬는 시간 동안 구부정하게 앉아서 4컷 만화를 그렸습니다. 때로는 막무가내도 필요한 법이거든요. 스토리는 방금 나눈 대화를 토대로 한 것이었어요. 특히 짝꿍인 지안카를로(가명)의 그림을 보고 놀라는 마지막 컷은 상당한 실력이 필요했는데 엉성한 제 솜씨로는 감동을 주기에 역부족이었습니다. 결국 의도와는 달리 괴상한 그림 앞에서 감동의 눈물을 흘리는 초현실적인 마무리가 되고 말았는데 그것이 뜻밖의 반응을 이끌어냈습니다. 곤혹스러워하며 노트를 건네받은 지안이가 만화를 보고는 풋, 하고 웃음을 터뜨린 거예요.

그날의 작은 성취가 제 안에 있던 무언가를 깨웠습니다. 지안이의 환한 얼굴을 보며 머리가 쭈뼛해지던 것은 어쩌면 재능이 저를 발견한 신호였는지도 몰라요.

그 뒤로 저는 만화를 몇 편 더 그렸습니다. 지안이뿐 아니라 다른 친구들도 그것을 호평했어요. 그럴수록 저는 만화에 더욱 매달렸지요. 그림 실력도 조금씩 나아졌어요. 하지만 저는 만족하지 않았습니다.

"저기, 엄마."

저녁 식사 중에 저는 조심스럽게 말을 꺼냈어요.

"나 미술학원 다녀도 돼?"

"미술학원? 너 예전에 다녔었잖아."

저는 중학교 때 미술학원에 다니다가 두 달 만에 도망치듯 그만둔 전적이 있습니다. 하지만 그때와는 다릅니다. 지금은 심지에 불이 붙었으니까요.

"만화를 전문적으로 가르치는 학원이 있대. 거기 다니면 안 돼?"

"벌써 2학년인데 대학 갈 준비도 해야 하지 않을까? 그냥 취미로 다니려거든⋯⋯."

"지금보다 성적 떨어지면 바로 관둘게요. 네?"

그렇게까지 저돌적으로 나서니 엄마는 약간 놀란 듯했어요.

"알았어. 너 제주도 가 있는 동안 아빠랑 얘기해 볼게. 다녀 와서 결정하자."

"그럼 엄마는 허락하는 거야?"

"대신 성적 떨어지면 끝이야."

"오케이. 아빠한테도 말 좀 잘해줘요."

이것으로 결정되었습니다. 아빠한테는 벌써 허락을 받았다 는 사실은 이 타이밍에 굳이 털어놓을 필요가 없겠지요. 여행 에서 돌아오자마자 학원에 등록할 생각에 수학여행은 되레 뒷 전이었어요.

수학여행은 시작부터 조마조마했습니다. 안개가 심해 출항 이 취소될 수도 있다는 말을 들었거든요. 간신히 배가 뜨긴 했지만 두 시간이나 지연된 후였지요. 기다리는 동안 흥이 많이 식었는데 배는 처음 타보는 거라 막상 선상에 오르니 기분이 살아나더군요. 비로소 여행을 간다는 실감이 났어요. 엄청 크고 호화로운 배 안에서 우리는 마음껏 먹고 마시고 떠들었어요. 그러다 하나둘씩 쓰러져 잠들었고요. 한참 수다 떨던 저도 지안카를로를 끌어안고 노루잠을 잤지요.

밤사이 저는 꿈을 꾸었습니다. 저는 열쇠 꾸러미를 한가득 들고 있었어요. 개미굴처럼 구불구불한 복도에는 문이 많았는데, 제 앞에도 자물쇠가 채워진 미닫이 철문이 있었지요. 벽에 드리운 그림자가 일렁였습니다. 저는 그 그림자로부터 달아나는 중이었어요. 손이 덜덜 떨리고 목이 바짝바짝 탔습니다. 얼른 숨어야 하는데 좀처럼 맞는 열쇠를 찾지 못했어요. 그러다 마침내 철컥, 하고 손에 걸리는 느낌이 들었습니다. 자물쇠가 둔탁한 소리를 내며 바닥에 떨어졌어요. 저는 환희에 차서 문을 힘껏 밀었지요. 하지만 문 안쪽에 있는 것은 방이 아니었습니다. 그냥 시멘트가 치덕치덕 발라져 있는 차가운 벽이었지요. 저는 망연자실한 채로 벽에 기대었습니다. 이윽고 그림자의 주인이 지독한 냄새를 풍기며 모습을 드러냈습니다. 그것은…….

딩동댕, 선내 스피커에서 아침을 알리는 멜로디가 나왔습니다.

차례로 씻고 식사를 마친 뒤 우리는 다시 넓은 방으로 돌아왔습니다. 친구들은 내도록 명랑히 조잘거렸지만 저는 꿈속 장면들을 가만히 곱씹었습니다. 무언가를 암시하는 것처럼 느꺼져서 찜찜했거든요.

저는 친구들에게서 벗어나 한적한 곳에서 아빠에게 전화를 걸었습니다.

"어, 도착했어? 밤늦게 출발했다더니?"

"아직. 근데 바다라 그런지 감이 좀 머네."

제가 물었습니다.

"미술학원 있잖아……. 다니지 말까?"

"왜?"

"괜히 돈만 낭비하는 것 같아서."

"돈 걱정을 네가 왜 해."

"나한테 소질이 없다는 걸 비싼 돈까지 들여가면서 확인하고 싶지 않아서 그래."

"왜, 누가 너더러 소질이 없대?"

"그런 건 아니고……. 그냥."

그때 어디선가 쿵 하는 소리가 들렸습니다. 이어서 배가 한쪽으로 급격히 기우뚱했지요. 그 바람에 저는 바닥에 엉덩방아를 찧었어요. 주위를 살피니 저뿐만 아니라 방에 있던 사람들이 모두 한쪽 벽으로 쏠렸습니다.

"어라?"

전화기를 떨어뜨린 저는 정신을 좀 수습한 뒤에 다시 통화 버튼을 눌렀습니다.

"아빠, 배가 갑자기 기울었어. 타이타닉 같아. 이러다 가라앉는 거 아냐?"

"근처에 승무원 없어?"

"승무원은 안 보이고 안내방송만 나와. 현재 위치에서 이동하지 말래. 움직이면 더 위험하다고."

"얼마나 기울었길래……. 암초에 부딪혔나? 너는 어디 안 다쳤어?"

"난 괜찮아. 한번 나가볼까?"

"아니야. 움직이면 더 위험하다잖아. 거기서 좀 기다려봐. 혹시 모르니까 구명조끼는 꼭 입고."

"알았어요. 무슨 일 생기면 또 전화할게."

끊기 전에 아빠는 한 마디 덧붙였습니다.

"그리고 돌아오면 학원 다니는 거다."

배가 가파르게 기울어 저는 또 전화기를 놓쳤고 이번에는 다시 줍지 못했습니다. 발밑에서 물이 차올랐거든요. 4월의 시린 바다가 검푸른 아가리를 벌려 거대한 여객선을 기어이 집어삼킨 거예요. 탑승자 476명 가운데 172명은 다행히 목숨을 구제했습니다. 나머지 사람들은 저와 같은 운명을 맞았지요.

* * *

많은 시간이 지났습니다.

많은 일이 있었습니다.

* * *

　한기 아저씨가 전화를 걸어 아빠에게 다짜고짜 만나자고 한 것은 사고가 있고 일 년이 조금 지나서였습니다.

　"미안하다. 며칠 전에 겨우 알았어. 내가 너무 무심했다."

　수척해진 아빠에게 손을 내민 아저씨는 전보다 살이 좀 찐 상태였어요. 한눈에 보기에도 턱살이 푸짐했지요.

　"신수가 훤해졌네."

　미소를 짓기 위해 아빠는 잘 쓰지 않는 근육을 움직여야 했습니다. 아저씨는 말을 아끼는 대신 아빠 손을 꼭 쥐었어요.

　정오도 되지 않았지만 아빠는 개의치 않고 술을 주문했습니다. 술병을 내주는 식당 종업원도 별로 개의치 않아 했고요. 해물파전을 가운데 놓고 두 분은 한동안 묵묵히 잔을 비웠습니다. 그러다 작심한 듯 아저씨가 운을 뗐어요.

　"실은 나 회사 그만둔 지 좀 됐다. 지금은 치킨집 해."

　아저씨는 나직이 자기 이야기를 시작했습니다. 아빠는 처음 듣는 이야기였어요. 하지만 사고 이후 아빠는 무슨 이야기를 듣더라도 놀라지 않게 되었습니다. 귀로 들어오는 소리들이 몸속 어딘가에서 길을 잃어버린 듯했어요.

　"한기야."

　문득 아빠가 메마른 음성으로 아저씨를 불렀습니다. 녹색 병이 죽순처럼 가지런히 테이블에 돋아 있었습니다.

　"우리들 이러는 거, 너도 지겹지?"

"아니야. 왜 그런 소릴 해?"

"나도 마찬가지야. 이 상황이 정말이지 지겨워."

"너 애쓰고 있는 거 다 알아. 내가 도움은 못 됐어도…… 참, 늦었지만 이거."

아저씨가 안주머니에서 봉투를 꺼내 아빠에게 내밀었습니다. 겉면에는 '근조'라고 쓰여 있었어요.

"됐어. 마음만 받을게."

"잔말 말고 받아. 이거 그냥 돈 아니야. 애초에 네 돈이라고."

아주 예전에, 자문단에게 현금으로 사례를 지급하라는 지시를 받고부터 아저씨 마음속에는 다른 꿍꿍이가 생겼습니다. 아무 근거도 남기지 않는다면 얼마쯤은 가로채도 되겠다고 생각한 거예요. 오래갈 프로젝트라는 확신이 없었던 탓도 있었겠지요. 설문조사 결과를 반신반의하기도 했고요. 결국 아빠는 받아야 할 돈의 절반만 받았습니다. 절반은 아저씨 주머니로 들어갔지요. 십수 년이 흘러서 겨우, 뉴스에 나온 아빠 얼굴을 보고서야 그 돈을 돌려주기로 결심한 거예요.

"지금 얘기는 못 들은 거로 할 테니까 도로 넣어. 둘이나 키우려면 돈 많이 들 거야."

"그럴 거면 만나자고도 안 했다. 그러지 말고 유족들이랑 쓰는 데 보태. 끼니도 든든히 챙겨 먹고. 직장도 그만뒀다며."

아저씨가 완강히 버티니 아빠도 도리가 없었습니다.

"좋아. 답례로 나도 오래된 비밀이나 들려주지."

아빠가 새 병을 따서 잔을 채웠습니다.

"예전에 아웃됐다는 나머지 일곱 명 있잖아. 너는 내가 그 사람들을 떨어뜨렸다면 믿겠어?"

"넌 그 사람들 본 적도 없잖아."

"들어봐. 설문지 작성할 때 내가 실수한 적이 있어. 뭘 묻는 거였는지 기억도 안 난다. 아무튼 엉뚱한 답에다 체크를 한 거야. 이상하게 찜찜하더니 며칠이 지나서야 내가 질문을 잘못 이해했다는 생각이 퍼뜩 들더라. 정정을 하기에는 너무 늦어서 꼼짝없이 아웃될 줄 알았지."

아저씨가 아빠의 잔이 빈 걸 보고 새로 채워주었습니다.

"그런데 내심으로는 내가 쓴 답이 맞을지도 모른다는 기대도 들지 뭐냐. 어차피 따로 정답이 있는 게 아니고 다수가 고르는 게 답이 되잖아."

"그래서?"

"기대 반 걱정 반으로 처분만 기다렸지. 그런데 아무 일도 안 일어났어. 무사히 지나간 거야. 그래서 어쨌든 맞는 답을 골랐나보다 생각했지. 하지만 나중에 네가 말해줘서 알았어. 그때 나 대신 다른 사람들이 아웃됐던 거야. 한 번에 우르르."

"그게 너랑 무슨 상관인데?"

"내 능력은 다수의 답이 될 만한 걸 고르는 게 아니었어. 오히려 그 반대지. 내가 고른 게 다수의 답으로 결정되는 거였다고. 이 둘이 다르다는 건 다른 일곱 명의 탈락만 봐도 알겠지?"

한기 아저씨도 얼근히 취해 있었으므로 그 말을 이해하기까지는 다소 시간이 필요했습니다. 그 사이 아빠는 소주 두 잔을 더 비우고 화장실에 다녀왔지요.

"제정신으로 하는 말이야?"

"물론 한 번으로 확신할 수는 없었어. 그래서 보궐선거 때 시험 삼아 가능성이 아예 없던 무소속 후보를 찍어본 거야. 아니나 다를까 그 사람이 당선되더라고. 얼마 못 가서 선거법 위반으로 당선무효가 됐지만 그건 논외로 치고."

"말도 안 돼."

따지듯 아저씨가 말했습니다.

"그게 어떻게 가능해?"

"나도 모르지. 어쨌거나 나를 찾아낸 건 너잖아."

아빠는 길게 숨을 토했어요.

"하지만 이게 무슨 소용일까? 다수가 고른다고 정답이 되는 건 아니지. 안내방송이 시키는 대로 기다리라고 했더니 배에 있던 사람들이 반도 넘게 죽었어."

"이봐, 네 잘못이 아니잖아……."

두 분 사이에 정적이 내려앉았습니다. 다시 입을 연 건 아빠였어요.

"우리 나라한테는 돌반지도 없어. 외환위기 때 나라를 살리려면 금이 필요하다기에 선뜻 내줬거든. 그게 두 나라 모두를 위한 일이라고 여겼으니까. 또, 이십 년도 넘게 이 나라에 봉사했지. 그런데 내 딸이 죽었는데 내가 뽑아준 작자들은, 나 때문에 당선된 자들은 나를 외면했어. 눈을 감고 귀를 닫은 채로 상황이 수습될 때까지 그저 침묵하고 있다고."

아저씨는 아무 말도 하지 못했습니다.

"누가 그러더라. 산 사람은 살아야 하지 않겠냐고. 댁들이 그러고 있는 동안에 경제가 다 죽어간다고. 지겨우니까 이제 그만 좀 하라고."

아빠가 차분히 말했습니다.

"난 딱히 돈을 원한 것도 아니었고 애먼 울분을 토로할 생각도 없었어. 내 슬픔은 나만의 것이고, 지금 하는 일은 오히려 산 사람을 위한 거라고 생각했지. 어째서 그런 사고가 일어났는지, 어째서 구조 작업이 엉망이었는지, 어째서 제 역할을 못하는 사람이 중책을 맡고 있는지를 파악하고 대처해야 다음에 같은 비극을 겪지 않을 테니까. 적어도 피해를 줄일 수 있을 테니까. 그런데 어떤 사람들은 우리가 그러는 걸 지겨워했지."

아빠가 계속 말했습니다.

"처음엔 야속했는데 생각해보니까 이해가 되더라. 나와는 처지가 다르니 어쩔 수 없는 거야. 같은 상황에 처해야 비로소 내게 공감하겠지. 그래서 그만두기로 했어. 우리가 하는 일을 지긋지긋하다 여기기로 했다고. 물론 처음에 방송에서 지겹다고 떠들던 건 소수의견이었는지도 몰라. 하지만 내가 그렇게 마음먹은 이상 이제는 다수의 생각이 됐지."

"그렇게 생각하지 마."

"아니, 그래야 돼."

"……."

"앞으로도 달라지면 안 돼. 바라건대 모두 나와 같은 처지가 되어야 해. 죽은 사람은 잊고 산 사람은 살아야지. 경제를 살리고 이 나라도 살려야지. 그렇게 살려낸 나라의 그늘에서 나는, 아니 우리는 패잔병처럼 쓸쓸히 죽어가겠지. 그나마 위안이라면 아직도 다수는 천국이 있다고 믿는다는 거야. 순진하지?"

"너……."

"한기 너도 부디 정신 바짝 차려라. 이제부터는 능력껏 살아남는 수밖에 없어. 너야 원체 신중하니까 별 탈 없겠지만……. 그래도 역시 이 돈은 네가 갖고 있는 게 좋겠지. 둘이나 키우려면 돈 많이 들 테니까."

아빠는 마지막 잔을 털고 자리에서 일어났습니다. 아저씨는 멍하니 아빠의 뒷모습을 바라볼 뿐이었습니다.

라오상하이의 식인자들

1판 1쇄 찍음 2021년 10월 29일
1판 1쇄 펴냄 2021년 11월 5일

지은이 | 김유정, 한켠, 이필원, 이나경, 전견, 박부용, 김선민, 김이삭
발행인 | 박근섭
편집인 | 김준혁
펴낸곳 | 황금가지

출판등록 | 2009. 10. 8 (제2009-000273호)
주소 | 06027 서울 강남구 도산대로 1길 62 강남출판문화센터 5층
전화 | 영업부 515-2000 **편집부** 3446-8774 **팩시밀리** 515-2007
홈페이지 | www.goldenbough.co.kr

도서 파본 등의 이유로 반송이 필요할 경우에는 구매처에서 교환하시고
출판사 교환이 필요할 경우에는 아래 주소로 반송 사유를 적어 도서와 함께 보내주세요.
06027 서울 강남구 도산대로 1길 62 강남출판문화센터 6층 민음인 마케팅부

© 황금가지, 2021. Printed in Seoul, Korea

ISBN 979-11-7052-057-3 03810

㈜민음인은 민음사 출판 그룹의 자회사입니다.
황금가지는 ㈜민음인의 픽션 전문 출간 브랜드입니다.